WAT EEN VROUW VERDIENT

JUDI FENNELL

MERJINN PRESS

PHILADELPHIA, PENNSYLVANIA

Wat een vrouw verdient

Wat gebeurt er als drie onweerstaanbaar sexy broers een pokerweddenschap verliezen van hun ondernemende zus? Ze worden verhuurd voor haar nieuwe schoonmaakbedrijf. Nu staan de Manley Maids tot uw dienst. Tevredenheid gegarandeerd. Het is wat een vrouw verdient...

Bedrijfseigenaar Liam Manley heeft geen geduld voor vrouwen als Cassidy Davenport—vrouwen die met plezier het geld van een man uitgeven zonder ook maar aan echt werk te denken. Maar om zijn weddenschap na te komen, moet Liam de in couture gehulde socialite niet alleen tolereren, hij moet ook nog eens haar troep opruimen.

Totdat de vader van Cassidy plotseling haar geldkraan dichtdraait. Zonder geld en zonder huis dat Liam kan schoonmaken, heeft Cassidy geen andere keuze dan een baan aan te nemen—als de nieuwe hulp van Liam... Liam wil haar dolgraag een lesje leren over de echte wereld, maar steekt er uiteindelijk zelf ook het nodige van op.

Bevrijd van de invloed van haar vader kan Cassidy eindelijk haar eigen leven leiden, en ze laat Liam zien hoe vindingrijk en vastberaden ze kan zijn. Om nog maar te zwijgen over hoe sexy ze is met (of zonder) die designergarderobe.

Maar wanneer de vonken tussen hen overslaan, zal het dan ware liefde zijn... of gewoon het volgende rommeltje?

Mannenavondje uit... plus één

'Ik geloof, lieve broers, dat jullie allemaal de maat moeten laten nemen voor een Manley Maids-uniform.'

Liam Manley beet op zijn tong na de aankondiging van zijn zus Mac, terwijl ze haar winnende hand op het groene vilt van de pokertafel legde. Ze had hem beet—hem *en* zijn broers, en ze had ze goed te pakken gehad.

Ze had ook verdomd goed *gepokerd*. Wie wist er überhaupt dat ze *pokerde*?

En die inzet... Vier weken gratis schoonmaakservice van haar bedrijf tegenover hun vakantiehuizen en dure sportwagens. Waarom voelde Liam zich een enorme sukkel?

'Ik trek *geen* schort aan.' Bryan, de jongste Manley-broer, klonk zo beledigd dat Liam nog harder op zijn tong moest bijten om hem niet uit te lachen. Je zou bijna denken dat Mac hem had gevraagd om... nou ja... een schort te dragen.

Sean, zijn middelste broer en medeverliezer, bleef de fiches opstapelen en meed Macs jack-high straight flush als de pest, terwijl hij wijselijk zijn mond hield.

Bryans mond hing open. Elk moment kon zijn broer de filmster naar adem gaan happen als een vis op het droge. Waar was een camera als je er een nodig had? Bry zou er alles voor over hebben om *die* onflatteuze foto uit de pers te houden, en Liam kon wel een nieuwe hottub gebruiken voor het huis dat hij aan het renoveren was—of liever gezegd, net *klaar* was met renoveren, wat betekende dat hij wat tijd overhad.

Geen beter moment dan het heden om die belachelijke weddenschap te gaan inlossen. 'Wanneer wil je dat we beginnen, Mac?'

'Ik heb extra uniformen, dus wanneer jullie tijd hebben.'

Extra uniformen? Sinds wanneer had ze overal reserves van als het op de zaak aankwam?

Er was iets aan de hand.

Hij had nooit gedacht dat Mary-Alice Catherine haar toevlucht zou nemen tot gemene trucjes om haar oudere broers te laten doen wat zij wilde. Verdorie, toen ze bij oma waren gaan wonen nadat hun ouders bij een auto-ongeluk om het leven waren gekomen, waren ze bijna over elkaar heen gevallen om voor hun kleine zusje te zorgen. Nu zou hij struikelen over bezems, dweilen en stofzuigers. Bah.

'Hé, mag ik mijn eigen huis doen?' Dat was Bryan, die probeerde om er op de een of andere manier toch nog een slaatje uit te slaan.

'Zou je Monica's baan afpakken om onder de weddenschap uit te komen? Meen je dat nou?' Nu was het Macs beurt om met open mond te staan.

'Ik muis nergens onderuit.' Maar Bry keek niet blij. 'Op mij kun je maandag ook rekenen. Ik heb een maand tussen twee projecten in en zocht toch al iets om te doen.'

Liam betwijfelde echter ten zeerste of Bryans keuze zou vallen op het spelen van schoonmaker. Voor Liam gold hetzelfde. Maar goed, hij had die weddenschap afgesloten...

En zij ook.

Hij dronk zijn bier leeg en verzamelde toen de kaarten, waarbij hij de winnende hand van Mac als laatste over het vilt naar zich toe trok. Bryans blik bleef de hele tijd op die kaarten rusten. Sean hield de zijne gericht op de fiches. Het waren waarschijnlijk de meest neurotisch-netjes gestapelde fiches in de geschiedenis van het spel.

'Ik wist niet dat er mannen voor je werkten, Mac.' Liam hield zijn stem egaal. Beheerst. En als er al een spoortje van iets anders in doorklonk, nou, dan vond hij het prima als Mac aannam dat het frustratie over zijn verlies was. Maar waarom zou Mac A) zo graag met hen willen pokeren terwijl ze het geld niet kon missen als ze verloor, en B) die weddenschap voorstellen *en* winnen? Er was iets goed mis in het land van Manley.

'Wa... wat?'

Ja, die geschrokken blik in haar ogen bevestigde precies wat hij dacht. Er werkten helemaal geen mannen bij Manley Maids, dus die uniformen waren niet "extra". Ze had ze van tevoren laten maken. Voor hen.

Mac had dit gepland. Haar winst was geen toeval. Hij zou haar ermee confronteren als hij enig bewijs had behalve zijn onderbuikgevoel, maar dat had hij niet. En god mag weten dat hij niet altijd op zijn gevoel kon vertrouwen. Het had hem al vaker in de steek gelaten.

'Laat maar.' Hij schudde de gewraakte kaarten door de andere zevenenveertig en tikte de lange zijde van het deck recht op de tafel. 'Ik ben er maandag.'

En hij zou de herasenloze eentonigheid van het schoonmaken gebruiken om een manier te bedenken om zijn zus terug te pakken.

En flink ook.

Hoofdstuk 1

Als er iets was waar Cassidy Davenport een hekel aan had, dan was het wel om te moeten wachten. En als er iets was waar haar vader een ster in was, dan was het wel haar laten wachten.

'Maar Deborah, ik heb hem net nog gesproken.' God, ze moest voor elk klein wissewasje via de directiesecretaresse van haar vader, maar dat was nu eenmaal hoe het imperium van pa werkte. Niemand kwam bij hem binnen zonder langs Deborah te gaan. Die vrouw zou eigenlijk de titel van CEO moeten opeisen, want Cassidy betwijfelde of haar vader ooit een zakelijke beslissing nam die hij niet eerst aan Deborah Capshaw voorlegde. Ze werkte al bijna dertig jaar voor hem en hield de boel draaiende terwijl pa de hort op ging.

Achter de vrouwen aan, welteverstaan.

'Het spijt me, Cassidy, maar hij zit in een bespreking waar hij niet uit kan worden gehaald. Ik weet zeker dat u daar wel begrip voor heeft.'

Oh, Cassidy had er alle begrip voor. Ze vroeg zich af hoe oud deze was. Waarschijnlijk blond — de meeste "besprekingen" van haar vader waren dat — en waarschijnlijk met een indrukwekkend diploma op zak. Dat was het vreemde. Op de een of andere manier wist pa altijd de Harvards en Yales van deze wereld aan de haak te slaan. Je zou denken dat die vrouwen wel beter wisten, maar Mitchell Davenport had iets over zich waardoor vrouwen hun gezonde verstand verloren.

Cassidy stond op het punt zich bij hen aan te sluiten.

Ze aaide over de zachte vacht van haar Maltezer, Titania. 'Vooruit dan maar, Deborah. Ik begrijp het.' Ze wisten allebei dat ze het *niet* begreep. 'Laat hem me bellen zodra hij vrij is.' *En gedoucht*, wilde ze er nog aan toevoegen, maar Deborah verdiende die grofheid niet. Het arme mens kreeg er dagelijks al genoeg van mee.

Of per uur.

Cassidy verbrak de verbinding en drukte daarna haar wang tegen het zachte kopje van het hondje. Wanneer zou ze nu eens accepteren dat haar vader er alleen voor haar was als het hemzelf iets opleverde? En de "bespreking" op zijn kantoor leverde hem op dit moment heel wat meer op dan zij ooit zou doen.

De lunch en, belangrijker nog, het gesprek dat ze met hem wilde voeren, zouden nu qua tijd flink worden ingekort.

Ze zette Titania op de grond en pakte haar iPad van de glazen tafel voor de glazen pui, die uitkeek over het spiegelgladde meer twaalf verdiepingen onder haar appartement; de weelde aan wilde bloemen werd op alle oppervlakken weerspiegeld.

Ze zou dolgraag de hele dag willen schilderen om dit tafereel vast te leggen. De olieverf die ze gisteren had gekocht, zou precies de juiste schittering van de bloemenreflectie op het grijsblauwe water naar voren brengen. Haar vingers jeukten om naar haar penselen te grijpen.

Cassidy tikte op de agenda-app om te zien of ze vandaag wel genoeg tijd had. Er was niets vervelender dan helemaal in de stemming te komen om jezelf in je kunst te verliezen, om er vervolgens achter te komen dat je andere verplichtingen hebt.

En die had ze. Om tien uur 's ochtends stond MANLEY MAIDS genoteerd.

Ah, ja. Vandaag zou Sharon, haar huishoudster, het nieuwe meisje inwerken dat het schoonmaakbedrijf zou sturen, maar die was afgelopen weekend vervroegd met zwangerschapsverlof gegaan.

Cassidy keek naar de tijd. Vijf voor tien.

Ze tikte op de agenda en legde de iPad terug op tafel. Niets zo vermoeiend als iemand te moeten introduceren in de Davenport-wereld waarin ze leefde. In het begin waren ze diep onder de indruk — pa hield ervan om alles in *opzichtige* en grootse stijl te doen, met een flinke dosis *decadentie* om zichzelf goed voor de dag te laten komen, en hij had de ontwerper zichzelf laten over-treffen met dit optrekje.

Meestal duurde het minder dan een week voordat een nieuwkomer door de schone schijn heen keek en begon met de meelijdende blikken — de blikken waarvan ze moest doen alsof ze ze niet zag, want het sloeg nergens op dat iemand medelijden had met iemand die een leven leidde dat zo fabelachtig was als het hare.

Was dat niet wat pa altijd zei?

Eigenlijk wist Cassidy niet meer wat pa zei. Als er geen e-mail bestond, zou ze zelden iets van hem horen.

Precies om tien uur ging de deurbel. Cassidy stuurde Titania naar haar verblijf, streek haar kastanjebruine lokken over haar schouder, rechtte de revers van haar beige zijden blouse en streek de gevlochten riem van haar bijpassende linnen broek glad. Ze zou de eenweekstheorie eens testen bij deze nieuwe kracht.

Ze opende de deur naar de vestibule van het appartement. De hunk in het uniform van Manley Maids had minder dan een *seconde* nodig om met de blikken te beginnen.

Alleen waren de zijne niet meelijdend. Ze waren ook niet begerig, wat een andere reactie was die ze inmiddels verwachtte.

Nee, als ze moest gokken, zou ze zijn blik boos noemen.

Cassidy Davenport stond in levenden lijve voor hem.

Vleeskleurige broek, vleeskleurige top en genoeg knoopjes los om nog veel meer vlees te onthullen.

Liam deed zijn best om niet te kreunen. Mac had hem verzekerd dat ze er niet zou zijn. Niet op maandag. En toch stond ze hier.

Cassidy Davenport. Een verwende socialite wier dagelijkse kledingbudget waarschijnlijk hoger lag dan wat een arbeider in een week verdiende — en hij betwijfelde of ze een arbeider zou herkennen als hij voor haar neus stond en een hap uit haar belachelijk dure manicure nam. De vrouw was oppervlakkig met een hoofdletter O.

Hij was klaar met oppervlakkigheid. Been there, done that, een fortuin uitgegeven aan merkkleding en met strassteentjes bezette T-shirts voor zijn ex, Rachel, die pasten bij de diamanten oorknopjes waar ze op had gestaan,

De scène in Flannigan's Pub kwam in alle scherpte bij hem terug. Rachel die een lapdance gaf aan die verdomde mooie-jongen-student met een rekening die langer was dan zijn snikkel, één hand achter in zijn broek terwijl ze met haar borst over het gezicht van die knul wreef.

Liam had daar in stomme verbazing gestaan en gekeken hoe haar talentvolle vingers — waarvan hij dacht dat ze alleen voor zijn plezier bestemd waren — de portemonnee uit de zak van de jongen lieten glijden en in die van haarzelf stopten, zonder dat iemand aan de tafel, laat staan de jongen zelf, het in de gaten had gehad. Een wannabe-socialite die geld stal omdat *hij* niet wilde toegeven aan haar tassen- en schoenentic.

Hij was de tent uit geglipt, misselijk van het verlies van wat hij dacht dat zijn toekomst was, twijfelend aan alles wat hij dacht te weten. Daarna was hij in een roes naar huis gereden, terwijl pijn en desillusie de overhand hadden.

Uiteindelijk was er woede uit de as van zijn liefde herrezen als een feniks, dus toen ze later opdook met die nieuwe Louis Vuitton-tas waarvan ze zei dat het een namaaksel was, had hij haar ermee geconfronteerd. Met álles.

Rachel had het niet ontkend. Ze had niet eens geprobeerd hem met tranen te manipuleren om haar terug te nemen toen hij — voor de verandering — zijn sleutel terugeiste. Daar was hij bijna net zo verbaasd over geweest als over de scène in de kroeg. Ze had alleen haar schouders opgehaald, hem de sleutel overhandigd, hem bedankt voor de goede tijd en was over zijn tuinpad weggewandeld, terwijl ze zijn hart aan flarden liep onder die verdomde Manolo Blokhakken die hij voor haar had gekocht.

Nee, vrouwen zoals Rachel — en Cassidy Davenport — vrouwen die leefden van het harde werk van de mannen in hun leven... hij was klaar met ze. Hij was één keer bespeeld, maar gelukkig niet tot het bittere einde. Hij had zijn lesje wel geleerd: blijf uit de buurt van vrouwen die veel onderhoud vergen en wier uiterlijk hun enige pluspunt is.

Hij zou echt zijn best moeten doen voor deze baan. En wel om hem *niet* te behouden.

'Bent *u* de hulp?'

Liam kromp ineen. Er moest vast een betere term zijn, maar *poetsengel* dekte de lading niet echt, terwijl *huishoudster* een beeld opriep van de Brady Bunch.

Hij pakte de stofzuiger stevig vast en rechtte zijn schouders. Zijn borstspieren spanden zich aan — puur onwillekeurig natuurlijk. 'Uh, ja. Dat klopt.'

Hij hoefde niet hoogopgeleid te zijn — hoewel hij dat wel was — om te kunnen aflezen wat ze dacht toen haar blik hem van top tot teen opnam. Mac runde niet *dat* soort bedrijf.

'Ze hebben me niet verteld dat ze een man zouden sturen.'

'Is dat een probleem?' God, laat haar 'ja' zeggen zodat hij hier weg kon wezen, want hij voelde de plotselinge drang om iets schoon te maken — zichzelf. Vrouwen zoals zij kropen onder zijn huid en niet op een prettige manier.

Vroeger wel, maar wat was de uitspraak ook alweer over het herhalen van fouten uit het verleden? Liam was absoluut niet van plan dat te doen.

'Nou, nee. Ik denk niet dat het een probleem is.' Ze tikte met een van die belachelijk dure nagels tegen haar verrassend niet met collageen opgespoten lippen. 'Komt u niet binnen?'

'Uh, ja. Tuurlijk.' Mac zou hem vermoorden als hij nee zei. Dit was de eerste klant van zijn zusje geweest. Daarom had ze deze voor hem uitgekozen, had ze gezegd; ze wist dat hij de boel niet voor haar zou verpesten.

Dus slikte hij zijn aangeboren vooroordeel tegen de Cassidy's en Rachels van deze wereld in en stapte naast haar de hal in.

Ze was kleiner dan ze aanvankelijk leek toen ze nog op gelijke hoogte stonden.

Toen keek hij eens rond in het appartement. Geen schijn van kans dat ze ooit op gelijke hoogte zouden staan.

De *rijkdom* droop van de kroonluchter met kristallen zo groot als peren. Het was verweven in het tapijt met gouddraad, kronkelde over de marmeren vloer en liet de lucht ruiken naar miljoenen.

Liam had zelf ook geld, maar dit... Zelfs dat poezelige hondje had een vergulde kooi. Dit was van het niveau van de Donald Trumps en Conrad Hiltons van deze wereld.

En de Mitchell Davenports. De Trump-in-Opleiding had een klein bouwbedrijf in een benijdenswaardig korte tijd en met groot succes omgetoverd tot een residentieel en commercieel ontwerp- en beheerbureau. Maar het was belangrijk om te onthouden dat niets van dit alles van Cassidy was. Ze leefde van *papa's* geld.

Liam controleerde zijn greep op de stofzuiger en keek of er geen schoonmaakmiddelen uit de emmer waren gevallen — totaal niet zijn normale doen in de buurt van mooie vrouwen. Maar goed, Cassidy Davenport was tegenwoordig meer het type voor Bryan of hun sterspeler Jared dan voor hem, vooral omdat hij haar soort al kende — toen ze op hem neerkeken... tenzij ze iets van hem nodig hadden.

Hij wierp een blik op de neus van Cassidy. Perfect parmantig op de neuscorrectie-manier van de rijken, maar ze zou nooit de kans krijgen om daarmee op hem neer te kijken. Hij had zijn lesje geleerd, en vrouwen zoals zij waren weliswaar niet dertien in een dozijn — want ze verhoogden de inzet naar ongeveer een ton per dozijn — maar ze stonden zo ver beneden vrouwen die hun eigen boontjes konden doppen, dat hij voor haar soort alleen maar woede voelde vanwege zoveel nutteloosheid.

Maar hij was hier niet om te oordelen; hij was hier om schoon te maken. Vier verdomde weken lang.

Hij had die laatste hand moeten passen. Zijn verlies moeten nemen en ermee moeten leren leven. Maar Manleys gaven zich niet zonder slag of stoot gewonnen. Zo had hij zijn eigen fortuin vergaard, hoe onbeduidend dat ook was vergeleken met dit paleis. Het paleis dat hij geacht werd schoon te maken.

Hij pakte de stang van de stofzuiger vast en plantte hem voor zich neer. 'Waar wilt u dat ik begin?'

'Ik denk dat de slaapkamer een even goede plek is als elke andere.'

Serieus? Dacht ze echt dat hij daar in zou trappen? Was ze vandaag op zoek naar een avontuurtje onder haar stand? Was ze boos op haar vriendje of zo? Had ze zin in een beetje spanning?

'Sharon begon altijd in de slaapkamer en werkte dan naar buiten. Ze zei dat het voorkwam dat wat ze al had schoongemaakt weer vies werd voordat ze klaar was. Klinkt logisch, maar als u een andere routine hebt, vind ik dat ook best. Wat u ook maar wilt, is prima.'

Sharon. De hulp. Degene die hij hier kwam vervangen.

Liam keek naar de emmer met schoonmaakspullen en de stofzuiger alsof hij ze nog nooit eerder had gezien.

Dat is waar ook. Hij was hier om het huis te boenen; niet om de *liefde* te bedrijven.

Liam onderdrukte een lachje. Alsof ze op die manier in hem geïnteresseerd zou zijn. Hij was vergeten dat hij het groene poloshirt en de katoenen broek droeg die het uniform van Manley Maids vormden. Hij voelde zich er niet echt mannelijk in, en gezien de sfeer die hij *niet* oppikte van Cassidy Davenport, zag hij er waarschijnlijk ook niet zo uit.

Hij moest er blij om zijn. Hij kon deze nachtmerrie doorkomen zonder een society-popje van zich af te hoeven slaan die dacht dat ze een verzetje kon hebben met *het personeel*. Been there, done that, die met *stras* bezette T-shirts uitgetrokken. En hij wenste dat hij ze aan flarden had kunnen scheuren, maar híj was degene geweest die aan flarden was gescheurd.

Hij verzette zijn greep op de emmer, haalde diep adem en liep de slaapkamer van Cassidy Davenport in. Als hij geen relatie met een vrouw had, zou het binnengaan van haar slaapkamer geen enkel probleem moeten zijn. En als hij die vrouw niet eens kon luchten of zien, was haar slaapkamer gewoon de zoveelste kamer.

Toen zag hij de zijdeachtige, babyblauwe ochtendjas die over een beklede stoel was gegooid. Een stukje zwart kant dat uit de bovenste la van de commode stak. Iets perzikkleurigs en luchtigs dat in een hoopje onder het gebloemde bankje aan het voeteneind van haar rommelige bed lag. Het was vlak bij een paar schoenen terechtgekomen.

Zwarte schoenen.

Met heel hoge hakken.

En enkelbandjes.

Zwart kant. Perzikkleurig nachtponnetje. Hoge hakken. Van die naaldhakken.

Cassidy botste van achteren tegen hem aan.

Had hij dit *gewoon de zoveelste kamer* genoemd? Hij moest serieus zijn hoofd laten nakijken en zijn reukvermogen laten uitschakelen, want de geur van haar — nog steeds van miljoenen, maar dit keer met een flinke dosis *vrouw* erdoorheen — wikkelde zich om hem heen zoals die zijden ochtendjas haar vormen had omhelsd.

En die vormen, waar haar losgeknoopte blouse naar hintte, waren precies zo weelderig en zacht als hij zou verwachten — behalve dat hij *niet* had verwacht dat ze weelderig en zacht zouden zijn. De meeste vrouwen in haar inkomensklasse gingen onder het mes alsof het een dagje uit met vriendinnen was, maar de paar nanoseconden dat ze tegen hem aan geplakt zat, waren genoeg voor Liam om te ontdekken dat zij zich niet aan dat specifieke sociale gebruik had gehouden.

Ze sprong achteruit. 'Waarom stopt u?'

Omdat het beeld van haar in die hakken en dat nachtponnetje, helemaal in zijde gehuld, hem aan de vloer had genageld.

'Maakt u uw bed niet op?' Woede was altijd goed om spanning te verdrijven, seksueel of anderszins, en op dit moment wist Liam op welke hij zich moest richten. Of juist niet. Wat dan ook.

'Ik was vergeten dat u kwam.'

Moest ze dat specifieke woord gebruiken? Wat was er *mis* met hem? Hij mocht de vrouw niet eens.

'Blijft u de hele tijd op mijn vingers kijken terwijl ik dit doe?'

Dit gingen vier heel lange, zware weken worden.

Hij wenste zo dat hij *die* woorden niet had gebruikt.

En toen hij de blik op haar gezicht zag — hoe vluchtig die ook was — wenste hij dat hij die toon niet had aangeslagen. Het was niet haar schuld dat hij op deze manier op haar reageerde.

'Uh... nou, nee.' Ze deed een stap achteruit, haar groene ogen wijd en — shit — waterig.

God, hij had gedacht dat hij zijn lesje wel had geleerd wat betreft vrouwentranen. Rachel was een meester in de waterlanders geweest en hij, idoot die hij was, was erin getupt. Elke keer als ze ze inzette.

'Ik laat u er dan maar alleen mee.' Ze draaide zich om op haar loeiseksy naaldhakken en beende de kamer uit, terwijl haar strakke broek niets aan zijn verbeelding overliet. Wat die verbeelding direct in de hoogste versnelling zette.

Liam vloekte binnensmonds en draaide zich om —

Om te staren naar het overhoop gehaalde, onopgemaakte bed met lakens die om die ronde billen, die godsgruwelijk lange benen en haar kerngezonde borsten gewikkeld waren geweest, en Liam wist niet of hij het hier vier *uur* zou volhouden, laat staan vier weken.

Hoofdstuk 2

Cassidy nam een grote slok van de Pellegrino en gaf de prik de schuld van de tranen in haar ogen. Ze werden zeker niet veroorzaakt door die Mr. Manley Maid daarbinnen. Die arrogante, irritante He-Man van een Mr. Manley Maid, die waarschijnlijk verwachtte dat elke vrouw aan zijn voeten zou vallen bij de kleinste glimp van zijn interesse.

Nou, ze had die interesse gezien — hoe vluchtig die ook was geweest — maar ze stond nog steeds op haar benen. Bastaard.

Ze had verwacht dat hij wel iets aardiger zou zijn. Per slot van rekening hoefde ze maar één telefoontje te plegen en hij zou op staande voet ontslagen worden.

Cassidy rommelde naar haar mobieltje en opende haar contactenlijst. Ja, ze hoefde zijn houding niet te pikken. Wie dacht hij wel dat hij was? Wist hij wel wie haar vader was?

Haar vinger zweefde een seconde boven het telefoonnummer van Manley Maids.

Twee seconden.

Zou ze echt de naam van haar vader gebruiken om respect af te dwingen? Serieus? Waar was haar ruggengraat? Haar trots? Haar zelfrespect?

Cassidy legde de telefoon op het aanrecht.

Ze kon dat telefoontje niet plegen; dan zou ze net zo erg zijn als haar vader. Was dat niet waar de lunch van vandaag om draaide? Om aan zichzelf te bewijzen dat ze hem niet nodig had? Dat ze haar eigen talenten had, haar eigen vaardigheden, en dat ze hem en zijn verzonnen functie bij zijn bedrijf niet nodig had om in haar eigen onderhoud te voorzien?

Ze haalde diep adem en zag niet echt uit naar het gesprek. Het zou een gevecht worden. Pa verwachtte altijd dat iedereen meteen voor hem in de houding sprong, zij inbegrepen.

Kijk eens waar haar dat had gebracht.

Cassidy liep de woonkamer in. Oké, dit was geen verkeerde plek om te zijn, maar ook al was het een enorme, prachtige kamer met het beste meubilair en het mooiste uitzicht dat je met geld kon kopen, met een Steinway in de hoek, een geluidssysteem dat geschikt was voor een filharmonisch orkest en genoeg kunst om een ontwikkelingsland mee te voeden, het was nog steeds net zo leeg en ontdaan van warmte en huiselijkheid als alle andere penthouses op de top van de wereld, hotelkamers of slaapzalen op kostscholen waar haar vader haar door de jaren heen had ondergebracht.

Als hij het haar had toegestaan, had ze van deze plek een thuis kunnen maken. Met kleuraccenten en persoonlijke snuisterijen, en die granny-square plaid die ze tijdens haar studie op een vlooienmarkt had gevonden en die ze sindsdien verborgen hield in de hutkoffer in haar kast voor de dag dat ze een eigen huis zou hebben.

Als ze die lunch met hem niet zou krijgen, zou die dag eerder vroeger dan later komen.

Er viel iets om in haar slaapkamer en Mr. Rude vloekte. Cassidy beet op haar lip om niet te glimlachen. Het was niet grappig, echt niet, maar het was zijn eigen schuld dat hij zo kortaf was. Normaal gesproken was haar kamer in onberispelijke staat als Sharon kwam opdagen, maar ze was meer gefocust geweest op de lunch met haar vader dan op het feit dat er iemand nieuws langs zou komen.

Titania gromde en dat toverde wel een glimlach op Cassidy's gezicht. Ze tilde het hondje ter grootte van een theekopje op en drukte haar neus tegen haar knotje. 'Sst, Titania. Ik kan hem niet horen vloeken als jij begint te blaffen.'

Titania likte aan Cassidy's oor, haar kleine staartje streek langs de zijkant van Cassidy's borst, wat haar er maar al te goed aan herinnerde hoe haar borsten hadden gevoeld toen ze tegen de harde, gespierde rug van die man waren gedrukt. Ze had weg moeten springen om te voorkomen dat hij de reactie van haar lichaam zou opmerken. Hij was één grote brok feromonen op een manier die Burton, de rechterhand van haar vader en haar semi-vaste date van de afgelopen acht maanden, niet was.

Mr. Maid vloekte opnieuw en Cassidy kromp ineen, wachtend op de klap. Gelukkig bleef die uit, hoewel er eerlijk gezegd niets in die kamer stond waar ze om zou rouwen als het kapotging. Ze had lang geleden geleerd om niets persoonlijks neer te zetten dat niet door een designer was geselecteerd, anders zou haar vader een woedeaanval krijgen. Alles moest perfect zijn voor haar vader. Alles. Zijzelf inbegrepen.

Ze draaide aan een van de diamanten oorknopjes die haar vader haar voor haar verjaardag had gegeven. Degenen die hij in Dubai had gekocht. Ze had ze gezien toen Deborah zijn aktetas aan het uitpakken was; ze dachten allebei dat ze voor de *Flavor du Jour* waren, al wisten ze geen van beiden hoe die smaak heette, aangezien het maar één *jour* was geweest. Maar dat was alles wat die scharrel had geduurd, en toen had haar vader ze aan haar gegeven. Wat viel er te zeggen over het krijgen van de afdankertjes van een dom blondje?

Cassidy zuchtte en zette Titania, het huisdier van show-dog kwaliteit, terug in haar ren. Ze moest met haar vader praten; dit leven in een gouden kooi was voorbij. Ze was bijna dertig jaar oud en had, nadat haar moeder was vertrokken, praktisch in een tussenstadium gezeten, wachtend tot haar echte leven zou beginnen.

Nou, dat kon nu, en haar vader moest het maar accepteren. Hij kon niet de hele wereld over vliegen en verwachten dat zij hier zat te duimendraaien, bloemen schikte of afsprak met vrouwen die oud genoeg waren om haar grootmoeder te zijn in een of ander liefdadigheidsbestuur om te overleggen welke teasandwiches ze zouden serveren, wachtend op het moment dat hij een gastvrouw nodig had. 'Event Director' was haar officiële functietitel binnen het bedrijf, maar het was net zo oppervlakkig als zij vroeger was geweest. Dit was geen leven, en na negenentwintig jaar een Barbie-pop te zijn geweest die hij tentoonstelde wanneer het hem uitkwam, was ze er doodziek van.

Niet dat haar vader ooit zou begrijpen waarom. Hij zou denken dat ze gek was geworden. Maar goed, zijn leven was dan ook niet veranderd door getuige te zijn van de strijd van een jongetje tegen een ziekte die er geen boodschap aan had hoeveel geld iemand had. Het had Cassidy een heel nieuw perspectief op het leven gegeven en ze had haar leven veranderd op de dag dat ze de arme Franklin hadden begraven.

Ze haalde het stortingsbewijs van de bank voor de cheque van de galerie uit haar broekzak. Haar eerste verkoop, en nu ze daadwerkelijk een handgemaakt meubelstuk had verkocht — *zonder* de hulp van haar vader of zijn naam eraan verbonden — had Cassidy eindelijk het bewijs en de vastberadenheid om hem te laten zien dat ze meer was dan alleen een mooi gezichtje.

Haar vader was haar deze lunch verschuldigd, met wie hij in godsnaam ook een 'bespreking' had. Ze greep haar tas en de sleutels van de Mercedes, liet een kaartje met haar telefoonnummer achter op het keukeneiland en liep toen terug naar de slaapkamer om Mr. Rude te laten weten dat hij nu kon schoonmaken zonder haar aanwezigheid nog langer te hoeven verdragen. Ze stak haar hoofd om de hoek van de slaapkamer om het hem te vertellen.

Dat was haar eerste fout.

Mr. Manley Maid stond voorovergebogen, en die groene broek spande strak over de mooiste achterkant die ze had gezien sinds die laatste World Cup-wedstrijd die ze had bijgewoond. Dus ze staarde ernaar. Het was er per slot van rekening, en het smeekte erom om naar gestaard te worden.

Staren was haar tweede fout.

'Heeft u iets nodig?' Hij stond op en keek over zijn schouder naar haar, en haar derde fout was dat ze een paar nanoseconden te lang nodig had om haar blik van zijn achterwerk af te wenden.

Toen ze dat eindelijk deed, ontmoette ze zijn blauwe ogen die in de hare priemden. Prachtige blauwe ogen. Hemelsblauw, zoals de lucht die ze had geschilderd op de buikkast die ze had verkocht.

'Kan ik iets voor u doen, Ms. Davenport?'

Ze negeerde het lichte sarcasme op de *Ms.* en dankte in plaats daarvan God dat ze niet een vierde fout maakte door hem precies te vertellen wat hij *wel* voor haar kon doen.

'Ik ga uit,' antwoordde ze kalm, terwijl ze zichzelf dwong haar keel niet te schrapen om haar verlegenheid te verbergen. Die Zwitserse finishing-lessen kwamen goed van pas. 'Er staan extra schoonmaakspullen in de linnenkast op de gang en als u nog andere vragen heeft, ligt mijn mobiele nummer op het keukeneiland. Wilt u alstublieft de deur op slot doen als u weggaat.'

Ze dwong zichzelf tot een warme glimlach en draaide zich langzaam om, met die perfecte houding van haar hoofd die uitstraalde dat ze alles volledig onder controle had, en liep kalm de voordeur uit.

Met zijn blik de hele weg in haar rug priemend.

Mijn hemel, die vrouw kon het vuur in hem aanwakkeren. Zo onwaarschijnlijk koel staan kijken, en toch zo ontzettend heet in die huidkleurige outfit, met haar hoofd trots opgeheven en die dralende blik op zijn kont...

Hij had zich om willen draaien en haar erop aan willen spreken, maar hij was *niet* in staat geweest om zich om te draaien. Laat haar maar denken dat hij arrogant was — dat kon hij ook zijn — maar in dit geval was het pure zelfbescherming geweest. Ze had hem harder gekregen dan de domme stofzuigerstang die hij vasthield en net zo dik.

Liam smeet de stang vol walging weg. God, zijn anatomie vergelijken met een stofzuiger riep alleen maar beelden van zuigkracht op en dat ging een weg op waar hij niets te zoeken — en geen interesse in — had.

Leugenaar.

Verdomme. Ja, hij loog. Hij was absoluut geïnteresseerd — in ieder geval fysiek. Op een andere manier? Uitgesloten.

Maar ze gaf zijn libido een enorme dreun, dus hij kon zijn bewaking maar beter niet laten verslappen. Vergeet het maar om haar te kussen, anders kon hij deze idiote baan ook wel gedag kussen. En dat binnen vierentwintig uur. Mac zou hem vermoorden.

Liam liet zich op het bed vallen en streek met een hand over zijn gezicht. Hij mocht zich niet door Cassidy Davenport van de wijs laten brengen. Ze was alles wat hij haatte in een vrouw: verwend, in de watten gelegd, pretentieus, neerbuigend...

Sexy, bloedmooi...

Hij ademde hard uit. Het fysieke gedeelte was hem fataal geworden bij Rachel. Hij was zo verzot geweest op dat aspect van haar, dat hij de rest over het hoofd had gezien — wie ze werkelijk was onder die prachtige buitenkant. Het werd tijd om weer eens te gaan daten. Iemand anders vinden. Iemand nieuws. Iemand die *echt* was. Al die maanden — wel achttien lang — sinds Rachel was hij weggebleven bij vrouwen, zelfs voor zijn meest basale behoeften. Rachel had zijn hart, zijn doelen en zijn beoordelingsvermogen flink toegetakeld. Te ontdekken dat ze hem alleen had gebruikt voor de dingen die hij haar kon geven...

De keffende kleine stofdoek die Cassidy Davenport een hond noemde, begon een muis op steroïden te imiteren, wat Liam terug naar het heden trok. Jezus. Mac had niets gezegd over hondenoppas bij deze klus. Hij wilde het beest negeren, maar in tegenstelling tot de eigenares viel de hond niet te verwijten dat het een verwend klein monster was dat gewend was dat aan haar eisen werd voldaan bij de eerste schelle blaf. Liam liep naar buiten om te zien wat er aan de hand was.

Het beestje rende rondjes in haar ren en sprong tegen de rand op haar achterpootjes toen hij bij de omheining kwam, een golvende bundel witte zijde, compleet met een idioot knotje boven op haar kop en een klein roze tongetje dat naar buiten hing alsof Liam een biefstuk bij zich had.

Ze zou waarschijnlijk Chateaubriand verwachten.

'Wat wilt u?' Liam gromde bijna toen ze weer tegen hem kefte. Hij kon het niet eens een hond noemen. Honden waren dieren met substantie. De beste vriend van de mens. Redders van kinderen die in putten waren gevallen. Dit ding was een plumeau op pootjes. Een levend accessoire en hij kon niet geloven dat Cassidy Davenport was vergeten de hare mee te nemen. Die tas die ze droeg was groot genoeg geweest voor dit kleine ding.

De hond kefte nog een keer.

'Ik weet niet wat ze wil, hond.'

Het ding rende een paar keer met de klok mee door de ren, stopte toen, kefte opnieuw en rende nog een paar keer de andere kant op.

Liam liep de keuken in om wat water voor haar te halen.

De kamer zag eruit als een mausoleum. Witte marmeren vloeren en aanrechten, smetteloos witte kastjes met glazen deurtjes, alles binnenin keurig opgesteld als in een showroom. En *natuurlijk* was het servies van wit porselein met een gouden randje. Het zou hem niet verbazen als er Evian uit de kraan kwam.

Hij bracht een bakje water naar de hond. Het beestje snoof er één keer aan en rende er toen rondjes omheen.

O hemel. Ze moest waarschijnlijk naar buiten. Mac had absoluut het uitlaten van honden niet bij zijn takenpakket genoemd.

Maar het andere alternatief was dat ze haar behoefte op de vloer zou doen en dat *zou* hij dan weer moeten opruimen.

Nee, bedankt. Bovendien had hij geen probleem met de hond.

'Oké, wacht even. Waar zou ze haar riem hebben gelaten?'

Na wat deductie, want hij wilde *niet* door haar kasten en lades gaan zoeken — dat perzikkleurige nachtponnetje dat hij had opgepakt, had waarschijnlijk een bijpassende thong die hij *niet* hoefde te zien — vond Liam de riem in de kast in de hal.

Hij was roze. Niet dat hij iets anders had verwacht. Deze hond en haar eigenares schreeuwden om roze.

Hij wilde schreeuwen toen hij zag dat de riem bezet was met strassteentjes. Jezus, hij kon niet ontsnappen aan die stomme dingen. Wat was dat toch met vrouwen en fonkelende dingen?

Hij klikte de riem aan de bijpassende roze halsband met strassteentjes — die weer paste bij de roze strik om het idiote knotje — en vertrok uit het appartement.

Vlak voordat de voordeur achter hem in het slot viel, gooide hij die stomme roze strik echter weer naar binnen. Erg genoeg dat mensen hem dit opgezette dier zagen uitlaten; dat lintje was de druppel.

De liftbediende van het gebouw glimlachte beleefd toen hij met de hond instapte, maar een lachje speelde om de mondhoeken van de man.

Liam kon het hem niet kwalijk nemen. Het was grappig —*als* het iemand anders overkwam.

'Ik neem aan dat u de naam van deze hond kent?' vroeg hij de man. Marco, stond er op zijn naamplaatje.

Marco knikte. 'Titania.'

Het was te denken dat Cassidy Davenport haar hond naar de koningin van de elfen zou vernoemen. Adel en sprookjes. Het zou een metafoor voor haar leven kunnen zijn. Ze woonde zelfs in een ivoren toren.

'Ze houdt van het grasveldje onder de kornoelje,' zei Marco. 'Dat is rechts de voordeur uit.'

Hij wist waarschijnlijk ook wat Titania als ontbijt at, wanneer ze voor het laatst haar behoefte had gedaan en welk designerkostuum haar eigenares haar voor Halloween had aangetrokken. Dat was het soort service dat dit soort gebouwen bood en waar mensen miljoenen voor betaalden.

Maar de man verdiende een eerlijke boterham, dus Liam kon hem niets verwijten. In plaats daarvan stopte hij een paar bankbiljetten in de borstzak van Marco's uniform toen de deuren in de lobby opengingen.

'Bedankt.' Liam klopte op de zak. 'Voor de informatie en voor het feit dat u dit tegen niemand zegt.' Hij mocht dan niet veel vrienden hebben in dit deel van de stad, maar als het op de een of andere manier bekend werd dat hij met een pluizig pronkstuk voor de een of andere verwende socialite had gelopen — aan een roze glinsterende riem nog wel — zou hij het tot in de eeuwigheid moeten horen. Het was al erg genoeg dat hij gepest zou worden omdat hij voor interieurverzorger speelde.

Gelukkig deed Titania haar behoefte snel en hobbelde ze zo snel als haar korte pootjes haar konden dragen terug naar het gebouw, terwijl Liam zich alleen maar kon voorstellen hoe de mannen bij de beveiligingscamera's zich moesten bescheuren om dit tafereel. Hopelijk had het management een verbod op het online plaatsen van beveiligingsbeelden.

Hij zette Titania terug in haar ren, hing de riem terug in de kast en hervatte zijn werk: het schoonmaken van de slaapkamer van Cassidy Davenport.

Die vrouw was me er eentje. Hij ruimde altijd op voordat Sharon bij hem kwam schoonmaken. Grappig dat hij het hier van haar overnam, aangezien zij ook zijn huis schoonmaakte. Schoonmaak*te*. Mac zou iemand anders moeten sturen nu Sharons verlof eerder was ingegaan dan verwacht, want er was geen sprake van dat Liam hier de meid zou uithangen om dan thuis hetzelfde te gaan doen.

Hij haalde de stofdoek over wat hij vermoedde dat een peperduur kunstwerk was op het tafeltje naast haar bed en... shit! Een tinnen bol rolde eraf en onder het bed.

Liam ging op zijn handen en knieën zitten en zocht ernaar. Hij hoorde de vrouw al klagen dat hij het kapot had gemaakt, en het kostte waarschijnlijk meer dan hij het hele jaar verdiend had.

Daar lag het, precies onder het midden van het bed. Hij maakte zich plat op de vloer en kroop er centimeter voor centimeter naartoe. Met zijn hoofd, schouders en praktisch zijn hele rug onder het bed, bereikte hij het eindelijk. Jezus. Wat voor maat bed was dit? Het was zeker groter dan zijn king-size. Wat kwam er na een koning? Monarch? Soeverein? Dictator?

Maakte niet uit. Liam greep de bal en kroop achteruit.

Alleen bleef zijn schouder haken aan de bedombouw. Hij stopte, uit angst om Macs uniform te scheuren, en probeerde toen met zijn hand achter zijn rug het shirt los te maken, maar er was niet genoeg ruimte om te manoeuvreren en hij was geen slangenmens die zijn vingers daar zo ver kon krijgen.

Hij wiebelde een beetje, kronkelend als een slang. Probeerde zijn schouder te draaien om te zien of dat hem zou bevrijden.

Nee.

Verdomme.-Liam lag op de vloer, met die zwarte naaldhakken met enkelbandjes recht voor zijn neus. Perfect in zijn gezichtsveld. Hij had dit plaatje *niet* nodig.

Hij schoof terug naar het midden van het bed en voelde zijn shirt loskomen.

Door zich omlaag en opzij te wurmen, slaagde Liam erin zich onder het bed van Cassidy Davenport vandaan te halen. Hij vroeg zich af hoeveel mannen hem voor idioot zouden houden omdat hij weg wilde.

Hij stond op en er viel iets voor zijn voeten.

Een foto en nog iets anders.

Liam raapte ze op. De foto was van een vrouw met een donkerharig meisje op schoot, zittend op een strand ergens, met palmbomen en een grashut op de achtergrond. Emmertjes, schepjes en zandkastelen overal om hen heen.

Cassidy Davenport, zonder twijfel. Het kind had dezelfde glimlach en dezelfde schitterende groene ogen. Hij draaide de foto om.

Moeder. Martinique. De laatste vakantie.

Dat *laatste* zat hem dwars.

Natuurlijk had Cassidy Davenport een moeder gehad, maar voor zover Liam wist, was Mitchell Davenport niet getrouwd. Gescheiden? Weduwnaar? Was zijn dochter het resultaat van een affaire?

Liam pakte het andere op wat eruit was gevallen. Een armband gemaakt van zeeschelpen. Gebarsten, het touwtje rafelde; het was een kopie van de armbanden die de twee op de foto droegen.

Waarom zou ze dit onder het bed verstoppen? Of was ze het kwijtgeraakt? Zou ze blij zijn dat hij het had gevonden? Of overstuur?

Hij had geen idee en hij wilde Cassidy geen enkele reden geven om bij Mac te klagen over de service, dus hij knielde neer en schoof ze terug naar waar ze vandaan kwamen. Uit het oog, uit het hart.

Maar dat woord ging niet uit zijn hoofd.-*Laatste*. En de vier andere woorden die erbij stonden: kort, zakelijk. Vrijwel ontdaan van emotie.

Liam stopte ze weg en stond op. Die woorden — die foto — waren te echt. Te rauw. Te eerlijk. Hij wilde Cassidy Davenport niet zo zien.

Het zou haar te menselijk maken.

Hoofdstuk 3

De meelijwekkende poging van Cassidy's vader om jong te blijven was alleen maar erger geworden sinds hij de gevreesde zestig was gepasseerd. Het was alsof hij de datum van zijn naderende dood kende en vastbesloten was om alles op zijn bucketlist af te strepen. Drie keer zelfs. Inclusief elke domme blondine die hij achter in zijn Rolls-Royce wist te lokken. Het was dieptriest hoeveel van dat soort vrouwen er waren.

Neem nu het exemplaar dat net zijn kantoor verliet en wanhopig probeerde te verhullen dat haar blouse verkeerd dichtgeknoopt was.

Cassidy rolde alleen maar met haar ogen naar de meid, die niet ouder kon zijn dan zijzelf. Waarom deze zogenaamd slimme vrouwen met indrukwekkende diploma's en goede banen ervoor kozen om zich een weg naar de top te slapen, ging haar verstand te boven. Hadden ze dan geen greintje zelfrespect?

'Dank u wel voor uw tijd, meneer Davenport.' Het arme schepsel probeerde het zowaar te laten lijken alsof het verkoopgesprek volgens plan was verlopen.

Of misschien was een vluggertje op zijn bureau al die tijd al haar doel geweest.

Cassidy had haar wel kunnen vertellen dat het zinloos was. Dat de blondines met regelmatige tussenpozen kwamen en gingen — ze kuchte om de ongepastheid van *die* gedachte te verdoezelen. Haar vader was een hond, wat de bijnaam die de media hem hadden gegeven, 'De Hellehond', zo treffend maakte. Hij was vasthoudend, en als hij eenmaal zijn zinnen op een project had gezet, moest iedereen die hem in de weg stond maar beter uitkijken.

Haar moeder was zijn eerste slachtoffer geweest. Of tenminste, de eerste van wie Cassidy wist. En dat was al vijfentwintig jaar voorbij.

'Hij ontvangt u nu, Cassidy', zei Deborah nadat ze haar oortje had aangeraakt.

Arme Deborah. Mitchell hield haar aan een elektronische lijn; hij kon haar altijd en overal bereiken door in haar oor te zoemen. Deed ze dat ding eigenlijk ooit uit? Bijvoorbeeld in de badkamer of wanneer ze naar huis ging naar haar man?

Cassidy hoopte maar dat haar vader de vrouw betaalde wat ze waard was, maar ze betwijfelde het. Hij had de positie die hij nu had niet bereikt door gul te zijn. Alles had een prijs, volgens hem. Inclusief de gehoorzaamheid van zijn dochter.

Ze stond op en streek haar linnen broek glad. Grappig dat haar vader het haatte als ze gekreukeld verscheen, terwijl de vrouw die net zijn kantoor uitkwam eruitzag als iets wat iemand een paar dagen te lang in de wasmachine had laten zitten. Tja. Niet haar probleem. In ieder geval niet lang meer.

Ze haalde diep adem voordat ze de deur van haar vaders kantoor open-duwde. Godzijdank had het meisje de deur niet in het slot laten vallen; Cassidy raakte liever niets aan in het kantoor, uit angst voor welk DNA er nog mocht rondhangen en van wie.

'Dag, Cassidy.' Pa gaf haar de gebruikelijke politieke omhelzing met wijd-gespreide armen terwijl hij uit de grote badkamer stapte die hij speciaal voor zijn kantoor had laten ontwerpen. 'Waaraan heb ik dit genoegen te danken?'

Het woord *genoegen* uit zijn mond deed haar huiveren. 'De lunch? We hadden toch een afspraak?'

'Ah...' Hij keek op zijn bureaukalender en tikte erop. 'Ja. Ik zie het staan. Lunchen met mijn dochter.'

Zijn glimlach was toegeeflijk, maar Cassidy kreeg er de kriebels van. Hij zag haar nog steeds als een kneedbare zestienjarige, in het gareel gehouden door de belofte van een coole auto en een creditcard. God, wat was ze oppervlakkig geweest. Wat was ze makkelijk geweest.

'Dus, waar wil je heen? Chinees? Thais? Indiaas? Italiaans?'

'Maakt mij niet uit, pa.' Ze zou toch geen hap door haar keel krijgen. Ze had zich al bijna een jaar op dit gesprek zitten voorbereiden. Nu was het eindelijk tijd voor de confrontatie.

'Oké dan. Wat dacht je van Padraic's? Het is een tijdje geleden dat ik daar ben geweest.'

Dat kwam omdat Padraic's voor haar vader beneden zijn stand was. Wat haar alleen maar liet zien hoeveel belang hij hechtte aan deze lunch.

Nog een reden voor haar om door te zetten.

'Eigenlijk, weet je wat? Ik zou graag naar *La Maison* gaan. Dat is mijn favoriet.' Tot de woorden eruit waren, had ze geen idee gehad dat ze hem tegen zou spreken.

Pa was net zo verrast dat ze eindelijk een ruggengraat kreeg. Op haar negenentwintigste werd dat ook wel eens tijd.

Nee, ze wilde daar niet bij stilstaan. Ze was niet bepaald trots op zichzelf omdat ze zo lang had meegespeeld in zijn wereldorde. De meeste mensen lieten zich meeslepen; het was ook lastig om dat niet te doen wanneer de charismatische Mitchell Davenport zijn plannen uitvoerde. Het had hem tot een goede zakenman gemaakt, maar tot een waardeloze vader. En zij, die hunkerde naar enige vorm van ouderlijke genegenheid nadat mam was vertrokken, had ervoor gekozen te negeren dat ze een kruiperige levensstijl leidde. Maar nu niet meer.

Hij zou niet blij zijn met wat ze hem te vertellen had.

Hij was ook niet te spreken over haar suggestie voor de lunch — zijn linkerwenkbrauw was tot bijna in zijn haarlijn opgetrokken. Als kind was ze doodsbang voor die wenkbrauw. Teleurstelling, woede, desinteresse... het zat er allemaal in. En dat was al veel te lang zo.

Ze had het vermoeden dat er het komende uur heel wat wenkbrauwen opgetrokken zouden worden.

Hij toetste een nummer in op zijn telefoon. 'Deborah, laat Charles de Rolls voorrijden.' Hij glimlachte zijn zakelijke glimlach toen hij de verbinding verbrak. 'Ik gok dat dit een speciale lunch is vandaag?' Vandaar de Rolls.

Cassidy had liever alles gehad behalve de Rolls. Hij hield zijn 'besprekingen' in die auto. Maar ze gunde hem dit pleziertje maar; hij zou straks heel wat meer te verduren krijgen dan haar onwil om in zijn liefdesmobiel te stappen.

Maar hij moest inzien, zodra ze het hem had uitgelegd, dat dit was wat ze hoorde te doen. Ze kon niet eeuwig een pronkstuk blijven; ze had een doel in haar leven nodig. Ze moest *iets* doen. Haar kunstwerk was goed. Iemand had er echt geld voor betaald — iemand die *niet* wist wie ze was.

Het gevoel dat ze het op eigen kracht had gered, door haar eigen talent en inzet... Het was bedwelmend. Het opende de deur naar allerlei mogelijkheden, niet in de laatste plaats haar eigen carrière en haar eigen plekje. Een plek die *zij* zou kunnen betalen van *haar* eigen verdiensten, in plaats van de maandelijkse toelage die pa graag haar salaris noemde. Maar ze was geen zestien meer; ze wist precies wat dat geld was. Het was een manier om haar in het gareel te houden en zijn leven makkelijk te maken. Het was ook de fysieke belichaming van hoe ze haar tijd aan het verdoen was.

De dood van Franklin had haar laten zien hoe weinig tijd een mens gegeven kan zijn. Hij had een erfenis nagelaten; wat kon zij over zichzelf zeggen? De vermelding op de programma's en agenda's die ze voor haar vader samenstelde en de foto's in de societyrubrieken waren niet genoeg voor haar. Niet meer.

Pa moest het begrijpen. Hij had naam voor zichzelf gemaakt; was het dan zo verkeerd dat zij hetzelfde wilde doen?

Pa was zeer voorkomend tijdens de rit naar het restaurant: hij hield de deur voor haar open en bood haar in de auto een glas wijn aan. Twaalf uur 's middags was voor haar wat te vroeg om te beginnen met drinken, hoewel ze hem, gezien de boodschap die ze voor hem had, misschien beter *hem* kon voeren met drank.

De portier opende het portier toen Charles de auto voor de *porte-cochère* van het restaurant stopte. 'Goedemiddag, mejuffrouw Davenport.'

'Hallo, Dennings.' Ze was opgegroeid met het aanspreken van personeel met hun achternaam, maar dat had voor haar nooit goed of prettig gevoeld. Maar als ze het niet deed, begon pa aan een beschamende, tenenkrommende 'les' over hoe ze zich behoorde te gedragen.

Hij zou het *echt* niet leuk vinden wat ze hem te vertellen had.

Kwartier later, nadat de beleefdheden waren uitgewisseld en hun bestellingen waren geserveerd, nam Cassidy een versterkende slok van de wijn waarvoor ze uiteindelijk toch was bezweken, zette het glas neer, vouwde haar handen in haar schoot — zodat hij niet zou zien hoe ze erin kneep — en haalde diep adem. 'Pa.'

'Ja, prinsesje.'

Ze probeerde niet zichtbaar te huiveren. Ze haatte die bijnaam al sinds ze al haar vriendinnen door hun rijke, nooit thuis zijnde en meestal gescheiden vaders zo genoemd hoorde worden. Eén keer had ze gewild dat hij met iets nieuws was gekomen. Iets wat echt iets betekende. Maar na negenentwintig jaar koos ze eindelijk voor haar eigen geluk en haar eigen zelfrespect en vertrouwde ze niet langer op hem. Het was een les die ze op de harde manier had geleerd.

'Ik heb iets gedaan waar ik erg trots op ben.'

'O ja?' Hij gaf de ober een teken om haar wijn bij te vullen.

Ze knarsetandde. Hij kon haar net zo goed een klopje op haar hoofd en een lolly geven. Haar nagels boorden zich in haar handpalm. 'Ik heb mijn eerste kunstwerk verkocht.'

Pa legde zijn vork neer en voor het eerst sinds ze hem vandaag had gezien, *keek* hij haar ook echt aan. 'Je hebt wat gedaan?'

'Ik verzamel oude meubelstukken, beschilder ze en verkoop ze.'

'Verkoop je meubels?'

'Nee, pa. Het is kunst. Ik knap oude meubels op en verander ze in verzamelobjecten.'

'Waar?'

'Waar ik ze schilder?'

'Nee. Waar verkoop je ze?'

'Bij de galerie van Marseault. Op commissiebasis.'

'Welke naam gebruik je daarvoor?'

Natuurlijk. Hij maakte zich zorgen om zijn reputatie. 'Maak je geen zorgen. Niet Davenport. Ik werk onder de naam C. Marie.'

Daar ging die verdomde wenkbrauw weer. 'Je volledige naam heeft vaak genoeg in de kranten gestaan, Cassidy.'

'En dat is precies de reden waarom ik hem niet heb gebruikt. Niemand gaat vermoeden dat C. Marie staat voor Cassidy Marie Davenport.'

'Weet de galeriehouder het?'

'Nou ja, natuurlijk wel, maar —'

'Geen maren, Cassidy. De eigenaar weet het — denk je nu echt dat hij de kans voorbij laat gaan om te profiteren van mijn naam? Die kleine immigrant is naar dit land gekomen om zijn fortuin te maken en jij hebt hem de perfecte kans in handen gespeeld. Mijn God, hoe kortzichtig kun je zijn? Na al die jaren die ik heb gestoken in het opbouwen van mijn naam, heb jij hem nu verpest met een of andere schilderen-op-nummer-hobby.'

'Het is geen hobby!'

De gasten om hen heen stopten met praten en staarden hen aan vanwege haar verheven stem — een grotere zonde dan haar 'hobby', als ze voortging op de reactie van haar vader, maar het kon Cassidy niets schelen. Een *hobby*? Hoe *durfde* hij! Ze had haar ziel en zaligheid in de stukken gelegd die ze af had en was met nog een stuk of twaalf bezig, waarbij ze de tijd sprokkelde tussen zijn 'verplichtingen' door, waar ze geacht werd te verschijnen in een elegante en glamoureuze outfit, de perfecte Davenport, zodat hij kon zeggen dat zijn vastgoed net zo mooi was als zijn dochter. Ze had die verkoopmethode altijd al smakeloos gevonden, maar nu...

'Wie heeft het stuk gekocht?' Mitchell depte zijn mond met het linnen servet, gooide het op tafel en greep zijn telefoon. Met één druk op de knop was de arme Deborah weer ontboden. 'Ik wil dat je een meubelstuk opspoort. Nee Deborah, luister. Het is van een —' De verdomde wenkbrauw ging omhoog terwijl hij haar boos aankeek.

'Dat weet ik niet.' En dat wist ze ook werkelijk niet. Jean-Pierre, de galeriehouder, had haar niet verteld wie het stuk had gekocht, alleen dat het verkocht was.

'Dat is niet erg behulpzaam. En ook niet professioneel.' Hij schudde zijn hoofd. 'Nee, Deborah, u niet. Ik wil dat u de eigenaar van de galerie van Marseault opspoort en een meubelstuk terugkoopt dat verkocht is door C. Marie. Ja, dat hebt u goed gehoord. C. Marie, *niet* Cassidy Davenport. En het maakt me niet uit wat het kost; u koopt het terug.' Hij zette zijn telefoon uit, pakte zijn servet, legde het terug op zijn schoot en prikte met zijn vork in een van zijn slakken alsof hij niet zojuist Cassidy's grote droom volledig de grond in had geboord.

'Nu die onaangenaamheid uit de weg geruimd is: waar wilde je het eigenlijk over hebben?'

Ze zou haar vork over de tafel moeten smijten en woedend naar buiten moeten stormen, maar Cassidy was zo diep geraakt door haar vaders kille minachting voor haar gevoelens en dromen dat ze de energie niet kon opbrengen. Bovendien hadden hij en de directrice van haar kostschool een correct gedrag er zo diep ingestampt dat ze geen scène durfde te maken —

'Gaat het over vanavond? Ik weet dat Burton de eerste-steenlegging in Charleston moest bijwonen, maar hij heeft de helikopter. Hij zal op tijd zijn om je te begeleiden. Dat garandeer ik je.'

Het gala. Alweer een. Nummer tweeënveertig van dit jaar. Ze wist het omdat ze net eenenveertig jurken aan een lokale veiling had gedoneerd om geld in te zamelen voor kansarme kinderen. Dat deed ze met al haar jurken. Pa was witheet geweest toen ze merkkleding weg begon te geven, totdat de publiciteit losbarstte en haar gulheid werd geprezen, wat de naam Davenport overal een goede naam bezorgde. Nu was het voor hem een kwestie van eer dat haar garderobe het grootste deel van de donaties besloeg.

'Ik maak me geen zorgen of Burton het redt.' Want God wist — en Mitchell ook — dat *niets* Burton Carstairs ervan zou weerhouden om op een van haar vaders verplichte nummertjes te verschijnen met de dochter van de baas aan zijn arm. 'Maar pa, over mijn kunst. Je kunt het niet zomaar terugko-pen. Wat zegt dat wel niet over mij? Jean-Pierre zal nooit meer een stuk van mij verkopen als hij denkt dat jij de koper achterna gaat zitten. Dat staat niet goed voor zijn galerie —'

'Je gaat er nu van uit dat de galerie van die man mij iets interesseert. Dat doet het niet, Cassidy.' Hij bestudeerde de slak die hij uit de schelp had gehaald alsof het belangrijker was dan een gesprek over haar leven. 'Hij is een zakenman en hij had de zaken van tevoren moeten overdenken. Een tele-foontje naar mij als professionele beleefdheid was op zijn minst op zijn plaats geweest. Maar dat heeft hij niet gedaan, dus dit is de prijs die hij betaalt voor zijn manier van zakendoen. Ik bescherm mijn naam tot elke prijs.'

'Maar het is niet jouw naam; het is de mijne.'

'De laatste keer dat ik keek, stond mijn naam op jouw geboorteakte. Daarom *is* het mijn zaak.' Hij stak de slak in zijn mond alsof dat het einde van de discussie was.

Cassidy gaf het bijna op. Ze had in het verleden te vaak met hem te maken gehad om te denken dat hij er nu wel mee in zou stemmen.

Maar als ze nu toegaf, en niet vocht voor zichzelf en wat ze wilde met haar leven, wanneer zou ze dat dan wel doen? Ze had het bewijs dat dit geen bevlie-ging was. Ze had talent en er was een markt voor. Als ze nu het bijltje erbij neergooide, zou ze het nog veel moeilijker krijgen om een nieuwe kans te krij-gen, omdat haar naam besmet zou zijn door het opruimwerk van pa.

Ze leunde naar voren en klemde haar vork vast alsof het haar enige houvast was. 'Pa, luister. Ik heb Davenport met opzet niet gebruikt. Ik wilde niet dat het jou zou raken als het niet goed uit zou pakken.' Ze kruiste de vingers van haar andere hand in haar schoot. Dat was *niet* de reden waarom ze haar achter-naam niet had gebruikt, maar ze liet hem in die waan om hem te laten zien dat ze nog steeds in zijn 'team' zat. Pa had een obsessie voor loyaliteit en het feit dat zij haar eigen weg ging, was daar een bedreiging voor. 'Maar het gaat wel goed. En ik *hoef* mijn achternaam niet te gebruiken. Dat is juist het mooie hiervan. Ik heb het op eigen kracht gedaan. Jean-Pierre vond mijn talent groot genoeg om mijn stukken in de galerie op te nemen, en iemand anders vond het goed genoeg om het te kopen. Ik kan hier een carrière in opbouwen, ik weet dat ik het kan.'

'Je hebt al een carrière, Cassidy. Je hebt geen tijd voor beide.'

Ze beet de opmerking in dat het dragen van designerjurken en het vleien van zijn zakenrelaties alleen een carrière was als ze voor een escortservice werkte. Want eerlijk gezegd voelde ze zich al zo sinds ze Franklin had ontmoet. Haar leven was zo oppervlakkig geweest vergeleken met wat ze in de korte tijd dat ze hem kende had geleerd; dat het de verbindingen zijn, de eerlijkheid, de relaties tussen mensen, die het leven zin geven. Mitchell Davenport gebruikte mensen voor zijn eigen gewin. En dat was prima voor hem; zijn droom was geweest om het groot te maken in zijn sector en dat was hem gelukt. Maar het was niet haar droom en nu ze er eindelijk een had, *mocht* hij die niet zomaar wegwuiven.

'Maar ik heb wel tijd voor beide, pa. Het is me gelukt om dat stuk en nog meer af te krijgen, *en* een galerie te vinden, en dat allemaal terwijl ik voor jouw bedrijf werkte.'

'Waarom hebben we dit gesprek dan? Waarom zou je het me dan über-haupt vertellen?'

'Omdat...' Ze haalde diep adem en zette alles op alles — en ze hoopte maar dat ze dat niet letterlijk moest nemen.

Ach, dat zou niet gebeuren. Pa zou haar niet zomaar financieel de nek omdraaien alleen omdat ze dit wilde. Al was het maar omdat ze zijn dochter was en hij nooit iets zou doen dat zo schandalig was dat het zijn reputatie zou besmeuren.

Ze tikte met haar vork op het linnen tafelkleed. 'Omdat ik me *wel* fulltime op mijn kunst wil richten. Ik kan iemand inwerken om de dagelijkse klusjes op kantoor van me over te nemen —' niet dat ze veel te doen had sinds ze was 'gepromoveerd' *uit* het ontwerpteam; haar nieuwe baan en nieuwe titel waren een wassen neus en dat wist iedereen — 'en ik kan nog steeds bij de avondbij-eenkomsten zijn.'

Ze had het allemaal gepland. Zodra pa haar gekozen pad had geaccepteerd en ze haar vervanger — waarschijnlijk een van die Harvard- of Yale-types —

had ingewerkt, kon ze zich langzaam losmaken van de evenementen. Pa zou het niet eens merken zolang de vrouw die haar verving er in de jurken net zo goed uitzag en op de juiste momenten glimlachte, wat toch al zo'n beetje de functieomschrijving was.

Pa prikte nog een slak aan zijn vork en bestudeerde die opnieuw. 'Dat is een aardig plan, maar je vergeet het belangrijkste onderdeel, Cassidy.'

'Wat dan?' Ze had haar hersens gepijnigd om aan alles te denken, omdat ze wist dat hij tegenstribbelde; ze had niets over het hoofd gezien.

'Ik ga niet akkoord met dit plan van je.' Hij trok de slak uit de schelp en stak hem in zijn mond. 'En nu over vanavond. Heb ik al verteld dat ik Corcoran bij zijn ballen heb en dat hij vanavond zal zien...'

Cassidy knikte op de juiste momenten en maakte de passende instemmende geluiden wanneer dat nodig was, maar haar gedachten waren ergens heel anders. Hij had haar droom gewoon weggecijferd. Ze had niet *echt* gedacht dat hij dat zou doen. Natuurlijk, hij zou er niet blij mee zijn; dat had ze verwacht. Maar ze was verdomme zijn dochter. Zijn kind. Hij wilde toch zeker ook dat zij dezelfde kans kreeg om haar dromen waar te maken als hij had gehad? Het was niet alsof ze onmisbaar was in het bedrijf.

Dit had haar *uitweg* moeten zijn. Haar onafhankelijkheidsverklaring. Toegegeven, de commissie op de commode was niet genoeg om van te leven, maar het was een begin. En zodra de naam C. Marie bekender werd, zou ze niet langer afhankelijk hoeven te zijn van het salaris van Davenport Properties en zich als een schoothondje hoeven op te tutten om op gala-avonden rond te paraderen.

God, wat had ze een hekel aan dit leven.

En nu de galeriehouder was opgespoord en overgehaald om de commode terug te kopen — een prestatie waarvan Cassidy niet twijfelde dat haar vaders secretaresse die zou volbrengen, gezien de bijna bodemloze koffers van haar vaders bedrijf — was er geen enkele kans dat ze er nog meer zou verkopen. Sterker nog, ze moest de rest van de stukken morgenochtend waarschijnlijk als eerste gaan ophalen, want niemand zou meer een stuk willen aanraken dat ze toch vroeg of laat weer moesten inleveren. Hoewel, als Mitchell ze tegen een meerprijs bleef terugkopen, de kopers er misschien niet eens zo rouwig om zouden zijn.

Maar zij wel. En Jean-Pierre ook. Het was vanuit elk oogpunt slechte handel. En aangezien Jean-Pierre wist wie ze was — wist wie haar vader was —

zou hij haar met geen stok meer aanraken zodra hij merkte dat pa ontevreden was. Niemand wilde Mitchell tegen zich in het harnas jagen. Ze was de lul. Gevangen in een leven dat ze haatte.

'Nagerecht?' vroeg haar vader, de eerste directe vraag sinds hij haar droom had neergesabeld.

'Nee. Ik heb geen honger.'

Hij nam haar op. Het leek meer op het keuren van een prijswinnend volbloedpaard dan op een zorgzame vader die zich afvroeg of er iets mis was. 'Ja, je gezicht wordt inderdaad wat ronder. Dat komt niet goed over op foto's. Probeer eens een van die plaspillen die mijn trainer me heeft gegeven. Dan zie je er tegen vanavond weer wat slanker uit.'

Ze had gedacht dat niets haar dieper de put in kon krijgen dan het feit dat haar vader haar carrièrekeuze afkraakte. Ze had het mis.

'Echt waar? Wil je dat ik een eetstoornis krijg?'

'Doe niet zo dramatisch, Cassidy. Ik heb de rekeningen van je roomservice gezien. Jij zult nooit een eetstoornis krijgen. En dat is precies de reden waarom we dit gesprek hebben.' Hij legde zijn servet weer op de tafel en tikte op haar hand. 'Gebruik die pillen. En zorg ervoor dat je visagiste je wangen wat dieper aanzet.' Hij stond op en stak zijn hand uit. 'Kan ik je ergens afzetten?'

Bij een afgrond. Bij een weeshuis. Wat wilde ze hem graag zeggen dat hij het kon bekijken, maar de realiteit was dat ze zonder haar meubels nog steeds van hem afhankelijk was voor haar inkomen.

Ze had die reis naar de Rivièra niet moeten maken. En die naar het carnaval ook niet. En de maand in Fiji met de volledige zomercollectie van haar favoriete ontwerper was ook volkomen onverantwoord geweest. Als ze dat geld maar had gespaard, dan was ze nu een heel stuk dichter bij financiële onafhankelijkheid geweest. Maar het was allemaal het geld van Mitchell geweest en haar ogen waren toen nog niet geopend.

En dan was er nog die enorme smak geld die ze in het ziekenhuis had achtergelaten — Nee. Ze wilde niet dat ze dat nooit had gedaan. Dat was het best bestede geld ooit.

'Cassidy? De tijd dringt en je weet: tijd is geld.'

Net als goede smaak, opvoeding, vroeg opstaan en een hele reeks andere dingen waar haar vader waarde aan hechtte. Wat waarschijnlijk de reden was dat zij niet op die lijst stond. Haar bestaan diende voor Mitchell maar één enkel doel: fungeren als zijn gastvrouw, zodat hij nooit meer hoefde te trouwen en de helft van zijn fortuin kwijt zou raken aan alimentatie.

'Nee, ik neem wel een taxi.'

Zijn wenkbrauw ging weer omhoog toen hij opstond. 'Wat je wilt.' Hij huiverde, rechtte zijn stropdas en schudde zijn hoofd terwijl hij zich omdraaide om bij de tafel weg te lopen. 'Een taxi. Ik heb een heel wagenpark tot mijn beschikking en zij wil een taxi.'

Dat was *precies* de reden waarom ze een taxi wilde. Het was iets waar haar vader geen controle over had en waar hij geen aandeel in had. Een van de weinige dingen in deze stad waar de stank van het Davenport-geld niet aan kleefde.

Ze lachte om zichzelf. *Zij* had die stank altijd bij zich gedragen en dat ook nog eens gewillig gedaan. Ze had hem zelfs met trots gedragen. Tot aan dat noodlottige diner.

Ze schudde haar hoofd en stond op terwijl de serveerster de rekening bracht. Typisch. Mitchell had haar ermee laten zitten. Gelukkig had ze een rekening bij *La Maison*, dus liet ze het daarop bijschrijven. Wat Mitchell uiteindelijk toch zou betalen, dus het was een soort van gerechtigheid.

Ze verliet het restaurant en keek op haar telefoon. Eenenvijftig minuten nadat ze naar binnen waren gegaan. Eenenvijftig minuten waarin haar zorgvuldig uitgedachte plannen in rook waren opgegaan. Mitchell kon de wind uit ieders zeilen nemen. Ze had niet verrast moeten zijn. Ze had geweten dat hij niet tevreden zou zijn. Maar ze had blijkbaar te veel belang gehecht aan de vader-dochterrelatie en aan de onjuiste aanname dat hij wilde dat ze gelukkig was. Ze had van haar moeder moeten leren: de enige persoon van wie Mitchell wilde dat hij gelukkig was, was Mitchell zelf.

Ze wilde nu alleen nog maar naar huis om in een hoekje te gaan zitten en deze dag te vergeten, en ze wilde net een taxi aanhouden toen ze zich herinnerde: die spetter van een kerel was in haar appartement. Ze had *geen* zin om naar huis te gaan en haar wonden te likken terwijl zijn spottende blik haar volgde.

Zuchtend keek ze om zich heen. Ze had geen zin in een koffie, en het geld van Mitchell uitgeven was wel het laatste wat ze wilde doen. Oké, op één na laatste. Die spetter van een huishoudhulp was het laatste. Eigenlijk *zou* hij wel op haar lijstje kunnen staan van dingen die ze wilde *doen*, maar haar vader zou ontploffen als ze zou aanpappen met *het personeel*.

Humm... Eigenlijk was dat de perfecte reden om het *wel* te doen.

Behalve dan dat ze geen profiteur was zoals Mitchell. Althans, nu niet meer.

Zuchtend sloeg Cassidy linksaf en begon te lopen. Misschien zou de buitenlucht haar hoofd wat helderder maken. Het park was die kant op. In het ergste geval kon ze een paar uur lang muntjes in de fontein gaan gooien. Op die manier zou het geld van Mitchell in ieder geval nog wat goeds doen voor andere mensen.

Hoofdstuk 4

Liam veegde met zijn onderarm over zijn voorhoofd, maar dat was vergeefse moeite. Zijn arm was net zo bezweet als zijn voorhoofd. Zeg maar gerust als de rest van zijn hele lijf. De airco in dit gebouw draaide op volle toeren en toch zweette hij peentjes. Dat kwam door al die verdomde hoekjes en gaatjes die van het houtwerk iets maakten waar iedereen jaloers op zou zijn, behalve de persoon die het moest schoonmaken. Hij zou met Mac moeten praten over het gebrekkige poetswerk van Sharon. Alhoewel, om eerlijk te zijn, bracht het beklimmen van ladders van bijna vier meter hoog de nodige gezondheidsrisico's met zich mee voor zwangere vrouwen. Maar goed, misschien kon Mac een speciale service toevoegen aan haar aanbod voor zaken die buiten het normale vielen. En deze plek viel absoluut buiten het normale.

Hij had geprobeerd niet onder de indruk te zijn, maar dat was lastig, van het naadloze stuk graniet dat was uitgehouwen voor het aanrecht, tot de doorkijkhaard tussen de woonkamer en de eetkamer, tot het architectonische wonder dat het balkon was. Hij was bijna voorover over de reling gekieperd toen hij probeerde te zien hoe de ophanging werkte. Mitchell Davenport was niet voor niets een koploper in de sector, en hoezeer Liam het ook haatte dat Cassidy van de rijkdom van haar vader leefde, hij genoot er met volle teugen van om een van deze paradepaardjes van dichtbij te kunnen bekijken. Het feit dat hij het andere appartement op deze verdieping onder handen mocht nemen zodra hij hier klaar was, zodat Davenport het in de verkoop kon doen, betekende alleen maar dat hij meer inspiratie zou opdoen voor zijn eigen groeiende bedrijf.

Liam liep terug de woonkamer in en sloot de openslaande deuren. Ook die waren een technisch hoogstandje; ze draaiden soepel open bij de lichtste aanraking en vielen zonder een geluid in het slot. Het glas was gehard maar toch kristalhelder op een manier die hij nog nooit had gezien. De deuren kostten waarschijnlijk net zoveel als hij vorig jaar had verdiend, en er zaten drie stellen van in dit appartement.

Het chique hondje danste op haar achterpoten toen hij weer binnenkwam. Trek het beest een tutu aan en Cassidy heeft een circusact. 'Sorry, mop, maar ze heeft je niet voor niets daar neergezet en aangezien ik deze plek net gepoetst heb, laat ik je er niet uit om de boel weer vuil te maken. Maar goed, ik denk dat je wel een snoepje of zoiets hebt verdiend omdat je me niet de oren van het hoofd hebt geblaft.'

Hij ging de keuken in om wat lekkers te zoeken en kreeg een schok. De binnenkant van de kastjes was een puinhoop, een rommeltje van lege plastic bakjes, eten in blik, papierwaren en hondenvoer, in direct contrast met de rest van het huis. Zelfs die luchtige negligé op de vloer in haar slaapkamer lag er netjes bij, vergeleken hiermee. De vrouw hield er een hoop onderdrukte slordigheid op na.

Ik zou het niet erg vinden om met haar de boel eens flink overhoop te halen...

Oké, tijd om te gaan.

Hij viste een hondensnoepje uit de bende, slaagde erin de kastdeur te sluiten zonder dat de inhoud eruit viel, en gooide het gomachtige brokje naar de hond.

Nù begon ze te keffen. Natuurlijk.

Liam zuchtte en liep door het appartement om te controleren of hij niets had laten liggen. Dat zou een beginnersfout zijn en Mac nam geen beginners aan.

De muffin op vier poten hield niet op met keffen. Het was zo hoog dat Liam het geen blaffen kon noemen, maar het werkte hem meer op de zenuwen dan welk geblaf dan ook dat hij ooit gehoord had. De buren bij wie hij vroeger was opgegroeid hadden een beagle gehad, en hoewel die hond een bloedstollende huil had, was dat niets vergeleken bij dit ding. Liam kon hier niet snel genoeg wegwezen.

Wat natuurlijk betekende dat hij vaststond toen hij het opzetstuk van de stofzuiger niet kon vinden. Shit. Hij liep op zijn schreden terug, beginnend in haar badkamer — ja, ja, dat sloeg nergens op aangezien daar niets te stofzuigen viel, maar het was het beste om bij het begin te beginnen en zo alles af te gaan.

Hij lag weer op zijn handen en knieën half onder haar bed toen ze thuiskwam.

Dit zou er niet best uitzien. Vooral omdat het opzetstuk helemaal tegen de muur lag, wat betekende dat hij die stomme slangenbeweging moest maken om het te grijpen en weer tevoorschijn te komen zonder zijn shirt te scheuren of die armband en foto te verleggen.

'Wat ben je aan het doen?', vroeg ze.

'Vissen.' Stel een stomme vraag, krijg een brutaal antwoord. Hij wurmde zich weer naar buiten — en bleef weer met zijn shirt haken. 'Verdomme.'

'Beet?'

Hij hoorde de lach in haar stem. Ze wist precies wat er gebeurd was. 'Alles is in orde.'

'Uh huh.'

Het bed kraakte.

'Wat ben *jij* aan het doen?'

'Mijn schoenen uittrekken.'

En of ze dat deed. Hij had een perfect uitzicht van onderaf – op haar enkels. En het was een verrekte mooie enkel. Net als de wreef van haar voet. En de felblauwe nagellak op haar tenen...

Hè. Ze zag er niet uit als het type voor felblauw. Niet met die vleeskleurige outfit. Ingetogen, bescheiden, maar het straalde rijkdom uit. *Dat* was Cassidy Davenport. De blauwe nagellak hoorde bij een of andere hippe meid met wie hij het niet erg zou vinden om het bed in te duiken voor een middagje hete, zweterige, geweldige seks.

O god. Nu had hij het beeld voor zich dat hij Cassidy Davenport achterover op het bed duwde en die ingetogen kledingstukken centimeter voor centimeter bij haar wegpelde, terwijl hij een spoor van kusjes achterliet.

Gelukkig lag hij met zijn kruis tegen het tapijt gedrukt.

Toen knielde ze naast hem neer. 'Hier. Laat me helpen.'

Hij had haar hulp niet nodig. En hij stond op het punt haar dat te vertellen toen ze één hand op zijn onderrug legde en de andere onder het bed tussen zijn schouderbladen.

Mijn hemel, de aanraking van die vrouw joeg een vuur door hem heen. Vuur dat Liam niet wilde en niet nodig had. Het was *typisch* iets voor haar om dit effect op hem te hebben. Hij dacht dat hij immuun was. Dat hij zijn lesje wel geleerd had, maar blijkbaar hadden zijn hormonen dat bericht niet ontvangen.

'Je zit vast.'

In meer dan één opzicht. 'Heb je daarvoor gestudeerd?'

'Wijsneus.' Ze gaf een rukje met haar vingers en zijn shirt was vrij.

Wat betekende dat hij tevoorschijn kon komen, maar alleen als zijn jongeheer besloot mee te werken.

Natuurlijk deed die dat niet. Vooral niet toen ze wankelde terwijl ze opstond en haar hand pardoes op zijn kont belandde.

'Dat deed je met opzet.' Hij maakte dat hij uit die positie kwam, en viel haar verbaal aan om te verhullen dat hij nog steeds een harde had onder die stomme broek. Een broek die niets aan de verbeelding overliet — zowel zijn stijve als het gevoel van haar vingers op zijn achterwerk. Mac moest echt een ander uniform regelen.

'Vlei jezelf niet zo.' Ze slaagde erin weer op het bed te gaan zitten – waarom??? – en streek haar blouse glad.

Haar tepels waren stijf.

Liam grijnsde breed. Hij kon het niet helpen. Hij had hetzelfde effect op haar als zij op hem.

Hm, het was waarschijnlijk geen goed idee dat hij dat wist. Nu zou het nog lastiger worden om bij haar uit de buurt te blijven.

'Dus, ben je klaar?'

Schatje, ik ben nog niet eens begonnen...

'Waarom? Heb je een spannende afspraak?' Verdomme. Waarom vroeg hij dat? Het ging hem niets aan. En ze had er waarschijnlijk wel een.

'Sterker nog...' Ze stond op en knoopte het bovenste knoopje los. Dat zat sowieso al tussen haar borsten, dus dat betekende dat haar borsten op het punt stonden onthuld te worden.

Hij liep langs haar heen. 'Dan sta ik niet langer in de weg.'

'Eh, je vergeet je dingetje.'

Hij stond abrupt stil. Zijn *dingetje*? Voor zover hij wist zat zijn *dingetje* nog gewoon in zijn broek.

Hij keek over zijn schouder en zag hoe ze voorover boog om iets van de vloer op te rapen, wat hem een ongehinderde blik in haar blouse gaf. God, haar borsten waren prachtig. En echt.

Hij likte zijn lippen af. 'Mijn... wat?'

'Dit.' Ze hield het opzetstuk van de stofzuiger omhoog. 'Je wilt dit vast niet vergeten, anders moet je morgen weer terugkomen.'

En zij dacht dat dat een straf was? 'Eigenlijk moet ik morgen sowieso terugkomen. De ramen moeten ook nog.'

'Echt?' Ze gooide haar haar naar achteren terwijl ze het *dingetje* vasthield dat hij genoodzaakt was aan te pakken, terwijl hij probeerde het beeld uit zijn hoofd te bannen dat ze zijn èchte *dingetje* vasthad. 'Sharon kan dit hele huis in één dag schoonmaken.'

'Niets ten nadele van Sharon, maar dit huis heeft wat meer verfijning nodig dan zij kan bieden. Een zwangere vrouw kan niet zoveel fysiek werk verzetten als ik.'

Als hij zich niet vergiste — en dat deed hij meestal niet als het ging om de belangstelling van een vrouw — liet ze haar ogen over hem glijden.

Shit. Dit had hij niet nodig. Hij wilde het niet. En als ze nu maar een zak over haar hoofd trok, zou er niets aan de hand zijn.

Jezus, hij moest denken aan de pijn die Rachel hem had bezorgd. Onthouden hoe het voelde om figuurlijk tegen zijn tanden getrapt te worden om haar te zien voor wat ze was. En zij was nog een kleine vis vergeleken met Cassidy. Rachels vader had het goed gedaan, maar hij speelde niet in de eredivisie van Mitchell Davenport, dus Rachels verwachtingen moesten wel lager zijn geweest dan die van Cassidy. Nee, de man die met Cassidy eindigde, zou bakken met geld moeten verdienen, anders zou zijn leven een hel zijn. Liam had totaal geen behoefte om voor die straf te tekenen.

Hoe sexy ze ook was. 'Ik denk dat je gelijk hebt wat Sharon betreft.'

'Ja. Dus, ik ben er morgen weer. Is negen uur laat genoeg voor je?'

'Laten we er acht uur van maken. Ik ben een vroege vogel.' Ze kruiste haar armen en verdomd als dat haar borsten niet tegen elkaar drukte, waardoor ze meer decolleté kreeg dan de gemiddelde man kon verdragen.

'Denk je dat je dat aan kunt?'

'Prinses, tegen achten heb ik er al een halve dagtaak op zitten. Geen enkel probleem.'

'Dan zie ik je dan.'

'Prima.'

'Goed.'

Ze staarden elkaar een tel of twee langer aan dan goed was en de sfeer werd ongemakkelijk. Cassidy streek haar haar van haar voorhoofd en draaide zich om, terwijl Liam het *dingetje* zo hard in zijn achterzak duwde dat de voorkant van zijn broek strak genoeg tegen zijn lul werd getrokken om *dat* dingetje goddomme weer rustig te laten worden.

'Nou, eh, ik moet me klaarmaken voor—'

'Eh, ja. Ik zal je niet langer storen.' Shit. Hij wilde haar juist wèl storen. Haar haar over dat monsterlijke bed verspreiden en haar binnen een minuut aan het kreunen krijgen. Dat zou hem nog lukken ook.

Tot zover zijn goede voornemens...

Rennen, Manley. Dit is geen veilige plek voor jou op dit moment. Maak dat je wegkomt van deze verleiding.

Hij volgde zijn eigen advies op en maakte dat hij wegkwam, om vervolgens neus aan neus te staan met de mopshond die besloot tegen hem te grommen.

'Dat meen je niet.' Eén welgemikte schop en—

Nee. Hij schopte geen honden. Of katten. Of kleine kinderen.

Sexy brunettes die het verstand niet hadden gekregen (of juist wel) om minstens honderd meter bij hem vandaan te blijven, waren echter een ander verhaal.

'Titania! Hou op! Hij is hier de hele dag al geweest. Je kent hem!'

De pluizenbol uitte nog een laatste grom en zette het op een lopen naar haar 'vrouwtje'. Prima. Wat dan ook. God behoede hem voor de verleiding op hakken... en haar kleine hondje ook.

Hij kon daar niet snel genoeg wegwezen.

Hoofdstuk 5

'U ziet er prachtig uit, Cassidy. Zoals gewoonlijk.' Burton hield haar een glas Clicquot voor.

Cassidy onderdrukte de neiging om het in één teug achterover te slaan. Zij en Burton waren nooit veel verder gekomen dan het bijwonen van dit soort evenementen en af en toe een etentje, dus hij zou waarschijnlijk verbijsterd zijn als ze het zo naar binnen klokte. Pa — die de echte Cassidy natuurlijk ook niet kende — zou een rolberoerte krijgen van haar stuitende gebrek aan opvoeding, maar man, wat zou het goed voelen om hen te choqueren?

Ze dronk een derde van haar glas leeg. Champagneglazen waren sowieso te klein, en na de dag die ze achter de rug had, kon ze de aangename roes die de bubbels boden wel gebruiken. Niet genoeg om haar dronken te maken natuurlijk. God mag weten wat ze haar vader naar het hoofd zou slingeren als ze aangeschoten was en hij zou beginnen over haar schilderwerk.

'Je vader vertelde me trouwens dat u een nieuwe hobby hebt.' Arme Burton. Hij was zonder enige waarschuwing in de val gelopen. Maar het was interessant dat haar vader de behoefte had gevoeld om die informatie met Burton te delen. Pa drong wel erg aan op deze relatie.

'Eigenlijk is het geen hobby. Ik heb een carrière.'

'Een carrière?' Burton glimlachte de glimlach die haar altijd al een beetje een onbehaaglijk gevoel gaf, al had ze nooit geweten waarom.

Op dit eigenste moment wist ze het. Het was de glimlach van Mitchell. Die laatdunkende, wat-lief-van-je-meisje-glimlach die hij de meeste vrouwen in zijn leven toebedeelde. Trouwens, nu ze erover nadacht: Deborah was de enige bij wie Cassidy dat nog nooit had gezien.

'En wat is die nieuwe *carrière* dan wel?' Burton sipte van de champagne met zijn pink lichtjes omhoog.

God, wat een aanstellerij. Waarom was haar dat niet eerder opgevallen? Wat was er nog meer een aanstellerij?

Ze bekeek hem. De gouden manchetknopen, de Rolex, de diamanten zegelring... Oh mijn God. Hij was een kopie van haar vader aan het worden. Burton had al die uiterlijke vertoningen van *über*-rijkdom nog niet toen ze elkaar leerden kennen. Mitchell had hem rechtstreeks van Wharton geplukt, en hoewel ze wist dat hij klaargestoomd werd om bij het bedrijf te passen, besefte ze pas op dit moment dat Mitchell hem had gekweekt om *hem* te worden.

Oh God. Haar vader was Burton aan het klaarstomen om zijn rol in het bedrijf over te nemen wanneer hij met pensioen zou gaan. Niet dat Cassidy dat binnenkort zag gebeuren, maar dit was plotseling zo klaar als een klontje. En als hij *dat* van plan was, begreep ze ook waarom hij Burton zo aan haar probeerde te koppelen. Hij wilde Burton als schoonzoon om het bedrijf in de familie te houden.

De dag des oordeels zou eerder aanbreken dan dat Cassidy met een man zou trouwen die door haar vader was uitgekozen en opgeleid.

'Nou, wat is het?' Burton probeerde, tot zijn grote eer, geïnteresseerd te kijken, maar Cassidy zag zijn ogen vanuit zijn ooghoeken heen en weer schieten, op zoek naar een voordeliger gesprek om zich in te mengen. Hij had duidelijk Mitchells zegen al gekregen om achter haar aan te gaan — geen van haar eerdere vriendjes hield het lang vol als Mitchell ze niet goedkeurde. Aangezien geen van hen haar droomprins was geweest, had het haar nooit veel uitgemaakt, maar dit...

Burton was een aardige vent, kon een fatsoenlijk gesprek voeren en leek een gesprek met haar voorheen zelfs interessant te vinden in plaats van alleen maar naar haar decolleté te staren, maar hij was geen trouwmateriaal.

Misschien moest Mitchell maar met hem trouwen.

'Cassidy?'

Oh. Juist. Hij had een vraag gesteld. 'Ik schilder.'

'Wat, met waterverf en zo?'

'Nee. Meubels. Ik verander oude stukken in op maat geschilderde kunstwerken.'

'Bedoelt u met bloemen, vlinders en regenboogjes?'

En eenhoorns en sprookjesprinsessen, wilde ze er bijna aan toevoegen. Dacht hij werkelijk dat ze zo oppervlakkig was?

Misschien dacht hij dat wel. In dat geval bewees dat alleen maar hoe weinig hij de afgelopen acht maanden op haar had gelet. 'Nee, Burton. Ik schilder er landschappen op, of faux-afwerkingen en texturen.'

'Zoiets als Thomas Kinkade?'

Kinkade had talent gehad en was zeker commercieel ingesteld, maar ze wilde niet met hem op één hoop worden gegooid. 'Nee, niet zoals Kinkade. Meer in de stijl van Davenport. Cassidy Davenport.'

Burton scheen de hint niet te snappen, maar hij hief zijn champagneglas naar haar — inclusief de uitgestoken pink. 'Nou, gefeliciteerd, lieverd. Dat is een heel handig talent. U zou muurschilderingen kunnen maken in babykamers. Weet u, ik zat te denken...'

Oh God. Ze wilde niet weten wat hij zat te denken. Niet na die inleiding. En de champagne en de manchetknopen en de wetende glimlach van haar vader toen hij precies op dat moment hun kant op keek...

'Neem me niet kwalijk, Burton.' Zonder op te kijken overhandigde ze hem haar champagneglas en draaide ze zich om. De damestoiletten waren altijd een handig excuus en de waarheid was dat ze wel wat koud water over haar polsen kon gebruiken — om haar verhitte humeur af te koelen. Mitchell zat hierachter. Geen wonder dat hij haar tijdens de lunch zo had afgepoeierd. Als hij hoopte dat ze met Burton zou trouwen en kleine Davenportjes zou opvoeden, had ze *natuurlijk* geen tijd voor een carrière...

Het was het beste om deze ramp in de kiem te smoren voordat hij de kans kreeg om groter te worden.

En toen liep ze Mitchell tegen het lijf.

'Cassidy. Vermaak je je een beetje? Waarom is Burton niet bij je? Hij ziet er nogal goed uit vanavond, vind je niet?'

'Hij staat daar met iemand te praten.' Ze gebaarde vaag met haar hand, in de hoop dat Mitchell op onderzoek uit zou gaan.

Natuurlijk deed hij dat niet. In plaats daarvan verlaagde hij zijn stem en kwam hij dichterbij staan.

Nooit een goed teken.

'Deborah vertelt me dat die hobby van je me vijf cijfers kost. Je zult je winst daarop vast wel willen bijdragen, neem ik aan, om de kosten te dekken. Ik ben bereid om het verlies op papier te nemen, maar niet zo'n groot bedrag in contanten.'

'Je maakt een grapje. Je koopt mijn kunstwerk dat ik al verkocht had en verwacht dat ík ervoor betaal?'

Die verdomde wenkbrauw ging omhoog. 'Het had in de eerste plaats nooit verkocht mogen worden.'

'Waarom niet? Het is een goed stuk. Goed genoeg dat iemand er een behoorlijk bedrag voor over had om het in huis te hebben staan. Je had het gewoon moeten laten waar het was en je kostbare geld in je zak moeten houden.'

'Mijn *kostbare geld* is wel wat jou in je designerkleding en dat penthouse houdt, jongedame. Ik stel voor dat je dat niet vergeet.'

'Alsof ik dat zou kunnen,' mompelde ze.

'Wat?' Nu ging ook de andere wenkbrauw omhoog en boog hij zijn hoofd alsof hij over de rand van een bril keek.

'Ik zei dat mijn inkomsten uit mijn kunst zouden helpen bij mijn budget, zodat je dat niet hoefde te doen.'

Mitchell lachte daarop. 'O, kom op, Cassidy. Jij zou je nog niet aan een budget kunnen houden als het een miljoen dollar was. Je hebt geen idee wat het kost om jou je levensstijl te laten behouden. Het is aardig dat je wilt bijdragen, maar maak je er niet druk om. Ik heb meer dan genoeg om voor je te zorgen.'

Loop. Weg. Zeg niets waar je spijt van krijgt. Bewaar het voor later, als je alleen bent.

Cassidy wilde naar haar onderbewustzijn luisteren, ze wist dat ze dat *moest* doen. Maar die neerbuigende toon deed haar de das om.

Ze kon het niet zomaar laten gaan. Ze kon hem niet laten denken dat hij haar kon manipuleren om te doen wat híj wilde. Ze zou *een* manier vinden om volgens haar eigen regels te leven.

'Weet je, pa, ik ben *echt* wel in staat om voor mezelf te zorgen. Dat heb ik net bewezen. Ik heb het eerder niet gedaan omdat je wilde dat ik beschikbaar was voor het bedrijf. *Jij* hebt me in dat penthouse gezet. Ik was gelukkig in die loft.'

'Het penthouse past meer bij jouw stijl—'

'Nee, het penthouse past meer bij *jouw* stijl en je vindt het prettig dat iedereen weet dat ik daar woon. Ik ben altijd een uithangbord voor je geweest. De alleenstaande vader die zijn dochter onder zijn hoede nam en haar een plek in het bedrijf gaf. Alleen jij en ik weten dat mijn rol volledig oppervlakkig is en dat mijn taakomschrijving is om maatje 34 te hebben en er goed uit te zien. Elk van je bimbo's zou dat kunnen.'

O hemel. Die opmerking was te ver gegaan. Ze zag het aan het vernauwen van zijn ogen en het fronsen van zijn wenkbrauwen. Meer nog dan het optrekken van een wenkbrauw, betekende die frons een hele hoop problemen.

'Luister, ik moet gaan. Dit is niet het moment en niet de plaats.'

'Daar heb je gelijk in. Ik kom morgenochtend naar het penthouse en dan maken we dit af.'

'O, maar, de hulp is er dan.' Er was gewoon iets dat zo compleet *fout* voelde aan die man een hulp noemen.

'Dan stuur je haar maar weg. Ik ben tenslotte degene die haar salaris betaal. Ze doet maar wat ik wil.'

Doet niet iedereen dat? Cassidy zei het bijna hardop voordat ze vertrok, maar ze bedacht dat ze voor één avond al genoeg schade had aangericht.

Morgen was er tijd genoeg om het te zeggen.

Hoofdstuk 6

'Het kan me niet schelen hoe het in de krant is gekomen, ik wil dat het verhaal ingetrokken wordt,' zei Cassidy in haar telefoon terwijl ze de volgende ochtend de deur opende en Liam binnenliet. Ze zag er veel te kunstig onverzorgd uit in een korte broek die laag op haar heupen hing en een professioneel gescheurd t-shirt met blote schouders – net als dat meisje uit die film over die lassende danseres uit de jaren tachtig. Ze toonde veel te veel huid naar zijn smaak, en definitief te veel been.

Bij nader inzien was niets daarvan te veel in een normale man-vrouw-inter-actie. Maar gezien *hun* interactie... tja, dan was het absoluut te veel. Hij hoefde zich niet nog meer tot haar aangetrokken te voelen dan hij al deed.

'Deborah, voor mijn vader verricht u altijd wonderen. Kunt u niet iets voor mij doen? Ik bedoel, hoe moeilijk is het om een artikel tegen te houden?' Cassidy gaf een rukje aan de krant die ze vasthield en Liam ving een glimp op van een grote foto van haar in een waanzinnige avondjurk.

Oké, *dat* was te veel bloot om aan *wie dan ook* te laten zien, laat staan om het groot op de voorpagina van de societysectie te laten plaatsen.

'Maar ik kom over als een verwend nest.'

Liam spitste zijn oren. Hij had nog nooit een society-type ontmoet dat *klaagde* over het feit dat ze verwend was.

'Maar ik heb die dingen helemaal niet gezegd. Kan ik een rectificatie krijgen?' Ze kreunde. 'Nou, wat dacht je van een weerlegging?'

'Nooit tegen de critici ingaan,' mompelde Liam. Bryan, zijn broer de filmster, had hem die wijze woorden ooit meegegeven. Je kon niet winnen als mensen eenmaal begonnen te stoken. Meestal werd het verhaal er alleen maar groter door.

Ze wierp hem een blik toe en kneep haar ogen samen.

'Ik zeg alleen maar: als je ergens een punt van maakt, wordt het alleen maar belangrijker. Wat er ook in dat artikel staat, laat het rusten.'

'Luister, Deborah, ik moet u zo terugbellen. Maar kijkt u alstublieft wat u in de tussentijd kunt doen.'

Ze drukte met haar duim hard op het scherm van haar telefoon. Dat was nergens voor nodig, aangezien het ding met een simpele veeg vergrendelde, maar desondanks voelde Liam hoe de woede vanaf de andere kant van de woonkamer in golven van haar af kwam.

'Had je iets wat je wilde delen?' vroeg Cassidy, waarbij ze *precies* zo klonk als haar neerbuigende vader.

Liam was bij een paar evenementen en beurzen geweest waar Mitchell Davenport de spreker was. De man had overal een mening over en de zijne was de enige die telde. Toegegeven, die kerel *had* een imperium opgebouwd uit vrijwel niets, maar hij zou nooit de mensen moeten vergeten die hem die ladder naar succes hadden helpen beklimmen, want diezelfde mensen konden die ladder ook weer onder hem vandaan trekken.

Ach, wat maakte het Liam uit? Hij speelde niet – en zou dat ook nooit doen – in dezelfde divisie als Davenport. En misschien was die hovaardige ik-ben-beter-dan-jij-houding wel de reden daarvoor.

Voor Liam was dat prima. Hij was volkomen tevreden met zijn bedrijf en een levensstijl op een niveau waar hij zich goed bij voelde. Een verwaande betweter zijn was niets voor hem.

'Het enige wat ik zei was: als jij er een halszaak van maakt, doen anderen dat ook. Laat het gaan.'

'Laat het gaan? Heb je enig idee wat hier staat?' Ze zwaaide de krant woest voor zijn neus, waarbij de huid boven de halslijn van dat t-shirt prachtig roze kleurde van nijd.

Het stond haar goed. Haar groene ogen flitsten als edelstenen en haar ademhaling versnelde zodanig dat die schitterende borsten onder de nauwsluitende katoenen stof op een manier bewogen die alleen een dode niet zou opvallen. En zelfs dat was nog maar de vraag.

God, het was pas zestien over acht 's ochtends en hij stond nu al te hunkeren naar de klant.

'Ik hoor wat je zegt, maar dit is smaad. Laster. Een van de twee.' Ze streek haar haar naar achteren en het perfect gekapte kapsel van gisteravond was veranderd in een wirwar van ontembare golven die over haar schouders dansten op een manier die ervoor zorgde dat een man er zijn vingers doorheen wilde halen. Eraan wilde trekken. Ze stevig wilde vasthouden terwijl hij haar nam—

Verdomme. Het was zeventien over acht en het zweet brak hem alweer uit.

'Ik bedoel dat het leugens zijn. Het zijn allemaal leugens.'

'Wat staat er dan?' Verdomme, hij had dat niet willen vragen. Hij wilde het niet weten. Hij wilde helemaal niets met Cassidy Davenport te maken hebben, behalve dan zo snel mogelijk haar appartement in en uit te gaan en Mac toch de mogelijkheid te geven haar een klant te noemen.

De dingen die hij overhad voor zijn zus.

'Er staat ten eerste dat ik verloofd ben.' Ze hield haar ringloze linkerhand omhoog. 'Zie jij hier een ring?'

'Nee.' Godzijdank.

Later zou hij zichzelf wel afvragen waarom hij de Heer daarvoor bedankte.

'Reken maar van niet. Burton is een aardige kerel, maar absoluut *niet* de man met wie ik ga trouwen.'

Het brandde op Liams tong om te vragen 'Burton wie?', maar eigenlijk wilde hij het niet weten. Hij was niet geïnteresseerd in Cassidy Davenport of met wie ze uitging.

'En ik ben niet weggerend van het gala. Ik liep heel netjes weg. Kalm. Ik heb iedereen gedag gezegd. Niemand kon iets aanmerken op mijn manieren. Ik heb werkelijk geen flauw idee of Burtons ex-verloofde daar was, en het kan me ook niet schelen. Ze mag hem hebben.'

Hij zou eigenlijk helemaal geen voldoening moeten voelen bij het horen van die woorden, maar om de een of andere reden deed hij dat wel.

Verdomme. Cassidy Davenport betekende niets voor hem. Niets. En dat zou ook nooit veranderen.

Ja, blijf jezelf dat maar wijsmaken, vriend. Dat verklaart waarom je zo gevoelig voor haar bent, dat ze naar perziken ruikt, en hoe haar tepels hard zijn geworden, en de trilling bij haar buikspieren terwijl ze naar adem hapt om te kalmeren. En hoe het je is opgevallen dat ze dat allemaal doet. Ja hoor, je vindt haar totaal niet leuk.

'...alsof ik een of andere omhooggevallen snob ben die zich niet tot het gewone volk kan verlagen.' Ze zwaaide de krant naar hem. 'Kun je het geloven? Er wordt in het artikel letterlijk de term *het gewone volk* gebruikt! Wat zijn we? Bewoners van een of ander feodaal dorp? Wie *doet* zoiets?'

Ze draaide zich om en beende door de kamer, waarbij dat gestamp heel prettige dingen deed met haar achterwerk.

'Ik pik dit niet. Gewoon niet. Mijn vader moet op zijn minst een deel van het verhaal hebben gelekt.'

'Hij wil dat mensen denken dat je verwaand bent?' Aangezien Mitchell Davenport geobsedeerd was door imago en dit niet de beste pr zou zijn, geloofde Liam dat niet.

Ze draaide zich vliegensvlug om, waarbij haar haar om haar heen waaierde en over één schouder viel. De andere bleef bloot, wat hem in verleiding bracht om kusjes te geven vanaf haar schouder tot in de curve van haar nek en zichzelf te verliezen in die geur van perziken.

'Nee. Dat ik verloofd ben met Burton. Ik hoopte gisteravond al dat hij niet van plan was een aanzoek te doen, en ik ging weg voordat het pijnlijk kon worden. Nu dwingt mijn vader me als het ware, zodat ik geen nee meer kan zeggen. Hoe zou het eruitzien als de dochter van Mitchell Davenport eerst ja en daarna nee zou zeggen tegen de door hem uitgekozen schoonzoon? Dan ben ik het meest ondankbare, verwende en eigenwijze kind dat er bestaat.'

'Dus je gaat niet trouwen?' Waarom in godsnaam was *dat* de vraag die hij stelde? Jezus, haar parfum moest zijn hersens hebben aangetast.

'Niet met Burton Carstairs. Dat zou zijn alsof ik met mijn vader trouw, en dat is wel de laatste persoon met wie ik ooit in het huwelijksbootje stap.'

'Tja, welke van papa's handlangers die dit appartement kan betalen ga je anders vinden?'

Ze stoof de kamer weer door naar hem toe, met een vinger recht op zijn borst gericht. 'Serieus? Heb je echt het *lef* om dat te zeggen?'

Liam stapte vanuit de verlaagde woonkamer de hal in, zodat ze niet op gelijke ooghoogte met hem zou staan.

Die vinger raakte zijn borst. Au. Die nagels waren verdomd scherp.

'Hoe *durf* je dat te zeggen? Je weet helemaal niets van mij. Geloof niet alles wat je in de kranten leest. Het verhaal van vandaag is een perfect voorbeeld van de leugens die ze verzinnen om advertenties te verkopen. Ik ben geen verwend, nutteloos popje dat mijn vader op een plank zet als hij me niet in het openbaar tentoonstelt. Ik heb nota bene een baan bij zijn bedrijf.'

Liam besloot dat voorzichtigheid in dit geval de betere keuze was wat die uitspraak betrof. Afgaande op wat hij de afgelopen jaren van haar had gezien, *was* haar zogenaamde baan simpelweg verschijnen en er mooi uitzien. Net als een pop.

Gelukkig ging op dat moment haar mobiele telefoon over, wat hem de noodzaak ontnam om de situatie nog erger te maken. Natuurlijk, ze kon wel hoog opgeven over het feit dat ze niet met die Burton-vent ging trouwen, maar ze zou inmiddels wel beter moeten weten: Mitchell Davenport verloor zelden een strijd die hij wilde winnen. Er was een speciaal soort man nodig om met Davenports dochter te trouwen, en Carstairs klonk als de perfecte jaknikker. Handmatig geselecteerd en gevormd naar het evenbeeld van de man zelf. Op die manier hoefde hij zich nooit zorgen te maken over wat Carstairs met zijn bedrijf of zijn dochter zou doen.

'Nee, Stacey,' zei Cassidy in de telefoon, 'het is niet waar. Burton heeft geen aanzoek gedaan, dus ik kan hem ook niet hebben afgewezen.' Ze haalde weer een hand door haar haar, waardoor haar shirt een stukje omhoog kroop.

Verdomme. Die welving van haar taille was genoeg om het water in zijn mond te doen lopen.

Totaal ongepast.

'Ja, ik weet het. Het wordt een enorm gedoe om dat recht te zetten. Ik zou er eigenlijk even tussenuit moeten gaan tot de storm is gaan liggen.' Ze tikte met haar vinger tegen haar mondhoek.

Ja, Liam keek veel langer naar haar dan hij zou moeten – maar hij was niet van plan om weg te kijken. Ze had blote voeten – op die blauwe nagellak na dan natuurlijk – en de manier waarop haar tenen zich in het dikke tapijt krulden, deed hem fantaseren over hoe hij ze zou laten krullen wanneer hij haar lichaam van boven naar beneden zou kussen—

Houd je fucking *gemak, Manley. Je blijft* niet *in de buurt van deze vrouw. Ben je Rachel soms vergeten?*

Juist. Rachel. Zijn desillusie en bijna-ondergang.

'O, dat is waar ook. Ik was even vergeten dat je daarheen ging. Nou, en Donna dan? Gaat zij niet naar Monte Carlo? Ik ben er al een tij— O. Dat wist ik niet. Nou, hoe zit het met Janet? Zou haar vader geen huis voor haar kopen in Marbella? Ik ben dol op die stad. Het water is prachtig en de sfeer is gewoon —' Ze stak een lok haar achter haar oor. 'Heeft ze dat gezegd? Nou, ik weet niet wat ik haar heb misdaan dat ze—' Ze zuchtte. 'Denk het ook. Maar Jean is in Long Island bij haar familie, dus dat gaat niet door, en Mary is op Cape Cod met haar nieuwe vriendje, en Joy is de rest van de zomer in Europa... en nu jij naar LA gaat, lijkt het erop dat ik hier vastzit, en nog alleen ook.'

Liam zei niets over het arme rijke meisje dat nergens heen kon gaan. Wat zielig voor haar; ze moest noodgedwongen in dit chique penthouse blijven met een doorman, conciërge en roomservice – om nog maar te zwijgen van een *werkster* – terwijl ze de publiciteitsstorm rond haar zogenaamde verloving uitzat met een man die het zich kon veroorloven haar in deze levensstijl te onderhouden.

Blijkbaar raakten zelfs society-vrouwen afgestompt.

God, hij vond het echt lastig om aan te horen. Die vrouw had alles en was veel te verwend om dat te beseffen en haar gelukssterren te danken dat er nog mannen op deze wereld waren die de vrouwen bij wie ze waren wilden behandelen als de porseleinen poppen die ze wilden zijn.

Maar Liam was daar niet een van. Echt niet. Hij wilde een vrouw met inhoud. Een echt mens. Een partner. Iemand op wie hij kon rekenen en die aan zijn zijde stond, niet iemand die zijn hardverdiende geld uitgaf en klaagde dat hij haar nooit ergens mee naartoe nam of dingen met haar ondernam.

Als hij nu alleen nog die lichamelijke aantrekkingskracht kon onderdrukken, zou hij deze klus misschien kunnen klaren zonder zijn verstand te verliezen.

Cassidy hield de vraag in die ze eigenlijk niet wilde stellen, maar ja, al haar vriendinnen hadden plannen of waren op vakantie en zij zou hier vastzitten. Ze was dolgraag met Stacey meegegaan naar LA, maar Stacey was met de privéjet van haar vader vertrokken om de filmster te bezoeken met wie ze op dit moment uitging. Sommige vrouwen hadden ook alle geluk, terwijl zij in het pronkstuk van haar vader moest blijven zitten om geruchten af te weren dat ze verwend was. Alleen al het feit dat ze in dit appartement vastzat, was de definitie van verwend zijn, maar ze wilde haar vader niet om het strandhuis of het huis in de bergen vragen, want dan had hij weer iets extra's om haar mee om de oren te slaan. En geen enkel hotel was zo streng beveiligd als de gebouwen van haar vader, dus ze zou de paparazzi niet onder ogen hoeven te komen, tenzij ze naar buiten ging.

Ze nam afscheid van Stacey en legde haar telefoon weg. Ze zat klem.

Alles was zo duidelijk geweest toen Jean-Pierre had gebeld over de verkoop. Cassidy was nerveus geweest om hem überhaupt te benaderen over het tentoonstellen van haar werk, maar de herinnering aan Franklin had haar de moed gegeven. Toen Jean-Pierre vervolgens enthousiast bleek, had Cassidy de hoop die ze zo lang had onderdrukt, voelen opbloeien. Daarna was er de verkoop geweest, en eindelijk had ze het gevoel gehad dat ze iemand was. Dat ze iets had bij te dragen. Toegegeven, het was niet wat de artsen en verpleegsters voor Franklin hadden gedaan, maar het was een stuk zinvoller dan op haar kont zitten terwijl modeontwerpers hun nieuwste ontwerpen aan haar toonden.

'Dus je bent hier vandaag terwijl ik het afmaak?'

Ze keek verschrikt op. O ja. Die man van het schoonmaakbedrijf was er nog.

Verdomme. Hoe heette hij ook alweer? Ze wilde het niet vragen. Ze wilde niet zo oppervlakkig overkomen als iedereen dacht dat ze was.

'Eh, ja, dat klopt.' Hoe kon ze achter zijn naam komen? 'Heb je toevallig een visitekaartje?'

Hij trok een wenkbrauw naar haar op. Grappig hoe dat wenkbrauwoptrekken van haar vader alleen maar doodsangst inboezemde, maar bij deze man... Het was geen angst die door haar lijf gierde.

Of door haar dijen.

Wat was er *mis* met haar? Ze had een enorme berg pr-puinhopen weg te werken en ze liep te kwijlen op de kerel die haar toiletten poetste omdat hij knap was?

O, God. Ze *was* echt zo oppervlakkig.

Toch nam ze het visitekaartje aan dat hij haar toeschoof. 'Er staat geen naam op.' Alleen het logo en de contactgegevens. Simpel, functioneel. Totaal niet zoals de man die voor haar stond.

De man haalde zijn schouders op. 'Daar moet ik Mac achteraan laten zitten. Dat zou eigenlijk wel moeten, ja, zodat mensen specifiek naar mij kunnen vragen.'

Zij zou specifiek naar hem vragen.

'Inderdaad. Ik bedoel, hoe weten mensen anders wie je bent?' Verdomme, ze moest er nog steeds achter zien te komen hoe hij heette.

Hij hield zijn hoofd schuin. 'Je weet mijn naam niet.'

'Wat? Natuurlijk wel. Je hebt je gisteren voorgesteld.' Ze bleef de scène in haar hoofd herhalen, maar het enige wat ze nog wist, was de tinteling die door haar heen was gegaan terwijl hij in haar woonkamer stond, terwijl ze vurig had gehoopt dat hij een stripper was die door haar vrienden was gestuurd — de vrienden die haar deze week zo ongeveer in de steek hadden gelaten — en niet de echte hulp.

Hoezeer had ze zich vergist. En nu moest ze op de blaren zitten.

'Je weet mijn naam *niet*.'

'Je bent gek.'

Hij kruiste zijn armen, en mijn hemel, wat deed dat met zijn schouders. Ze zou het niet erg vinden om daarin gewikkeld te worden.

'Oké, bewijs mijn ongelijk dan. Hoe heet ik?'

'Wat zei je?'

'Mijn naam?'

Mist. Ze was de vraag vergeten; waarom hij niet? 'Weet je het zelf niet meer? Dat zou een probleem kunnen zijn. Misschien moet je dat eens laten nakijken.'

'Grappig.' Hij ontspande zijn armen en zette zijn vuisten in zijn zij.

Mijn hemel, wat dat deed met zijn wasbordje —

'Dus, wat is mijn naam?'

Verdomme. Ze likte haar lippen af. 'Serieus, vriend, als je je eigen naam niet meer weet, moet je misschien eens naar een dokter.'

Liam deed een stap naar haar toe. 'Je komt hier niet onderuit, prinsesje. Of je weet mijn naam, of je weet hem niet. Ik ben óf belangrijk genoeg voor je om te onthouden, óf dat ben ik niet.'

'Dat is niet echt eerlijk.' Want ze zou hem *nooit* vergeten. Misschien wist ze zijn naam niet meer, maar hem? Nee, hij was absoluut onvergetelijk.

'En neerkijken op ons, arme werkende sloebers, is dat wel eerlijk?'

'Ik kijk niet op je neer. En dit is de neus waar ik mee geboren ben.'

Zijn opgetrokken wenkbrauw verraadde dat hij daar anders over dacht.

'Echt waar.' Ze kruiste haar armen. 'Alleen omdat de meeste mensen in mijn sociale kring een neuscorrectie of een borstvergroting hebben gehad, moet je er niet vanuit gaan dat ik dat ook heb gedaan.'

'O, schatje, ik weet al lang dat jij geen borstvergroting hebt gehad.'

Hij had geen enkel recht om aan haar borsten te denken.

Maar verdomme, haar borsten vonden het maar al te fijn dat hij dat deed; haar tepels werden hard onder de sportbeha en het dunne schildershirt dat ze droeg.

Omdraaien, Cassidy. Loop weg bij die lekkere vent. Wiens naam je nog steeds niet weet.

O God. Ze wist zijn naam niet. Hoe ontzettend oppervlakkig was ze wel niet?

Cassidy haalde diep adem en sloot haar ogen. Ze kon best toegeven dat ze het niet meer wist. Heel veel mensen hebben moeite met namen. Dat betekende niet dat ze oppervlakkig was. Bovendien had ze de afgelopen vierentwintig uur veel aan haar hoofd gehad. Ze was zenuwachtig geweest voor de lunch met haar vader; daarom wist ze zijn naam niet meer. Hij had hem waarschijnlijk maar één keer gezegd en waarschijnlijk zo snel dat ze het niet eens echt gehoord had.

Toch dicteerde de beleefdheid dat ze haar geheugenverlies moest opbiechten. Het kon iedereen overkomen.

Er draaide een sleutel in het slot van de voordeur.

De schoonmaker draaide zijn hoofd om bij het geluid.

Cassidy niet. Er was maar één persoon die de sleutel zou gebruiken zonder aan te kloppen.

Grappig, ze had niet gedacht dat ze blij zou zijn om haar vader te zien na gisteravond, maar als zijn komst haar zou redden van de schande om te moeten toegeven dat ze de naam van de hulp niet meer wist, tja, dan was er voor alles een eerste keer.

'Wie de hel bent u?'

De vraag van haar vader was weliswaar goed getimed, maar ook net zo arrogant als Cassidy's onwetendheid over zijn naam oppervlakkig was.

De hulp leek echter niet geïntimideerd. Hij stak zijn hand uit en trad haar vader als gelijke tegemoet. 'Liam Manley. Van Manley Maids.'

'Uw bedrijf?'

Liam (!) schudde zijn prachtige bos haar. 'Van mijn zus. Ik help alleen even uit.'

'U werkt voor uw zus?' Daar ging de wenkbrauw van haar vader weer. 'Zou dat niet andersom moeten zijn?'

Cassidy wilde wel door de grond zakken. Hoe neerbuigend kon haar vader zijn? Ze wilde Liam niet zien kronkelen, maar een morbide nieuwsgierigheid dwong haar naar hem te kijken.

Hij zag eruit als een Liam. Groot en sterk en fors gebouwd, als iemand uit het oude land op wie je kon bouwen als het moeilijk werd.

Waarom dacht ze dat in hemelsnaam?

'Ik zie mijn zus niet echt op schuine daken klimmen of isolatie aanbrengen, maar ik zal het haar voorstellen als ze behoefte heeft aan een carrièreswitch.' Liam verbrak de handdruk en draaide zich kwartslag, zodat haar vader hem van opzij zag.

Zij, de geluksvogel, had vooraanzicht.

'Nou, Cass, ik denk dat ik maar eens naar de slaapkamer ga om het daar af te maken. Dan heeft u wat privacy om uw, eh, probleem te bespreken.'

Cass? Sinds wanneer noemde hij haar *Cass*? Sinds wanneer noemde hij haar *iets*? Nou ja, behalve prinsesje natuurlijk, maar dat was met een flinke dosis sarcasme gezegd waar ze wel zonder kon.

Haar vader keek Liam na terwijl die naar haar slaapkamer liep. Daarna trok hij een wenkbrauw naar haar op. '*Cass*? Vertel me niet dat je de hulp tot je speeltje hebt gebombardeerd en dat dat zijn koosnaam voor je is.'

Lieve God, haar vader kon zo lomp zijn. Wat ronduit lachwekkend was, aangezien hij van elke blonde twintiger zijn bimbo maakte. En zelfs al *had* ze van Liam haar speeltje gemaakt — niet dat dat haar vader iets aanging — dan was *Cass* wel het laatste wat ze hem haar zou laten noemen. Ze had niemand haar zo laten noemen sinds, tja... sinds haar moeder weg was gegaan.

'Ik ga niet met Liam.'

Haar vader trok alleen zijn wenkbrauw weer op.

Maar deze keer liet Cassidy zich niet uit het veld slaan. Zijn insinuatie was belachelijk en bovendien had ze nog een appeltje met hem te schillen.

'Waarom heb jij tegen een verslaggever gezegd dat ik verloofd ben?'

Haar vader zuchtte alsof hij geen zin had in dit gesprek. 'Was dat waar je paniekerige telefoontje naar Deborah over ging? Serieus, Cassidy, ik heb een bedrijf te runnen. Mensen rekenen op mij voor hun inkomen. Om hun gezinnen te voeden. Ik kan niet voor elk wissewasje voor je klaarstaan als iemand iets over je zegt. Heb ik je niet verteld dat we *willen* dat onze naam in de societyrubrieken verschijnt?'

'Maar je wilt niet dat er iets bekend wordt over mijn schilderwerk.'

'Dat is anders. Wij beheersen de informatiestroom. Jouw hobby levert mijn bedrijf helemaal niets op.'

'Maar mijn nepverloving met Burton wel?'

'Natuurlijk.' Haar vader pakte een van de sierkussens op en draaide het een centimeter of acht naar links. Verdomde perfectionist. Hij moest haar gewoon even laten zien dat wat zij had gedaan niet goed genoeg voor hem was. 'Burton is een gewaardeerd lid van mijn managementteam. Een vertrouwd lid. Hij heeft hard gewerkt om zijn positie te verdienen en hij geeft veel om je. Hij is de perfecte man voor jou om mee te trouwen.'

'Je laat het klinken als een zakelijke transactie.'

Haar vader keek uit de grote glazen ramen. 'Liefdeshuwelijken lopen meestal niet goed af. Kijk maar naar het aantal echtscheidingen in dit land.'

Hij had het niet over het land. Hij had het over hem en haar moeder. Hij had niet meer over haar gesproken sinds twee jaar nadat ze vertrokken was. Wat ongeveer rond de tijd was dat hij naar kostscholen begon te kijken...

'Ik ga niet met Burton trouwen, pap.'

Hij ademde diep in, stak zijn handen in zijn zakken en draaide zich om. 'Jawel, dat doe je wel.'

Zeggen dat ze geschokt was, was een understatement. Cassidy had in geen miljoen jaar gedacht dat hij zo controlerend zou zijn dat hij haar zou vertellen met wie ze moest trouwen en dan ook echt verwachtte dat ze dat zou doen. Of erin mee zou gaan.

'Dat meent u niet.'

'O, dat meen ik wel. En met de aankondiging op de voorpagina van de societyrubrieken *zal* het gebeuren.'

'Nee, dat zal het niet.' Ze gaf geen krimp. Hij mocht dan haar garderobe hebben uitgekozen, haar huis, zelfs haar naam, maar hij ging *niet* de man uitkiezen met wie ze haar leven zou doorbrengen.

'Dat zal het wel, Cassidy, en als je weer bent afgekoeld, zul je inzien dat het logisch is. Burton is de perfecte man voor jou. Je zult blijven leven zoals je gewend bent en hij zal bij Davenport Properties werken. Het is allemaal al gepland.'

'Echt waar? Door wie? Want ik ben zeker niet geraadpleegd bij dit plan.'

'Je doet wat ik goeddunkt, zoals je altijd hebt gedaan als je wilt blijven genieten van de voordelen die het dochter zijn van mij met zich meebrengt.'

'Nou, misschien wil ik dat wel niet.' Ze schrok zelfs van zichzelf toen ze dat zei, maar de blik op haar vaders gezicht was onbetaalbaar.

Jammer dat ze die niet kon verkopen. Vooral toen hij zijn volgende uitspraak deed.

'Dat is aan jou. En het is een beslissing die in de komende dertig seconden moet worden genomen.'

Hij stroopte de mouw van zijn jasje op en staarde naar de Rolex die model had gestaan voor die van Burton. 'Achtentwintig, zevenentwintig.'

'Je intimidatietactieken gaan dit keer niet werken, pap.'

Hij trok een wenkbrauw op. 'Dit is geen tactiek, Cassidy. Je speelt volgens mijn regels of je speelt helemaal niet mee. En dat is inclusief alle uiterlijk vertoon die bij mijn dochter horen.'

'Pap, dit is belachelijk. We leven niet meer in de Middeleeuwen. Ik kan zelf kiezen met wie ik wil trouwen.'

Hij keek weer op zijn horloge. 'Vijftien, veertien.'

Hij meende het niet. Hij zou haar niet onterven, alleen maar omdat ze niet met Burton wilde trouwen. Hij was het gewoon gewend om zijn zin te krijgen. Bovendien had hij haar te hard nodig. Het was een machtsspelletje. Nou, ze was al negenentwintig jaar zijn dochter; ze liet zich niet intimideren.

'Negen, acht.' Hij keek niet eens naar haar op. 'Zeven, zes.'

Ze kruiste haar armen. 'Ik geef niet toe, pap.'

'Vier, drie, twee, één.' Hij stroopte zijn mouw weer over zijn Rolex. 'Ik verwacht dat je hier over vijftien minuten weg bent. Je laat natuurlijk alles achter wat met mijn geld betaald is. Behalve de hond en wat je nu aanhebt. Ik kan mijn dochter niet naakt op straat zetten.'

'Maar je zet haar wel gewoon op straat?' Hij probeerde haar bang te maken zodat ze zou doen wat hij wilde.

'Precies. Dat krijg je als je denkt het beter te weten. Bewijs het maar.' Hij stak zijn handen in zijn zakken. 'Ga je nog opschieten, Cassidy? Ik weet zeker dat je minstens vijf minuten nodig hebt om de spullen van de hond in te pakken. Jouw spullen zullen echter minder lang duren, aangezien ik alles in dit penthouse heb betaald. Omdat ik echter niet harteloos ben, mag je je toiletartikelen meenemen. Maar schiet op. Ik moet nu naar mijn makelaar om dit pand te koop aan te bieden.'

'Te koop?' Jemig, hij haalde echt alles uit de kast.

'Natuurlijk. Ik kan geen leegstaand pand hebben dat me geld kost. Het zal de verkoop van de andere appartementen ten goede komen.' Hij haalde zijn mobieltje tevoorschijn. 'Schiet op, Cassidy. Ik heb niet de hele dag de tijd. Laten we dit snel en zonder onnodige emoties afhandelen, oké?'

'Pap, ik ga nergens heen.'

'Misschien ben ik niet duidelijk genoeg geweest.' Hij toetste een nummer in op zijn telefoon. 'Deborah, ik wil een slotenmaker bij het penthouse in de Davenport Towers. Ja, het appartement van Cassidy. Nee, er is niets aan de hand, het is alleen dat Cassidy heeft besloten dat ze hier niet langer zal wonen. En bel Shel zodra je de slotenmaker hebt geregeld. Ik wil hem hier meteen met zijn fotograaf hebben om foto's van de plek te maken. De hulp is er en zou binnen een uur klaar moeten zijn. Deze plek moet er perfect uitzien voor de verkoopfoto's.'

Cassidy wierp een blik op de telefoon. Heilige stront. Hij was echt tegen Deborah aan het praten.

O mijn God. Hij *meende* het.

Hij zette haar eruit.

Nee, dat kon niet. Hij zou zijn eigen vlees en bloed toch niet zomaar op straat gooien.

Hoewel hij haar moeder er wel uit had geflikkerd, als Deborah's verhaal te geloven was, en Cassidy had geen reden om aan te nemen dat dat niet zo was. Een paar jaar geleden, nadat de zus van Deborah was overleden en haar vader op safari was in Afrika, waar het bereik op zijn zachtst gezegd matig was, had Deborah wat vrije tijd gehad om Cassidy te vergezellen bij een locatiebezoek voor een aanstaand evenement. Eén glas wijn aan de bar was uitgelopen op vier, en er waren wat verhalen over haar vader naar buiten gekomen. Haar moeder was onderdeel van die onthullingen.

Haar moeder had een affaire gehad met het hoofd beveiliging van haar vader. Cassidy zou graag willen zeggen dat die affaire haar vader tot een harteloze klootzak had gemaakt, maar de manier waarop hij nu orders naar Deborah blafte om de slotenmaker, de makelaar, redacteuren van verschillende vastgoed- en architectuurtijdschriften en zelfs een item in het lokale ochtendprogramma te regelen, was niet iets wat was ontstaan omdat zijn vrouw was vreemdgegaan.

'Cassidy, je hebt nog zeven minuten. Ik raad je aan om te gaan pakken, anders staan jij en je hond straks met lege handen.'

Ja, haar vader was als klootzak geboren.

Hoofdstuk 7

'Jezus, gaat het wel?' Liam staarde naar het zombieachtige wezen dat houterig de slaapkamer was binnengestapt. Cassidy zag eruit alsof ze een geest had gezien.

Ze staarde naar hem op de ladder, maar zei geen woord. Haar groene ogen, die zojuist nog hadden gefonkeld van woede, stonden nu dof en levenloos, en ze keek om zich heen alsof ze niets herkende.

'Cassidy?'

Ze leek hem niet te horen terwijl ze schokkerig naar haar badkamer liep en bijna als een bijzaak een tas uit haar kast pakte.

Hij sprong praktisch van de ladder en rende achter haar aan. Ze zag er niet goed uit.

Hij trof haar aan terwijl ze toiletartikelen in de tas smeet. Onzinnige dingen als loofahs, toiletpapier en scheermesjes.

Hij griste de tas uit haar greep. 'Cassidy, lieverd, praat met me. Wat is er gebeurd?' Haar vader was net gearriveerd. Was er iets voorgevallen? Haar moeder misschien?

Ze pakte de weegschaal op, stopte die in de tas en liep toen naar de mand met badgels en andere spullen. Ze graaide er wezenloos doorheen, zonder echt een idee te hebben van wat ze aan het doen was.

Liam haalde de weegschaal uit haar tas. Hij was er vrij zeker van dat op de plek waar ze naartoe ging wel een weegschaal zou staan. En waar had ze die trouwens voor nodig? De vrouw was zo slank als je van een socialite mocht verwachten.

'Cassidy, wat is er aan de hand? Wat ben je aan het doen?'

Ze keek hem over haar schouder aan. 'Ik ben aan het inpakken.'

'Dat zie ik, maar waarvoor?'

'Voor de rest van mijn leven, blijkbaar.' Er ontsnapte een klein lachje aan haar lippen.

Een manisch lachje.

Hij nam de mand met badproducten die ze had opgepakt uit haar handen. 'Leg het uit.'

Ze keek naar de mand alsof ze niet wist wat het was, wat vreemd was aangezien ze erin had zitten wroeten alsof elk item een kroonjuweel was. Daarna keek ze in de rest van de badkamer rond en begaf zich wankel naar het wc-deksel om te gaan zitten.

'Mijn vader zet me op straat.'

Liam zette de mand neer en wiebelde met een vinger in zijn oor. 'Zeg dat nog eens?'

'Mijn vader. Hij schopt me eruit.'

'Hier uit?'

Ze trok haar wenkbrauwen op. 'Is dat niet wat uit huis zetten betekent?'

'Maar waarom?'

Er kwam weer een lachje uit, maar dit keer was het niet echt geamuseerd. Het leek meer op een snuif. 'Omdat ik niet ga trouwen.'

O. Liam begreep het. Papa zette zijn dure schoen dwars. 'Als je niet met die vent trouwt, moet je weg?'

'Precies.'

'Dat kan hij niet maken.'

Cassidy's wenkbrauwen gingen nog verder omhoog. 'Wéét je wel wie mijn vader is? Er is niet veel dat hij niet kan.'

Dat was waar. 'Dus waarom al die haast?'

'O, shit.' Ze sprong op. 'Ik heb geen tijd om te praten. Ik moet mijn spullen pakken en wegwezen hier.' Ze greep de tas, smeet hem in de wasbak voor haar medicijnkastje, schoof de inhoud ervan erin en gooide er toen een assortiment aan haarapparaten en borstels bij.

Jeetje, ze had een borstel voor elke haarstring.

Typisch.

De voordeur sloeg dicht.

'Wat was dat?'

Cassidy hees de tas op haar schouder. 'Verdomme. Dat was mijn vader. Ik moet zien of hij Titania niet heeft meegenomen.' Ze viel bijna toen de tas tegen de deurpost sloeg terwijl ze de badkamer uit probeerde te rennen.

'Hier, laat mij dat maar doen.' Liam trok een gezicht terwijl hij de hengsels van haar schouder schoof. Verdomme. Hij mocht de vrouw niet eens; waarom hielp hij haar in vredesnaam?

'Ik heb hem al.' Ze probeerde de tas van hem weg te rukken.

'Ga. Pak je hond. Ik draag dit niet ook nog voor je naar buiten.'

Ze keek naar haar tas, toen naar de woonkamer en toen naar hem. 'Dank je.'

Hij had bijna gezegd: 'Graag gedaan, prinsesje,' maar dit was niet het moment voor sarcasme dat ze toch niet zou begrijpen. Hij droeg haar tas terwijl ze uit haar penthouse werd gezet door de man die de rekeningen betaalde. Hij zou hierom moeten gniffelen. Een van *hen* had zojuist een dosis realiteit gekregen.

Jammer dat geen van die vakanties waar ze eerder nog bij probeerde aan te haken was doorgegaan. Ze had Papa's verandering van gedachten kunnen afwachten nadat hij zijn prinsesje een lesje in stijl had geleerd, als haar zogenaamde vrienden haar niet in de steek hadden gelaten.

'Titania, nee!'

Liam kromp ineen toen hij het kabaal hoorde. Hij had zo'n vermoeden dat het een van de kristallen snuisterijen op de bijzettafel was, precies waar het tapijt ophield en de marmeren hal begon. Wat betekende dat er nu voor minstens vijfduizend dollar aan scherven lag — die hij zou moeten opruimen.

'Titania, kom hier. Ik heb hier geen tijd voor.'

Liam hoorde de kastjes in de keuken dichtslaan en de plastic bakjes en diverse blikjes over de vloer kletteren.

'Stoute meid, Titania!'

'Toe nou toch.' Liam liep naar binnen, hurkte neer bij de kleine verschrikking en schepte haar op. 'Luister, mormel, koest. Je baasje kan je paniek er nu niet bij hebben. Ze heeft een plan en jij moet meewerken.'

De kleine keffer kalmeerde, god zij dank.

'Hier, geef haar een van deze.' Cassidy wierp hem een kartonnen koker toe die bekleed was met roze vilt en strassteentjes.

'Eh, ik weet het niet zeker, maar ik denk niet dat strassteentjes goed zijn voor haar spijsverteringskanaal.' God wist dat ze niet goed waren voor het zijne. Hij verafschuwde die steentjes en jongleerde met de koker en de hond alsof het een spelletje *hittemeteit* was.

'Er zitten snoepjes in. Daar is ze dol op.'

'Ik dacht dat je slecht gedrag niet moest belonen?' Hij zette de hond neer. Ze keek hem iets te geïnteresseerd aan terwijl hij het deksel eraf peuterde. Ondanks de designer-buitenkant rook de binnenkant nog steeds naar lever-worst-hondensnoepjes.

'Ze is stil geworden. Dat beloon ik.'

'Nee, je moedigt haar aan om te blaffen, zodat ze een snoepje krijgt als ze weer stil is. Je geeft haar deze dingen toch niet de hele dag door, gewoon omdat ze stil is?'

'Serieus? Is dat wat je nu het belangrijkst vindt?' Cassidy reikte met haar arm diep achter in het kastje, haar wang tegen de lade erboven gedrukt. 'Ik heb op dit moment wel wat belangrijkere dingen aan mijn hoofd.' Ze trok een grimas en boog nog dieper het kastje in. 'Ah, daar is het.'

'Wat is dat?' Het was een soort roze plastic gevaarte met gekrulde randen en, o, in godsnaam, een tiara die in de rugleuning was uitgesneden als een troon. Een hondentroon.

'Dit is haar mand.'

'En waarom stond die in het kastje?'

'Mijn vader wilde hem niet in de woonkamer of mijn slaapkamer hebben. Het past niet bij het interieur.'

Dat was verdomme een feit. Het ding zag eruit alsof het rechtstreeks uit een Disney-film kwam.

'Aangezien hij me dwingt te vertrekken, denk ik dat het niet meer uitmaakt dat Titania er nu in slaapt.'

'Als jij het zegt.' Persoonlijk zou hij nachtmerries krijgen als hij in zoiets moest slapen, maar goed, hij was dan ook geen verwend accessoire van een verwende socialite.

Maar het zou best leuk kunnen zijn om dat van haar te zijn.

Hij drukte die gedachte heel snel de kop in — totdat ze opstond en haar dijen afklopte.

Haar blote dijen.

Hoe had hij dat gemist te midden van al die rommel die uit de kastjes viel?

Verdomme, Manley. Je verliest je scherpte.

Eigenlijk was dat maar goed ook. Het laatste wat hij moest doen, was letten op de benen van Cassidy Davenport.

Behalve toen ze zich op het aanrecht afzette om op te staan en haar shirt achter haar hand bleef haken, waardoor hij een snelle glimp opving van een roze beha en decolleté, en *dat* was pas echt het laatste waar hij op moest letten.

Vooral met die verdomde broek die naar zijn smaak sowieso al veel te strak zat. En toen moest hij er ook nog in opstaan.

Gelukkig had hij haar tas nog, dus bedekte hij zijn stijve daarmee en schepte het mormel op.

'Heb je zo alles wat je voor nu nodig hebt, of ga je alle kasten leegruimen?'

Er verscheen een vreemde blik op haar gezicht en hij had kunnen zweren dat haar onderlip trilde. Maar ze herpakte zich snel en rechtte haar schouders terwijl ze resoluut de kastdeur sloot.

'Nee, ik ben klaar. Dit is alles wat ik nodig heb.' Ze keek de keuken rond, greep een tas uit de voorraadkast en kieperde de blikken voer en dozen met koekjes erin. 'O, en haar riem. Die heb ik nodig.'

'Ik heb hem.' Liam liep naar de kast in de woonkamer.

Ze volgde hem, met de tas — een bruine papieren tas met handvatten van touw — aan haar onderarm, en probeerde het zwierige shirt zo te schikken dat het nog wat lichaamsdelen bedekte.

'Waar is mijn iPad?' Ze liep naar de tafel achter de bank en rommelde door de tijdschriften die daar lagen. 'Heb jij hem verplaatst om schoon te maken?'

'Toen ik hem voor het laatst zag, lag hij daar.'

'Hij heeft hem meegenomen. De schoft.'

Het was waarschijnlijk beter om er niet op te wijzen dat die schoft degene was die de iPad ook had *gekocht*. Hij had geen zin in tranen. O, hij was er jaren geleden al immuun voor geworden, maar ze zouden hem alleen maar kwaad maken en de dag was zo veelbelovend begonnen. Hij wilde de rest niet verpesten.

'Moet ik een taxi voor je bellen of staat je auto hier?' Alles om de zaak te bespoedigen en haar de deur uit te krijgen.

'Mijn auto staat beneden.' Ze hield haar hand op nadat ze haar voeten in een paar glitterende teenslippers had geschoven. 'Als je me de riem en mijn tas geeft — en mijn hond — dan zal ik ons allemaal naar beneden brengen.'

Hij was in de verleiding. Man, wat was hij in de verleiding. Haar in één klap de deur uit werken. Het probleem was dat ze eruitzag alsof ze in elkaar zou zakken voordat hij dat voor elkaar kreeg.

'Ik heb je spullen. Heb je je sleutels?' Hij wachtte haar knikje niet af, maar liep naar de deur en hield die voor haar open. 'Na u, prin—mevrouw Davenport.'

Ze stak haar neus in de lucht, perfect socialite-gedrag. 'Noem me niet zo. Ik verander mijn naam.'

Hij rolde achter haar rug met zijn ogen. Een loze dreiging, want het was juist die naam die deuren voor haar opende en dat zou blijven doen, daar was hij zeker van. Zoals de deuren van het Ritz, het Hyatt, of verdomme, vooral de hotels van haar vader.

Marco begroette hen bij hun naam — inclusief de hond. 'Je vader zei dat je naar beneden zou komen. Zal ik een taxi voor je bellen?'

Cassidy keek hem wezenloos aan. 'Een taxi?'

'Ja, weet je wel, zo'n gele auto?' wierp Liam erdoorheen. 'Brengt je waar je heen wilt?' Hij tilde de keffer op en fluisterde toneelmatig in zijn oor, in een poging de situatie te sussen omdat Cassidy er nog steeds niet al te best uitzag en het niet nodig was de roddelmolen te voeden. Marco leek een betrouwbare vent, maar wie wist wat hij zou doen als de roddelbladen aanklopten voor vuiligheid met de juiste zak geld. 'Je baasje is blijkbaar vergeten hoe wij, het gewone volk, leven.'

'Dat is echt een gemene opmerking.'

Mooi, hij had haar weer op de kast gekregen. Niet dat hij wist of ze echt Iers temperament had, maar wat dan ook. Het werkte. Woede was een veel makkelijkere reactie om mee om te gaan dan tranen.

'Tja, schat, wie de schoen past, trekke hem aan.'

'Je vindt jezelf wel heel grappig, hè? Je gedraagt je zo vreselijk superieur omdat je erbij was toen mijn vader—' Ze wierp een blik op Marco. 'Eh, zojuist.'

Liam haalde zijn schouders op en overhandigde haar de pluizenbol. 'Ik zeg het maar gewoon.'

'Je kunt je commentaar beter voor je houden.' Ze hees de hond omhoog en kuste de idiote strik op haar kop. Het beest likte haar over de lippen.

Ja, de *lippen*. Geen groot probleem, vermoedde Liam. Het mormel ging waarschijnlijk regelmatig naar de hondentandarts.

De extreem snelle en stille lift legde de twaalf verdiepingen naar de begane grond in recordtijd af en Marco was het toonbeeld van het onzichtbare en onhoorbare personeel terwijl hij de deur voor hen openhield. Liam zou hem een fooi hebben gegeven, maar aangezien Cassidy op geen enkele manier aanstalten maakte, nam hij aan dat de dochter van de goede oude Mitch dat ofwel niet hoefde te doen, ofwel een rekening had die rond de kerst royaal uitbetaalde. Hij wist niet hoe het protocol was voor dit niveau van het high-life.

Liam liep naar de voordeur toen Cassidy linksaf sloeg naar een andere reeks liften, er volledig op rekenend dat hij mee zou gaan, terwijl haar slippers woest over de marmeren vloer kletsten. Het zou haar verdiende loon zijn als hij haar tas daar in de lobby zou laten vallen omdat ze ervan uitging dat hij haar lakei was, maar — verdorie — hij had medelijden met haar en wilde geen scène schoppen na de aanvaring die ze net had gehad.

De tweede reeks liften opende in een parkeergarage zoals hij er nog nooit een had gezien. Het was niet zomaar een parkeergarage. De vloeren leken op baksteen, de steunpilaren waren Ionisch, en het zou hem niet verbazen als er overal kussensbankjes stonden in de vorm van dat stomme hondenbed. De schoot van luxe voor luxewagens.

'Klootzak.'

Liam keek verbaasd op. Je zou dergelijk taalgebruik niet verwachten van een socialite die naar de beste finishing schools was geweest. Niet dat hij wist welke scholen dat waren, maar dat was haar enige claim op roem telkens wanneer ze in de krant werd genoemd. Hij was er vrij zeker van dat 'Vloeken 101' niet op het lesrooster stond.

'Die laatdunkende, schijnheilige rotzak.'

Als het een vak was geweest, zou ze een tien krijgen voor de uitvoering, want de woorden klonken zo ongerijmd uit dat engelachtige gezicht.

En toen zag hij waar ze naar keek.

Er zat een wielklem op de Mercedes.

Een wielklem.

Man, dat was snel. Maar goed, Mitchell Davenport had waarschijnlijk mensen die klaarstonden om zijn bevelen op te volgen.

'Heeft hij je auto laten klemmen?'

Cassidy ademde zo diep in dat haar borsten wel tien centimeter omhoog kwamen — waardoor haar shirt ook tien centimeter omhoog schoof en er een heerlijk stukje zijdezachte, gebruinde huid te zien was.

Waarom kon de vrouw niet gewoon dik en plomp zijn? Waarom moest ze rechtstreeks uit elke erotische fantasie komen die hij ooit had gehad *en* ook nog eens een verwend prinsesje zijn? Was het universum hem *expres* aan het martelen?

'Hoe verwacht hij in *hemelsnaam* dat ik ergens naartoe ga zonder mijn auto?'

'Dat verklaart Marco's opmerking over de taxi.'

Ze trok een scheve mond. 'Geweldig. Marco weet het. Ik vraag me af wie er nog meer van weet. Het is nog niet erg genoeg dat mijn vader me op straat zet, nu zet hij me ook nog voor schut.' Ze zette de pluizenbol neer, trok haar handtas van haar schouder en begon erin te rommelen. 'Verdomme.'

Hij durfde het bijna niet te vragen. 'Wat?'

'Ik heb geen contant geld.'

Natuurlijk niet. De superrijken hoeven geen contanten bij zich te hebben.

'Ik weet zeker dat je de taxi met een pasje kunt betalen.'

Ze keek hem aan alsof hij een idioot was. 'Die man heeft een wielklem op mijn auto gezet. Het kost hem nog minder tijd om mijn creditcards en, oh god, mijn pinpas te laten blokkeren. Je kunt er vergif op innemen dat mijn vader die niet over het hoofd heeft gezien.'

Liam nam nergens vergif op in. Wedden had hem in deze hachelijke situatie gebracht — en midden in de hare.

'Wat dacht je van een bank? Je kunt daar geld opnemen.'

Ze schudde haar hoofd. 'Hij zal de rekeningen wel hebben laten bevriezen als hij al het andere heeft geannuleerd.'

'Dus ik gok dat een hotel er ook niet in zit.'

'Wat?' Cassidy's ogen werden groot. 'O mijn god. Waar moet ik heen?'

'Die vriend van je?'

'Burton? Dacht het niet. Niet na gisteravond.'

'Hij weet toch niet dat je niet met hem wilt trouwen? Je hebt hem niet echt afgewezen. Ik wed dat hij je komt redden.' En dan kon ze nog lang en gelukkig leven in een kasteel dat door haar vader werd betaald. Rachel zou bloednerveus worden van jaloezie.

'O, ja hoor. Ik bel hem en vraag of ik bij hem kan intrekken? Dat is *precies* wat mijn vader wil dat ik doe. En dan komen het schuldgevoel en de druk om aan Burton toe te geven.' Ze sjorre het shirt weer over haar schouders, maar Liam had haar kunnen vertellen dat ze de moeite niet hoefde te nemen. Dat shirt was ontworpen om uitdagend van een paar zeer sexy schouders af te glijden en Cassidy beschikte over precies zo'n paar. 'Wat moet ik nu doen?'

'Bel je vrienden.' Er moest er toch wel één zijn door wie ze niet was afgewezen.

'Dat heb ik gedaan. Iedereen is weg en degenen die er wel zijn hebben waarschijnlijk al gehoord over gisteravond. Niemand gaat nu genereus aanbieden dat ik bij hen mag blijven. Mijn vaders naam en invloed zijn groter dan de mijne in deze stad, en als het woord zich verspreidt... Niemand zal aan zijn slechte kant willen staan. Met sociale uitsluiting in het vooruitzicht stelt vriendschap met mij niks meer voor.' Ze leunde tegen de motorkap van de auto met de wielklem. 'Bovendien...' Ze haalde haar mobieltje tevoorschijn, schoof met haar vinger over het scherm en hield het scherm toen naar hem toe.

Het zwarte scherm.

'Hij heeft hem afgesloten.'

Liam vond het niet fijn waar haar logica hem naartoe leidde. Echt niet. Hij baalde ook van zijn eigen stomme, verdomde weke hart. 'Dus waar ga je heen? Heb je geen familie die je in huis kan nemen? Je moeder?'

Nu was het haar beurt om met haar ogen te rollen. 'Ik neem aan dat je niet *alle* roddelrubrieken hebt gelezen. Mijn moeder is er met haar minnaar vandoor gegaan toen ik nog een kind was. Ze wilde zo ver mogelijk bij pa vandaan zijn. Mexico is behoorlijk ver weg.'

'Ze zou je geld kunnen overmaken.'

Dit keer keek ze weg. 'Dat is geen optie.' Haar toon gaf aan dat dit het einde van het verhaal was.

Het moest wel een hel van een verhaal zijn als ze bereid was op straat te gaan leven in plaats van de vrouw te bellen die haar op de wereld had gezet.

En wat was er met die foto en armband onder Cassidy's bed? Hij zou het interessant moeten vinden dat ze die niet had gepakt in haar bijna catatonische toestand toen ze alles wat los en vast zat in haar tas smeet, maar misschien ook niet. Misschien wilde ze geen herinneringen aan haar ouders. Ze had geen van haar persoonlijke spullen meegenomen, zoals kleding—

Oh, verdomme. Alles wat ze nog bezat, had ze aan haar lijf of zat in haar tas. Zonder een rooie cent.

Hij zou hier spijt van krijgen. Zo zeker als hij de weddenschap met zijn zus had verloren, zo zeker zou hij hier spijt van krijgen. Maar hij kon de woorden niet tegenhouden.

'Vooruit dan maar. Je kunt met me mee naar huis.'

Hoofdstuk 8

Cassidy schudde haar hoofd. Ze kon niet goed gehoord hebben wat ze dacht dat ze hoorde. 'Nodigde je me nou net uit om met je mee naar huis te gaan?'

'Ja, dat deed ik. En ik ben er net zo verbaasd over als jij.'

'Maar je kent me niet eens.'

'Ik weet dat je er net bent uitgegooid, geen cent te makken hebt, nergens naartoe kunt en niemand hebt om je te helpen. Dan blijf ik over.'

'Wat ontzettend charmant en prinsachtig van je.' Dacht hij serieus dat ze dankbaar zou zijn om met hem mee naar huis te gaan? Hier zat ze op haar dieptepunt en hij probeerde waarschijnlijk in haar broek te komen.

'Oké, prinses, als je het zo wilt bekijken. Volgens mij ben ik de enige optie die je hebt. Maar goed, als je liever niet...' Hij liet haar tas op de gestempelde betonnen vloer vallen. 'Laat mij je vooral niet tegenhouden om je prins te vinden. Ik weet zeker dat Burton op een gegeven moment wel naar je op zoek zal gaan.'

'Dat gaat niet gebeuren.' Dat zou ze niet toelaten. Ze was *niet* van plan om hier te gaan zitten wachten tot Burton kwam opdagen. Dat hij dat zou doen, daar twijfelde ze niet aan. Het was tenslotte vaders meesterplan. Nou, ze ging er niet in mee. Dit keer niet. Dit was te belangrijk.

'Best. Blijf dan bij mij tot je iets anders hebt gevonden. Een dag of twee.

Een week zelfs. Ik weet zeker dat wanneer je vrienden terugkomen van vakantie, de storm wel is gaan liggen en je bij een van hen kunt intrekken.'

'Dat gaat ook niet gebeuren.'

'Hè?'

'Zodra ze horen van deze uitzetting, word ik het gesprek van de dag. Een *schandaal*. Die vrouwen kunnen adders zijn, Liam. Ze *leven* voor schandalen. Om over anderen te praten. Om zichzelf beter te voelen door anderen de grond in te boren. Niemand gaat de toorn van Mitchell Davenport riskeren om zijn dochter in huis te nemen. Nee, ik ben nu zo ongeveer een paria.'

Wat betekende dat ze zijn aanbod maar beter kon aannemen en er nog dankbaar voor moest zijn ook.

En snel een beetje. Voordat hij zich bedacht. Of het licht zag en besloot om papa niet tegen de haren in te strijken. 'Oké, ik doe het. Ik blijf bij je.'

Ze wist niet wie er meer verbaasd was: zij of Liam.

'Echt waar?'

'Tenzij je je bedacht hebt?'

'Waarom heb jij je bedacht?'

'De bittere realiteit. Ik heb nergens anders om naartoe te gaan.' Verdomme, ze voelde de tranen achter haar ogen prikken.

O nee. Ze zou ze *niet* laten vallen. *Niet* voor Pa—Mitchell Davenport. Die man was het niet waard.

De stilte vulde de ruimte om hen heen, dik en ongemakkelijk. Maar goed, dat hoorde nu eenmaal bij de bittere realiteit.

O, mijn God. Haar vader had haar eruit gezet. Hij had de geldkraan dichtgedraaid. Geen telefoon, geen creditcards, geen enkele luxe. Niet haar auto, en niemand die bij haar in de buurt zou durven komen met de schaduw van vaders woede boven haar hoofd.

Ze stond er alleen voor. Totaal. Volledig.

En platzak.

Een koude rilling trok over haar rug en haar knieën knikten. Ze zou eigenlijk niet verbaasd moeten zijn. Niet echt. Dit gevoel, dit tintelende, zweverige gevoel van knikkende knieën was hetzelfde als ze had gevoeld toen haar moeder was weggegaan. Vader was toen net zo gevoelloos geweest, met een flets: 'Je moeder is weg, Cassidy. Ze wil niet meer bij ons wonen. Het is nu alleen jij en ik,' alsof hij een schoolreisje besprak of wat ze gingen eten. Daarna had hij haar slaapkamerdeur gesloten zonder een greintje emotie en haar daar achtergelaten. Alleen.

Ze had zichzelf in slaap gehuild, zogenaamd omdat ze haar moeder miste, maar zelfs toen begreep ze al dat het was omdat ze niemand had.

Ze ging nu niet huilen. Dit keer niet. Uit je huis gezet worden was slechts de fysieke uiting van de emotionele woestijn waarin ze zich al bevond sinds ze vier jaar oud was.

En ach, tenminste zou ze tijd hebben om te schilderen. Ze zou haar vader wel laten zien. Hij had geen greep meer op haar. Ze zou die stukken er zo snel uitstampen dat het hem zou duizelen.

Behalve... shit. Ze had haar verf in het penthouse laten liggen.

'Goed dan.' Liam pakte de tas weer op. 'Laten we gaan.'

'Eh, Liam?' Ze vond het vreselijk om hem dit te vragen, maar ze had geen enkele manier om aan nieuwe spullen te komen, nu alles was afgesloten. 'Zou je... Ik bedoel... Dat wil zeggen...'

'Zeg het maar gewoon, prinses. Ik heb niet de hele dag de tijd. Ik moet je bij mij installeren en dan hier terugkomen om de klus af te maken waarvoor ik ben ingehuurd.'

'Daarover gesproken. Ik vroeg me af of je het erg zou vinden om iets van mij mee te nemen dat ik daar heb laten liggen.'

'Ik haal niets uit dat pand om je vader de kans te geven mij van diefstal te beschuldigen.'

'O, geloof me. Hij geeft je waarschijnlijk nog een beloning als je het doet.'

Liams prachtige blauwe ogen vernauwden zich. 'Wat is het?'

'Mijn nieuwe verf. Ik heb ze in de onderste lade van het dressoir in de eetkamer laten liggen.'

'Schilder je in de eetkamer?'

Ze schudde haar hoofd. 'Ik heb het daar weggestopt nadat ik het laatst gekocht had. Het is de minst gebruikte kamer in het huis, dus het is de laatste plek waar vader zou zoeken. *Als* hij überhaupt al zou zoeken. Na gisteravond zal hij vast allang blij zijn als hij ze niet om zich heen heeft als herinnering. Dus als je het voor me zou kunnen halen, zou ik dat echt waarderen. Dan kan ik beginnen met wat geld te verdienen om je te betalen voor mijn verblijf.'

Liam wreef over zijn kin. 'Over dat terugbetalen maken we ons later wel zorgen, maar ja, ik zal de verf halen. Nog iets anders? Sieraden, jurken, schoenen?'

Ze schudde haar hoofd. 'Nee. Niets. Als ik mijn vader goed ken, en dat doe ik helaas maar al te goed, laat hij Deborah alles inventariseren aan de hand van de aankoopbonnen. Ik wil niets van hem.'

'Dan wil je die keien in je oren misschien ook hier laten.'

Ze raakte de diamanten knopjes aan. 'Deze houd ik. Die heb ik verdiend.'

'Waarmee? Het vermaken van buitenlandse hoogwaardigheidsbekleders? Het ontvangen van staatshoofden?'

Ze keek weg en knipperde meer tranen weg die opkwamen door zijn sarcasme. Belachelijk eigenlijk, want hij had gelijk, maar o, wat wilde ze graag gewaardeerd worden om wat ze kon in plaats van om hoe ze eruitzag. En het ironische was dat ze deze *echt* verdiend had. Kletsen met mensen tegen wie ze helemaal niets wilde zeggen, evenementen bijwonen waar ze zich dood verveelde, en beschouwd worden als niets meer dan een mooi gezichtje met af en toe een klopje op haar achterwerk verdienden een compensatie.

'Luister, ik snap wat je van me denkt. Ik weet wat mensen van mijn leven vinden. Dat het allemaal rozengeur en maneschijn is en dat ik zo blij als een kind zou moeten zijn in die gouden toren met mijn kleren en sieraden en mooie spullen. Dat snap ik. Het punt is, dat is wie hij wilde dat ik was. Ik ging erin mee, maar ik ben die persoon niet. Niet meer. Ik ben meer dan dat.'

Ze wilde die sceptische blik van Liams gezicht vegen, maar met woorden alleen zou dat nooit lukken. Ze moest het hem laten zien. Ze moest het ze allemaal laten zien. En dat zou ze doen ook, verdomme. Dit was haar kans. Haar kans om haar leven om te gooien, zoals ze gisteren tijdens de lunch—was het pas gisteren?—met haar vader van plan was geweest.

'Als jij het zegt.' Liam pakte haar tas op. 'Oké dan. Laten we gaan. Mijn truck staat hier.'

Ze keek hem na terwijl hij voor haar uit liep. O, het was geen opzettelijke zwier; die herkende ze op een kilometer afstand. Die van hem was pure natuurlijke gratie en atletiek, met een verdomd lekker kontje—

Oké, dat waren geen gedachten die ze op dit moment moest hebben. Ze ging alleen bij hem logeren tot ze weer op eigen benen kon staan, niet bij hem intrekken. Geen zin om zoiets te beginnen en het risico te lopen dat hij zou denken dat *dat* de manier was waarop ze hem zou terugbetalen—

Uh oh. Dat was toch niet wat hij dacht? Hij zei zoiets van: 'O, je gaat zeker betalen.' Hij dacht toch niet dat ze zou... Dat zij zou...

Titania spartelde in de holte van haar arm en begon te piepen. 'Eh, Liam? Kun je even wachten alsjeblieft? Titania moet even plassen.'

Liam keek over zijn schouder met een opgetrokken wenkbrauw. 'Zeg me niet dat je voor haar ook zo'n exemplaar in de vorm van een troon hebt gekocht.'

'Niet grappig.' Ze jongleerde met haar tas, haar handtas, de hond en de riem om die laatste twee aan elkaar te bevestigen. Normaal gesproken zou Titania niet weglopen, maar met de manier waarop Cassidy's geluk de afgelopen vierentwintig uur was verlopen, nam ze geen enkel risico.

De hond bleef spartelen. 'Houd je koest, Titania. De bosjes zijn daar.' Ze haastte zich naar de rand van de garage waar de beplanting boven de borsthoge muur uitkwam, en zette het schatje tussen de petunia's. 'Vooruit maar. Goed zo, meisje.'

In haar ooghoek zag ze Liam met zijn ogen rollen.

Titania, zoals ze was, nam de tijd om aan de bloemen te snuffelen voordat ze het perfecte plekje vond.

Liams voet begon te tikken.

Toen ze klaar was, gaf Titania haar lieve kleine blafje van blijdschap en likte ze Cassidy op haar neus voordat ze praktisch in haar armen sprong. Er ging niets boven de onvoorwaardelijke liefde van een hond. Dat was de reden dat Titania amper van haar zijde week. De Maltezer was zes jaar oud en Cassidy kon zich elke dag herinneren alsof het gisteren was—vooral de dag dat ze haar mee naar huis had genomen.

Vader had een beroerte gekregen. Cassidy had de term wel eens gehoord, maar wist nooit precies wat zo'n aanval inhield. Het mee naar huis nemen van een hond naar zijn nieuwe, smetteloze 'hoogtepunt van mijn carrière' penthouse veroorzaakte die aanval. En het was me een vertoning geweest. Precies wat ze gisteren tijdens de lunch had proberen te vermijden door hem het nieuws voorzichtig te brengen.

Toch had hij er evengoed een gekregen. Toegegeven, het was in haar—*zijn* —huis geweest, maar toch was het pas de tweede keer dat ze die reactie had gezien van de normaal zo kalme en onverstoorbare Mitchell Davenport.

Ze kon nog steeds niet geloven dat hij haar de laan uit had gestuurd. Dat had ze niet zien aankomen. Hoe kon ze het zo mis hebben gehad over haar eigen vader?

'Zijn we er klaar voor? Je hebt toch geen zachtgeurende, individueel verpakte hondendoekjes bij je, hè?'

Het sarcasme droop van Liams tong, maar toch hield de man de deur van de truck open *en* hielp hij haar erin. Godzijdank, want het ding stond behoorlijk hoog op de wielen, zelfs met de treeplanken.

'Dit is een grote truck,' zei ze nadat hij om de voorkant was gelopen en aan de bestuurderskant was ingestapt.

'Ja, dat is het.'

En dat was het dan. Er werd geen woord meer gesproken door meneer Liam Manley gedurende de hele rit, waar ze dankbaar voor was omdat ze nog steeds probeerde te bevatten wat er het afgelopen uur was gebeurd. Vader had haar buitengesloten. Hij had geprobeerd haar met geld aan zijn wil te onderwerpen.

God, wat meelijwekkend. Hoe ontzettend oppervlakkig dacht haar eigen vader dat ze was? Hoe oppervlakkig was *hij*? En Burton? Hoe oppervlakkig was *hij* om met haar te trouwen alleen maar om Mitchells erfgenaam te worden?

Oké, dat zou een drijfveer kunnen zijn, maar wilde hij echt trouwen met iemand die niet verliefd op hem was?

Laat maar zitten. Mensen deden dat constant, en CEO zijn van het conglomeraat van haar vader was beloning genoeg voor een liefdeloos huwelijk.

Hij. Had. Haar. Buitengesloten.

Cassidy schudde haar hoofd. Haar eigen vader, die haar—een vrouw van bijna dertig—probeerde te dwingen tot een gearrangeerd huwelijk. Wat was dit, feodaal Engeland?

Cassidy keek uit het raam terwijl Liam een rustige, met bomen omzoomde straat insloeg waar de huizen dicht genoeg bij elkaar stonden om buren genoemd te worden, maar ver genoeg uit elkaar zodat ze niet elkaars intiemste zaken zouden weten.

Intimiteit. Burton zou het van haar verlangd hebben. En met geld als basis voor hun huwelijk, zou haar vader haar degraderen tot een zeer goed betaalde prostituee.

Ze werd er misselijk van. Ze had nooit *gedacht* dat hij zoiets zou doen. O, tuurlijk, de terloopse opmerking over 'platzak zijn' was wel eens gevallen als ze erover dacht om op eigen benen te gaan staan, maar ze had verwacht dat het 'platzak'-gedeelte tijdelijk zou zijn terwijl ze wachtte op de verkoop van meer meubels, *niet* dat elke cent die ze bezat bevroren zou worden door de lange arm van haar vader.

Wat moest ze doen? Toen ze zich dit voor het eerst voorstelde, had ze verwacht dat ze in het penthouse zou blijven of misschien in een van zijn andere panden tot ze genoeg inkomen had voor een kleine hypotheek. Ze was van plan geweest eenvoudig te leven. Genoegen nemen met honderd vierkante meter in plaats van de vierhonderd waar ze net uit was gebonjourd.

Nu zou ze, zonder Liams vrijgevigheid, niet eens *één* vierkante meter hebben. Liam reed een lange oprit op. Cassidy moest haar mond dicht houden. En dan niet 'dicht' in de zin dat ze niets gemeens zou zeggen, maar 'dicht' om te voorkomen dat haar onderkaak op haar schoot viel. Maakte ze zich druk om *één* vierkante meter? Liam had er waarschijnlijk zelf wel vierhonderd—en dat was alleen nog maar de voortuin.

'Is dit van jou?' moest ze hem uiteindelijk vragen, terwijl ze haar ogen niet van de prachtige tuin kon afhouden. Ze had niet geweten wat ze kon verwachten van het huis van een hulp, maar dit was het zeker niet. Vol met bomen, behalve een kleine open plek die verlicht was alsof er een baken stond, met in het midden een vijver vol leliebladen en daaromheen stenen bankjes, een ouderwetse waterpomp die als fontein diende en een prachtige verzameling eenjarige planten aan de rand van de vijver; de plek zag er werkelijk uit als een sprookjesland. Titania zou het heerlijk vinden om zich bij de rotsen op te rollen. 'Zitten er vissen in?'

Liam knikte. 'Koi. Ik heb er een paar die meer dan dertig centimeter lang zijn.'

'Wauw. Ik ben onder de indruk. Koi hebben precies de juiste verzorging nodig om zo lang te leven.'

Dat leek wel een metafoor voor haar leven.

Liam reed over een smalle stenen boogbrug en boog toen naar links, achter het A-vormige blokhutachtige gebouw langs met een glazen voorgevel die haar aan het penthouse deed denken. Het verschil was: A) het was niet van haar vader, en B) het stond midden in de natuur, niet erboven. Ze had zich altijd afgevraagd wat voor mensen dat waren die graag boven de natuur wilden leven. Die dachten dat neerkijken op de natuur zoveel beter was dan er middenin te leven. Een waterval ter grootte van een terras kon immers bij lange na niet tippen aan de schoonheid van Liams oase en zijn kabbelende waterpomp, of de vlinders die tussen de bloemen fladderden, en de libellen die net boven het wateroppervlak zweefden met hun vleugels gonzend in de stilte.

Het was zo vredig. Zo mooi. Een plek waar iemand naartoe kon gaan om te ontsnappen aan de stress van de dag en gewoon tot rust te komen.

'Is er iets mis?' Liams stem klonk scherp. 'Ik weet dat het geen Ritz of Hilton is, het water is wat troebel en er vliegen beestjes rond, maar deze plek past bij mij. Ik zit graag op het bankje om naar de luchtbelletjes van de vissen te kijken, of naar de kikkers die opspringen om insecten te vangen. Of af en toe een plons als er eentje in het water springt.'

'Het klinkt vredig.'

'Dat is het ook. Soms is er niets beters dan een beetje eenzaamheid in de natuur.'

Het was een stuk beter dan de eenzaamheid in haar gouden kooi. Ze zou het hier wel naar haar zin hebben.

Titania friemelde op haar schoot, zette haar pootjes op de deur bij het raam en begon te keffen.

'O, kijk eens. Ze wil spelen.'

'Ze gaat toch niet de hele tijd zo staan blaffen, hè? Ze gaat op een gegeven moment wel slapen, toch?'

'Natuurlijk wel. Ze is nu gewoon enthousiast.'

'En hoe zit het met ongelukjes? Ik heb te veel geld aan die vloer uitgegeven om als haar hondentrainer te fungeren.'

'Titania is al zindelijk sinds de dag nadat ik haar kreeg. Je hoeft je geen zorgen te maken over rotzooi.'

'O, ik maakte me geen zorgen, want jij ruimt het toch op.'

'Nou, natuurlijk doe ik dat. Het is mijn hond. Ik ruim haar rommel op.'

Liam reed de garage in en was al bij de bijrijderskant om haar te helpen uitstappen voordat ze Titania en de rest van haar spullen bij elkaar had geraapt.

'Zet haar maar neer. Ze kan de boel hier maar beter meteen leren kennen.' Liam zette Titania op de vloer. Het was zo vreemd om haar kleine, tengere hondje in Liams grote, sterke handen te zien. Het deed haar denken aan een foto van Anne Geddes met een baby die in de handen van zijn vader ligt.

Ho. Ze werd nu wel heel erg dromerig. Liam probeerde alleen maar te helpen en zij maakte de situatie vreemd met haar stomme verbeelding.

Bewaar dat maar voor je kunstwerken, Cassidy.

Precies—Uh oh. Haar kunst. De meubels. Die stonden in de opslagruimte die ze—helaas—op haar eigen naam had gehuurd. De huur was betaald tot het einde van de maand, maar als vader er voor die tijd achter kwam...

Ze moest alle stukken daar weg zien te krijgen.

Goddank had Liam een dubbele garage. Als hij het nou ook nog goed zou vinden dat haar meubels daar een paar dagen introkken...

Ze volgde hem door de garage naar de bijkeuken, waar de verwarmingsketel, een wasbak en een constructie van pijpen die wel een doorstroomverwarmer leek, op haar wachtten.

'Laat je schoenen hier in de bijkeuken staan,' zei hij, terwijl hij de zijne uittrok.

Echt waar? Die man trok zijn schoenen uit in zijn eigen huis?

'Ik probeer de rommel tot een minimum te beperken, zodat ik niet veel hoef schoon te maken.'

'Ik kan me voorstellen dat je daar geen zin in hebt als je het de hele dag voor je werk al doet, hè?' Het klonk logisch. Ze glipte uit haar slippers en zette ze op de planken in de kast tegen de achterwand.

'Hier bewaar ik alle schoonmaakmiddelen.' Liam wees naar de planken aan de linkerkant. 'Bezem, stofmop, een ragebol voor de jaloezieën.' Hij wees naar de spullen die aan het gaatjesbord aan de verre kant van de kast hingen. 'De hulpstukken voor het centrale stofzuigersysteem liggen hier.' Hij opende een kastje. 'Ik heb ook een handstofzuiger, en de zakken en hulpstukken liggen hier.' Hij tikte tegen een herkenbaar zwart vinylen zakje dat daar hing. 'Verlengstok en grijper voor de gloeilampen, die liggen hierboven.' Hij opende een kastje binnenin de kast om haar verschillende soorten gloeilampen te laten zien, plus een paar grote batterijen en zaklampen. 'Vuilniszakken, batterijen, ducttape, wat gereedschap... Hier vind je alles.'

Want waarom zou ze in godsnaam ducttape en hamers nodig hebben?

Titania krabde aan de deur die leidde naar wat Cassidy vermoedde de rest van het huis te zijn.

'Krabt ze? Verdomme, ik heb de deuren net geverfd.'

Cassidy tilde het hondje op. 'Dat doet ze normaal nooit. Ik gok dat er achter die deur iets heel lekkers ruikt.'

'Het avondeten.' Hij opende de deur. 'Ik heb salsa-kip in de slowcooker gedaan voordat ik wegging.'

De geur van salsa vulde de lucht. 'Dat ruikt echt heerlijk.'

'Dat is het ook. Makkelijk en lekker. Een slowcooker is echt een geschenk uit de hemel.'

Cassidy liet maar in het midden dat ze weliswaar van een slowcooker had gehoord, maar niet precies wist wat het was, laat staan hoe je het moest gebruiken. Het was waarschijnlijk beter om dat stukje informatie achterwege te laten, aangezien hij al de hele tijd met 'ja, prinses' dit en 'ja, mejuffrouw Davenport' dat liep te strooien. Ze hoefde niet te weten hoe een slowcooker werkte om op eigen benen te kunnen staan.

Of misschien ook wel. Goedkoop koken had geen deel uitgemaakt van haar lespakket. *Koken* sowieso niet. Menuplanning daarentegen, en hoe om te gaan met personeel, wel.

Nou ja, misschien was koken iets wat ze kon leren terwijl ze hier was. Mannen hielden ervan als vrouwen voor ze kookten, toch? Liam zou het vast niet erg vinden. De meeste mannen zetten waarschijnlijk nooit een voet in hun keuken, behalve om bier en pizza uit de koelkast te halen.

Blijkbaar deed Liam meer in de keuken dan dat. Die van hem was een zwijnenstal.

'Wat is hier gebeurd?' Cassidy zette Titania neer en bekeek het met kartonnen dozen bedekte kwartsen aanrecht.

Liam zuchtte en haalde zijn handen door zijn haar. 'Mijn grootmoeder. Ze komt zo nu en dan langs om mijn koelkast "bij te vullen", zoals ze dat noemt. Ik vermoed dat vandaag die dag was.' Hij pakte een doos en begon die plat te maken. 'We hebben haar naar een verzorgingstehuis verhuisd en ze mist het koken zo erg dat ze de keuken van een vriendin leent en dan de sterren van de hemel kookt.' Hij opende de roestvrijstalen koelkastdeur. 'Zie je?' Hij deed een stap achteruit. De planken stonden vol met het ene plastic bakje na het andere. 'Ze denkt dat ik dit allemaal opeet voordat het bederft.'

Hij pakte twee van de bakjes en wilde ze naar de vriezer verplaatsen — maar dat lukte niet. Die zat ook tot de nok toe vol.

'Het lijkt wel of je bent voorbereid op de apocalyps.'

'Nou, ik denk dat ik koken wel van je lijstje met terugbetaalmethodes kan schrappen.' Hij bekeek haar van top tot teen. 'Je kunt toch wel koken, of niet?'

Ze liet hem bijna in die waan, maar besloot toen dat ze dat beter niet kon doen. De makkelijkste manier om door de mand te vallen met een leugen, is wanneer je het moet bewijzen. 'Niet echt. Mijn vader had koks. Die hielden niet van kinderen die voor hun voeten liepen.'

'En ik weet zeker dat het bedenken van menu's belangrijker is dan leren koken wat erop staat op die elitescholen van je.'

'Ik had geen inspraak in mijn opleiding, weet je.'

Hij pakte weer een doos en maakte die plat, waarna hij een stapel begon te maken op het kookeiland. 'En hoe oud ben je ook alweer?'

Ze hapte naar adem en stond op het punt een tirade af te steken, maar... deed het niet. Wat had het voor zin? Ze konden ruziën wat ze wilden, maar de waarheid was dat ze niet kon koken en dat ze het niet als een noodzaak had gezien om op zichzelf te gaan wonen. Daar was afhaaleten voor uitgevonden.

'Wat maakt het ook uit? Je grootmoeder heeft mijn kookkunsten —' of het gebrek daaraan '— irrelevant gemaakt.'

'Oké, prima. Dan kun je meteen doorgaan naar het opruimen van deze tent.'

Watte? 'Je keuken?'

'Om te beginnen. Daarna de woonkamer, de slaapkamers en de badkamers. Er zijn er twee beneden en eentje boven.'

'Is er een bovenverdieping? Waar dan?'

Hij wees met een nieuwe doos naar een ijzeren spiltrap. 'Die leidt naar de loft. Twee slaapkamers en een badkamer. Zou niet lang moeten duren.'

'Niet lang duren om wat te doen?'

'Om schoon te maken, natuurlijk.'

Ze hoorde de woorden wel, maar ze drongen niet echt tot haar door. 'Wacht even. Wat? Je wilt dat ík je huis schoonmaak?'

'In één keer goed geraden. Mooi. Dan zullen we in elk geval geen communicatieproblemen hebben.'

Ze schudde haar hoofd. 'Je wilt dat ik je huis schoonmaak.'

'Hadden we dat net niet al besproken?'

'Maar waarom?'

Hij keek haar aan met een opgetrokken wenkbrauw. 'Omdat het hier vies is?'

'Maar waarom ik? Heb je geen Manley Maid die dat voor je doet?'

'Jawel, maar waarom zou ik iemand betalen als jij zei dat je me zou betalen om hier te mogen blijven?' Hij legde weer een platgevouwen doos op het aanrecht.

Zijn logica beviel haar totaal niet. Zijn terugbetaalmethode evenmin. 'Waarom kan ik je niet gewoon contant betalen?'

'Heb je geld dan?'

'Nou, nee. Maar dat krijg ik wel.'

'Dan bespreken we het wel zodra je het hebt. In de tussentijd kun je *mij* wat geld besparen door het zelf te doen.' Hij hield haar een doos voor.

'Maar ik weet niet hoe ik moet schoonmaken.'

'Aanstelleritis, prinses.' Hij schudde met de doos toen ze hem niet aanpakte. 'Zo moeilijk is het niet. Ik heb je laten zien waar alle spullen staan. Je veegt stof weg en zuigt kruimels op. Een paar middeltjes in de badkamer. Het is geen hogere wiskunde. Als je kunt uitvogelen hoe je moet klaverjassen, kun je vast ook een toilet schoonmaken.'

'Hoe weet je dat ik klaverjas?'

'Is dat niet wat ze tegenwoordig op al die deftige scholen leren?'

'Nou ja, wel, maar ik vond er nooit wat aan.'

'Maar je weet wel hoe het moet, toch?'

Natuurlijk wist ze dat. Ze had nota bene cursussen gevolgd in bridge, klaverjassen, mahjong en een hele rits andere tijdverdrijfjes die geschikt werden geacht voor het countryclub-wereldje.

God, wat voelde dat nu allemaal pretentieus aan. Waar was de praktische ervaring gebleven, zoals... nou ja, koken en schoonmaken en met geld omgaan?

En ze zóu met haar geld moeten leren omgaan. Wanneer ze weer wat had, tenminste.

Liam zette de doos — nog heel — boven op de stapel. 'Luister, ik moet weer aan de slag. Je vader wil dat ik aan het appartement tegenover dat van jou begin, eh, je oude appartement, omdat hij het wil verkopen. De fotograaf komt vanavond foto's maken.'

'Ja, mijn vader is dol op foto's bij maanlicht. Hij geeft een fortuin uit aan kleine witte lampjes voor al zijn dakterrassen en vindt het prachtig hoe die weerspiegelen in het glas. Hij zegt dat het de boel warm en uitnodigend maakt.'

'Dat klopt ook wel.'

'De buitenkant misschien. Binnen is het koud, sober en volstrekt gespeend van elke vorm van persoonlijkheid.'

Liam staarde haar net een hartslag te lang aan naar haar zin, dus ze wendde haar blik af. Ze moest haar innerlijke onrust waarschijnlijk niet opbiechten aan de man die haar sowieso al niet erg mocht, maar die haar, om wat voor reden dan ook, uit medelijden in huis had genomen.

God, wat haatte ze medelijden.

Maar het was het enige waar ze momenteel op kon rekenen, want er was letterlijk niemand die ze kon bellen. Ze had eerder niet overdreven. Niemand zou haar willen helpen en het risico willen lopen ruzie te krijgen met Mitchell. Dat wist ze even zeker als dat ze hier stond.

Maar toen stond ze bijna niet meer. De enorme omvang van wat haar vader had gedaan — *en* hoe ze het niet had zien aankomen — overspoelde haar opnieuw en dit keer bezweken haar knieën echt. Ze greep de ontbijtbar vast om te voorkomen dat ze in elkaar zakte en slaagde erin op een barkruk te klauteren. Ze had gewoon even een paar momenten nodig om haar kalmte te herwinnen. Het kwam wel goed. Echt waar.

'Gaat het wel?' Liam liep om de bar heen. De bezorgdheid op zijn gezicht gaf haar een schuldgevoel, want hij had al genoeg voor haar gedaan; ze wilde niet ook nog bezorgdheid toevoegen aan alles wat hij al voor haar overhoop haalde.

'Ja hoor. Hoezo?'

'Omdat je net een seconde lang lijkbleek zag.'

'Waarschijnlijk omdat ik niet heb ontbeten.'

'Nou, pak maar wat je wilt. Oma heeft vast genoeg meegenomen. Dat doet ze meestal wel. Ze wil niet dat ik verhonger.' Hij klopte op zijn sixpack. 'Alsof dat ooit zou gebeuren.'

Cassidy wenste dat hij niet op die keiharde spieren had geslagen. Ze wilde die dingen niet aan hem opmerken. Ze wilde helemaal niets aan hem opmerken. Niet als ze onder zijn dak zou verblijven en zich dankbaarder voelde dan verstandig was.

'Oké, ik ga dus terug om de klus af te maken en zou uiterlijk om zes uur thuis moeten zijn. De kip zou dan klaar moeten zijn. Als je wat rijst en groente zou willen opzetten, stel ik dat zeer op prijs.'

'Eh, tuurlijk.' Zodra ze had uitgevogeld *hoe* ze rijst moest koken, tenminste. Een beetje gestoomde broccoli moest ze nog wel voor elkaar krijgen.

Als ze wist hoe ze iets moest stomen...

'Heb je, eh, hier een computer die ik kan gebruiken aangezien ik geen smartphone meer heb?'

'In de werkkamer. Je kunt inloggen op een gastaccount.' Hij liep naar de whiteboard boven het bureaugedeelte in de keuken. 'Ik heb geen huistelefoon, maar je kunt me via de computer een berichtje sturen.' Hij schreef op het bord. 'Hier is mijn mobiele nummer. Geef een gil als je in de problemen komt.'

'Dan had ik de hele weg hiernaartoe al moeten gillen, nietwaar?'

Er verscheen een sexy glimlachje op Liams gezicht en Cassidy wenste zo erg dat dat niet was gebeurd. Ze stond bij deze man in de schuld. Zich tot hem aangetrokken voelen was geen slim plan.

Vertel dat maar aan haar hormonen en de stomme kriebels in haar buik die al maanden in winterslaap waren.

'Je redt het de komende dagen wel tot er iets anders op je pad komt. Zorg gewoon dat de boel hier aan kant komt, dan zien we daarna wel weer verder.' Hij liep rakelings langs haar heen en verdomd als ze niet een heerlijke geur van sandelhout en Liam opving. Die man was een wandelend feromoon.

Jaja... Hier logeren beloofde *heel* interessant te worden.

Cassidy Davenport over de vloer hebben zou *heel* interessant worden. Liam bad alleen maar dat hij haar niet zou wurgen.

Ze wist niet hoe ze moest koken of schoonmaken. Serieus? Hoe moeilijk was het om dat uit te vogelen? Hij en zijn broers waren nog jong, maar ze hadden heel snel doorgekregen dat een doek en wat meubelwas gelijkstonden aan uren zwoegen. Maar diezelfde doek en was stonden ook gelijk aan een blije oma die heerlijke chocoladechip cookies bakte en hen overlaadde met knuffels voor al hun inspanningen. Ze haatten schoonmaken, maar begrepen dat de rommel die ze maakten hun eigen verantwoordelijkheid was. Dat ze er samen voor stonden en dat oma niet alles alleen kon doen. Dus lieten ze haar doen wat zij niet konden — heerlijke dingen koken — en namen zij de rest voor hun rekening.

Cassidy Davenport had waarschijnlijk nog nooit haar steentje hoeven bijdragen aan wat dan ook.

Liam reed zijn oprit af, vurig hopend dat hij geen fout maakte door haar in huis te nemen, maar wat kon hij anders doen? Ze had geen plek om naartoe te gaan.

God, was dat niet ironisch? De vrouw die meer geld had gehad dan hij in zijn hele leven hoopte te zien, was dakloos. En gedumpt door al haar rijke zogenaamde vrienden. Verdomme, met zulke vrienden heb je geen vijanden meer nodig. En de hele situatie met haar vader... Besefte men dan niet hoe bijzonder de band tussen ouders en kinderen was? Dat er, als die persoon er eenmaal niet meer was, geen weg terug was? Hij miste zijn ouders elke dag van zijn leven en het zou hem niet uitmaken waar een eventuele ruzie over ging, hij zou het onmiddellijk bijleggen. Maar Cassidy en haar vader konden dat niet. Of wilden het niet.

Triest. Gewoon triest.

Hij boog rechtsaf richting het penthouse. Nee. Hij zou geen medelijden met haar hebben. Het was niet zijn probleem dat ze een verwend nest was dat alles voor lief had genomen. Waarom had ze zelf geen geld? Waarom had ze niet wat van papa's zakgeld op een rekening gezet waar hij niets van wist, voor precies zo'n dag als deze?

Omdat ze waarschijnlijk aan het feesten was in LA of Cannes of op een van die talloze jetset-plekken waar haar vrienden nu zonder haar verbleven, zonder erbij stil te staan dat de geldkraan ooit dicht zou gaan.

Net als Rachel. Verwend, egoïstisch en profiteerders.

En toch had hij haar net in zijn huis ondergebracht.

Om *schoon te maken*.

Liam kon een lachbui niet onderdrukken toen hij de ondergrondse parkeergarage van haar vaders gebouw inreed — die voor het 'gewone volk'. Degene zonder het geverfde beton en de mooie beplanting.

Cassidy Davenport was op dit eigenste moment in zijn huis aan het *schoonmaken*. Hij had waarschijnlijk de doos met rubberen handschoenen op de bovenste plank even moeten noemen. Je zou toch niet willen dat ze haar manicure ruïneerde.

Hij knikte naar Marco in de lobby, die net pauze kreeg van zijn werk als liftbediende. Hij vroeg zich af hoeveel die man daarvoor betaald kreeg. Het moest een aardig bedrag zijn als dat zijn voornaamste bron van inkomsten was.

Liam schudde zijn hoofd. Hij zou de superrijken nooit begrijpen. Maar goed, aangezien hij zelf nooit superrijk zou worden, hoefde dat ook niet. Hij was volmaakt gelukkig met het huis dat hij had gerenoveerd, de huizen die hij opknapte en doorverkocht, en zijn enige uitspatting — het vakantiehuis op Kiawah Island in South Carolina. Niet dat hij er vaak kwam, maar het was er voor hem als hij er ooit behoefte aan had.

Misschien had hij Cassidy beter *daar* kunnen laten verblijven. Dan hoefde hij zich geen zorgen te maken dat hij zou thuiskomen en haar in zijn bed zou aantreffen.

Dat zou pas echt een schande zijn.

Dat was een gedachte. Hoe zou het zijn als zij op hem wachtte aan het einde van een lange dag?

Hij liet de gedachte heel even toe. Oké, misschien wel dertig seconden.

Het was een mooie droom. Een goede fantasie. Maar dit was Cassidy Davenport waar hij naar smachtte, precies het soort vrouw bij wie hij had gezworen uit de buurt te blijven. Precies de *verkeerde* vrouw voor hem. Want ze kon wel zeggen dat ze niet meer ging doen wat haar vader wilde, maar zodra de realiteit zou toeslaan, zou ze teruggaan. Haar soort deed dat altijd.

Het penthouse was griezelig stil toen hij binnenkwam. Geen keffend hondje — jezus. Hij hoopte dat dat onding niet aan zijn leren meubels krabde.

Liam liep door de woonkamer; alles was perfect voor de foto. Niemand zou ooit vermoeden dat dit het decor was geweest van een levensveranderend moment voor iemand. Van een ruzie tussen vader en dochter die zo groot was dat ze financieel was afgesneden. Geen telefoon, geen creditcards en geen Mercedes.

Oké, dat laatste deel vond hij niet eens zo heel erg voor haar, maar toch... Het was klote als alles in één keer onder je vandaan werd getrokken, zoals hij en zijn broers en zussen uit de eerste hand wisten.

Hij liep richting de eetkamer, een enorme ruimte vol glas en pastelkleurige bekleding met een kersenhouten dressoir langs de enige dichte muur in de kamer.

Hij opende de onderste lade en zag de verfspullen liggen, samen met een assortiment elektrisch gereedschap dat op zijn zachtst gezegd verrassend was. Net als het feit dat niets met enige vorm van orde of zorg was opgeborgen. Net als haar keukenkastjes was alles in de lade gesmeten alsof ze haast had gehad.

Hij keek door de gang naar haar slaapkamer. Zouden haar ladekasten ook zo'n rotzooi zijn?

Nee, hij ging niet rondsnuffelen. Dat perzikkleurige nachtponnetje en die naaldhakken waren genoeg geweest; hij hoefde haar niet in nog meer voor te stellen. Of minder. Of niets —

Verdomme.

Hij liep terug naar de woonkamer en had een paar stappen gezet toen hem iets te binnen schoot. De foto en de armband.

Ze moesten wel iets voor haar betekend hebben als ze die al die jaren had bewaard, al wist hij niet waarom ze ze niet had meegenomen. Misschien was ze te overstuur geweest om het te onthouden. Misschien had ze het zelfs weggestopt — weer een ouder die haar in de steek liet moest zwaar zijn. Hij en zijn broers en zussen wisten tenminste dat de reden dat ze hun ouders niet meer hadden een ongeluk was, niet omdat ze hen niet wilden.

Liam knielde neer naast het voormalige bed van Cassidy en tastte eronder tot hij de spullen vond. Cassidy en haar moeder zagen er gelukkig uit daar op het strand. Ze had de lach van haar moeder. Dezelfde gezichtsvorm en dezelfde neus. De ogen waren echter anders; die van haar moeder waren veel kleiner en stonden dichter bij elkaar dan de grote groene ogen van Cassidy, met wimpers die zo dik waren dat mensen vast dachten dat ze nep waren.

Hij stopte de foto in zijn achterzak en de armband in zijn voorzak. Genoeg over het uiterlijk van Cassidy en haar stringetjes en al het andere waar hij geen zaken mee had. Hij was hier om een klus te klaren en weer te vertrekken. Eén maand en dan hoefde hij Cassidy Davenport nooit meer te zi—

Behalve dan dat ze bij hem inwoonde. Verdomme. Waar was hij in godsnaam aan begonnen?

Hoofdstuk 9

Ze lag in zijn bed.

Liam keek naar de hemel. *Meen je dit nou?*

Hij stond in de deuropening van zijn slaapkamer na een lange, behoorlijk waardeloze dag vol schoonmaakwerk, en wreef met zijn hand over zijn mond. Was ze bereid om met haar lichaam te betalen om onder het poetsen uit te komen? Dacht ze echt dat hij daarin zou tuinen? Herinneringen aan Rachel paradeerden door zijn hoofd.

De prinses had vast besloten dat dit makkelijker zou zijn dan een dag eerlijk werk verzetten in zijn huis. Jammer voor haar dat ze hem niet kende.

Ze biedt je aan om je zeer goed te leren kennen.

Dat ging niet gebeuren. Hij was niet meer de idioot die hij bij Rachel was geweest.

Hij liep naar het bed. 'Wie heeft er in mijn bed geslapen?' vroeg hij luid.

Cassidy schoot overeind alsof hij de lakens onder stroom had gezet, haar haar vloog in een warrige golf om haar hoofd.

Een sexy, warrige golf.

Verdomme.

'Hè?' Ze knipperde met die groene ogen naar hem.

Dubbel verdomme. Die act was niet gespeeld; ze was te slaperig om hem te proberen te verleiden.

'Ik vroeg: wie heeft er in mijn bed geslapen?'

'Ik?' Haar ogen werden groot. 'O hemeltje. Het spijt me.' Ze klauterde gehaast uit bed. 'Het spijt me echt enorm. Ik weet niet wat ik dacht. Nou ja, jawel, ik dacht dat ik wel even een kort dutje kon doen, maar nu je er bent—'

Met haar onderarm sloeg ze haar haar over haar hoofd en het kwam achter haar tot rust als een donzige wolk waar hij zijn vingers in wilde verstrengelen—

Verdomme. *Driedubbel* verdomme.

Hij deed een stap achteruit, weg van het bed. En nog een, voor de zekerheid. Hij probeerde een goede daad te verrichten en die vrouw te helpen, en haar aantrekkingskracht achtervolgde hem als een regenbui. 'En, is er vandaag nog iets schoongemaakt?'

'Ik heb de keuken gedaan, de woonkamer, je badkamer, en ik was hier aan het schoonmaken toen—'

'Toen je besloot om voor Goudlokje te spelen?'

'Dat is niet waar. Ik dacht gewoon dat ik wel even—' ze gaapte '—een hazenslaapje van vijf minuten kon doen.'

Hij keek naar haar ontplofte kapsel en de slaperige zwelling rond haar ogen. 'Ik gok dat die vijf minuten behoorlijk zijn uitgelopen.'

Ze trok een gezicht en krabde op haar hoofd. 'Het spijt me. Het was echt niet mijn bedoeling dat je me op je bed zou aantreffen.'

Iedereen wist dat de weg naar de hel geplaveid was met goede bedoelingen, en zij sleurde hem er zowat naartoe.

'O Liam, ik hoopte dat ik je om een gunst mocht vragen.'

Natuurlijk. Net als Rachel. Als hij ooit zou ophouden met zijn lul te denken, zou hij zich herinneren dat hij vrouwen als Rachel en Cassidy niet kon vertrouwen. Dat leek zijn stomme libido er echter niet van te weerhouden om ze te willen. Verdomde libido.

'Ik zal je terugbetalen. Beloofd.'

'Luister, poppetje, in *mijn* wereld draait niet alles om geld.'

Ze kromp ineen en hij voelde zich, idioot die hij was, schuldig dat hij de oorzaak was. Misschien was dat omdat Rachel nooit was ingekrompen. Geen enkele keer, dus hij had zich nooit ergens schuldig over hoeven voelen. Haar arrogantie had hem alleen maar kwaad gemaakt. Het zou makkelijker zijn als Cassidy hem boos maakte, maar nee. Bij haar kreeg hij last van zijn geweten.

'Ik... het spijt me. Het was niet mijn bedoeling je te beledigen. Ik wilde alleen dat je wist dat ik niet verwacht dat je dingen voor me doet puur omdat je zo aardig bent om ze te doen. Ik zal je terugbetalen. Dat beloof ik. Het is alleen zo dat vandaag... tja, ik ben niet bepaald in topvorm. Het is nogal zwaar geweest, weet je?'

'Ja.' Hij wilde niet dat ze hem raakte, maar hij had blijkbaar evenmin controle over zijn inlevingsvermogen als over zijn stomme libido. 'Dus, wat is die gunst?'

'Ik vroeg me af of ik je pick-up mocht lenen.'

'Je wilt dat ik je mijn wagen leen?'

'Slechts voor een uurtje of twee.'

'Waarvoor?' Wat moest een vrouw als zij met een *pick-up*? En kon ze überhaupt wel rijden, of was ze alleen chauffeurs gewend? Hij gaf haar zijn wagen niet mee om hem tegen een boom te parkeren.

Ze draaide haar hoofd zo snel naar links dat haar haar voor haar gezicht zwiepte. 'Het is, eh...' Met een diepe zucht stopte ze haar haar achter haar oor en keek hem recht aan. 'Het is voor mijn meubels.'

'Ik dacht dat je zei dat je alleen vertrokken was met de kleren die je aanhad. En je verfspullen natuurlijk. Die staan achter in mijn wagen, samen met je gereedschap. O, en ik heb nog wat kleren voor je gepakt.' Het ondergoed was een dingetje geweest, maar hij had zich eroverheen gezet en een handvol gegrepen *zonder* de rest van haar lade door te spitten—het was beter dan weten dat ze zonder slipje in zijn huis rondliep. 'Er lag een stapel kleren onder in je kast zonder prijskaartjes, dus ik vermoedde dat je vader die niet zou missen.'

'O wauw. Dat is echt lief van je. Ontzettend bedankt!' Ze omhelsde hem.

Ze *omhelsde* hem. Alsof ze beste vrienden waren.

Of meer.

In een mum van tijd werd de situatie ongemakkelijk. Vooral toen zijn handen—blijkbaar net zo min onder controle als zijn libido of zijn empathie— naar haar middel gleden en bleven hangen.

Haar glimlach verdween.

Zijn maag trok samen. Hij moest loslaten. Een stap terug doen. Wegwezen.

Dat deed hij niet.

Ze gleed met haar tong over haar lippen en hield haar hoofd schuin, waardoor een lange strook verleidelijke huid bloot kwam te liggen, van onder haar oor tot in haar nek en over haar schouder naar de plek waar het shirt nog maar net aan de ronding van haar arm hing. Als hij daar een klein stukje van tussen zijn tanden zou nemen en eraan zou trekken...

'Ik, eh...' Ze liet zijn schouders los. Vinger voor vinger misschien, maar toch, ze liet los.

Hij kon dat ook maar beter doen.

Hij wierp nog één laatste blik op de welving van haar nek en haalde zijn handen van haar middel. Hij deed ook een stap achteruit. 'Ik zal je spullen pakken.'

Daarna maakte hij dat hij wegkwam uit zijn slaapkamer, voordat hij iets deed waar ze op dat moment misschien allebei gelukkig mee zouden zijn, maar waar ze op de lange termijn ongetwijfeld spijt van zouden krijgen.

Ze had hem bijna gekust—en ze wist vrijwel zeker dat hij haar ook had willen kussen. Alsof dat alles nog niet ingewikkeld genoeg maakte...

Ze voelde zich tot hem aangetrokken. Over de verkeerde plek en tijd gesproken... Haar doel was om op eigen benen te staan. *Op zichzelf* te wonen. Het *alleen* te redden. Dit was tijdelijk. Alleen totdat ze een meubelstuk of twee had verkocht en genoeg geld had voor een appartement. Ze had alleen wat tijd nodig om weer op te krabbelen, en door hem van haar stuk gebracht worden was geen onderdeel van het plan.

'Kom op, Titania.' De hond lag opgerold op het kussen en had niet eens geblaft toen Liam binnenkwam, de verrader. 'Laten we hier weggaan voordat hij terugkomt.' *En* voordat ze de kracht verloor die ervoor had gezorgd dat ze zijn schouders had losgelaten. Die grote, brede schouders van hem—

Yep, ze maakte dat ze wegkwam.

Hij was er niet minder aantrekkelijk op geworden toen ze hem in de woonkamer trof.

'De kamer ziet er goed uit. Je hebt je best gedaan.'

'Fijn dat je het goedkeurt.' Als hij eens wist hoeveel moeite ze had moeten doen om het zo te krijgen. Ze had bijna scherven moeten oprapen van de tafel achter de bank toen Titania probeerde te helpen door met de dweil te zwaaien. En dan was er nog de tafel die ze drie keer had moeten boenen.

Ja, drie keer. Eerst zaten er strepen op het glas, dus had ze het opnieuw schoongemaakt. Weer strepen. Uiteindelijk las ze de kleine lettertjes op de achterkant van de spuitbus en ontdekte ze dat ze meubelwas had gebruikt die niet voor glas bedoeld was.

Vervolgens had ze de glasreiniger moeten *vinden* in dat griezelige hok dat hij een bijkeuken noemde, dat vol stond met apparaten en slangen en veel te veel chemicaliën voor haar gevoelige huid, totdat ze geluk had en een doos met rubberen handschoenen en glasreiniger vond.

Daarna kwam het hele onderzoek naar welk middel ze voor de badkamer moest gebruiken en of dat ook in de keuken werkte, gevolgd door een analyse van de natte en droge dweil. Het hele schimmel-en-weer-verhaal had haar maag doen omdraaien. Wanneer ze haar eigen plekje had, mochten daar maar drie flessen schoonmaakmiddel zijn, één dweil en één stofzuiger. Al het andere was overdreven. Wie had er nou de tijd of het geld voor zes verschillende flessen, een dweil voor tegels, een stofzuiger voor hardhout, een stofzuiger voor tapijt en een of ander raar hulpstuk voor de trap? Godzijdank was zijn trap van smeedijzer en werkte de stofwisser daarvoor, want ze wist niet precies hoe al die opzetstukken in elkaar pasten.

'Dus, waar wil je dit hebben?' Hij hield de tas omhoog die in haar kast had gestaan. Goede zet van hem, want pa zou niet weten dat die kleren weg waren.

Ze wist alleen niet of ze die wel bij Liam in de buurt kon dragen zonder zich ongemakkelijk te voelen. Het waren haar schilderskleren. Kleren waarin haar vader haar nooit zou laten zien, wat voor de helft de reden was dat ze ze had gekocht. De andere helft was omdat ze het complete tegenovergestelde waren van wat ze normaal droeg en ze zich rebels voelde. Dat hele uitstapje naar de vlooienmarkt met Stacey was rebels en ontzettend leuk geweest. Het dragen van die kleren had haar gelukkig gemaakt.

Dat gevoel kon ze nu wel gebruiken.

'In mijn slaapkamer, denk ik.' Welke dat dan ook was. Er was er nog één beneden naast de zijne en twee boven. Het gezond verstand zei dat ze die beneden moest nemen omdat die op de begane grond was, maar zelfbehoud zei dat ze naar boven moest gaan.

Hij hielp ook niet mee door simpelweg naar haar te blijven staren.

'Of...' Ze had al om de pick-up gevraagd; ze kon maar beter alles op tafel gooien. 'Hoe zit het met de lege kant van je garage? Ik hoopte dat ik die mocht gebruiken voor opslag en als tijdelijk atelier. Ik heb nog wat stukken in een opslagruimte staan die geschilderd moeten worden, en zodra mijn vader van het bestaan daarvan afweet—als hij dat al niet weet—zal hij de boel laten verzegelen en vis ik achter het net. Vandaar dat ik je wagen nodig heb. Ik zal een zeil neerleggen zodat je je geen zorgen hoeft te maken over de vloer, en bovendien blijven de stank en de rommel op die manier buiten de deur. Hoe eerder ik aan de meubels kan werken, hoe eerder ik iets kan verkopen en je kan gaan betalen voor je gastvrijheid. Je zult niet eens merken dat ik er ben en ik zal je niet voor de voeten lopen, dus het zal echt niet zo'n grote last zijn—'

'Stop.' Liam stak zijn hand op. 'Haal even adem voor je tegen de vlakte gaat. Ik heb niet ook nog eens een ritje naar het ziekenhuis nodig.'

In plaats van adem te halen, slikte ze haar paniek weg. Ze had wanhopig geklonken door alles er in één keer uit te flappen, maar ze had zijn medewerking nodig voor haar plan, anders zou ze hier nog heel lang vastzitten.

'Oké. Je mag de wagen lenen. Maar ik leg er wel dekens in. Ik wil geen krassen in de laadbak. Lukt het je om die meubels erin te krijgen zonder mijn hulp?'

O, verdorie. Daar had ze niet bij stilgestaan. 'Nou...'

Hij blies zijn adem uit en veegde met zijn arm over zijn voorhoofd. 'Ja, dat dacht ik al.' Hij zette de tas op de grond tegen de muur en zette zijn handen in zijn zij. 'En om hoeveel stuks gaat het? Kan ik de wagen nog wel in de garage parkeren als dat jouw atelier wordt?'

'Dat kan. Het is niet zo veel. Een stuk of zes, misschien.'

'Oké. Vooruit. Dan gaan we na het eten.'

'Eten?'

'Ja, je weet wel. De maaltijd aan het eind van de dag? Dat ding in de slowcooker?'

De slowcooker. O. Verdorie. Dat was ze glad vergeten. 'Eh, Liam, daarover—'

Hij stak een hand op en zuchtte. 'Ik kook de rijst wel. Hoe eerder we hier weg zijn, hoe eerder we voorkomen dat je vader je geheime voorraad vindt.'

Was dit dezelfde man die haar had bespot door haar *prinses* te noemen? Dezelfde die alle praatjes over haar leven geloofde? En toch was hij nu aardig tegen haar, ving hij haar op en wilde hij haar vader een hak zetten. Dat kon hem zijn carrière kosten als Mitchell er ooit achter kwam.

Als hij niet uitkeek—nee, als *zij* niet uitkeek—zou ze nog wel eens voor meneer Liam Manley kunnen vallen.

. . .

'Is *dit* wat je wilde redden?' Liam stond na hun gehaaste maaltijd met open mond in de deuropening van haar opslagbox. 'Prinses, ik zeg het niet graag, maar dit gaat niemand kopen. Het is... nou ja... het is troep.' Hij kneep in de brug van zijn neus. 'Ik wil niet bot zijn, maar dit ziet er niet u—eh, uit als niks. Oud. Versleten. Hier ga je geen cent aan verdienen.'

'Ik zal je vertellen dat het stuk dat ik net verkocht heb er slechter aan toe was dan de meeste van deze, en dat leverde een bedrag van vijf cijfers op.'

'Dat meen je niet.'

'Echt wel.'

'Waar is dat geld dan? Waarom kun je dat niet gebruiken om je nieuwe leven op te bouwen?'

Nu haalde ze wel diep adem. En nog eens. 'Ik heb de cheque gestort. Op een rekening bij de kredietvereniging van mijn vaders bedrijf. Je weet wel, die waar mijn pinpas aan gekoppeld is. En aangezien pa schilderen en—god verhoede—het *verkopen* van wat ik schilderde geen waardige bezigheden vond, heeft hij het stuk teruggekocht toen hij erachter kwam. *En* hij eiste dat ik mijn commissie zou inleveren. Dus ja, die rekening is opgeheven.'

'Dat meen je niet.'

'Zie ik eruit alsof ik een grapje maak? Zou ik bij jou intrekken, een volslagen vreemde, als ik een grapje maakte?'

Hij wreef met zijn handpalm over zijn gezicht. 'Ik denk het niet, maar jezus.'

Ze ademde uit. 'Precies, hè? Ik kan niet geloven dat hij dat gedaan heeft.' Of dat ze het niet had zien aankomen. Waarom, oh waarom had ze geen eigen geheime bankrekening geopend? Achteraf praten was altijd makkelijk. Al haar frivole uitspattingen om haar vrienden en hun families bij te houden... Had ze maar vooruitgedacht.

Had ze haar vader maar gezien voor wie hij werkelijk was.

'Ik kan niet geloven dat hij dacht dat die meubels geen goed idee waren. Mensen zijn dol op dit soort dingen.'

'Ik weet het. Er is een markt voor mijn werk. Een paar scharnieren, een hamer of twee en een goede laag verf kunnen een oud meubelstuk veranderen in iets nuttigs en decoratiefs. Alleen omdat het oud is, betekent niet dat het afgeschreven is.'

'Daar heb je een punt. Ik koop oude huizen, knap ze op en verkoop ze weer. Ik verdien er een behoorlijke boterham mee.'

Dat was hoe haar vader was begonnen. 'En hoe zit het met dat schoonmaken dan? Ik dacht dat je dat deed.'

'Eh, nou ja, ja. Dat doe ik ook. Om mijn zus te helpen.'

Wat een aardige kerel. Hardwerkend ook. En dan was er nog dat knappe uiterlijk...

Ja, ze kon maar beter oppassen, anders raakte ze nog heel gemakkelijk aan hem gehecht, en wat zou er dan terechtkomen van haar grootse toekomstplannen? Liam was op zowel het juiste als het verkeerde moment op haar pad gekomen.

'Heb je je eigen huis ook zelf gedaan?'

Liams rug werd wat rechter, zijn borstkas kwam wat meer naar voren. 'Dat heb ik.'

Hij had recht op zijn trots. 'Je levert prachtig werk, Liam. Ik bedoel, ik weet niet hoe je huis eruitzag voordat je het kocht, maar je hebt een geweldige smaak.'

Er flitste iets over zijn gezicht, maar hij verborg het met een schouderophalen voordat ze kon ontcijferen wat het betekende. 'Ik kies gewoon uit wat ik mooi vind.' Hij schraapte zijn keel. 'Zullen we dit maar doen voordat je vader opduikt?'

Een dikke vette ja op die vraag. 'Laten we de credenza als eerste pakken, maar wees voorzichtig met de voorpoot. Die hangt nog maar aan één draadje van de schroef.'

Hij trok een wenkbrauw naar haar op. 'En jij dacht dit in je eentje in de wagen te krijgen?'

'Ik dacht even niet na, oké?' Over een hoop dingen niet, blijkbaar. 'Bovendien val ik je al genoeg lastig en wilde ik het niet vragen. Ik had wel wat verzonnen.'

'En de boel gesloopt in het proces. Waar was je dan geweest?'

Ze deed een deurtje van de kast open en het viel met een *bonk* scheef open. 'Veel erger dan dit kan het niet worden.'

Hij staarde er een seconde of twee naar en keek haar toen aan. Er was iets in die blik... Zou ze durven denken dat het bewondering *zou kunnen* zijn?

'Ik ben benieuwd hoe dit eruitziet als je klaar bent. Als je van deze troep iets kan maken dat vijf cijfers waard is, ben ik je een etentje schuldig.'

'Staat genoteerd.'

'Dat betekent dat als het niet lukt, jij *mij* een etentje schuldig bent.'

'Ik maak me geen zorgen.' Dat deed ze ook niet, want linksom of rechtsom zou ze met Liam Manley gaan eten.

Hoewel *dát* haar misschien juist zorgen zou moeten baren.

Liam hield zijn ogen strak op de achteruitkijkspiegel gericht terwijl hij voor de derde keer vandaag bij zijn huis wegreed. De prinses had zich genesteld in zijn garage, met een zeil op de vloer—waar ze hem ook nog geld voor verschuldigd was—haar meubels om haar heen verspreid, en de uitdrukking op haar gezicht was er een die hij had verwacht op een uitverkoopdag in de mall, niet bij een stel kapotte hompen hout en marmer die een stel behoorlijke timmermansoog vereisten, om nog maar te zwijgen van een hele hoop artistiek talent. Hij had het niet over zijn hart kunnen verkrijgen om haar te vertellen dat de reden waarom ze vijf cijfers voor dat andere stuk had gekregen, waarschijnlijk meer te maken had met de naam van haar vader dan met een of ander kunstklasje op een deftige kostschool.

Hij hoopte dat ze niet meer bij hem woonde wanneer dat besef tot haar doordrong. Hij wilde zijn standvastigheid niet op de proef stellen tegenover de tranen van een vrouw; hij betwijfelde of hij er zo immuun voor was als hij zou willen.

Voor haar lach was hij in ieder geval niet immuun. Of voor haar geconcentreerde frons terwijl ze een ladenkastje vanuit elke hoek bestudeerde. Of de sexy stand van haar kin terwijl ze er met de steel van een penseel tegenaan tikte.

Gelukkig keek hij op dat moment net door de voorruit—net op tijd om een boom te ontwijken die zich op een centimeter of vijftien van zijn bumper bevond.

Hij week uit en vervloekte zichzelf omdat hij zich liet afleiden. Hij moest zijn hoofd eens laten nakijken.

Normaal gesproken zou hij een van zijn broers opzoeken, maar hij had geen zin in hun blikken. De preken. Ze hadden genoeg van zijn gezanik gehoord toen Rachel haar streek had uitgehaald; hij wilde niet weer met de staart tussen de benen komen aanzetten vanwege een prachtige glimlach en die verdomde pittige vastberadenheid waarvan hij nooit had gedacht dat Cassidy Davenport die in zich zou hebben.

Dat had hij weer. De enige socialite met wie hij opgescheept zat, begon het stereotype te doorbreken.

Hoofdstuk 10

Een roze T-shirt met strassteentjes, een witte geborduurde kuitbroek, een zwarte yogabroek, een lange wapperende tie-dye kaftan die haar vader haar waarschijnlijk zou bevelen te verbranden, een kort broekje waarbij hij dat *zeker* zou doen, en een leren jack dat eruitzag alsof het zo van een chick uit een motorbende kwam... Cassidy glimlachte terwijl ze de kledingstukken die Liam voor haar had meegebracht uit de tas haalde, en probeerde niet te gaan tintelen door zijn attentheid.

Maar toen ze bij het perzikkleurige nachtponnetje, de blauwe zijden ochtendjas en de zwarte naaldhakken met enkelbandjes aankwam, verloor ze die strijd. Alleen was het een ander soort tinteling. Er was iets aan het idee dat hij die zijdezachte dingen had vastgehouden dat heerlijk ondeugende dingen met haar binnenste deed.

Niet verstandig. Je wilde op eigen benen staan, weet je nog? Geen mannen. Niet je vader, niet een sugar daddy, en geen vriendje. Deze tijd is voor jou. Voor jóú. Onthoud dat.

Ze probeerde het wel, maar hij moest natuurlijk net zo verdomd aardig zijn als dat hij sexy was.

Titania kefte bij haar enkel en sprong toen op haar knie. De Maltezer was normaal gesproken een perfect gemanierd dametje, behalve als ze honger had.

'Is het etenstijd, Titania?' Cassidy voelde zich naakt zonder haar mobiele telefoon. Ze kon niet geloven dat haar vader hem had afgesloten. En haar auto aan de ketting had gelegd. En haar naar buiten had laten lopen met niets anders dan de kleren die ze aanhad.

Ze keek naar de stapel in de ladekast in haar kamer en glimlachte. Eén dilemma opgelost. Ze zou Liam daar wel voor willen knuffelen.

Om nog meer redenen trouwens.

Titania kefte nogmaals.

'Oké, oké.' Cassidy parkeerde die gedachte even en sloot de laatste lade voordat ze naar de keuken liep om de zakjes hondenvoer te zoeken die ze van huis had meegenomen. Ze nam de voorraad op. Er was genoeg over voor ongeveer een week. Dat liet haar niet veel tijd om de credenza af te maken als ze die wilde verkopen voor hondenvoergeld. Een strak schema op een normale dag, en dat was *als* Jean-Pierre er überhaupt over zou *peinzen* om nog een stuk aan te nemen. Wat zou vereisen dat ze al haar moed verzamelde, haar schaamte over de fratsen van haar vader opzijzette, en hem smeekte om de toorn van haar vader te riskeren.

En als hij dan al *zou* instemmen, moest ze maar bidden dat de credenza net zo snel zou verkopen als de kist.

Dat waren een hoop mitsen en maren. En haar hele toekomst — evenals die van Titania — hing daarvan af.

Dus zette ze haar met strassteentjes versierde veiligheidsbril op en ging aan het werk.

Een paar uur later zat ze onder het zaagsel en de opgedroogde houtlijm, en had ze de doorgezakte scharnieren van de deurtjes van de credenza gerepareerd. De wiebelige poot liep geen gevaar meer om af te breken, en na nog een paar keer behandelen met de zemen lap zou het meubelstuk klaar zijn voor de eerste verflaag.

Cassidy zette haar bril en stofmasker af, veegde wat zweterig haar vol zaagsel van haar voorhoofd en keek toen naar buiten. Het was donker. Ze was altijd verbaasd hoe de tijd vloog wanneer ze helemaal opging in haar werk.

De arme Titania zat opgesloten in de bijkeuken van Liam sinds zij hiernaartoe was gekomen. Gelukkig had het hondje de roep van de natuur beantwoord voordat Cassidy haar had opgesloten, maar nu was het Cassidy's beurt. En ze moest een douche nemen om deze rotzooi van zich af te spoelen.

Ze keek door de garagedeur naar buiten. Geen spoor van Liam. Mooi.

Ze deed het licht uit, trok toen haar T-shirt en korte broek uit, omdat ze geen spoor van zaagsel helemaal naar de badkamer wilde trekken, en rende in haar ondergoed terug naar binnen.

Liam wist zeker hoe hij zijn gasten moest behandelen — of zijn lijfeigenen, maar ze liet zich daar niet door weerhouden om te genieten van de luxe van een marmeren douche met een regendouchekop en zijsproeiers voor het hele lichaam. Na de rotte dag die ze had gehad, kon ze wel wat verwennerij gebruiken.

En toen ze in de perfect getimede, pulserende stralen stapte met de toilet-artikelen die ze uit haar eigen badkamer had meegenomen, voelde het alsof ze de hemel betrad.

Liam bevond zich echter in de hel.

Hij was uit zijn pick-up gestapt — precies bovenop een stapel kleren.

Cassidy's kleren.

Degene die ze eerder aanhad.

Er was maar één reden waarom een vrouw haar kleren midden in een garage zou laten vallen, vooral als ze onder het zaagsel zaten.

Ze liep naakt door zijn huis. Of in haar ondergoed, wat — serieus — niet veel beter was.

Wat had hij gedaan om deze marteling te verdienen? Hij had geprobeerd iets *goeds* te doen en nu betaalde hij de prijs van de verdoemden. God, sta hem bij.

Hij kneep in de brug van zijn neus en liep om de voorkant van zijn truck heen de bijkeuken in. Hij maakte daarbij zoveel mogelijk lawaai, in de hoop dat ze hem zou horen en haar kamer of de badkamer in zou schieten, en in ieder geval een handdoek om zich heen zou slaan.

'Cassidy?' zei hij vanachter de deur.

Niets.

'Cassidy?' zei hij iets harder, terwijl hij deze keer om de deurpost gluurde.

Nog steeds niets.

Hij liep het huis in en toen hoorde hij het.

Ze was aan het zingen onder de douche.

Vals.

Nou ja, kijk aan, er was iets dat Pappa's geld niet kon kopen — het vermogen om toon te houden. Die tekortkoming in haar beviel hem wel.

Maar hij *wilde* helemaal *niets* aan haar leuk vinden.

Ze haalde een hoge noot... soort van. Een beetje onzuiver, maar dat weerhield haar er niet van om door te gaan.

Dat vond hij ook leuk aan haar.

Verdomme.

Hij ontweek de deur van de badkamer in de hal zoveel mogelijk, aangezien hij die moest passeren om bij zijn kamer te komen, waar hij zelf ook een douche zou nemen.

Het was ergens wel ironisch dat ze allebei tegelijkertijd naakt zouden zijn, maar Liam wist de beste manier om verleiding te weerstaan: de koudste douche nemen die de mensheid kende.

Helaas kon hij haar nog steeds horen zingen, zelfs met het water dat op zijn hoofd kletterde.

Hij probeerde haar stem te overstemmen met zeep in zijn oren, maar die uithalen van haar... De haren in zijn nek zouden ervan overeind gaan staan als ze niet nat waren.

Dus waste hij zich zo snel mogelijk, nam iets langer de tijd om alle zeepsop uit zijn oren te krijgen, en sloeg een handdoek om zijn middel en een over zijn schouder. Hij zou zich in de slaapkamer wel afdrogen, met de badkamer als buffer tussen hen in.

Het was eigenlijk de perfecte buffer, want hij hoorde geen noot meer toen hij zijn boxershort uit zijn ladekast pakte.

Dat had een teken moeten zijn.

Hij had zich net afgedroogd en de handdoeken op het bed gegooid toen hij een 'Titania!' hoorde, gevolgd door een snik naar adem.

Hij draaide zich om.

Grote fout.

Daar stond Cassidy, gewikkeld in een handdoek die haar bedekte van haar borst tot halverwege haar dijen, maar ze was nog steeds te naakt naar zijn zin, terwijl hij... hij *was* naakt.

'O, shit.'

'Het spijt me.'

'Wat doe je—'

'Ik ga al—'

'Ja. Goed idee.' Hij reikte naar de handdoeken en moest half op het bed kruipen om die ondingen te pakken. Waardoor hij haar meer liet zien dan hij wilde.

Hij keek haar aan. 'Je kunt gaan, hoor.'

'Uh, ja. Juist. Ga ik doen. Het is alleen—'

Hij ging op het bed zitten en smeet de handdoek over zijn kruis. 'Prinses, voor het geval dat het je ontgaan is: ik ben naakt.' Hij wapperde met de handdoek.

'Technisch gezien nu niet meer, en ik denk dat Titania hiernaartoe is gekomen.'

'Is dat de beste smoes die je kunt verzinnen?'

Ze rolde met haar ogen. 'Het is geen smoes. Ze rende de badkamer uit en ik heb de voorkant van het huis al gecontroleerd. Ze beheerst je wenteltrap nog niet, en aangezien ze hier gisteren bij mij een dutje heeft gedaan, dacht ik dat ze misschien hiernaartoe was gekomen. Het zou helpen als je je deur dicht had gedaan.'

Ze had gelijk. Hij had hem ook op slot moeten doen. Maar het was niet alsof hij gewend was om met iemand samen te wonen, en hij *dacht* dat hij hem dicht had gedaan.

'Titania,' riep hij.

Er klonk gescharrel onder zijn bed.

Natuurlijk was ze hier. Wat meer marteling voor hem betekende toen Cassidy op haar handen en knieën ging — schiet mij maar lek — om onder het bed te gluren. Als hij in zijn deuropening had gestaan, had hij een geweldig uitzicht gehad.

'Kom op, Titania. Kom eronderuit.'

Het gescharrel verplaatste zich naar het hoofdeinde van zijn bed.

Natuurlijk.

'Titania!' Cassidy sloeg op de vloer. 'Hier komen!'

De hond verroerde zich niet.

Liam rolde met zijn ogen. En stond op. En wikkelde de handdoek om zijn middel.

Terwijl hij zijn ogen van de ronde welving hield van wat ongetwijfeld een verrukkelijk achterwerk was en waarbij de handdoek bijna omhoog schoof, ging hij naast Cassidy zitten. 'Titania. Kom.'

De kleine vachthannes kwam recht op hem af gekropen en likte hem op zijn neus.

Hij sloeg zijn arm om haar heen en schoof haar onder het bed vandaan, waarbij hij haar vasthield als een rugbybal, wat ongeveer haar formaat was.

'Alsjeblieft,' zei hij toen ze allebei weer op hun voeten stonden.

Cassidy pakte de hond aan en liet hem bijna vallen toen haar handdoek begon af te zakken.

Liam wilde de hond opvangen, kreeg een handvol borst te pakken, en trok zijn hand terug alsof hij zich gebrand had.

'Uh, het spijt me. Dat was niet de bedoeling—'

'Ik weet het.' Cassidy greep haar handdoek vast terwijl de hond op haar arm wankelde, en Liam was absoluut niet van plan om deze keer te helpen.

Hij draaide zich om. 'Laat het maar weten als je de kamer uit bent.'

'Bedankt. Doe ik.'

Hij hoorde haar de kamer uit rennen en haalde diep adem. Dat was te dichtbij geweest. *Zij* was te dichtbij geweest. Zijn *hand* was te dichtbij geweest. Zoals de erectie onder de handdoek getuigde. En het gevoel van haar borst in zijn handpalm. Dat zou hij niet snel vergeten.

Hij liep naar zijn kast — de handdoek *stevig* om zijn middel gewikkeld — en pakte een T-shirt, de boxershort die hij had laten vallen voor de handdoek, en een basketbalbroekje.

Jammer dat hij niet voor een harnas had gekozen, want net toen hij langs haar deur liep op weg naar de keuken, schoot de hond haar kamer uit, waarbij de deur net ver genoeg open bleef staan om te zien—

Nu *was* ze écht naakt.

Ze hield de handdoek tegen haar borst aan, zodat hij alleen een glimp opving van een lang, goedgevormd been en een kont die, tja, verrukkelijk was. Dan was er nog die smalle taille waar hij eerder zijn handen op had gehad, met als extra bonus de welving van haar borst, een beeld dat hij echt niet nodig had — zijn geheugen werkte prima.

Helaas gold dat ook voor zijn lid. Hij stond binnen twee seconden weer in de houding.

'Titania, kom terug!' Ze draaide zich razendsnel om, terwijl ze de handdoek tegen haar borst klemde, en rende naar de deur — ze stopte op het moment dat ze hem zag. 'O.'

'Ja. O.' Hij keek. Hij zou het niet moeten doen, maar hij kon het niet laten.

'Ik, uh, moet me aankleden.'

'Ja. Dat moet je.'

'Dus, zou je, weet je...' Ze maakte een wuivend gebaar met haar vingers.

Ja. Hij wist het wel. Maar de hond rustte op zijn voeten.

Dus hij schepte Houdini op, draaide zich om en droeg de kleine keffer — hoewel ze nu een kleine likker was, die de restjes van zijn douchebeurt van zijn pols likte — naar de keuken.

Hij pakte een bakje met de runderstoofschotel van zijn oma. De kleine onruststoker zou vanavond in stijl eten. Gewoon omdat...

'O, je hoeft haar niet te voeren. Ze heeft al gegeten.'

Een Cassidy met kletsnat haar kwam de keuken in gerend in een tie-dye jurk die veel te veel naar zijn zin aan die verdomde rondingen van haar kleefde — nou ja, dat was niet helemaal waar, maar het was momenteel te veel voor hem om te verwerken.

Toen boog ze voorover om de hond op te pakken en de marteling ging gewoon door toen hij een ongehinderde blik in haar jurk kreeg.

Serieus, wat was hij? Achttien? Hij moest echt ophouden met haar zo te vergapen.

Maar waarom kon ze in vredesnaam geen beha dragen?

Omdat je er toevallig geen hebt meegenomen toen je haar lingerie pakte.

Het gegrom van de viervoeter was een effectief geluid om weer bij de les te komen.

'Ik geloof dat de hond daar anders over denkt.'

'Ze heeft een naam, hoor. Titania.'

'Weet ik. Die heb ik gebruikt, weet je nog? In mijn kamer. Toen ik naakt was, weet je nog?'

'Luister, ik zei dat het me spijt. Als je de deur op slot had gedaan, was dit niet gebeurd. Ik wist niet dat je thuis was.'

'Hé, schuif dit niet op mij af. Het is mijn huis. Ik heb het recht om naakt rond te lopen als ik dat wil.'

'Waarom was je dan zo uit je doen toen ik binnenkwam?'

'Vond jij het leuk toen ik bij jou binnenkwam?' Hij hoopte ergens dat ze daar ja op zou zeggen.

En hij zou later wel uitzoeken *waarom* hij dat dacht.

'Kijk, Liam. Het spijt me. Het spijt me dat mijn hond je kamer in is gegaan en het spijt me dat ik bij je binnenkwam. Het is niet alsof ik het expres deed.'

'Hoe zit het dan met die kleren overal in mijn garage?'

'Ze liggen niet overal. Ze liggen op een stapel, onder het zaagsel. Ik dacht niet dat je het zou waarderen als ik zaagsel door je huis zou verspreiden.'

Ze was attent. Dat was iets wat hij niet had voorzien. Als ze nog meer goede eigenschappen bleek te hebben, zou hij het moeilijk krijgen om haar effect op hem te negeren. 'Zolang je het maar opruimt, kan ik er niks van zeggen.'

'Nou ja, je was niet thuis en ik had geen zin in nog meer schoonmaken nadat ik aan de credenza had gewerkt. Ik heb het deurtje trouwens gemaakt. Het werkt nu prima. Niemand zal ooit merken dat dat niet zo was. Voor het geval het je interesseert.'

Ze zette haar handen in haar zij, stak haar kin omhoog en—

Ja. Hij *was* geïnteresseerd.

Hoofdstuk 11

Cassidy bleef bij de ingang van de supermarkt staan en staarde voor zich uit. Menens? Hoe werd ze geacht hier in hemelsnaam iets te vinden? De laatste keer dat ze in een supermarkt was geweest, was toen de nanny ziek was en de kok op het laatste moment nog een paar dingen nodig had. Nu had ze een lijstje en wat contant geld, en ze moest dat lijstje binnen haar budget zien te houden.

Haar opleiding aan de kostschool was ernstig tekortgeschoten op het gebied van dagelijkse vaardigheden, maar ze stopte een pluk haar die uit haar paardenstaart was ontsnapt achter haar oor en keek naar het lijstje dat Liam had geschreven. Ze kon dit. Het was geen hogere wiskunde. Miljoenen mensen deden dit elke dag. Ze moest het ooit een keer doen; dan maar nu.

Ze had zestig dollar voor de spullen die zijn grootmoeder niet had meegebracht. Dingen zoals melk, eieren, kaas en... ze was bijna in tranen uitgebarsten toen ze dit las: hondenvoer.

Zelfs nu knipperde ze nog een paar tranen weg. Ze zou niet gaan huilen. Liam, die sarcastische etterbak, had een hart. In tegenstelling tot haar vader, de man wiens DNA ze droeg.

Juist *vanwege* dat DNA ging ze dit doen. En ze ging het in stijl doen. Papa zou haar niet zien falen. Ze zou niet wegkruipen en smekend naar hem terugkeren. Of naar Burton. Ze stond er alleen voor. Nou ja, zodra ze bij Liam weg was, dan.

Cassidy rechtte haar schouders en liep naar de klantenservice. 'Hallo. Ik vroeg me af of u me zou kunnen helpen.'

'Wat heeft u nodig?' Het meisje achter de balie nam niet eens de moeite om op te kijken. Goed zo. Cassidy wilde niet herkend worden. Niet alleen zou papa dan de zoveelste rolberoerte krijgen, hij zou ook weten waar ze was.

Dat laatste kon haar meer schelen dan het eerste.

'Ik vroeg me af of u me kunt vertellen waar ik het hondenvoer kan vinden, en de eieren en de melk en—'

'Zuivel op twaalf. Dieren zes.'

'Het spijt me, maar wat betekent dat?'

Het meisje keek eindelijk op en trok een gepiercte wenkbrauw op. 'Gangpad twaalf en zes?'

'Oh. Oké.'

'Hé, bent u niet iemand?'

Cassidy's maag maakte een sprongetje. 'Nou, zeker. Dat zijn we toch allemaal?'

Het meisje ging rechtop zitten en tikte met haar pen tegen de balie. 'Nee. Ik bedoel, *iemand*. Beroemd of zo.'

Verdomme. Ze had de meest anti-Davenport kleren uit de stapel anti-Davenport kleren aangetrokken, haar haar naar achteren getrokken en de make-up achterwege gelaten. Ze leek in de verste verte niet op de vrouw die ze voorheen op de roddelpagina's was geweest. 'Nee, sorry. Ik ben gewoon mezelf.'

Het meisje trok een scheve mond. 'Nou, u lijkt verdomd veel op iemand. Ik kan alleen niet bedenken wie het is.'

'Gangpad zes en twaalf, toch?' Cassidy tikte op de balie. 'Bedankt.'

Ze liep eerst naar het hondenvoer en slaagde erin alles op het lijstje binnen een half uur te vinden. Niet slecht voor een eerste keer. Ze kon dit. Ze kon de normale, alledaagse dingen leren die het grootste deel van de bevolking als vanzelfsprekend beschouwde, maar waarvoor de kringen van haar vader 'mensen' hadden.

Ze stond in de rij voor de kassa toen die gloed van succes begon te doven.

'Heb je gehoord van de dochter van Mitchell Davenport?'

Eigenlijk *verdween* die gloed op slag. Dat was meer dan alleen maar doven.

'Bedoel je dat mooie meisje dat altijd in het nieuws is? Geboren met een zilveren lepel in haar mond en leidster van een zorgeloos leventje?'

De andere vrouw schudde haar hoofd. 'Nou, nu dus niet meer.'

Cassidy kon het gezicht van de vrouw niet zien, maar ze hoorde het leedvermaak in haar stem.

Ah. Een hater. Daar was ze er in haar leven al wel meer van tegengekomen.

'Hoe bedoel je?'

'Hier. Kijk dit eens.'

Supermarktroddelbladen. Verdomme. Cassidy's gloed verdween in een wolk van vernedering.

'Haar vader heeft haar eruit geschopt. Nu moet ze voor zichzelf zorgen.'

'Dat werd eens tijd. Hoe lang dacht ze dat die man die zichzelf heeft opgewerkt voor haar feestlevensstijl zou blijven betalen? Verdomme, wat zou ik er niet voor over hebben gehad als mijn oude heer zelfs maar de helft van mijn tienerfeestjes had gefinancierd. Toch moet je bewondering hebben voor een meid die haar vader tien jaar na haar afstuderen nog steeds liet betalen.'

'Ze had een sugar daddy moeten zoeken om de traditie voort te zetten. In die kringen moet dat niet al te moeilijk zijn geweest.'

'Volgende.'

Cassidy hoorde een gezoem in haar hoofd. Ze keek naar de lopende band, in de verwachting dat er iets vastzat dat die vreselijke herrie maakte, maar ze zag alleen het kassameisje dat haar aankeek.

'Volgende.'

Oh. Juist. Zij. Dat gezoem was waarschijnlijk het begin van een knallende migraine.

'Arm kind, ze mocht de Benz niet meenemen. En de verslaggever heeft zelfs een foto van de auto weten te maken.'

Cassidy schoot naar de kassa en slaagde er op de een of andere manier in haar handen haar hersenen te laten gehoorzamen om de inhoud van haar winkelwagentje op de lopende band te leggen en haar vingers in haar tas naar de zestig dollar te laten zoeken.

Het totaalbedrag kwam uit op tweeënzestig vijftig.

Dat had ze niet.

God. Dit was haar *nog nooit* overkomen. Waar was die verdomde zilveren lepel waar die vrouw het over had gehad? Ze zou hem voor contant geld verkopen om deze transactie door te laten gaan.

'Tuurlijk, ik zou best met een of andere kerel naar bed gaan voor zijn geld,' zei de hater. 'Het is niet dat het voor heel lang zal zijn, snap je? Een paar goeie orgasmes en die kerel krijgt een hartaanval en gaat dood. Dan is het allemaal van mij.'

'Jammer dat wij niet in de kringen van dat Davenport-meisje verkeren. Ik zou niet eens kieskeurig zijn zolang zijn banksaldo maar in de miljoenen liep.'

Dat zou van die vrouw een prostituee maken, maar Cassidy hield haar mond dicht. Oh, niet omdat ze zo'n wijs mens was, maar als ze haar mond opendeed, wist ze vrijwel zeker dat er iets uit zou komen wat ze niet zou mogen zeggen.

Dat was niet wie ze was. Het was niet wie haar vrienden waren. Gebeurde het in haar sociale kring? Natuurlijk, maar dat betekende niet dat iedereen de moraal van een straatkat had en het geweten van een vlo.

'Tweeënzestig vijftig, alstublieft.' De tiener achter de kassa liet haar kauwgom knappen.

Cassidy schudde haar hoofd om de mist van schreeuwende berispingen te klaren en concentreerde zich op het totaalbedrag. Wat moest ze doen? Ze had nog nooit voedsel moeten teruggeven. Kon dat überhaupt wel? En was het een retourzending als ze het nooit uit de tas had gehaald?

'Eh, zou u drie van die zakjes hondenvoer kunnen weglaten?' Titania zou het gewoon met wat meer runderstoofpot en minder commercieel voer moeten doen. Die hond zou het niet erg vinden.

Het kind daarentegen vond het overduidelijk wél erg; ze rolde met haar zwaar opgemaakte ogen en zuchtte luid genoeg dat die vrouwen het hoorden.

Ze draaiden zich om. En een van hen kreeg een blik op haar gezicht die Cassidy vreesde.

'Hé, u lijkt sprekend op dat Davenport-meisje.'

'Wie? Ik?' Cassidy kon het kassameisje niet snel genoeg betalen en de tassen niet snel genoeg van het draaiplateau pakken. 'Dat hoor ik vaker. Ik zou haar bankrekening eerlijk gezegd best willen hebben.'

'Tegenwoordig wilt u dat echt niet meer.'

'Ik wed dat ze niet eens haar boodschappen kan betalen.'

Dat klopte; dat kon ze niet.

En het had de roddelbladen gehaald. Iedereen die ze kende zou het weten.

Cassidy rukte de laatste tas bijna van het plateau en liep richting de deur voordat de vrouwen een blik op haar oorbellen konden werpen. Die zouden haar verraden en ze had geen zin om zich hier te gaan verontschuldigen voor het feit dat ze met een zilveren lepel was geboren, noch om hun spot nog langer aan te horen.

God, had ze Franklin maar eerder in haar leven ontmoet. De lessen die zijn dertien korte jaren Cassidy hadden geleerd, waren meer waard dan welke privéschoolopleiding dan ook waar haar vader voor had betaald.

Ze knipperde de tranen uit haar ogen. Ze had Franklin ontmoet toen ze in plaats van haar vader een liefdadigheidsdiner voor de kinderafdeling van het ziekenhuis had bijgewoond. Weer een kans voor papa om haar namens hem te paraderen.

Niet dat ze het erg had gevonden. Ze had bijna iedereen gekend en de gelegenheid gehad om haar nieuwe Stella McCartney-jurk te dragen en champagne te drinken – tot op dat punt de hoofdbestanddelen van haar leven.

Toen was Franklin naast haar komen zitten.

Het kind had haar in ongeveer dertig seconden voor zich gewonnen en veranderde haar leven in de volgende dertig dagen. Hij bevond zich in het eindstadium van zijn behandeling zonder hoop op remissie, maar hij was vastbesloten zijn stempel op de wereld te drukken. Hij, die alle reden had om bitter te zijn en het leven op te geven — van zijn kanker tot het gezin dat hem aan de jeugdzorg overdroeg omdat ze er niet mee om konden gaan — had geweigerd dat te doen. Hij zou genieten zolang hij kon, en stilstaan bij de negatieve en onbenullige dingen in zijn leven was simpelweg een verspilling van de tijd die hem nog restte.

Cassidy had ervoor gezorgd dat ze minstens drie keer per week langskwam, vaker naarmate het einde naderde. Door zoveel bij hem te zijn, waren die frivole, tijdrovende dingen zoals winkelen, roddelen en 'gezien worden' in perspectief geplaatst.

En toen was hij er niet meer.

Cassidy herinnerde zich de pijn nog als de dag van gisteren. Alsof haar hart eruit was gerukt en vertrapt. Alsof ze nooit meer op adem zou komen. De enige reden dat ze wist dat ze dat wel zou doen, was omdat ze dezelfde emoties had doorgemaakt toen haar moeder vertrok.

Maar horen hoe die vrouwen over haar praatten — om haar moeilijke tijden *lachten*... Op momenten als deze wilde ze toegeven aan de zelfmedelijden en gewoon huilen. Maar dan dacht ze aan Franklin, vermande ze zich en ging ze door. Omdat waar zij mee te maken had minder erg was dan waar Franklin voor stond en hij was niet bezweken voor zelfmedelijden.

Zij ook niet.

De houding van die vrouwen, de speling van het lot, de verraderlijkheid van ziekte en het leven... het was allemaal niet eerlijk. Het was de manier waarop ze ermee omging die haar zou maken of breken. En Cassidy zou, net als Franklin, *niet* gebroken worden. Ze zou erboven staan.

Ze wierp een kus naar de hemel — zoals ze altijd deed als ze aan Franklin dacht. Ze zou zijn dood niet voor niets laten zijn.

Ze haalde diep adem, zette de vrouwen uit haar hoofd en liep terug naar Liams pick-up. Hij had hem voor de dag aan haar geleend omdat hij bezet zou zijn bij het gebouw van haar vader. Het was bitterzoet geweest toen ze hem daar vanmorgen had afgezet, maar interessant genoeg was er niets van de droefheid of woede die ze dacht te voelen om daar weer te zijn. Het was alsof het gebouw bij een andere plaats en tijd hoorde. Een waar ze niet naar wilde terugkeren.

Ze bergde haar boodschappentassen op de achterbank van de cabine op en klom daarna naar binnen, denkend aan de keer dat Liam haar had geholpen.

Verdomme, dat dat voor kriebels zorgde. Het was vreemd eigenlijk hoe alleen al de gedachte om bij hem in de buurt te zijn, naast hem te staan, dat hij haar aanraakte... het bracht Cassidy in contact met haar vrouwelijke kant op een manier die ze nooit had gehad met Burton of Carlton of Helmsford, of een van de andere mannen met wie haar vader haar op date had gestuurd.

Ze trok een gezicht toen ze de pick-up in de versnelling zette. Er was altijd wel een geschikte man geweest op de bijeenkomsten van haar vader. Een vertegenwoordiger van een andere 'welopgevoede' familie om de perfecte nakomelingen te creëren. Ze had vaak met haar vriendinnen gegrapt dat de man die haar tanden zou controleren degene zou zijn die haar vader zou uitkiezen om mee te trouwen.

Burton was niet zo ver gegaan, maar ja, hij was helemaal niet ver gegaan. Dat had ze niet toegelaten. Ze had niet de behoefte gevoeld om een fysieke relatie met hem aan te gaan — een groot, opvallend neon-knipperlicht dat zei dat hij niet de man voor haar was.

Hoe zit het met Liam?

Ze stuurde om een verdwaald winkelwagentje heen dat over de parkeerplaats rolde. Er was niets met Liam. Hij was een aardige kerel om haar te helpen — en verdomd sexy — maar hij was een tijdelijke oplossing. Een tussenstop.

Hij mag mijn tussenstop op elk moment zijn—

Oh, in hemelsnaam. Cassidy ademde uit en rukte de pick-up resoluut naar rechts. Serieus? Moest haar onderbewustzijn *zo* ordinair zijn? Zo banaal?

Hé, wees maar eens ordinair en banaal met Liam en kijk of je er niet van geniet.

Ze moest daarom glimlachen. Ja, dat zou best leuk zijn.

Maar ze had een taak te volbrengen en dat was niet de klusjesman verleiden, hoe heet hij ook was. Er was meer in het leven dan seks.

Maar het maakt het leven wel zoet...

Ze reed de parkeerplaats af en sloeg rechtsaf Davenport Drive op. Ze kon haar vader niet eens ontvluchten *toen* ze hem was ontvlucht. Er was de Davenport-vleugel van de bibliotheek en de borden voor de wegschoonmaak van Davenport Properties, en de speeltuin waarvan ze haar vader had geprobeerd de naam te laten veranderen in Franklin's Field, maar dat had hij geweigerd. Natuurlijk. Niets was belangrijker voor haar vader dan de naam Davenport.

Zelfs zijn dochter niet.

Ze sloeg snel linksaf naar een ander winkelcentrum en stond op het punt om terug te rijden naar het steegje erachter — alles om weg te komen van Davenport Drive — toen een winkelpui haar opviel.

Pawn Shoppe.

Een schattige naam voor een mooie oplossing voor dat tekort van twee vijftig.

Ze parkeerde ervoor en liep naar binnen, terwijl ze onderweg de achterkantjes van haar oorbellen losdraaide.

Liam las het stukje in de krant nog eens door onder een foto van Cassidy in een schitterende avondjurk op de marmeren trappen van een sjiek restaurant.

PRINSES WORDT BEDELAAR

. . .

De lokale society-figuur Cassidy Davenport ondervindt tegenwoordig dat het gras bij de buren een stuk minder groen is dan de professioneel aangelegde gazons van haar penthouse en countryclub.

Een insider meldt dat de vader van mevrouw Davenport, de gerenommeerde ondernemer Mitchell Davenport, haar uit haar penthouse-appartement heeft gezet, waardoor ze gedwongen is werk te zoeken tussen het gewone volk.

'Vrienden zeggen dat ze mevrouw Davenport gisterochtend voor de uitzetting voor het laatst hebben gesproken. Sindsdien heeft niemand meer iets van haar vernomen, wat de vraag oproept wat haar vader nog meer uit haar levensstijl heeft geschrapt. Er is geen verklaring naar buiten gebracht vanuit de vesting van Davenport Properties in het zakendistrict van de binnenstad.'

'Is dit waar, of is het de zoveelste pr-stunt van de man die door velen de 'Hellehond' wordt genoemd vanwege zijn marketinginzicht en ondernemingsdrang?'

'En zo niet, hoe zal mevrouw Davenport zich staande houden in deze uitdaging? Waar zal ze wonen? Wat zal ze gaan doen? En zal ze er net zo modieus uitzien als op deze foto van de Todd Best Art Show van afgelopen herfst?'

Verdomde aasgieren. Alweer een belediging die Cassidy moest verdragen. En nog een publieke ook. Arm mens.

Tja, hij had medelijden met haar. Dat zou hij waarschijnlijk niet moeten hebben, aangezien een leven in een vissenkom ook gepaard ging met miljoenen, chique auto's en luxe vakanties, maar hij had gezien hoe de acties van haar vader haar hadden gekwetst. Nu zou ze dat allemaal opnieuw moeten ondergaan, dit keer wetende dat de hele wereld kon meekijken.

Hij hoopte vurig dat ze na hem vanochtend te hebben afgezet direct naar huis was gegaan en geen boodschappen was gaan doen, zodat ze dit nieuws helemaal had gemist. Misschien kon hij haar zo op het schilderen laten focussen dat ze er pas achter zou komen als de hype was overgewaaid.

Toen keek hij door de voorruit en werd die theorie aan diggelen geslagen.

Cassidy was wel degelijk op pad — en ze liep net een pandjeshuis binnen.

Toen hij zag hoe haar vingers aan de diamanten in haar oren zaten, had hij wel een vermoeden waarom, maar die vrouw zou genadeloos worden uitgekleed en beroofd worden van elke cent die ze niet had. Naar een pandjeshuis gaan was niet hetzelfde als naar een juwelier gaan. Niet dat een juwelier de beste prijzen gaf — daar was hij zelf achter gekomen toen hij probeerde de armband terug te brengen die hij voor Rachel had gekocht. Hij kreeg nog niet de helft van wat hij ervoor had betaald, maar het had hem tenminste uit de pandjeshuizen gehouden.

'Sla hier rechtsaf, Jake,' zei hij tegen zijn vriend die achter het stuur zat. Jake was aan het werk op een bouwplaats in de buurt en ze hadden besloten samen te gaan lunchen.

'Bedankt. Ik zoek zelf wel een lift terug.' Hij propte de krant onder zijn arm en was de truck van Jake al uit voordat die goed en wel stilstond. Ongeveer dertig seconden na Cassidy rende hij de deur van het pandjeshuis binnen.

Hij was bijna te laat.

'Hoeveel geeft u me hiervoor?' Cassidy stond bij de balie.

'Hé.' Hij legde zijn hand over haar open handpalm waar de twee klompen diamant lagen te glinsteren in het tl-licht, terwijl Vito er zowat bij kwijlde. Waarschijnlijk was dit de eerste keer in Cassidy's leven dat een man kwijlde om iets anders dan haar terwijl ze in de kamer was, maar Vito had oog voor zaken. *Zijn* zaken. En hij zat niet in het vak om anderen winst te laten maken, wat precies de reden was waarom dit de laatste plek was waar Liam haar wilde zien.

'Liam? Wat doe jij hier?' Ze balde haar vuist onder zijn handpalm. De diamanten waren voorlopig veilig.

'Ik zag je hier naar binnen gaan en wilde voorkomen dat je een fout zou maken.'

O jee. Verkeerde woordkeuze. De prinses werd nog ijziger dan de stenen in haar vuist.

'Ik maak *geen* fout. Ik weet wat ik doe.'

'Nee, dat weet je niet. Je wilt deze niet aan Vito verkopen.'

'Dat wil ik natuurlijk ook niet. Ik ga ze verpanden.'

'Dat moet je ook niet doen.'

'Hé, Manley. Bemoei je er niet mee, man. Ik vertel jou ook niet hoe je je werk moet doen.' Vito's testosteron begon op te spelen.

'Koest, Vito. Je krijgt haar diamanten niet.'

'Echt wel. Als zij verkoopt, en ze zijn wat ze zegt dat ze zijn, dan koop ik ze.'

'Ze zei net dat ze niet verkoopt.'

Vito's vinger, die de dikte had van een braadworst, tikte bijna tegen Liams neus. 'Ik mag je graag, Manley. Je broers ook. En die zus van je...' Vito hoefde niets te zeggen om Liam duidelijk te maken wat hij van zijn zus vond. 'Maar dit is zakelijk. Dus rot op of ik roep mijn jongens erbij. Je wilt niet dat ik mijn jongens erbij roep.'

Nee, dat wilde Liam inderdaad niet. Hij keek Cassidy aan. 'Kunnen we hier alsjeblieft over praten voordat je dit doet?'

'Waarom? Je bent mijn baas niet.'

'Eigenlijk, technisch gezien, wel. En je bent aan het werk, dus je hoort hier niet te zijn. Ik zou je kunnen ontslaan.'

Haar ogen vernauwden zich en hij zette zich schrap voor de strijd. Hij trok een wenkbrauw op.

Ze keek naar hem, en toen naar Vito. Ze trok haar hand onder de zijne vandaan en keek een paar seconden naar de oorbellen.

Toen sloot ze haar vingers er weer omheen en propte ze in de zak van haar korte broek. 'Oké, wat heb je te zeggen?'

Hij keek naar Vito. 'Niet hier.' Hij greep haar bovenarm vast. 'Laten we naar buiten gaan.'

'Klootzak,' mompelde Vito binnensmonds, terwijl hij hoofdschuddend naar zijn achterkamer liep. Het heilige der heiligen waar op een gemiddelde dag waarschijnlijk een paar miljoen lag opgeslagen, samen met Vito's favoriete wapens. Zijn winkel mocht dan in het nette deel van de stad liggen, compleet met een sjiek uithangbord, maar het bleef Vito's zaak en soms waren die zaken niet zo netjes. Of vriendelijk. Of legaal. Of alle drie.

Liam leidde haar naar buiten naar zijn pick-up. Dit was de laatste keer dat hij haar de sleutels gaf. En hij maar bang zijn voor een ongeluk op de weg, terwijl hij er geen rekening mee had gehouden dat ze een wandelend ongeluk was dat op het punt stond de verkeerde *shoppe* binnen te stappen.

'Nou, wat heb je te vertellen, Liam?' Ze keerde zich halverwege de parkeerplaats naar hem toe.

'Kunnen we, eh, ergens heen gaan waar het wat minder publiekelijk is?'

Ze keek om zich heen en spreidde haar armen. 'Je wilt privacy op een parkeerplaats? Veel succes daarmee.'

'Jíj bent degene die succes nodig heeft.' Liam deed hard zijn best om zijn geduld te bewaren. Hij had geen kort lontje; normaal gesproken werd hij *nooit* kwaad. Hij was de relaxte broer.

Maar nu even niet.

'Prima, Cassidy. Laten we je vuile was dan maar buiten hangen. De krantenkoppen van vanochtend over hoe je uit je huis bent getrapt waren nog niet genoeg, is dat het?'

'Zeg me niet dat jij die roddelbladen leest. Iedereen weet dat die onzin niet waar is.'

'Roddelbladen? *The Herald* is geen roddelblad.'

'*De... De Herald*? Staat het in *The Herald*?' Haar gezicht werd lijkbleek.

'Je wist het niet.' Shit. Dit was niet de manier waarop hij wilde dat ze erachter kwam dat haar foto op de voorpagina van het dagblad stond met veel meer dan alleen een onderschrift van één regel. Verdorie, hij had liever voorkomen dat ze het überhaupt te weten kwam, maar Mitchell Davenport was een grote naam in deze stad en wat hij deed of zei, haalde de kranten.

Hij zou dolgraag willen weten hoe die verslaggever aan zijn informatie kwam. Was het Marco geweest? Die man leek zo integer, maar misschien had hij het geld nodig dat een sappig verhaal als dit zou opleveren.

'Weet je zeker dat het in *The Herald* staat? Niet alleen in de boulevardbladen?'

Liam pakte haar arm vast. 'Luister, het maakt niet uit waar het staat. Het punt is dat je op het punt stond je ziel en die diamanten aan de duivel te verkopen.'

'Ik verkocht ze niet. Ik zei toch dat ik ze verpandde.'

'Dat is lood om oud ijzer. Als je die vijf mille die hij je ervoor zou geven — *als* je al zoveel geluk hebt — nu niet hebt, waarom denk je dan dat je het wel hebt als de betaaltermijn afloopt? Om nog maar te zwijgen van de rente die hij rekent als je te laat bent. Ben je bereid die oorbellen kwijt te raken, alleen maar om mij te bewijzen dat je weet wat je doet?'

Er trok een scala aan emoties over Cassidy's gezicht en Liam wist niet wat hij kon verwachten als die zich uiteindelijk tot een reactie zouden vormen.

'Zeg me alsjeblieft dat het niet op de voorpagina staat.'

Shit, shit, shit.

'Cass, denk er niet aan. Vergeet maar dat ik iets gezegd heb.'

'Liam, *vertel* het me.'

Waar was deze ruggengraat toen haar vader haar op straat zette? Als ze die toen had gehad, had ze nu niet in deze positie gezeten en had hij zijn werksores op de zaak kunnen laten als hij 's avonds thuiskwam. Maar nee; hij werd direct weer in de chaos gestort die de Davenports in zijn leven hadden aangericht zodra hij zijn eigen voordeur doorstapte.

Hij opende de deur van zijn pick-up. 'Stap in, dan laat ik het je zien.'

Hij wachtte tot ze was ingestapt. Ze mocht dan wel overstuur zijn door de krantenkoppen, maar als die waas van woede zou wegtrekken, zou ze hem dankbaar zijn dat hij haar niet midden op straat had laten staan waar iedereen haar kon zien. Een vrouw had recht op privacy voor wat er komen ging.

Hij trok de krant onder haar arm vandaan. 'Hier.'

'Klootzak.'

Hij had niet gedacht dat het mogelijk was dat ze nog bleker kon worden.

Ze bewees zijn ongelijk terwijl ze het artikel las. 'Oh mijn God. Die rotzak.' Ze liet de krant op haar schoot vallen. 'En ik stond op het punt om...' Ze keek achterom naar de zaak van Vito.

'Tja. Je stond op het punt Vito precies te laten weten wie je was. Zodra hij dat wist, zou hij doorhebben waarom je het geld nodig hebt en zijn prijs daarop aanpassen. Het is net als bij elke onderhandeling: je wilt vanuit een sterke positie praten. Kennis is macht, en op het moment dat Vito weet dat je wanhopig bent, gaat hij je uitbuiten. En nu ik je daar heb weggehaald...' Hij wilde het liefst teruggaan om Vito te bedreigen dat hij zijn grote mond moest houden, maar dat zou Vito alleen maar sneller naar de roddelpers drijven. 'Vito is er alleen maar op uit om ergens geld aan te verdienen, hoe dan ook.'

Ze knipperde met haar ogen en staarde door de voorruit, maar ze zei niets.

Hij wachtte op de tranen. Die zouden wel komen; dat gebeurde altijd. Rachel was een meester in het laten opwellen van tranen om hem vervolgens met die grote, waterige ogen aan te kijken, en dan smolt hij...

'Nou.' Cassidy ademde uit en tot Liams verbazing schraapte ze haar keel, huilde ze *niet* en keek ze hem aan. 'Wat stel je voor dat ik doe? Het is niet alsof ik dertigduizend dollar aan oorbellen online kan verkopen voor een fatsoenlijk bedrag.'

Hij had even nodig om met haar mee te schakelen. Ze keek vooruit. Ze bleef niet hangen in het moeras van pijn en woede dat ze wel moest voelen.

Verdraaid, die vrouw kon hem nog verrassen ook.

'Waarom zou je het niet proberen? Mensen verkopen auto's; waarom geen juwelen? Ik weet zeker dat je niet de eerste bent.' Dertig *mille*? Ze had dertigduizend dollar aan haar oren hangen en ze was bij hem aan het bietsen? 'Weet je, dertig mille is niet niks.' Behalve als je je neus snoot in zakdoekjes van bladgoud. 'Je hoeft helemaal niet voor mij te werken.'

'Dat is *als* ik dat bedrag ervoor kan krijgen, Liam. Hebben mensen zomaar dertig ruggen klaarliggen voor online aankopen?'

'Goed punt.' De mensen die die oorbellen konden betalen, gingen waarschijnlijk niet naar het internet. Die gingen naar hun eigen privéquwelier. Waarschijnlijk gereden door hun eigen privéchauffeur. Na de lunch op hun club. Op een jacht.

Oké, de bitterheid begon aan hem te knagen. Het vertrek van Rachel had zijn zelfvertrouwen een flinke deuk kunnen geven als hij dat type man was, maar dat was hij niet. Hij deed het goed voor zichzelf en als dat niet goed genoeg was voor Rachel, nou, dan was zij niet goed genoeg voor hem. Hij had geen jacht nodig. Hij had geen club nodig. Hij had alleen zijn vrienden, zijn familie en een goedlopende zaak nodig. Geld, zo belangrijk voor types als Rachel en Mitchell Davenport, was voor hem niet het allerbelangrijkste.

'Wil jij ze aannemen als betaling?'

'Oorbellen? Wat moet ik met diamanten oorbellen? Ik ben niet echt het type voor sieraden.'

'Nee, ik bedoel, zou jij ze willen aannemen en verkopen, en dat we dan quitte staan?'

'Je bent bereid mij oorbellen van dertigduizend dollar te geven in ruil voor kost en inwoning? En ik mag houden wat de verkoop oplevert?' Hij trok een wenkbrauw op. 'Serieus, Cassidy, je gaat het nooit op eigen houtje redden als dit is hoe je te werk gaat.'

'Ik—' Ze leunde achterover in de stoel en sloeg haar armen over elkaar.

Liam zag de woorden al bijna over haar lippen borrelen, maar hij had gelijk en dat wist ze. Ja, natuurlijk kon hij die sieraden aannemen en een mooie winst maken, maar hij had geen zin in het gezeur. Het enige wat hij nodig had, was dat Davenport ze als gestolen zou opgeven en dan zou Liam een heleboel vragen moeten beantwoorden vanachter de tralies. Die dertig mille zou in een mum van tijd weg zijn als hij advocaten moest inhuren om de stal van Davenport te bestrijden.

'Je hebt gelijk. Ik moet ze verkopen, want ik ga nu nooit meer terug.' Ze ging wat rechterop zitten. 'Maar ik heb geen idee hoe. Wilt u me helpen?'

Hij wilde nee zeggen. Wilde dat ze het zelf zou uitzoeken, maar er was zoveel zorg en hoop in haar ogen dat hij zich de grootste lul op aarde zou voelen als hij haar niet hielp. Je weg vinden op online veilingsites kon een hele opgave zijn als je er niet bekend mee was, en hij durfde die dertigduizend dollar erom te verwedden dat Cassidy Davenport nog nooit iets online had gekocht. Waarom zou ze ook, als ze alleen maar de juwelier hoefde te bellen en de naam van paps hoefde te laten vallen? De spullen werden die middag waarschijnlijk persoonlijk bezorgd, in roze dozen met glimmende strikken eromheen.

'Ja. Vooruit. Dan krijg ik tenminste nog wat geld van je terug.'

'Maak je geen zorgen, Liam. Ik ben van plan je voor alles terug te betalen.'

Het was niet zijn bedoeling geweest om zo kortaf te zijn. Hij was niet harteloos en ze maakte een hoop ellende mee. Misschien niet zijn idee van ellende — reserves van dertigduizend dollar waren nogal moeilijk te negeren — maar dit was Cassidy waar hij het over had. Zij was dit soort dingen niet gewend.

En daar ga je weer, je wilt weer voor haar zorgen...

'En ik ga je huis zo goed schoonmaken dat je van de vloer kunt eten.'

'Dat is niet nodig, ik eet wel aan tafel, maar laat vooral maar eens zien wat je in je mars hebt.'

'Dat ben ik zeker van plan.' Ze verkreukelde de krant en keek uit het raam, terwijl ze iets mompelde dat verdacht veel klonk als: 'U *en* mijn vader.'

<h1 style="text-align:center">Hoofdstuk 12</h1>

Cassidy had nog nooit van haar leven zo hard gewerkt.

Ze had ook haar grote mond *moeten* opentrekken. Ze had hem *moeten* vertellen dat ze hem wel eens zou laten zien uit welk hout ze gesneden was.

Op dit moment voelde ze zich eerder een slap sliertje spaghetti en een natte vaatdoek.

Ze smeet de bewuste natte vaatdoek over haar schouder en trok een gezicht toen er een straaltje vies, chemisch water over haar shirt droop. Het bleekmiddel zou ongetwijfeld vlekken achterlaten.

Nou ja, het was niet alsof ze dit shirt binnenkort nog eens zou dragen. Ze had het gescheurd aan de gordijnroede toen ze het stof uit de gordijnen had geslagen, en daarna was ze ermee achter de ovendeur blijven haken, wat een vetvlek pal over het midden had achtergelaten.

'Keif! Keif!' Titania sprong weer tegen haar knieën op—

En liet smerige pootafdrukken achter op de beige tegels.

'Titania, wat ben je aan het doen?' Ze gooide de vaatdoek in de gootsteen en tilde het hondje op—hop, daar gingen de pootafdrukken op het shirt dat ze toch nooit meer zou dragen. Het hondje likte aan Cassidy's neus. 'Wat? Waar heb je die modder aan je pootjes vandaan gehaald?'

Titania likte haar nog eens.

'Ik heb je een beetje verwaarloosd, hè?' Cassidy pakte een vochtig vel keukenpapier, ging op de rand van de leren bank in Liams woonkamer zitten en maakte Titania's pootjes schoon. Waarschijnlijk noemde hij dit een 'great room', aangezien het de enige kamer in het hele huis was die zo groot was. Geen formele zitkamer versus een tv-kamer, maar ja, hij had dan ook geen gezin.

Zij blijkbaar ook niet meer.

Welke vader verkocht zijn eigen kind nu aan de pers? Serieus. Wat een schoft.

Maar het had zijn naam wel weer in de kranten gekregen, nietwaar? En het had haar onder druk gezet.

Maar haar vader kende haar niet zo goed als hij dacht als hij meende dat publieke vernedering haar weer op het rechte pad zou brengen. Als het al iets deed, dan maakte het haar alleen maar vastberadener om te slagen.

Ze keek op de prepaidtelefoon die ze had gekocht met geld dat ze van Liam had geleend. Nog meer schulden bij hem. Maar serieus, ze kon niet zonder telefoon. Al was het maar om te weten hoe laat het was.

'Hé, Cass, ik ben thuis. Wat eten we?' Liams stem galmde door de grote kamer, waardoor er rillingen over haar rug liepen.

'Eten?' Ze was te moe om zelfs maar de moeite te nemen hem te vertellen dat ze die bijnaam haatte.

'Je weet wel, de maaltijd aan het eind van een lange dag, wanneer de een ruim acht uur de hort op is geweest om de kost te verdienen en de ander thuis is gebleven om het haardvuur brandend te houden.' De charmante glimlach op zijn gezicht nam de scherpe randjes van zijn woorden weg.

Ze probeerde zijn glimlach te beantwoorden terwijl ze met haar arm over haar voorhoofd veegde. 'Geen vuur hier hoor. Ik ben zo al bezweten genoeg.'

Een tel lang was het doodstil in de kamer. Zelfs Titania leek te stoppen met ademhalen.

Toen schraapte Liam zijn keel. 'Nou, dat is maar goed ook, want buiten is het al warm genoeg. Dus ik neem aan dat dat betekent dat ik wat te eten pak dat mijn oma heeft gemaakt. Klinkt dat goed?'

'Ik heb geen honger.'

'Onzin. Je hebt een rotdag gehad en bent non-stop bezig geweest. Je hebt vast wel trek gekregen.' Hij wenkte haar. 'Kom op. Je moet eten. Ga jij maar zitten; ik pak het wel.'

Ze wenste echt dat hij niet zo verdraaid aardig voor haar was. Waarom hij? Hij kende haar niet eens en hij was geen familie van haar.

O nee. Daar ging ze niet aan denken. Ze ging *geen* medelijden met zichzelf hebben of aan haar eigenwaarde twijfelen. Haar vader was degene met het probleem—een heleboel problemen zelfs—zij niet.

Cassidy nam plaats aan de ontbijtbar, terwijl vermoeidheid en schuldgevoel met elkaar streden terwijl Liam twee—nee, maak daar maar drie—kommen runderstoofvlees opwarmde.

Titania zat aan zijn voeten en aanbad hem alsof hij een god was, de kleine veelvraat.

Zelf kon ze natuurlijk een dankbare glimlach niet onderdrukken toen hij de kom voor haar neerzette met een flink stuk knapperig stokbrood dat uit het niets tevoorschijn was getoverd.

'Ik ben op weg naar huis even langs de winkel gereden. Ik dacht dat dit wel lekker zou zijn bij de stoofschotel.'

Daar had hij gelijk in, maar Cassidy kon het hem niet vertellen omdat ze al een stuk had afgebroken, het in de saus had gedoopt en van de smaak zat te genieten nog voordat hij uitgesproken was. Zijn oma was een engel. Iedereen die zo kon koken—buiten een chique restaurant om—was goddelijk.

Haar vader zou een rolberoerte krijgen als hij haar nu kon zien. Bezweet, in gescheurde kleren, terwijl ze de saus van haar vingers likte.

Cassidy glimlachte. Mooi zo.

'Waarom zit je zo te grijnzen? Je ziet eruit alsof je op het punt staat de wereld te veroveren.'

Cassidy zoog de saus van haar vingers en veegde ze af aan het servet dat Liam haar aangaf. 'Ik zit erover te denken.'

'Dus je hebt de oorbellen verkocht?'

'Eh, nee. Daar heb ik eigenlijk nog niet eens aan gedacht. Ik ben te druk geweest sinds ik hier terugkwam.'

'Hoeveel heb je gedaan gekregen?'

'De vide en de badkamer boven moeten nog. Dat maak ik morgen af.'

'Precies op tijd voor het volgende project: de garage.'

'De garage? Niemand maakt een garage schoon.'

'Ze ruimen garages *op*, maar ik bedoelde de kamer erboven. Ik was van plan er een fitnessruimte van te maken, maar het is nu een opslagplaats geworden.

Als jij het uitruimt en voor me ordent, verhuis ik mijn apparatuur uit de kelder naar boven zodat we een sportschool hebben.'

Hij wilde dat zij het ordende? Had hij haar keukenkastjes wel eens *gezien*? 'Is er een kelder?'

Liam wees naar de deur bij zijn slaapkamer. 'Waar dacht je dat die deur naartoe leidde?'

Ze was bang geweest om te kijken. Na dat hele naakt-incident bleef ze ver uit de buurt van zijn slaapkamer. Het zou een hel worden om die weer te moeten schoonmaken.

Met een beetje geluk met haar verkopen of de verkoop van de oorbellen, zou ze weg zijn voordat dat hoefde.

'Ik hoopte morgen aan het dressoir te kunnen werken.'

'En ik hoopte uit te kunnen slapen, maar we hebben allebei werk te doen.'

'Liam, je huis is helemaal niet zo vies. Je woont hier alleen; hoeveel van een smeerpoets ben je nu helemaal?'

Hij trok weer een wenkbrauw op en tjonge, dat leidde haar af. De man was werkelijk prachtig, met dat zwarte haar dat weigerde plat te liggen maar in een *haal-je-vingers-door-mij-heen*-verwildering om zijn hoofd krulde waardoor ze precies dat wilde doen.

'We hadden een afspraak, Cassidy. Je komt je afspraken toch wel na?'

Moest hij het zo stellen? 'Natuurlijk wel. Maar het is niet zo'n grote klus als je het deed voorkomen.'

'Dan is dat alleen maar in jouw voordeel, toch?'

Verdomme. Hij had gelijk. Hij was haar niets verschuldigd; hij wilde zijn huis schoon hebben. Ze moest haar eigen zaken eromheen plannen.

Had ze het maar beter gepland voordat ze haar vader aansprak.

Ze slikte haar frustratie in en knikte. 'Je hebt gelijk. Ik ga morgen naar de garage.'

'Bedankt. Ik wilde die sportschool al een tijdje operationeel hebben. En voel je vrij om de apparatuur te gebruiken zodra het klaar is.'

Was het verkeerd dat haar gedachten direct afdwaalden naar de keiharde buikspieren die ze had gezien? Naar de biceps waar de mouwen van zijn T-shirt omheen spanden? De broek die strak zat om een paar goedgevormde dijen? Waar had deze man een sportschool voor nodig? En na wat ze had gezien tijdens het debâcle na het douchen, kon ze er met recht over oordelen.

Hoe zou het zijn om de liefde te bedrijven met Liam, een man die zo mannelijk was dat hij een reclamebord voor testosteron zou kunnen zijn?

Cassidy verslikte zich bijna in haar stoofvlees. Ze mocht zulke gedachten niet hebben. Ze was hier niet om vadertje en moedertje te spelen, maar alleen om schoon te maken.

Titania slobberde haar maaltijd op en huppelde daarna op haar achterpootjes, ronddraaiend als een ballerina naast Liams stoel. Het enige wat ze nog nodig had was een tutu—en die had ze, maar die lag helaas nog in het penthouse.

'Het lijkt erop dat je een bewonderaar hebt.' Cassidy knikte naar haar hond die bijna buiten zinnen was van geluk, terwijl haar kleine tongetje van opwinding naar binnen en naar buiten schoot.

'Zolang ze vanavond niet in mijn bed probeert te springen, vind ik het prima.'

Cassidy hield wijselijk haar mond, want ze had net besloten dat dat inderdaad geen goed idee zou zijn.

Dus pakte ze haar kom op en dronk de rest van de jus op, waardoor ze hem effectief uit het zicht blokkeerde. Ze had afstand nodig.

Gelukkig liep Liam naar zijn kamer nadat hij zijn kom en die van Titania in de gootsteen had gezet. 'Ik ga even douchen en daarna wat papierwerk doornemen. Ik blijf wel op mijn kamer als je TV wilt kijken in de woonkamer.'

TV kijken? Ze dacht niet dat ze haar ogen lang genoeg open kon houden. En ze had altijd gedacht dat shoppen vermoeiend was. Dat was niets vergeleken met lichamelijke arbeid. Ze voelde zich nu slecht dat ze er niet op had aangedrongen dat Sharon haar hele zwangerschap vrij zou nemen. Om te moeten schoonmaken terwijl je een kind draagt...

Eén moment verschoof er iets in Cassidy's buik. Een baby. Ze had altijd gedacht dat ze er ooit wel een zou krijgen—de vereiste erfgenaam voor de een of andere dynastieke fusie die haar vader uiteindelijk zou goedkeuren—maar om de een of andere reden was de realiteit daarvan nooit echt tot haar doorgedrongen, tot op dit moment. Ze dacht aan de manier waarop Sharon altijd over haar buik wreef. Ze was haar kind aan het liefkozen. Ze dacht erover na, maakte zich er zorgen over, hield ervan. Cassidy had haar er zelfs een paar keer tegen horen praten.

Niets daarvan had echt geleken. Het was een concept dat haar even vreemd was als, tja, als het online verkopen van diamanten oorbellen of het schoonmaken van iemands huis. Haar moeder had er geen problemen mee gehad om de stad uit te vluchten, weg van haar, en haar vader hield haar alleen maar in de buurt voor zijn imago, dus het was niet alsof ze ervaring had met uitkijken naar kinderen.

Maar om de een of andere reden, door hier te zijn, in Liams huis, terwijl ze zijn spullen schoonmaakte—een klus die zo persoonlijk was dat ze wel over persoonlijke dingen móést nadenken—werd het idee van een kind, *haar* kind, plotseling werkelijkheid.

Net als de kwestie van de vader van het kind.

'Wil je deze kleine stofmop even in de gaten houden?' Liam liep de keuken weer in en kwam tot op een centimeter of vijftien van de barkruk waar Cassidy nog steeds op zat, met Titania keffend aan zijn hielen terwijl ze weer als een ballerina huppelde. 'Ze is me naar achteren gevolgd.'

Slimme hond.

Cassidy bukte zich om het bewuste genie op te tillen, waarbij ze verborg dat ze aan *daar achteren* dacht. Aan wat ze de laatste keer had gezien toen ze *daar achteren* was geweest. Wat *hij* had gezien...

Nee. Ze ging niet overwegen om iets met Liam te beginnen. Het zou de situatie alleen maar ongemakkelijk maken. Misschien zou hij haar er zelfs wel uitzetten als het niet goed liep. En er was ook geen garantie dat *hij* er ook zo over dacht, dus het was zinloos om daarheen te gaan met haar gedachten. Over een paar (korte, hoopte ze) weken zouden Liam en dit huis een verre herinnering zijn.

Dat geloof je toch echt *niet?*

Ze moest wel. Ze moest geloven dat ze hiervandaan verder zou gaan naar haar nieuwe leven. Ze moest in zichzelf geloven.

Want er was niemand anders die dat zou doen.

Ze klemde Titania tegen haar heup. Ze ging *geen* medelijden met zichzelf hebben. Zoveel mensen hadden het zwaarder dan zij. Vandaag was de tweede dag van de rest van haar leven, en hoewel ze die misschien poetsend had doorgebracht, lag er nu een hele wereld aan mogelijkheden voor haar open. Het enige wat ze nodig had was de moed om die te grijpen.

Nou ja, dat en geld.

'Weet je? Ik denk dat ik toch maar alvast aan de garage begin. Dan kan ik eerder gaan schilderen.'

Ze ging dit doen. Ze zou haar vader laten zien uit welk hout ze gesneden was.

En zichzelf ook.

Hoofdstuk 13

Liam kon niet slapen. Dat zou hem eigenlijk niet moeten verbazen, aangezien hij zijn huis deelde met zijn ergste nachtmerrie: een bloedverstikkend sexy papa's kindje.

Die niet het verwende, egoïstische nest bleek te zijn dat hij had gedacht.

Dat laatste was slechter voor zijn evenwicht dan het eerste. Met het eerste kon hij wel uit de voeten. Het tweede...

Tegen het tweede had hij maar weinig verweer. Cassidy Davenport bleek totaal niet te zijn wat hij had verwacht. En juist dat hield hem vannacht uit zijn slaap.

Hij was klaarwakker.

Hij sloeg de dekens van zich af en ging op de rand van zijn bed zitten, terwijl hij zijn tenen in het tapijt drukte. Hij had geen zin om weer te douchen. Vooral niet koud. Niet om — hij trok een gezicht toen hij op zijn telefoon keek — drie uur 's nachts. Wat een onzin.

Hij krabde aan zijn achterhoofd, waardoor zijn haar nog meer in de war zat dan het al zat. Niet dat het hem kon schelen. Het beste voor hem zou zijn om zo'n afknapper te zijn dat Cassidy hem geen blik waardig zou gunnen.

Helaas had hij haar al veel vaker op die blikken betrapt. Wat deze nachtmerrie alleen maar erger maakte.

Hij stond op. Het had geen zin om te proberen weer te gaan slapen. Niet zonder het heft in eigen hand te nemen, om het zo maar te zeggen, en hoe meelijwekkend was dat? Een prachtige vrouw in de kamer ernaast en hij ligt alleen te rukken. Dat dacht hij dus even niet.

Hij kon wel een biertje gebruiken.

Hij trok zijn korte broek aan en deed een T-shirt over zijn hoofd, dingen die hij nooit deed toen hij nog alleen woonde, maar hij wilde geen enkel risico op verleiding lopen met haar in de buurt. Daarna liep hij naar de keuken.

Alleen om vervolgens vanaf de bank in de woonkamer twee kleine snurkgeluidjes te horen komen.

De prinses en haar mormel waren daar in slaap gevallen.

Draai je om en ga terug naar je kamer. Nu.

Het was een wijs advies. Goed advies. Het beste voor dit moment.

Dus waarom negeerde hij het?

Omdat de nieuwsgierigheid het won.

O ja, natuurlijk. Nieuwsgierigheid. Is dat tegenwoordig de nieuwe term voor seksdrive?

Hij zou het niet weten. Het was al een tijdje geleden dat hij seks had gehad.

Dat is een deel van je probleem. Zoek een of andere meid en zorg dat de scherpe randjes eraf gaan. Dan valt het je niet meer op hoe Cassidy's vinger in haar slaap op haar onderlip rust. Hoe warrig haar haar is, zo zacht en zijdeachtig dat het over de huid van een man zou glijden en een rilling zou achterlaten. Of hoe soepel en zacht haar huid is. Haar benen, zo perfect gevormd terwijl ze in haar slaap tegen zich aan getrokken waren — en zich om hem heen zouden krullen als ze wakker was. Haar sierlijke enkels zouden zich achter zijn kont verstrengelen en ze zou hem aansporen om in haar te komen, dieper en —

Verdomme.

Ja, dat is het algemene idee hier, Einstein.

Liam strompelde bijna de woonkamer uit voordat hij iets deed waar ze allebei spijt van zouden krijgen.

'Kef.'

Natuurlijk werd de hond wakker. Geweldig.

'Ssst.' Hij stak zijn hand op.

En natuurlijk luisterde de hond niet. En hij was *absoluut* niet van plan om te blijven liggen.

Het beestje wurmde zich uit Cassidy's armen en kwam op hem af gestormd met een roze tong die net zo hard klapperde als zijn staart, en een tweede enthousiaste *kef* die precies deed wat Liam had willen voorkomen.

Cassidy werd wakker. 'Wat...?' Ze veegde haar golvende haardos uit haar gezicht terwijl ze overeind kwam, en het viel over haar schouders alsof hij het grootste deel van de nacht met zijn vingers erdoorheen was gegaan.

Wat hij ook heel graag wilde doen.

'Eh.' Hij schraapte zijn keel. 'Sorry. Ik, eh, kon niet slapen. Kwam even iets drinken halen. Ik wist niet dat jij en die stofmop hier in slaap waren gevallen. De hond is, eh, een goede waakhond.'

'Titania?' Cassidy haalde haar vingers door haar haar, waardoor hij het alleen maar nog liever wilde doen. Er was iets aan de wilde wanorde van het haar van een vrouw dat hem opriep om haar net zo wild en ongeremd te maken als hij maar kon.

God, wat wilde hij dat graag. Nu meteen. Hier op deze plek. Met haar, precies zoals ze daar zat.

Hij zat diep in de nesten.

De hond sprong tegen zijn been op, en die roze gelakte nageltjes van haar waren hem iets te scherp naar zijn zin.

Maar als ze van Cassidy waren en over zijn rug krabden —

'Ik, eh, pak gewoon een biertje en ga, eh, weer terug naar mijn kamer.'

Vraag haar niet om mee te gaan.

'Wil je er ook een?'

O, nog beter. Houd het contact vooral gaande, genie. Je hebt een geweldige manier om verleiding te weerstaan.

'Geen bier, nee.' Ze wreef in haar gezicht en zelfs zonder make-up was ze beeldschoon. Verdomme, ze was ronduit oogverblindend. Het ultieme buurmeisje met de aantrekkingskracht van een Victoria's Secret-model, puur en alleen om hem het leven zuur te maken.

Ze volgde hem de keuken in. 'Maar als je wat jus d'orange hebt, graag. Of cranberrysap?'

'Ik heb beide.' Hij zette de flessen en een glas op het aanrecht. 'Zeg het maar.'

Ze tikte op de fles jus terwijl ze op de barkruk gleed met de meest verleidelijke beweging die hij ooit iemand had zien maken om aan een bar te gaan zitten. Hij zou zweren dat het met opzet was, ware het niet dat de gaap die erbij kwam de sexiness eigenlijk teniet had moeten doen.

Hij morste wat sap over de rand van haar glas toen hij het inschonk. Cassidy *kon* haar sexiness helemaal niet tenietdoen. Verdomme, de vrouw was een wandelende pin-up poster.

Die boerde als een van de jongens.

'Oeps. Neem me niet kwalijk.' Ze sloeg een hand voor haar mond en bloosde tot aan haar haarlijn terwijl ze het glas sap dat ze achterover had geslagen op het kookeiland zette.

Liam lachte. 'Ik heb gehoord dat dat in sommige landen een compliment voor de kok is.'

Hij kreeg de glimlach waar hij op had gehoopt.

'Ik wist niet dat *jij* de sinaasappels had geperst.'

'Hé, het is zwaar werk om die flessen op te tillen.' Hij spande zijn biceps aan. 'Daar heb je heel wat spierkracht voor nodig.'

'Nou, dan mijn complimenten aan de flessentiller.' Ze pakte het glas op en zwaaide ermee. 'Is er een kans op een tweede ronde?'

'En dan weer zo'n onwaardig moment riskeren?'

Ze haalde haar schouders op, waardoor haar haar over haar schouders dreef. 'Dat risico wil ik wel nemen.'

Maar zou ze dat nog steeds willen als ze wist hoe dicht hij erbij was om haar op het kookeiland te hijsen en hen beiden te laten vergeten hoeveel dorst ze hadden naar drinken, om te ontdekken hoeveel dorst ze naar elkaar hadden?

Wat was er toch *mis* met hem? Had hij dan *niets* geleerd van Rachel?

Behalve dat zij Rachel niet is en dat weet je donders goed. Blijf maar zwaaien met die Rachel-vlag, maar dat is niet de reden dat je uit de buurt van Cassidy blijft. Trouwens, waarom blijf je eigenlijk uit haar buurt? Ze lijkt in niets op Rachel — niet op de punten die tellen. Zie je Rachel al je huis schoonmaken zonder te klagen? Rachel die een eigen bedrijf probeert te starten? Rachel die het gemakkelijke geld opgeeft van een huwelijk met de gedoodverfde erfgenaam van haar vader? Rachel die de kleren draagt die Cassidy draagt of op een bank slaapt? Die haar diamanten oorbellen verkoopt?

Geen schijn van kans.

Je zit in de nesten, Manley, want het enige argument dat je tegen Cassidy had, brokkelt af. Dus wat ga je nu doen?

Hij zou haar nog een glas sap inschenken, wat hij ook deed, en liep toen terug naar de koelkast om de flessen weg te zetten. En ja, misschien gewoon even genieten van de kou om zichzelf wat af te koelen.

Hij pakte het biertje dat hij was vergeten en draaide de dop eraf, waarna hij een grotere slok nam dan normaal.

De keuken in gaan was geen goed idee geweest. Haar *uitnodigen* om met hem mee te gaan, nog slechter. Hij was veel beter af geweest als hij op zijn kamer was gebleven en zich als een tiener had gedragen, in plaats van hier buiten als een tiener te denken terwijl ze op aanraakafstand zat.

'Titania heeft je toch niet wakker gemaakt? Ze slaapt normaal gesproken heel vast. Ze beweegt nauwelijks als ik haar van mijn kussen probeer te krijgen. Ze ziet er misschien klein uit, maar ze neemt het hele bed in beslag en dan is het lastig slapen.'

Hij hoorde de woorden, maar de beelden waren totaal anders. Hij zag *Cassidy* languit op een bed liggen en hij sliep absoluut niet.

'Nee. Ik was sowieso al wakker.' In elk opzicht. 'Ik dacht dat een biertje de scherpe randjes er wel af zou halen.'

'Scherpe randjes? Maak je je ergens zorgen over?'

Ja, bijvoorbeeld over hoe hij terug kon gaan naar zijn kamer zonder haar van die kruk te trekken en haar met zich mee te nemen. 'Niet echt. Nou ja, mijn broer Sean is bezig met een deal waar ik bij betrokken ben en er zouden complicaties kunnen optreden, maar niet genoeg om me 's nachts wakker te houden. Nog niet, tenminste.' Nee, die eer kwam haar toe.

'Dus wat denk je dat het is?' Ze liet haar vinger over de rand van het glas glijden en verdomme, Liam stelde zich voor dat ze dat bij hem deed.

Tot zover het ontspannende effect van bier.

'Waarschijnlijk gewoon niet gewend aan iemand anders in huis.' Hij dronk nog wat meer. 'Ik wen er wel aan.'

'Ik zal proberen hier snel weer weg te zijn. Ik waardeer je vrijgevigheid echt, Liam.'

Ja, hij was zo vrijgevig dat hij haar zo hard liet werken dat ze op de bank in slaap viel. Wat een droomprins was hij toch.

'Weet je, die garage hoeft morgen niet klaar. Neem de tijd. Ga wat aan je schilderwerk doen.' Op die manier zou hij haar uit zijn buurt hebben en zich-zelf buiten de zone van verleiding. En was dat niet het hele doel? Ze wist nu hoe de 'andere helft' leefde; hij had zijn punt gemaakt.

'Nee, nee. We hebben een afspraak en ik ga me aan mijn kant van de deal houden. Ik maak de bovenverdieping af en begin dan aan de garage. Dat schilderen plan ik er ergens tussendoor wel in.'

Hij dronk het bier op zodat hij dit gesprek kon beëindigen, want met elke zin die Cassidy uitsprak, haalde ze de muur van zijn vooroordelen over haar verder naar beneden. In plaats van te klagen en op zijn aanbod in te gaan om onder het werk uit te komen, was ze van plan harder te werken. Hij had deze vrouw echt niet aardig willen vinden, maar dat begon hij wel te doen.

De hond kefte bij zijn voeten.

'Ze wil dat je haar optilt.'

'Ik til haar niet op.'

'Maar waarom niet? Ze wil je alleen maar een kusje geven.'

'En hoe weet je dat dan? Vertel me niet dat jij met dieren praat.'

Ze rolde met haar prachtige groene ogen. 'Haar staart kwispelt en ze kan haar ogen niet van jou afhouden.'

'En dat betekent dat ze me wil kussen?'

Cassidy trok haar perfect gevormde wenkbrauwen naar hem op. 'Kom op, Liam. Met jouw uiterlijk kun je me niet vertellen dat jij het niet doorhebt wanneer een vrouw geïnteresseerd is.'

'Gezien de nogal onaardige vergelijking tussen teven en vrouwen, denk ik niet dat ik jouw vraag kan beantwoorden zonder mezelf flink in de nesten te werken.' Hij zette het bierflesje in de gootsteen. 'En wat dat betreft, vind ik het wel mooi geweest voor vannacht.'

'Het is ochtend.'

'Ochtend. Wat dan ook. Ik ga terug naar bed en ik zou jou uitnodigen om hetzelfde te doen.'

Een hartslag lang hoorde hij haar gedachten. Of misschien waren ze van hem. Van wie ze ook waren, ja, hij wilde haar in zijn bed.

Hoofdstuk 14

Al met al was de kamer boven de garage van Liam niet de nachtmerrie die ze zich had voorgesteld. Ze had daarna zelfs genoeg tijd gehad om het grootste deel van het dressoir af te maken. Nog een paar uurtjes om de krullen rond de bloemen te voltooien die het ontwerp door het hele meubelstuk zouden verbinden, nog wat schaduwen en accenten, plus de afwerking, en dan kon ze Jean-Pierre bellen. Als hij weigerde haar aan te nemen, kon hij misschien iemand anders aanbevelen.

Ze trok een gezicht. Het was niet het beste plan, maar het was het enige waar ze op dit moment op kon komen. De macht van haar vader reikte ver en het vinden van iemand die bereid was zijn toorn te riskeren zou een stuk lastiger zijn dan een huis schoonmaken als Jean-Pierre haar inderdaad de deur wees.

Nou ja, daar zou ze later wel mee afrekenen. Op dit moment zou ze echter genoegen nemen met een douche en een massage.

Jammer genoeg klopte er iemand op de voordeur net toen ze naar haar kamer liep.

Titania ging door het lint, huppelde en draaide rondjes alsof ze auditie deed voor een talentenjacht. Cassidy moest een laatste sprintje trekken om de hond te grijpen voordat die Liams deur zou bekrassen.

Cassidy tilde haar huisdier op voordat ze opende. Wie wist of er een hondenliefhebber aan de andere kant stond?

Het bleek een klein oud dametje te zijn met blauwe ogen en een glimlach die identiek was aan die van Liam. Cassidy vermoedde dat de vrouw geen encyclopedieën aan het verkopen was.

'Hallo?' De vrouw fronste even met een beleefde glimlach terwijl haar blik snel over Cassidy's warrige haar en kleding gleed met een blik die zei—

O god. De dame dacht toch niet dat zij en Liam net— Dat zij en Liam—

'Hoi.' Cassidy stak haar hand uit, zag toen alle verf erop zitten en trok haar snel achter haar rug. 'Eh, sorry. Ik zit onder de verf.'

'Bent u een schilder?'

'Eh... ja.' Ja. Dat was ze. Verdomme. 'Een kunstenares.' Dat voelde nog beter om te zeggen.

'Mag ik binnenkomen?'

'O, het spijt me.' Cassidy deed een stap achteruit. 'Kom binnen, alstublieft.'

'Dank u. Ik ben Liam's grootmoeder, Cate Manley.'

'Hoi. Ik ben—' Ze wilde de vrouw niet vertellen wie ze was. Wie ze *echt* was. Dingen veranderden zodra mensen wisten wie ze was. 'Cass. Cass Marie.'

De bijnaam die haar moeder altijd gebruikte, ontsnapte aan haar lippen. Ze haatte het, haatte de herinneringen, maar Cass Marie was niet Cassidy Davenport, dus voor nu werkte het.

'Aangenaam kennis te maken, Cass.' Mevrouw Manley liep naar de keuken. 'Is Liam er?'

'Hij is aan het werk.'

'O. Dus welke kamer laat hij schilderen? Ik dacht dat hij klaar was met het inrichten van dit huis.'

'Ik schilder geen kamer. Ik werk aan meubels op maat. In de garage.'

Mevrouw Manley draaide zich om. 'Laat Liam meubels schilderen?'

'Het is niet voor hem. Ik ga de stukken verkopen.'

'Dus je huurt ruimte van hem?'

'Nou, niet precies. Ik ben, eh...' Verdomme. Ze wist niet hoe ruimdenkend Liams grootmoeder was of wat ze ervan zou vinden dat Cassidy hier woonde.

Toch was één leugen er al één te veel.

'Ik maak voor hem schoon in ruil voor een kamer. Tenminste, totdat ik weer een meubelstuk verkoop en zelf een plekje kan betalen.'

'O. Nou, dat is... nieuw.' Mevrouw Manley keek een beetje verward. Maar gelukkig niet geschokt. 'En verkoop je veel van die meubels?'

'Nog niet. Daarom ben ik hier.' Cassidy liep langs Liams grootmoeder naar het kastje rechts van de gootsteen. 'Heeft u dorst? Kan ik iets voor u inschenken?'

'Dank u. Ik zou wel wat ijsthee lusten. Het staat op de tweede plank rechtsachter.'

'Ah, ja. U heeft zijn koelkast gevuld. Uw eten is trouwens heerlijk.'

'Dank u.' Mevrouw Manley nam plaats op de barkruk, blijkbaar van plan om even te blijven. 'Dus hoe bent u erbij gekomen om schoonmaakdiensten te ruilen voor kost en inwoning?'

'Ik ben, eh, uit mijn appartement gezet. De eigenaar wilde het verkopen.' Dat was geen leugen. Technisch gezien.

'Dat klinkt als een snelle overgang.'

Dat was nog zacht uitgedrukt. 'Ja. Dat was het.'

'En kent u Liam van... school? Een andere klus die hij heeft gedaan? Via een van zijn vrienden? Of werkt u ook voor Manley Maids?'

'Nee, dat niet. Hij was de plek waar ik woonde aan het schoonmaken. Hij hoorde het hele verhaal over de uitzetting en was zo vriendelijk om me een plek om te verblijven aan te bieden.'

Mevrouw Manley leunde lachend achterover. 'Fijn om te weten dat mijn lessen niet voor niets zijn geweest.'

'Pardon?'

'Liam. Ik heb hem en zijn broers en zus opgevoed nadat ze hun ouders — mijn zoon en zijn vrouw — verloren bij een auto-ongeluk. Vanwege de herrie die drie jonge jongens kunnen schoppen, leerden ze meehelpen in huis, schoonmaken, tuinieren en zelfs een beetje koken. Daarom doe ik graag af en toe iets voor hen. Natuurlijk zegt mijn kleindochter, Mary-Alice Catherine, dat ik overdrijf.' Mevrouw Manley haalde haar schouders op met een lichte blos op haar wangen. 'Ik denk dat ik dat ook doe, maar we hebben zo lang op de kleintjes moeten letten dat het nu fijn is om gul te kunnen zijn, begrijp je?'

Cassidy had nu helaas uit de eerste hand ervaring met waar mevrouw Manley het over had. Vóór het huwelijksultimatum van haar vader had ze zich nooit zorgen hoeven maken over waar haar volgende maaltijd vandaan kwam, waar ze zou wonen of of er kleren in haar kast zouden hangen.

. . .

'Het heeft ons wel dichter bij elkaar gebracht. Het zorgde ervoor dat we elkaar meer gingen waarderen. Natuurlijk heb ik altijd van mijn kleinkinderen gehouden, maar er is een verschil tussen op bezoek komen en weer naar huis gaan, en op mijn leeftijd de zorg voor vier kleine kinderen op je te nemen. En ik was een weduwe die maar één kind had opgevoed. Vier was een hele opgave.'

'Dat kan ik me voorstellen.' Ze kon zich hem voorstellen als kind, rondrennend met zijn broers en zus... Kinderen. Gezin. Hoe zou het zijn om dat te hebben?

'U heeft hem geweldig opgevoed, mevrouw Manley.'

'Wel, dank u, lieverd. Dat is lief van u. Kent u hem al lang?'

'Niet zo heel lang, nee.' De oudere vrouw zou waarschijnlijk geshockeerd zijn als ze wist hoe weinig dagen het eigenlijk pas waren. Serieus, wie trok er nu bij een volslagen vreemde in na hem zo kort te kennen?

Wat ook de vraag opriep: wie nodigt er iemand uit om bij hem te komen wonen na diegene zo kort gekend te hebben?

Iemand die bijzonder is, dat is wie.

'Mag ik dat stuk zien waar u aan werkt, of bent u een van die kunstenaars die niemand iets laat zien tot het af is?'

'Als ik de luxe had dat mensen mijn deur platliepen om mijn werk te zien, misschien, maar op dit punt in mijn carrière laat ik het graag zien aan iedereen die geïnteresseerd is.'

Mevrouw Manley zette haar glas op het aanrecht en gleed van de kruk. 'Laten we dan gaan kijken. Ik heb altijd al een beschermvrouwe van de kunsten willen zijn.'

Cassidy voelde zich een beetje vreemd terwijl ze Liams grootmoeder door zijn huis leidde. Zij moest hier talloze keren zijn geweest. Vaker dan Cassidy. Het zou andersom moeten zijn. Maar op de een of andere manier voelde dit juist.

Hou op, Davenport. Je gaat hier geen vadertje en moedertje spelen met Liam, dus maak jezelf geen illusies dat Liams grootmoeder ook de jouwe kan zijn. Alleen omdat jouw grootouders net zo waardeloos waren als je ouders, betekent niet dat je die van Liam kunt opeisen. Wees dankbaar voor kost en inwoning en vergeet de rest.

Ze *probeerde* de rest te vergeten. Echt waar. Het probleem was dat ze mevrouw Manley *aardig* vond. Iemand die bereid was om vier kinderen op te vangen en ze al die jaren op te voeden, was in Cassidy's ogen een bijzonder mens.

'Pas op waar u loopt. Ik heb nog niet opgeruimd. Ik wilde dat—' Nee, ze ging die vrouw geen schuldgevoel aanpraten omdat ze haar douche had onderbroken '—vlak voor uw komst gaan doen.'

'Nou, dan zal ik u niet ophouden.' Mevrouw Manley draaide zich om en keek naar het dressoir. 'Dit is prachtig.' Ze stak haar hand uit om het aan te raken en trok hem toen weer in. 'O, pardon. Ik mag het niet aanraken, maar het is zo mooi dat ik de neiging voelde om er met mijn hand overheen te strijken.'

Er was geen beter compliment denkbaar.

'Ik moet dit stuk hebben. Voor hoeveel verkoopt u het?'

Oké, misschien was dat een nóg beter compliment.

Maar hoe blij ze ook was met de erkenning, dit was een duur item. Ze kon er veel voor krijgen en ze wilde niet zo veel aannemen van Liams grootmoeder. En ze kon het zich niet echt veroorloven om het weg te geven, niet wanneer ze elke cent nodig had.

'Het spijt me enorm, maar deze is al in opdracht verkocht. Het past bij een ander stuk en de eigenaar wil de set.' Cassidy kruiste haar vingers zo stevig dat de bloedsomloop stopte. 'Ik heb wel dat bijzettafeltje daar, als u dat zou willen.'

Mevrouw Manley keek naar de tafel. Cassidy was verrast dat ze glimlachte. De meeste mensen zouden de mogelijkheden in het versleten oude meubelstuk niet zien.

'Dat zou perfect zijn. Ik ben onlangs naar een nieuw huis verhuisd en ik ben nog steeds bezig om alles in te richten, weet je?'

Cassidy knikte, hoewel ze zelf nog niet eens begonnen was met 'inrichten' omdat ze niets *hád* om in te richten.

'Het zal mooi staan naast de stoel die mijn kleindochter voor me heeft gekocht. Hij staat voor een erker. Met een mooie tafel erbij is het de perfecte plek voor de lamp die Bryan voor me heeft gekocht op zijn eerste reis naar Londen. Waterford kristal.'

'Ik had Wa—eh, ik heb altijd al een Waterford-lamp gewild. Ze zijn prachtig.' Oef. Ze had bijna haar dekmantel verraden. En *technisch gezien* was wat ze zei waar. Ze *had* er altijd een voor zichzelf gewild, want de lampen die ze had gehad, waren van haar vader.

'Ik zei tegen Bryan dat hij niet zo veel aan mij had moeten uitgeven. Echt, ik was al blij geweest met een klein aandenken aan zijn reis, maar hij stond erop. En hij *is* prachtig. Een van de mooiste dingen die ik bezit. Ze hebben het allemaal goed gedaan, mijn kleinkinderen, en ze brengen me graag cadeautjes. Maar voor mij is het genoeg dat het goed met ze gaat in het leven. Als ik ze nu nog maar onder de pannen kon krijgen, dan zou ik gelukkig zijn.'

Het beeld raakte Cassidy als een blikseminslag: Liam, getrouwd. Zijn grootmoeder wilde dat een of andere vrouw in dit huis zou trekken, in zijn bed zou liggen en zijn baby's zou krijgen. Haar achterkleinkinderen zou schenken.

Een andere vrouw die hier woonde...

Cassidy toverde een glimlach op haar gezicht. Jaloers zijn was ronduit belachelijk. Ze had niets om jaloers op te zijn, want ze had geen enkel recht op Liam.

En op dit punt in haar leven, hoe mooi het ook klonk, wilde ze dat ook niet.

Tja, tja...

Cate Manley liet haar glimlach de vrije loop zodra de logee van Liam de deur achter haar sloot. Cass Marie, ammehoela. Zelfs onder de verf en het zweet, met een twijfelachtige kledingkeuze en haar haar in totale chaos, viel niet te verbergen dat Liam niemand minder dan Cassidy Davenport voor zich had werken.

Grappig, volgens Mary-Alice Catherine zou *hij* voor *háár* moeten werken. Dat was de reden dat Cate even was langsgegaan: om te horen wat zijn indruk was van de socialite die *zij* persoonlijk voor hem had uitgekozen.

Het bleek dat ze zelf ook voor een behoorlijke verrassing was komen te staan. Cassidy was net zo geïnteresseerd in Liam als Liam in haar moest zijn om haar uit te nodigen om te blijven.

Cate stond zichzelf een klein lachje toe. Blijkbaar was God het eens met haar plan, want de dingen leken precies zo uit te pakken als ze had gewild.

<h1 style="text-align:center">Hoofdstuk 15</h1>

Liam laadde de volgende ochtend de laatste schoonmaakspullen achter in de werkbus. Hij had zijn pick-up voor Cassidy achtergelaten, omdat hij gisteren had meegetekend voor de lening voor Mac's eerste bedrijfswagen — op voorwaarde dat hij die de rest van de maand zou gebruiken. Als Cassidy tegen die tijd nog niet weg was, tja, dan zou hij wel weer wat verzinnen.

Over een heleboel dingen.

Ondertussen had hij het tweede appartement voor Davenport afgerond, blij dat hij dat achter de rug had voordat hij maandag weer terug moest om Cassidy's plek opnieuw schoon te maken.

Niet dat het veel werk zou zijn aangezien er niemand woonde, maar het appartement was niet hetzelfde zonder haar.

Ga daar niet met je gedachten naartoe. Ze gaat je huis verlaten.

Waar, maar niet meteen, dus hij kon maandag beter wat andere spullen voor haar meenemen. Dingen zoals joggingbroeken en wijde shirts. Haar krappe kleine T-shirtjes en lange, zwierige jurken — die bij andere vrouwen waarschijnlijk op hobbezakken leken maar die bij haar precies over haar rondingen gleden om hem te sarren — hielpen niet echt om de vergelijking met Rachel in stand te houden, waar hij zich als een reddingslijn aan vast probeerde te klampen. En als die lijn zou knappen, had hij geen enkele reden meer om haar niet te willen.

Hij sloeg de achterklep iets harder dicht dan nodig was, maar hij reageerde er wat spanning mee af. Godzijdank was de overdracht van zijn nieuwste pand eerder afgerond dan verwacht, zodat hij iets had om zich mee bezig te houden in plaats van naar huis te moeten gaan waar *zij* zou zijn.

Behalve dan dat ze bij zijn pand kwam opdagen.

'Liam?' Cassidy klopte op de voordeur van de Cape Cod-woning waar hij net bezig was om de afschuwelijke jarenzeventiggroene verf — die de vorige eigenaar om onduidelijke redenen had gekozen — van de ingebouwde teakhouten boekenkasten af te krabben.

Hij begreep niets van de keuzes die sommige mensen maakten.

Zoals het feit dat hij de deur voor haar opende. 'Wat doe je hier, Cassidy? Heb je niets schoon te maken?'

'Nog steeds chagrijnig door je onderbroken nachtrust van laatst?'

'Dat was gisterochtend en met mij is alles prima. Ik heb het gewoon druk en ik had niet verwacht je te zien.' Anders had hij zich op haar komst kunnen voorbereiden. Ze liet hem dingen denken die hij niet zou moeten denken — en ze zorgde ervoor dat het hem niets kon schelen dat hij dat deed. 'Waar is die mormel?'

'*Titania* zit thuis in haar ren.'

Even stelde Liam zich de witmarmeren schouw en open haard voor waar de vergulde kooi van de verwende schoothond in haar appartement voor had gestaan, en toen pas besefte hij dat ze *zijn* huis bedoelde. Het zou vreemd moeten klinken dat Cassidy zijn plek thuis noemde, maar... dat deed het niet.

Ze liet haar knokkels kraken, een gewoonte die zo haaks stond op haar imago van catwalkmodel dat het even duurde voordat hij doorhad dat ze nog steeds aan het praten was. '...meer houtlijm, dus ik dacht dat ik even naar de winkel zou rijden. Er zijn een paar zwaluwstaartverbindingen kapot aan de lade van het meubel waar ik aan werk.'

'Je zou ook een nieuwe zijregel kunnen maken om de integriteit van het meubel te behouden.' Hij was van alle markten thuis als het op de bouw aankwam, maar houtbewerking was zijn specialiteit.

'Schilderen is mijn expertise, niet de constructie. Bovendien heb ik niet de juiste apparatuur.'

'Ik wel.'

'Bied je aan om te helpen?'

Blijkbaar wel. 'Als je het nodig hebt.'

Hij moest op zijn tanden bijten toen ze haar hand op zijn biceps legde. Met dat gedoe over "thuis", die outfit en haar aanraking, zou die vrouw hem nog eens de dood in jagen.

'Liam, serieus, je hebt al meer dan genoeg voor me gedaan. Je hebt het druk met dit huis. Ik haal de lijm zelf wel, maar eh...'

Ze zag er te sexy uit in alweer een tie-dye T-shirt met een asymmetrische zoom die iemand ooit een goed idee had gevonden, maar voor hem was dat het zeker niet toen het beeld van hemzelf, terwijl hij met zijn tong over de huid van haar blote middel gleed, in zijn hoofd schoot en niet meer wegging. En toen streek ze ook nog haar haar achter haar oor en wilde hij ook aan haar oorlel zuigen.

'Ik heb een paar dollar nodig. Ik beloof dat ik het je terugbetaal.'

Hij had zijn portemonnee al in zijn hand voordat hij erbij nadacht.

Tot zover het leren van zijn lesje met Rachel. In menig opzicht.

'Alsjeblieft. En ik heb mijn laptop op mijn nachtkastje laten staan. Gebruik hem gerust om de oorbellen erop te zetten. Ik heb het account voor je aangemaakt en aan mijn bankrekening gekoppeld. De praktische zaken regelen we wel nadat ze verkocht zijn.'

'O. Juist. De oorbellen. Ik doe het zodra ik de lade heb vastgezet.' Ze nam het briefje van twintig aan. 'Is er nog iets wat jij nodig hebt nu ik toch naar de bouwmarkt ga? Meer afbijtmiddel of schuurpapier of zo?'

Een slot op zijn slaapkamerdeur... 'Hoe komt het dat jij zoveel weet van verbouwen en het opknappen van meubels?' Hij durfde te wedden dat dat geen vakken waren op haar dure privéschool.

'Mijn vader zit in de bouw, weet je nog? Hij zorgde ervoor dat ik elk aspect ervan kende, aangezien het al snel duidelijk was dat hij nooit de zoon zou krijgen die hij zo graag wilde.'

Verrassend genoeg hoorde Liam geen enkel sarcasme. Ze was niet het kind dat haar vader wilde, de man had haar haar huis uitgezet, ze moest voor het eerst in haar bevoorrechte leven werken voor kost en inwoning, en toch was ze attent genoeg om *hem* te vragen of hij nog iets nodig had. Zonder bitterheid.

Het werd verdomd lastig om Cassidy Davenport niet aardig te vinden.

En als ze nog één keer met haar onderlip speelde, zou er nog wel iets anders hard worden.

'Nee. Ik heb alles. Houd het wisselgeld maar. Tel het maar op bij wat je me schuldig bent. Ik incasseer het wel als je de oorbellen verkoopt. Of je meubels. Wat er ook maar eerder gebeurt.'

En dan kon ze uit zijn leven verdwijnen, zodat alles weer normaal kon worden.

Ze tikte hem op zijn onderarm. Zelfs daar werd hij opgewonden van. Verdomme.

'O, trouwens, omdat je gisteravond zo laat thuiskwam, heb ik geen kans gehad om je te vertellen dat je grootmoeder gisteren even langskwam.'

Hij was laat gebleven om er zeker van te zijn dat hij haar niet zou zien, en nadat hij zijn maat Jared had geholpen, had hij zichzelf uitgeput met een hoop zwaar werk op het landgoed waar Sean zijn weddenschap aan het afbetalen was. Die geluksvogel had tenminste geen lekker wijf bij zich over de vloer dat hem tot waanzin dreef. Liam dacht er serieus over om daar de rest van de maand te gaan kamperen. 'Oma? Waarom?'

Daar ging ze weer met die onderlip. Hij zou bijna denken dat het aanstellerij was, maar ze had het ook in haar slaap op de bank gedaan.

'Eigenlijk weet ik het niet. Ze zei niets. Ik stelde me voor en we begonnen over mijn meubels te praten, toen wilde ze ze zien, en toen bestelde ze een stuk. De bijzettafel waar ik nu aan werk.'

Liam onderdrukte een kreun. Oma was Cassidy aan het uithoren geweest. Ze maakte er geen geheim van dat ze achterkleinkinderen wilde. Maar toen ze Cassidy eenmaal had ontmoet — en had gehoord wie ze was — moest ze wel geweten hebben dat hij niet geïnteresseerd zou zijn.

Maar dat *was* hij wel. En dat was op zoveel fronten een probleem.

Maar dat hoefde oma niet te weten. Het was één ding om je aangetrokken te voelen tot de vrouw, maar kinderen waren uitgesloten. Het laatste wat hij wilde was Mitchell Davenport als schoonvader.

Schoonvader... was hij helemaal krankzinnig geworden? Hoe kwam hij van het bezoekje van oma bij een huwelijk met Cassidy?

'Dus de lijm is voor de tafel van mijn grootmoeder?'

'Ja, maar maak je geen zorgen, Liam. Ik weet echt wel wat ik doe. De lade komt in orde en het blijft het originele hout.'

'Met moderne lijm. Je haalt de waarde ervan omlaag.'

'Ik repareer een kapot meubelstuk en geef het een custom kleur. Elke intrinsieke waarde van de oorspronkelijke staat is sowieso al naar de knoppen. Maar het feit dat het een originele C. Marie is, zal de waarde juist verhogen. En ik trogggel haar geen geld af, trouwens. Ze wilde de buffetkast, maar ik heb haar verteld dat die al verkocht was.'

'Maar dat is hij niet.'

'Die zal veel meer opbrengen dan de bijzettafel. Ik wilde niet hoeven onderhandelen met je grootmoeder. Ik kon het niet over mijn hart verkrijgen om haar zoveel te laten betalen als ik eigenlijk wil vangen, en ik moet jou ook nog terugbetalen.'

Liam wist als geen ander dat de ethiek van Mitchell Davenport kon worden omgebogen naar elke omstandigheid waarin hij zich bevond, dus het was prettig om te zien dat Cassidy's ethiek een treetje hoger stond. Hij durfde te wedden dat zij niet betrapt zou worden op een lapdance terwijl ze de portemonnee van die kerel roofde.

Oké, hij moest *niet* denken aan Cassidy die wie dan ook een lapdance gaf. Hemzelf inbegrepen.

'Bedankt daarvoor. Ik weet zeker dat ze alles had betaald wat je ook maar had gevraagd.'

'Dat komt omdat ze een aardige dame is.'

'Te aardig.'

'Ik zou me beledigd moeten voelen, maar je hebt gelijk. Ze *was* te aardig, al denk ik dat ze een verkeerd beeld van ons heeft gekregen. Of ze hoopt het misschien. Ze wil je getrouwd zien, dat weet je toch?'

'Ja, dat weet ik.' Hij dreef zijn hand over zijn gezicht. Als oma wist wat hij over Cassidy dacht, zou ze een gat in de lucht springen.

'Maar dat is omdat ze van je houdt en je gelukkig wil zien.'

Dat wist hij. En het was geen discussie die hij wilde voeren met Cassidy, van alle mensen. Niet in het licht van de recente gebeurtenissen. Mitchell Davenport als schoonvader... Hij had vast te veel van dat afbijtmiddel opgesnoven. 'Ik hoop niet dat je haar in haar waan hebt gelaten.'

'In haar waan—?' Cassidy zette haar handen op haar gewelfde heupen. 'Voor wie zie je me aan? Ik heb haar niet eens verteld wie ik was, zodat ze niet de hoop zou krijgen dat jij de hoofdprijs had gewonnen.'

'De hoofd—?' Nu was het zijn beurt om beledigd te zijn. 'Luister eens, prinses, ik red me prima in mijn eentje. Alleen omdat mijn levensstijl het niveau van Baccarat en Dom Pérignon niet haalt zoals die van jou, betekent dat niet dat ik het niet goed doe. Ik heb geen rijke vrouw nodig om voor me te zorgen.' En hij zorgde verdomme ook voor niemand anders. 'Ik vind mijn eigen weg in deze wereld.' En hij had het vakantiehuis om het te bewijzen. Weliswaar geen *tijd* voor vakantie, maar dat deed er niet toe.

Ze hield haar handen omhoog en Liam merkte dat de nagel van haar ringvinger aan haar linkerhand gebroken was.

Daar zat een hoop symboliek in, maar Liam was niet van plan dat verder te onderzoeken. Cassidy Davenports liefdesleven — of het gebrek daaraan — ging hem niets aan.

'Ho, rustig maar, meneer. Je kunt wel weer van je hoge paard afstappen. Ik heb haar op geen enkele manier aan het lijntje gehouden en ter informatie: ik heb haar niet eens verteld wie ik was. Ik heb gezegd dat ik Cass Marie heette, wat technisch gezien geen leugen is, maar ik dacht niet dat je wilde dat ze zou horen dat ik bij jou logeerde. Geloof me, ik weet hoe mensen worden als ze mijn achternaam horen. Ik ben het zat om met hun reacties en misvattingen om te gaan. Jij denkt misschien dat het wonen in die woontoren een voorrecht was, maar de afgelopen paar dagen waarin ik me geen zorgen hoefde te maken over hoe ik eruitzie of dat er een paparazzo voor de deur staat te wachten om een glimp van me op te vangen zonder make-up in slonzige kleren—' ze hield de gerafelde zoom van haar T-shirt vast '—zijn een openbaring geweest. Op een goede manier.'

Hij had die kleren echt even moeten controleren voordat hij ze voor haar mee naar huis had genomen. Cassidy's vrijetijdskleding liet veel te wensen over — namelijk haar — en liet weinig aan de verbeelding over. Twee dingen die erop gericht waren hem gek te maken.

'Voor het eerst in mijn leven kan ik mezelf zijn. Wie dat is, daar ben ik nog niet helemaal uit, maar ik ben in elk geval *niet* de Cassidy Davenport die je in de bladen ziet. Het was fijn om voor je grootmoeder gewoon een vrouw in je huis te zijn.'

Behalve dan dat er nog nooit zomaar "een vrouw" in zijn huis was geweest — oma had Rachel zelfs nooit in zijn huis gezien omdat Liam er altijd voor had gezorgd die delen van zijn leven gescheiden te houden. Hij wist dat oma wilde dat de vier van hen een partner zouden vinden zoals zij die met hun grootvader had gehad, dus hij was er hyperbewust van geweest om *geen* vrouwen uit te nodigen totdat hij de ware had gevonden.

Het zou ook weer eens *typisch* zijn dat Cassidy Davenport de vrouw was die oma in zijn huis had gezien. Hij wist zeker dat oma haar zou herkennen, welke naam ze ook gebruikte, want Mitchell had bij hun vader in de klas gezeten op de basisschool en oma volgde graag de verhalen in de pers over de lokale jongen die een tycoon was geworden. Ze wist alles van die vent. En zijn dochter.

Cassidy leek op een verwende prinses die in een gouden toren woonde uit oma's verhalen. Gek hoe hij datzelfde niet in Rachel had gezien. Of liever gezegd, datzelfde wannabe-gedrag. Rachel had haar ambitie gebagatelliseerd. Hij had gedacht dat ze echt was.

Dat liet maar weer zien hoeveel verstand hij ervan had. Ze was boven op meneer Ivy League-corporatiebal gedoken, terwijl ze zich probeerde voor te doen als een studentje, op zoek naar iemand met een dikkere bankrekening en een entree tot de wereld waarin Cassidy leefde. Hij had het niet gezien totdat het recht voor zijn neus gebeurde. Of liever gezegd, totdat ze tegen die corpsbal aan lag te rijden.

Liam wreef in zijn nek. Waarom kon Cassidy niet gewoon zijn zoals hij had gedacht? 'Nou, geweldig. Je hebt iets verkocht. Is het genoeg om te kunnen verhuizen?'

Even schoot er een gekwetste blik over haar gezicht, maar ze verborg die zo snel dat hij besefte dat ze veel ervaring had in het verbergen van haar pijn.

Maar waarom zou ze gekwetst zijn dat hij haar eruit wilde hebben? Het was niet alsof dit een permanente regeling zou zijn. En natuurlijk, ze mocht de anonimiteit op dit moment dan wel prettig vinden, maar ze zou echt niet haar wolkenkrabbers voorgoed inruilen voor zijn klushuizen. *Niet* dat hij haar dat zou vragen.

'Wat voor persoon zou ik zijn als ik je grootmoeder zo'n bedrag zou vragen?'

Ze sloeg nu haar armen over elkaar, en dat was niet veel beter dan toen ze haar handen op haar heupen had, want het benadrukte alleen maar een lichaamsdeel dat hij juist probeerde te negeren.

'Ik heb haar een symbolisch bedrag gerekend. Ik kan je terugbetalen voor de lijm, maar de rest heb ik nodig voor de telefoon.'

'Oké. Prima. Wat jij wilt.' Hij doopte de kwast weer in het afbijtmiddel. Hij wilde het niet over geld hebben met Cassidy. Geld was de wortel van alle kwaad. Zie Rachel. *En* bij Cassidy; geld was de reden dat ze in zijn huis zat. De ironie dat de ene vrouw dacht dat hij er niet genoeg van had en de andere juist nodig had wat hij *wel* had, was lachwekkend.

Jammer alleen dat hij niet lachte.

. . .

Cassidy beet op de binnenkant van haar onderlip. Er dwarsboomde Liam duidelijk iets, maar zij kon het niet zijn. Ze zou hem terugbetalen en ze was aardig geweest tegen zijn grootmoeder. Hij kon niet boos op haar zijn.

Nou ja, waarschijnlijk wel, aangezien ze zo'n beetje zijn leven was binnengedrongen, maar ze probeerde zo onopvallend mogelijk te zijn. Haar kant van de garage hield ze zo netjes als ze kon terwijl ze toch creatief bezig was. Ze had zijn huis schoongemaakt, ruimte gemaakt voor zijn sportschool, Titania uit zijn haar gehouden, was aardig geweest tegen zijn grootmoeder en was een meubelstuk voor haar op maat aan het schilderen tegen kostprijs met een kleine marge. En die marge was er alleen maar omdat ze niet wilde dat mevrouw Manley zou doorhebben dat ze haar een vriendenprijsje gaf. Cassidy zou bij lange na niet verdienen wat ze voor haar tijd en talent zou moeten krijgen, maar sommige dingen waren belangrijker dan geld. Haar integriteit, bijvoorbeeld.

Hmm, van welke ouder zou ze die hebben? Of misschien was het een latent gen in de stamboom.

'Dus, wat ben je van plan met dit pand? Ga je hier wonen?' Ze had de rustige blik op Liams gezicht gezien toen hij niet wist dat ze buiten voor de voordeur met de zes ruitjes stond. Hij was de verf van de plank aan het krabben, geconcentreerd maar toch ontspannen. Zijn mondhoeken krulden een klein beetje omhoog en de spanning die nu in zijn schouders zat, was er toen nog niet.

Zij had die spanning veroorzaakt. Dat moest wel. Vanaf het moment dat hij de deur opendeed met zijn norse begroeting, was hij in de verdediging geschoten.

Haar eerste instinct was geweest om hem daarop aan te spreken. Niemand behandelde een Davenport immers met respect. Maar toen bedacht ze dat ze niet meer met haar vaders naam te koop liep en dat het feit dat ze een Davenport was de afgelopen dagen niet veel voor haar had gedaan.

'Ik kan hier niet wonen. De bestemming in dit deel van de stad is gewijzigd en het is niet langer een woonwijk. Mijn makelaar heeft een paar professionals die interesse hebben in dit pand als kantoor.'

'En een kinderopvang?'

Liam wees naar de haard. 'Geen goed idee met die open haard die nog steeds werkt. Die wil ik niet dichtmetselen. Het is een mooi pluspunt voor de verkoop, zeker als ik deze vloeren straks in de kleur walnoot heb gebeitst.'

'En kersenhout dan? Met een hoogglans afwerking?' Dit was een Cape Cod-huis; hij moest de kenmerken juist benadrukken en voluit gaan voor die New England-sfeer. 'Schilder de muren jagersgroen met wit lijstwerk en voeg misschien de bakstenen rond de haard opnieuw met zwarte mortel? Dat geeft meteen een enorme impact als je door de voordeur binnenkomt. Maak er het middelpunt van de kamer van.'

Liam keek haar aan alsof hij haar voor het eerst zag.

Ze kreeg die blik vaker als mensen de moeite namen om haar echt te leren kennen — alsof ze niet verwachtten dat ze hersens in haar hoofd had. Godzijdank was ze niet blond; dan zou ze niet eens de kans krijgen om te laten zien dat ze verstand had. 'Ik heb interieurontwerp gestudeerd. Mijn vader wilde dat ik deel uit zou maken van zijn ontwerpteam.' Maar toen had een van zijn speeltjes van de maand (die het langer dan een dag volhield) er een probleem mee gehad dat de dochter van "haar Mitchell" haar advies gaf, en paps had Cassidy's status veranderd in Pronkstuk. Toen het speeltje was gedumpt, was Cassidy te vernederd om terug te keren naar het team. Iedereen wist dat ze de baan had gekregen omdat ze de dochter van Mitchell was en was vervangen vanwege zijn minnares. Het was al erg genoeg geweest dat haar ouders haar als een ping-pongbal tussen hen heen en weer hadden geslingerd toen mama er nog was; Cassidy weigerde dat in haar carrière te herbeleven. Dus had ze haar gemaakte glimlach weer opgezet en was ze het beste verdomde Pronkstuk geweest dat iemand zich kon wensen.

En kijk eens waar het haar had gebracht. Op de huwelijksmarkt en nu op straat.

Toch had ze haar talent en haar oog voor design nog. Dat kon pa haar niet afnemen.

'Je moet een paar plantenstandaards met varens neerzetten als je de kamer inricht voor de verkoop.'

Liam trok een wenkbrauw op, op een sexy, brutale manier die haar maag deed overslaan. 'Ik doe niet aan staging. De makelaar brengt kopers naar een lege ruimte.'

'Serieus?' Ze gebood de vlinders in haar buik stil te zijn. 'Je zou staging echt eens moeten proberen. Niet iedereen kan de mogelijkheden van een lege kamer visualiseren, bovendien ziet het er koud en onpersoonlijk uit zonder spullen.

Zelfs als iemand er een kantoor van wil maken: een haard met een kleed en een zitje ervoor, een paar schilderijen aan de muur... Het doet wonderen voor de indruk die mensen krijgen. En ik wed dat je hogere biedingen krijgt.'

De opgetrokken wenkbrauw zakte weer en als ze zich niet vergiste, trok hij nu samen met de andere in een frons. 'Luister, prinses, dat is misschien hoe jullie het doen in jouw wereldje, maar ik knap al jaren huizen op en ik weet wat ik doe.'

'Ik zeg ook niet dat je dat niet weet. Ik probeer alleen te helpen, maar je hebt gelijk: dit is jouw vak. Maar mocht je van gedachten veranderen, dan kan ik wel wat stukken bij elkaar zoeken om te helpen als je zover bent. Als je geïnteresseerd bent, tenminste.'

Ja, ze schoot zichzelf misschien in de voet door niet te proberen de meubels onmiddellijk te verkopen, maar ze zag de buffetkast al helemaal voor zich onder die glas-in-loodramen. Ze zou er een jachttafereel op kunnen schilderen, of misschien gewoon een waterval van herfstbladeren. De bovenkant kon ze afwerken in dezelfde hoogglans kersenbeits als de vloer, om de kamer tot een geheel te maken—

Behalve dat die kast niet in de kamer zou blijven staan. Maar toch, de ronde plantenstandaard had hetzelfde pootontwerp als de buffetkast en er was een hoekkastje dat ze erbij kon laten passen en dat perfect in die nis zou staan.

Ze liep de kamer door en paste de ruimte af. Ze zou het moeten nameten met de breedte van de hoekkast, maar als het paste, zou het hier perfect staan. Ze stelde zich klimop voor in een gepatineerde koperen pot op de bovenste plank, die langs de zijkant naar beneden dreef met een bijpassende plantenbak op de standaard tussen een paar Queen Anne-vleugelstoelen en een bijpassend gestoffeerd bankje voor de haard—

'Wat ben je aan het doen?' Liams stem sneed door haar visioen heen.

'Meten.'

'Waarvoor?'

'Er is een hoekkast die hier volgens mij precies past—'

'Cassidy, ik waardeer de suggestie, maar ik ga de kamer niet inrichten. De professionals die mijn makelaar meebrengt weten al wat ze willen. Het gaat om de juiste prijs per vierkante meter. Als ik meubels moet huren, gaat dat van mijn winst af, wat ik weer moet doorberekenen in de prijs. Dan prijs ik mezelf uit de markt. Bovendien is het onethisch. Of op zijn minst manipulatief. Kunstmatig. Alsof je ze iets probeert aan te smeren. Als ik een ruimte als deze binnen zou stappen die zo was opgetuigd, zou ik de kleden optillen om te controleren op termietenschade of iets dergelijks.'

Ze hield wijselijk haar mond over het feit dat er *nooit* termietenschade zou zijn in een pand van Davenport Properties. Pa was geobsedeerd door zijn merk en hij zou wel wel uitkijken om een insect zijn imago te laten beschadigen.

Zijn dochter blijkbaar ook.

'Oké, dan. Ik zal je niet langer lastigvallen en na de winkel ga ik direct terug naar huis. Ik heb een hoop werk te doen.' En ze hoefde hier niet te blijven om zich door hem te laten kleineren over haar "ideetjes", zoals haar vader jarenlang had gedaan. Dat was nou juist waar ze van weg probeerde te komen.

Dus ze zou teruggaan, aan de slag gaan en die meubelstukken verkoopklaar maken. Ze kon dit, en ze zou het doen ook.

Dan zouden ze allemaal wel zien wie de echte Cassidy Davenport was.

Hoofdstuk 16

'Zeg me dat je bier bij je hebt.' Liam greep naar de koelbox die Sean droeg, ondertussen biddend dat zijn hand niet zou trillen.

Wat bezielde hem in vredesnaam? Cassidy had een paar onschuldige opmerkingen gemaakt en hij was meteen tegen haar uitgevallen, waarbij hij zijn bedrijf verdedigde alsof zij een autoriteit was aan wie hij verantwoording schuldig was.

'Ja hoor, het is ergens ter wereld vast al vijf uur.' Sean klapte het deksel open toen Liam de box op de schraagtafel zette die hij had opgesteld in het midden van wat de ontvangsthal van iemands nieuwe kantoor moest worden. *Zonder* dressoir of bank of wat dan ook. 'Binnenlands of import?'

Liam pakte het eerste flesje dat hij zag. 'Maakt niet uit. Ik moet gewoon iets hebben om mijn dorst te lessen.' En om zijn tollende hoofd tot rust te brengen. Hij kon er niet uitkomen of het nu woede was op Cassidy omdat ze insinueerde dat hij zijn vak niet verstond, of het feit dat ze er zo verdomd aantrekkelijk had uitgezien en hij helemaal niet *wilde* dat ze er aantrekkelijk uitzag. Wat het ook was, het laatste wat hij kon gebruiken was dat Sean erachter kwam. Godzijdank was ze een kwartier voordat zijn broer onaangekondigd en onverwacht opdook vertrokken. Als Liam had geweten dat hij zou komen terwijl Cassidy hier was... Hij wilde er niet eens aan denken.

'En, hoe is het om voor Cassidy Davenport te werken?'

Tot zover dat voornemen.

Liam draaide de dop eraf zonder te antwoorden. Hij wist niet goed *hoe* hij moest antwoorden.

'Wat?' Sean hield zijn biertje even bij zijn mond vandaan. 'Is het een soort staatsgeheim?'

'Dat ik in haar appartement werk? Nee.' Liam nam een voorzichtige slok, nog steeds wachtend tot Sean hem zou waarschuwen dat hij niet verstrikt moest raken met wéér een duurbetaalde profiteur.

'Nou, we hoeven ons bij haar tenminste geen zorgen om jou te maken.'

Liam verslikte zich in zijn slok. 'Mij *met* haar?'

'Ja, je weet wel. Dat je iets voor haar gaat voelen. Ik bedoel, je moet toegeven, die vrouw is een lekker ding.'

Liam kreeg het warmer. Sean hoorde niet op te merken hoe aantrekkelijk Cassidy was—

Oh. Verdomme. Niet best. Helemaal niet best. Vrienden boven vrouwen. En ze was niet eens zijn vrouw—

Liam brak die gedachtegang onmiddellijk af, want dat was *precies* wat hij van Rachel had gedacht toen hij erachter kwam dat ze wilde teren op de vruchten van zijn—of blijkbaar die van eender welke man—arbeid, simpelweg door de lakens te delen om de vruchten te plukken. De klassieke definitie.

Maar dat gold niet voor Cassidy. Waarom dat zo was, daar maakte hij zich vreselijk zorgen over. Hij moest de zaken wel in perspectief blijven zien.

'He, Lee?' Sean zwaaide met een biertje voor zijn gezicht. 'Ben je er nog, kerel? Of heb ik je zojuist pas doen beseffen dat je klant een ontzettend knappe griet is?'

'Kun je ophouden dat te zeggen, alsjeblieft? Je kent haar niet, anders zou je dat soort onzin niet uitkramen.'

'*Onzin*? Ben je blind? Of, wacht even. Heeft ze dan toch een ziel? Eentje die niet is leeggezogen door de miljoenen van haar vader?'

'Laat het rusten, Sean. Ik ben niet in de stemming.'

'Iets te veel protest misschien?' Sean kon de sardonische grijns op zijn gezicht niet onderdrukken.

Liam vond het totaal niet grappig. 'Ik protesteer nergens tegen. Je bent een idioot als je denkt dat ik die weg nog een keer in zou slaan. Einde verhaal. Ik wil dit pand gewoon in orde maken om het te verkopen. De makelaars vallen me lastig. Er schijnt een bestemmingsplanwijziging aan te komen die deze buurt erg gewild gaat maken.'

Sean keek om zich heen. 'Eh, Lee? Besef je wel hoeveel werk er nog is? Die trap buiten is levensgevaarlijk.'

Liam knikte en nam nog een flinke slok van zijn bier, dankbaar dat het onderwerp Cassidy van de baan was. 'Het rot in de buitenmuur. Er is water door de prutserige stucwerk-reparatie heen gesijpeld die de vorige eigenaar eraan heeft laten doen.'

'Maar goed dat jij die inhuusklus bij Mac niet hebt gekregen zoals ik, want dan zou je hier nooit tijd voor hebben. Man, het kost me een hele dag om alleen al een suite schoon te maken.'

'Ja, maar jij zit op het landgoed, dus dat is als twee vliegen in één klap.'

Sean had Liam en Bryan overgehaald om samen met hem te investeren in een prachtig landgoed in de Pocono Mountains om daar een luxe resort te creëren, dichter bij Philly dan de Catskills en betaalbaarder dan uitwijken naar New York City, DC of Atlantic City. Een geweldige plek voor topmanagers om te ontspannen en er even helemaal uit te zijn, compleet met een kampioen-schapsgolfbaan, zodra Sean het pand uit de nalatenschap van de overleden eigenaar had gekocht. Sean was al jaren met deze deal bezig en had zelfs enkele van de omliggende percelen gekocht voor de privacy en mogelijke uitbreiding in de toekomst. Het was Seans kans om zijn dromen waar te maken, en zij hadden het extra kapitaal gehad om hem te steunen, met het idee dat Sean hen op een dag zou uitkopen. Het maakte Liam niet uit wanneer; hij had zijn eigen inkomstenbron nog, en hij vond het prettig om samen met zijn broers aan een project te werken. Het was een geluk bij een ongeluk dat Mac het landgoed op haar klantenlijst had staan. Het was van Sean zodra ze de weddenschap hadden verloren.

'Ja, maar ik werk me te pletter. Die tent is gigantisch. Mac zal wat meer personeel moeten aannemen als we klaar zijn, want ik ga zeker hulp nodig hebben als—ik bedoel, wanneer ik het overneem.'

Liam zette het bier neer. 'Als?'

'Ik bedoelde wanneer.'

'Maar je zei als.'

'Ik bedoelde wanneer.'

Liam keek hem aan. Sean had een goede pokerface, maar hij was er niet op voorbereid dat Liam hem kritisch zou bevragen. 'Voor de draad ermee.'

Sean zuchtte. 'Er is misschien een probleempje.'

'Hoe groot is dat probleempje?'

'Dat weet ik nog niet zeker. Maar ik ga het oplossen. Ik *zal* dat terrein krijgen.'

Liam drong niet verder aan. Als er een 'probleempje' was, was het groter dan Sean wilde toegeven, anders had hij die verspreking niet gemaakt. Sean had veel aan zijn hoofd. Het had geen zin om de druk te verhogen door hem te pushen. Als hij er klaar voor was, zou hij het wel vertellen.

Het mooie van zo'n goede band met zijn broers was dat ze wisten wanneer ze afstand moesten nemen. Precies zoals Sean net had gedaan wat betreft Cassidy.

'Dus waarom ben je hier als je het zo druk hebt op je eigen stek?' Liam pakte de krabber op en liep terug naar de planken. Er *was* inderdaad veel werk aan dit pand, en voor één keer was hij daar dankbaar voor. Het zou hem uit zijn eigen huis houden en uit de buurt van Cassidy.

'Ik had even een pauze nodig. Ik begin tegen mezelf te praten in die lange lege gangen, weet je wel? Ik zou wel wat afleiding kunnen gebruiken. Heb je zin in nog een potje poker? We kunnen Bry bellen.'

'Wat, het vorige potje poker liep zo goed af dat je een herhaling wilt?'

'We nodigen Mac niet uit.'

'Nooit meer.'

Hij lachte met Sean mee, half in de verleiding om zijn theorie te delen, maar... waarom? Er was nu toch niets meer aan te doen, behalve de tanden op elkaar zetten en de komende drie weken uitzitten.

Of langer, als Cassidy niet genoeg van haar meubels kon verkopen om te kunnen verhuizen.

De gevolgen van de weddenschap bleven maar voortduren.

God sta hem bij.

Cassidy schoof haar veiligheidsbril terug in haar haar terwijl er weer een stel koplampen langs Liams huis reed. Nog een auto die niet van hem was.

Ze schudde haar hoofd en trok een gezicht toen de bril met een *kloenk* op de brug van haar neus gleed. Scheef. Het leek tegenwoordig haar natuurlijke staat te zijn als ze bij Liam in de buurt was. Het ene moment was hij heel aardig en bedankte hij haar voor de zorg voor zijn grootmoeder, maar het volgende moment zei hij dat ze zich er niet mee moest bemoeien als ze haar expertise gratis aanbood.

Cassidy zette de bril recht—haar met strassteentjes bezette exemplaar dat ze zo schattig had gevonden toen ze in haar eentje aan het schilderen was, maar dat in Liams huis gewoon misplaatst voelde—en maakte het schuren van het houten bovenblad van het dressoir af. Een paar lagen aflakken, een paar keer polijsten, en dit ding zou eruitzien alsof het een marmeren blad had. Het aanbrengen van imitatie-afwerkingen was haar specialiteit geweest, vooral *trompe-l'oeil*.

Ze had op een veiling een antieke spiegellijst gevonden om die techniek op toe te passen. Een toverspiegel, dacht ze. Perfect voor een meisjeskamer. Een mooie match voor haar creatieve kant, en haar zakelijke instinct hield van het feit dat mensen voor hun kinderen meestal kosten noch moeite spaarden. Door een item specifiek voor iemands dochter op de markt te brengen, vergrootte ze de kans dat het verkocht werd en ook nog voor een goede prijs. Marketing was ook een van haar talenten, eentje waarvoor haar vader haar nooit de eer had gegeven, tenzij het ging om het er goed uitzien voor de folders en verkoopmateriaal.

Cassidy liet haar knokkels kraken; haar hand was verkrampt door het zo lang vasthouden van de kwast en het palet. Ze wilde niet denken aan alle dingen die ze in de ogen van haar vader niet goed kon doen. Was het omdat ze elke dag een herinnering was aan de vrouw die hem bedrogen had en was weggegaan?

Ze dacht niet dat het haar vader emotioneel gezien heel veel had gedaan— afgezien van de overduidelijke schaamte over het feit dat de hele smerige affaire in de openbaarheid was gekomen. En áls het hem al had geraakt, had hij gedaan alsof dat niet zo was. Hij had haar laten zien hoe ze sterk moest blijven toen mama vertrok, maar dat had haar er niet van weerhouden om 's nachts in haar bed als een balletje in elkaar te kruipen, met haar favoriete knuffel in haar armen—een pluizige Maltezer puppy die ze Tinkerbell had genoemd—terwijl ze zich afvroeg waarom mama *haar* had verlaten.

Nou ja, er was niets dat ze kon doen aan het feit dat ze een herinnering aan haar moeder was—

Daarover gesproken, ze had de foto en de armband in het appartement laten liggen.

Ach, wat een ironie. Ze had die dingen jarenlang bewaard, uit het zicht weggestopt, in de hoop tegen beter weten in dat mama voor haar terug zou komen—en dat was niet gebeurd.

Ze had de foto niet meer nodig, en de armband viel uit elkaar. Herinneringen aan de laatste goede tijd die zij en mama samen hadden gehad. De laatste goede tijd in haar leven.

Nou, daar zou verandering in komen. *Dit* zou de mooiste tijd van haar leven worden.

Er klonk een harde klap uit de bijkeuken.

Of misschien zou *morgen* de mooiste tijd van haar leven worden.

'Titania!' Cassidy zette de schuurmachine op de grond en vloog het huis in, niet lettend op het feit dat ze onder het zaagsel zat.

Haar hond zat onder het gewone stof. Het was haar op de een of andere manier gelukt om een kruimeldief van de muur te stoten, die uit elkaar spatte en een stofwolk door de hele kamer verspreidde. Geweldig. Daar ging al haar harde werk om de boel schoon te houden.

Twee uur later was het stof van elk oppervlak in de kamer verdwenen, al wist ze vrij zeker dat het nu op elke centimeter van haar eigen lichaam zat. Titania was verbannen naar de badkamer, die snel met een hekje was afgezet, waar ze haar schattige, met stof bedekte kopje schor blafte. Ze *was* op dit moment echt een stofmop en Cassidy moest glimlachen om Liams omschrijving, hoewel ze betwijfelde of hij zou lachen als hij hen beiden zo zag.

Hij had haar verrast. Hij had een wildvreemde in zijn huis toegelaten, haar de sleutels van zijn truck gegeven, wat geld en een baan. Hij was niet verplicht geweest haar een plek om te slapen te geven. Hij was haar niets verschuldigd. Hij kende haar pas... hoe lang? Een half uur? Wie deed dat nu?

Liam Manley. Een vrouw zou op een dag wel erg boffen met hem.

Even stelde ze zich voor dat zij dat was. Dat ze hier kon wonen, bij Liam, deel uit kon maken van zijn familie. Mevrouw Manley 'oma' kon noemen, een paar zwagers kon hebben, een schoonzus—eigenlijk liever een zus. Ze had altijd al een zus gewild.

Ze had altijd al een familie gewild.

En Liam had er een die kant-en-klaar was, wachtend op iemand om er deel van uit te maken.

Was het zo verkeerd om te fantaseren dat zij die iemand was?

<h1 style="text-align:center">Hoofdstuk 17</h1>

'Oké, ik ben klaar om aan de slag te gaan.'

Liam liet de hamer vallen. Op zijn voet.

Hij hinkte wat rond en zag de plaaggeest uit zijn nachtmerries in de deuropening van zijn nieuwe project staan. Ze zag er veel te opgewekt uit en... en... *zonnig* in haar feloranje korte broek en een stralend zonnegeel truitje. 'Je bent wat?'

'Ik ben hier om te werken. Ik heb mijn schilderskleren aangetrokken, dus gebruik me maar waar ik nuttig ben.'

Niet aan denken, niet aan denken, niet aan denken.

Te laat. Het zien van deze acties, die totaal niet bij Cassidy pasten, had de deur geopend naar een beeld dat hij nooit achter haar had gezocht. En na de dromen die hij de afgelopen twee nachten over haar en hem had gehad, terwijl hij hier op een stapel afdekzeilen voor de open haard sliep om maar niet naar huis te hoeven en door haar in verleiding te worden gebracht, was *niet aan denken* onmogelijk. Hij stelde het zich voor in levendige kleuren — die blijkbaar oranje en geel waren. 'Waar heb je het over?'

Cassidy hield een verfkwast omhoog en een bult van wat hij vermoedde dat poetslappen waren, hoewel ze er voor hem meer uitzagen als iemands ongestreken zakdoeken. 'Schilderen. Hier. Met jou. Dit huis.'

Nee, nee, nee. Dat ging niet gebeuren. 'Heb je geen meubels te schuren of zo? Een hond om uit te laten? Oorbellen om te veilen?' Een appartement om te zoeken, meubels om te verkopen... Iets waardoor ze liever vandaag dan morgen zijn huis uit zou zijn, zodat hij eindelijk uit die *was ze het wel of was ze het niet*-mallemolen kon stappen. *Dit* huis schilderen ging daar niet bij helpen.

'De oorbellen staan online, het huis is schoon, en ik heb de hele ochtend besteed aan het repareren en schuren van de volgende stukken waar ik aan ga werken. Dus ik heb wat tijd over terwijl het stof in de garage neerdaalt. En daarom kan ik even niets nieuws schilderen. Niet dat ik ruimte heb voor iets nieuws. Het is daar toch al een hindernisbaan.'

Geen verrassing, gezien de staat van de kasten in haar appartement. 'Dus je dacht: ik kom hier maar even werken?'

'In één keer geraden.' Ze verblindde hem met haar glimlach en Liam moest letterlijk knipperen om de vlekken voor zijn ogen weg te krijgen.

'*Dat* is wat je dacht?' Schilderen was zeker niet het eerste waar hij aan dacht bij haar.

'Nou, ja.' Voor het eerst sinds haar komst vervaagde haar glimlach een beetje. 'Wil je de hulp niet? Dan krijgen we het huis sneller klaar voor de verkoop. Mijn vader zit mensen altijd achter de vodden om onder het budget en binnen de deadline te blijven. Ik weet echt wel wat ik doe en als we met z'n tweeën werken, zijn we veel sneller klaar.'

Dat ging niet gebeuren. Niet met haar in zo'n belachelijk oranje kort broekje dat misschien niet zo krap was als dat van Daisy Duke, maar prima werkte — *té* prima — voor hem, en een T-shirt overdekt met — lieve hemel — strassteentjes.

'Zijn *dat* schilderskleren?' Hij keek neer naar zijn eigen saaie kaki schildersbroek en het met zweet bevlekte T-shirt dat ooit blauw was geweest. Of misschien groen. Dat was moeilijk te zeggen omdat het door het vele wassen was verschoten. Hij had een paar schildersoutfits; het had geen zin om nieuwe kleren te verpesten, dus waste hij de oude gewoon tot ze uit elkaar vielen.

'Dit is alles wat ik had, weet je nog?' Ze tikte met de achterkant van de kwast tegen haar lippen, en Liam deed zijn best om niet te staren. En zich niet af te vragen hoe ze zouden smaken. 'Dus, welke kleur geef je de kozijnen?'

'Wit.'

'Dat zal mooi afsteken tegen jagersgroene muren.'

'De muren worden niet jagersgroen.'

'Dat zouden ze wel moeten zijn.'

'Ze worden beige.'

'Beige muren en witte kozijnen? Waarom dek je niet meteen alles af met plastic om ook de laatste restjes persoonlijkheid uit het huis te zuigen?'

'Het heeft geen persoonlijkheid nodig; het moet neutraal zijn zodat iemand hier kan komen en het eigen kan maken. Met *hun* persoonlijkheid.'

'Maar als je het wat opfleurt, trek je meer belangstelling.'

'Hoeveel huizen heb jij precies verkocht?'

Haar sexy lippen werden een dunne streep die ze schuin wegtrok. En zelfs dat stond haar goed.

'Ik wil je wel even laten weten dat ik gestudeerd heb bij een paar van de beste Europese ontwerpers die voorop lopen in de interieurwereld. Mensen die bij Architectural Digest werken, die hotels en luxe penthouses ontwerpen. Mijn vader heeft een heel team om alle kamers in zijn gebouwen tot in het kleinste snuisterijtje te ontwerpen.'

'Dat zijn hotels. Die horen helemaal aangekleed te zijn. Mensen willen geen kale hotelkamer.'

'Hij heeft ook koopappartementen, weet je nog? Ik woonde er in één.'

'En was dat niet de meest huiselijke plek die je je voor kon stellen?'

'Het hoefde niet warm te zijn. Het moest indruk maken. Al dat wit en dat glas... Het huis presenteert zich goed. Het zal verkopen en het zal veel geld opbrengen. Omdat het een Mitchell Davenport-pand is en aan alle maatstaven voldoet die hij voor zijn vastgoed heeft gesteld, waardoor het beantwoordt aan de verwachtingen van de klant die hij heeft opgebouwd. Dat zou jij ook moeten doen. Zorg dat Liam Manley-projecten een statement maken, een zeker cachet hebben, zodat mensen weten wat ze krijgen als ze iets kopen dat jij hebt gecreëerd. Bouw een merk op rond je naam en dan maakt het niet uit welke kleur je op de muren smeert, zolang het maar *een* kleur is. *Geen* beige.'

Ze huiverde er zowaar bij.

'Droeg je laatst niet beige?'

Ze hield haar hoofd schuin. 'Echt?'

Hemeltje, wist ze dat niet meer? Hij kreeg het beeld niet uit zijn hoofd. 'Ja, je hele outfit was beige. Topje, broek, schoenen.' De beha die hij had gezien toen ze voor hem vooroverboog, en waarschijnlijk haar verdomde string ook. En God mag weten dat haar huid dezelfde kleur had — elk verrukkelijk stukje dat hij had opgevangen.

Ze haalde haar schouders op. 'Nou en? Ik ben geen huis en we hebben het sowieso niet over mij. Ik ontwerp meubels met mijn merk in mijn achterhoofd. Jij zou over het jouwe moeten nadenken. Wat heb je gedaan bij alle huizen die je hebt opgeknapt dat herkenbaar is voor jou? Waardoor een huis uitstraalt dat het door Liam Manley is gedaan?'

'Mijn naam op hun cheque.'

Cassidy rolde met haar ogen, die zelfs zonder make-up nog prachtig waren. 'Wil je handarbeid blijven verrichten tot je erbij neervalt, Liam? Je moet het grotere geheel zien. Maak naam voor jezelf, voor je merk. Dan kun je het aan iemand anders leren en je zaak verkopen of overdoen aan familie als je met pensioen wilt, terwijl je er nog steeds inkomen uit haalt. Je moet de behoefte aan je producten creëren. Geef mensen een reden om naar jou op zoek te gaan in plaats van naar een ander huis. Zorg dat iedereen een Liam Manley-pand wil omdat ze zo economisch of functioneel of innovatief zijn, of iets anders waardoor het een echte overwinning voor ze is om het te bezitten. Creëer je eigen niche zodat mensen naar jou komen in plaats van dat jij elke keer op zoek moet naar klanten als je iets te verkopen hebt. Het is altijd beter om een rij voor de deur te hebben dan een ijzige stilte als je elke dag de zaak opent.'

'Het klinkt alsof je goed hebt opgelet als je vader aan het woord was.'

Ze hield haar hoofd schuin en zette een hand in haar zij. 'Die vent mag dan een klootzak zijn, hij weet wel waar hij het over heeft en je kunt niet met hem leven en werken zonder een paar dingen op te pikken, dus doe niet zo neerbuigend tegen me.'

Liam kromp ineen. Dat had hij inderdaad wel gedaan. Het was niet de bedoeling geweest om neerbuigend te doen, maar dat gesprek met Sean zat nog steeds in zijn hoofd. Eerlijk gezegd had hij nooit gedacht dat Cassidy Davenport ook maar een greintje verstand van zaken zou hebben.

Maar hij wel, en hij deed dit al een tijdje. 'Ik waardeer je aanbod, Cassidy, maar dit is mijn huis. Ik doe het in mijn eigen tijd, op mijn manier.'

En verdomd als haar mondhoeken niet naar beneden krulden; hij had kunnen zweren dat haar onderlip trilde.

'Nou, goed dan.' Ze haalde diep adem en keek hem recht in de ogen. 'Als je mijn hulp niet wilt...'

'Dat heb ik niet gezegd.'

Wat ben je aan het doen? Wil je haar echt uitnodigen om hier te blijven hangen? Hij kneep in de brug van zijn neus. Dit was waarschijnlijk het stomste — oké, op één na stomste — wat hij ooit had gedaan. Maar ze *wilde* helpen.

Hoe vaak had hij niet gewild dat Rachel ook maar de minste belangstelling toonde voor wat hij voor de kost deed? 'Oké, vooruit. Je mag helpen. Maar de muren worden *niet* groen.'

Ze opende haar mond en Liam zette zich schrap voor een woordenwisseling.

In plaats daarvan verraste ze hem. 'Oké, Liam. Wat jij wilt.'

Hij knipperde met zijn ogen. Echt? Ging ze akkoord? Geen ruzie? Geen tranen om haar zin te krijgen?

Liams ogen werden smal. Ze voerde iets in haar schild.

En toen kuste ze hem.

Hoofdstuk 18

Ze had het niet zo bedoeld. Echt niet.

Het was gewoon... gewoon... nou ja...

Hij gaf haar een kans. Om wat voor reden dan ook, Liam gaf haar de kans om met hem samen te werken aan iets wat belangrijk voor hem was. Ze was er zo aan gewend dat haar ideeën werden weggehoond, dat ze had verwacht dat hij haar direct zou afwijzen. Toen hij zei dat ze mocht helpen, was ze zo verrast, zo gelukkig, dat ze niet echt nadacht over hoe ze moest reageren.

In zijn armen springen en hem vol op de mond kussen was waarschijnlijk niet de beste keuze.

Maar toen begon hij haar terug te kussen en, tja, misschien was het *toch* een goede keuze. De man was *primo*.

En potverdorie, kussen kon hij. Als Burton haar zintuigen zo naar de stratosfeer had kunnen sturen als Liam deed, was ze misschien niet gevlucht voor haar vaders ultimatum.

Maar dan had ze dit moeten missen.

Het spel van zijn lippen op de hare — bijna bijtend, maar veel zachter. Tergend genoeg om kleine schokjes door haar heen te jagen en haar knieën te laten knikken. En dan was er de manier waarop zijn grote, eeltige handen haar rug vastgrepen en haar middel omklemden, en zelfs afdaalden naar haar billen.

Het was alsof iemand haar op het lichtnet had aangesloten. Ze stond in lichterlaaie en ineens kon het haar niet meer schelen dat ze hem eigenlijk hoorde te bedanken in plaats van te kussen. Er was geen haar op haar hoofd dat erover dacht om te stoppen.

Zijn lippen verplaatsten zich van de hare naar de plek net onder haar kaak, vlak bij haar oor. 'Cassidy.'

Ja, dat was haar naam en o god, wat klonk die lekker uit zijn mond.

'Cassidy,' zei hij iets dwingender, terwijl zijn hete adem, die haar huid streelde, de vlammen nog wat verder aanwakkerde.

Ja, ja, wilde ze antwoorden, maar ze was haar adem kwijt en kon geen woord uitbrengen. Het lukte gewoon niet. Trouwens, waarom zou je praten als je in plaats daarvan kon kussen—

'Cassidy.'

Wacht even. Hij praatte. Hij kuste niet. En hij klonk niet buiten adem en er klonk geen verwondering in zijn stem.

De elektriciteit veranderde in ijs en Cassidy kon zich niet meer verroeren. Ze had zich op de man geworpen — letterlijk — en hij moest totaal niets van haar hebben.

Nou ja, oké, zijn handen waren nog niet van haar kont geweken, dus misschien waren er wel een paar delen die hij wilde, maar hij wilde *haar* niet. Zijn toon zei alles.

Mortificatie kroop door haar aderen en haar knieën werden zwak om een heel andere reden. God, wat een vernedering.

Ze schraapte haar keel en peuterde haar vingers los uit de knoop die ze in zijn haar hadden gelegd, terwijl ze haar been van zijn kuit wikkelde — o god, ze had zich als een klimplant om hem heen gewonden — en ze deed een pijnlijke stap achteruit, met benen die op het punt stonden het te begeven. 'Ik...' Ze streek haar haar uit haar gezicht — haar dat uit haar paardenstaart was ontsnapt en helemaal verward en bezweet was door de hartstocht van hun kus. 'Het spijt me. Ik weet niet waarom ik dat deed. Ik—'

'Onzin.'

'Ik — wat?'

'Onzin. Je weet precies waarom je dat deed.'

Nou ja, dat wist ze ook wel. Ze vond de man ongelofelijk aantrekkelijk en ze had niet nagedacht; ze had gereageerd. 'Dat... weet ik?'

'Luister, ik ben niet een of andere schoothond die achter je aan loopt en die je vader voor je heeft uitgezocht om mee te trouwen. Ik ben niet zo'n vent die je aan zijn lul kunt meesleuren. Ik doe niet aan vrouwen zoals jij.'

'Vrouwen zoals... zoals ik?'

'Ja.' Hij zette de laatste stap waardoor hij buiten handbereik kwam en haalde beide handen door zijn haar. 'Jezus. Ik geef je een vinger en je neemt mijn hele hand. Wanneer leer ik het nu eens verdomme?'

Er klopte hier iets niet, maar Cassidy probeerde nog steeds haar hartslag omlaag te krijgen en uit te vogelen wat hij in godsnaam bedoelde met *vrouwen zoals jij*. Wat betekende dat?

'Dit gaat niet werken, Cassidy. Je moet naar huis gaan.'

Huis. Dat was het probleem; ze had er geen.

'Waarom? Bang dat je mijn charmes niet kunt weerstaan?' Ze liet sarcasme haar vernedering verbloemen. Ze had nooit gedacht dat hij van haar walgde — wat voor type vrouw ze dan ook was. Dat was haar nog nooit overkomen. Zij was altijd degene geweest die afstand hield omdat ze nooit zeker wist wat een man van haar wilde.

'Het is geen geheim dat ik me tot je aangetrokken voel.'

Dat beantwoordde die vraag.

'Een man zou dood moeten zijn om dat niet te voelen.'

Ze dacht niet dat dat een compliment was.

'Maar ik ben niet op zoek naar complicaties in mijn leven. Ik ben niet op zoek naar een vrouw.'

'Ho even, Casanova. Als je denkt dat ik dat deed om je aan de haak te slaan of zo, dan heb je het mis. Dat was dankbaarheid. Een bedankje omdat ik met je aan dit project mag werken. Blaas het niet zo op.' Dat was haar verhaal en daar bleef ze bij.

Ze hield echter wel haar vingers gekruist achter haar rug.

Hij trok een wenkbrauw naar haar op. 'Echt waar.'

Ze stak haar kin omhoog. Als hij niet de controle was verloren tijdens hun kus, dan piekerde ze er niet over om toe te geven dat zij dat wel was. Hoe minder hij wist van de aantrekkingskracht die hij op haar uitoefende, hoe beter.

'Oké, prima,' zei hij. 'Dan heb ik het verkeerd begrepen toen je je been om me heen sloeg en mijn haar in een wurggreep hield, om nog maar te zwijgen van je tong die elk hoekje van mijn mond verkende.'

Vervloekte hij. Haar wangen vlamden op, maar Cassidy had op haar kostschool niet voor niets hooghartige dochters van ambassadeurs en andere hoogwaardigheidsbekleders het hoofd geboden. 'Ik *kan* me heus wel beheersen, hoor. Het is niet alsof je een geschenk uit de hemel voor alle vrouwen bent, Liam. Dus ik heb je gekust. Oké... ik liet me even gaan. Ik *kan* me echt wel beheersen.'

Ze loog hem recht in zijn gezicht uit, maar ze loog niet tegen zichzelf. De man was top. En perfect. En als het visuele bewijs nog niet genoeg was, dan was de manier waarop hij haar hormonen op hol deed slaan dat wel. Maar ze was niet van plan zijn ego te strelen, noch hem te laten denken dat hij haar alles was.

Is hij dat wel?

O, in godsnaam. Het was maar een kus.

Aha.

'Maar je duwde me ook niet bepaald weg. Ik voelde je handen heel duidelijk op mijn kont.'

Hij balde zijn vuisten en zijn lippen werden een dunne streep. Ja, hij wist het nog.

'Dus, gaan we dit doen of gaan je haren overeind staan en zet je me eruit omdat je me niet kunt weerstaan?' Ze koos voor de aanval en zette voor de goede orde haar handen in haar zij — ook om haar benen eraan te herinneren dat ze niet mochten bezwijken.

Verbeeldde ze het zich, of zag ze een flikkering van iets — durfde ze te hopen op bewondering — terwijl hij haar aankeek?

'Vooruit. Je mag blijven. Maar er zijn wel regels. Jij blijft aan jouw kant en ik blijf aan de mijne, en als we elkaar in het midden tegenkomen, is er geen fysiek contact. Afgesproken?'

'Wauw, hoe verwacht je na zo'n romantische verklaring dat ik uit je buurt blijf?'

Hij zuchtte. 'Ja of nee?'

'Ja. Natuurlijk. Het is niet alsof ik niet kan leven zonder je ooit nog te kussen.' Hoewel de gedachte wel even een steek in haar maag gaf.

'En dat geldt ook in huis.'

'Vlei jezelf niet zo, Liam. Ik houd me aan mijn eigen kant van alles, vooral aan de kant waar mijn slaapkamer is.' Ze gooide haar hoofd naar achteren om het vochtige haar van haar wang te krijgen. Ze had geen herinneringen nodig aan het feit dat ze nog geen minuut geleden innig aan het kussen waren — en dat dit de enige keer zou zijn dat ze dat met Liam zou beleven. Wat een verdomd jammere zaak was.

'Zo.' Ze pakte haar kwast op van de plek waar ze hem had laten vallen voor die bewuste-kus-die-nooit-meer-zou-gebeuren en stak hem achter haar oor. 'Zal ik aan het houtwerk beginnen?'

Hij bestudeerde haar even en het leek of hij iets wilde zeggen, maar in plaats daarvan beet hij een moment op de binnenkant van zijn wang. 'Ik was van plan het houtwerk pas na de planken te doen.'

'Oké. Daar kan ik bij helpen.'

Hij trok een wenkbrauw op. 'Hadden we het net niet over tegenovergestelde kanten?'

'En? Tegenovergestelde kanten van de planken.'

Als ze zich niet vergiste, onderdrukte hij een kreun. Maar ze verkeken zich niet op de diepe zucht die hij niet probeerde te verbergen. 'Cassidy.'

Ze hield haar handen omhoog. 'Ik snap het. Afstand. Omdat ik zo onweerstaanbaar ben dat je jezelf niet in de hand hebt.'

'O, ik ben op dit moment heel veel aan het weerstaan. En dan heb ik het niet over je kussen.'

Sodeju. Dat kwam hard aan.

Hij haalde een hand door zijn haar en kneedde zijn nek. Misschien was dit toch niet zo'n goed idee geweest. Ze moest eigenlijk weggaan.

Maar dat zou betekenen dat ze toegaf dat het meer was dan een kus uit dankbaarheid. Ondanks haar stoere woorden zou hij weten dat het om meer ging dan alleen dankbaarheid als ze nu wegliep.

Ze pakte een blik verf. 'Oké, Liam. Het lijkt erop dat het houtwerk eerder gedaan gaat worden dan gepland. Ik begin hier wel. Aan de *tegenovergestelde* kant van de kamer.'

Hoe ironisch was het dat de enige man die ze écht wilde, de enige man was die haar niet wilde?

Haar vader zou het poëtische rechtvaardigheid noemen.

Nou, ze verdiende meer dan hij voor haar wenste, of het nu Liam was, haar kunst of haar onafhankelijkheid, en ze zou krijgen wat ze verdiende.

Hoofdstuk 19

Twee tergende uren later hadden hij en Cassidy nauwelijks vooruitgang geboekt.

Nou ja, *hij* had nauwelijks vooruitgang geboekt. Cassidy had veel meer gedaan, omdat ze zijn verordening om aan *tegenovergestelde kanten* te werken blijkbaar heel letterlijk nam. Haar blik was niet één keer zijn kant op gedwaald.

Het was stom dat hem dat stoorde, maar elke keer als hij zich omdraaide, stond ze in een houding die hem midscheeps raakte. De laatste was een voltreffer geweest: ze was over de bovenkant van de ladder gebogen om schilderstape rond de rand van de lijst te plakken, waardoor hij een perfect uitzicht had op haar billen. De billen waar hij zijn handen op had gehad. Zijn handpalmen voelden de ronding en zachtheid nog steeds. Als hij nog een seconde langer naar haar achterwerk moest staren, zou hij gek worden.

Wat natuurlijk de codetaal van het universum was voor Laat-Cassidy-Nogmaals-Voor-Hem-Overbukken-Op-De-Ladder, waardoor haar billen weer precies op ooghoogte kwamen toen hij een nieuwe emmer verf ging halen.

Hij keek naar de hemel. *Serieus?*

'Liam? Kun je hier even komen?'

Geen schijn van kans. 'Waarom?'

Ze wierp haar paardenstaart over haar schouder en keek hem aan. Een ontsnapte krul bleef aan haar neus haken en ze blies hem uit de weg.

Die beweging raakte hem ook direct in zijn onderbuik, want hij kon zich helemaal voorstellen dat ze hetzelfde zou doen nadat ze zo over hem heen gebogen had gestaan—

'Hallo? Omdat ik hulp nodig heb?' Ze wees nadrukkelijk naar de blauwe schilderstape die was losgegaan en het straaltje witte verf op de muur daaronder. 'Ik kan wel een natte doek gebruiken voordat de verf opdroogt. Tenzij je daar gewoon blijft staan staren?'

Hier blijven staan staren had zeker zijn voordelen. Dat was precies de reden dat hij in beweging kwam.

Twaalf seconden, zes diepe zuchten en één natte doek later probeerde Liam te bedenken wat de veiligste manier was om die aan haar te geven zonder ook maar enigszins bij haar in de buurt te hoeven komen.

'Liam?' Ze doorboorde hem met haar prachtige groene ogen. 'Komt er nog wat van? Of wil je dat de muur ook wit wordt?'

'Ik weet zeker dat je ook op die kleur wel iets aan te merken zou hebben.'

'Zoals je aan mijn appartement kon zien, is wit net zo min een kleur als beige. Het is een achtergrond. Nou, ja of nee tegen die witte muur?'

'Wacht even.' Ze was een bazig type. En verrassend genoeg beviel dat hem bij haar wel. Beter dan een geniepige manipulator zoals zijn vorige vriendin.

Cassidy is niet *je vriendin.*

'Hier.' Hij gooide de doek zowat naar haar toe.

'Serieus?' Ze keek naar de plek waar de doek op de onderste trede was beland en rammelde met de verfbak en de kwast die ze vasthield. 'Met welke hand had ik die moeten vangen? Ik bedoel, ik weet dat we dan de regel van de tegenovergestelde kanten van de kamer schenden, maar ik denk dat druipende verf nu even belangrijker is.'

Verdomme. Ze had gelijk en hij baalde daar bijna net zo erg van als van het feit dat hij achter haar op de ladder moest gaan staan om de verf weg te vegen.

Hij klom omhoog en probeerde zoveel mogelijk afstand tussen hen te houden. Het probleem was dat haar geur die ruimte vulde. Iets bloemigs en vrouwelijks; het was al lastig te weerstaan vanaf de andere kant van de kamer, maar zo van heel dichtbij? Ze maakte hem af. Hij had haar naar een hotel moeten brengen, voor een maand moeten betalen en haar daar moeten laten. Hij had geen moment rust meer gehad sinds ze bij hem in huis was getrokken.

'Joehoe, Liam...'

Juist. Hij schudde mentaal zijn hoofd om het leeg te maken. Jezus, hij was geen tiener met zijn eerste verliefdheid. Oké, hij voelde zich tot haar aangetrokken. Dat betekende niet dat er iets moest gebeuren. Hij was een volwassen man; hij kon zijn driften beheersen.

Maar die ene drift die hij voelde toen hij over haar heen boog om de druppel weg te vegen...

Het kostte twee halen met de doek om de verf te verwijderen, en daarna was Liam de ladder alweer af en buiten het bereik van de verleiding voordat hij weer ademhaalde.

'Dank je,' zei ze, terwijl haar ademhaling volkomen normaal klonk.

Liam streefde naar hetzelfde toen hij zei: 'Geen probleem.'

Een keiharde leugen. Een *enorm* probleem. Die kus hing nog steeds tussen hen in en hij had het liefst de draad weer opgepakt waar ze waren gebleven.

'Als jij het zegt,' mompelde ze. 'Dus je houdt nog steeds vast aan die beige kleur?'

Ja, focus op de verf. Op waar ze hier mee bezig waren. Niet op wat hij hier *wilde* doen... 'Beter dan dennengroen, gezien je kleine ongelukje, schatje.' Hij liep terug naar zijn kant van de kamer, wat niet ver genoeg bij haar vandaan was, maar wel zo ver mogelijk, terwijl dat *schatje* in zijn hoofd bleef hangen. Het was hem veel te makkelijk ontvallen.

'En welke kleur worden de planken dan? Ook beige?'

Hij grinnikte. Hij kon het niet helpen. Vooral niet toen hij de ondeugende twinkeling in haar ogen zag die verraadde dat ze hem aan het plagen was.

Als ze eens wist op hoeveel manieren.

Hij moest zich herpakken. 'Nee. Ze worden mahonie gebeitst, passend bij de vloer.' Liam haalde diep adem. Praten over het werk was de perfecte manier om zijn gedachten weer bij het project te krijgen waar ze hoorden, en weg van haar.

'Ik vind nog steeds dat je kersenhout moet gebruiken. Dat past veel beter bij het huis.'

'Mahonie is een prima kleur, Cassidy.'

'Oké, maar als je nog steeds vastzit aan dat hele beige-gebeuren, zou kersenhout de zwarte voegen rond de haard heel mooi accentueren. Veel beter dan mahonie.'

'Ik ga geen zwarte voegen gebruiken.'

'Dat zou je wel moeten doen.' Ze tikte met het uiteinde van haar kwast tegen haar lippen. 'Het zou er geweldig uitzien.'

Hij keek naar de open haard en concentreerde zich daarop in plaats van op haar lippen. De lippen die hij had gekust.

Zwarte voegen. De vrouw had gelijk. Dat zou er goed uitzien.

En bij een woning van dit formaat zouden donkere mahoniehouten vloeren en planken de boel alleen maar kleiner doen lijken. Bovendien had hij nog genoeg kersenbeits over van een andere klus, dus de kosten zouden zelfs lager uitvallen.

Hmm. Ze had gezegd dat ze design had gestudeerd; misschien wist ze toch wel waar ze het over had.

'Zeg, Cassidy.' Hij zette de kus uit zijn hoofd en dacht goed na over wat hij wilde gaan zeggen. Fysiek mocht ze hem dan tot waanzin drijven, zakelijk gezien was ze logisch. Dat gesprek over branding en cliënten naar *hem* toe halen in plaats van steeds het wiel opnieuw te moeten uitvinden, sneed hout. 'Als ik er inderdaad voor kies om voor een kersenhouten vloer te gaan, wat zou jij dan voorstellen voor deze planken?'

'Nou...' Cassidy klom van de ladder met die meterslange benen van haar, en Liam moest zichzelf eraan herinneren te blijven ademen zolang ze naar beneden kwam. 'Als ik jou was, zou ik de planken laten schilderen. Misschien in herfsttinten of met een gewatteerde leer-look die bij het huis past. Speel in op het karakter ervan.'

En opnieuw was het een goed idee. Het was tenslotte maar verf, niet de definitieve keuze van behang waar een toekomstige koper over zou kunnen vallen.

'Dus... als we dit doen, ruilen we kost en inwoning tegen jouw ontwerpexpertise? Ik heb in mijn budget geen ruimte voor extra's zoals snuisterijen ofzo, en we hebben het niet over meubels. We hebben het over het ontwerp. De kleur op de muren, de beits, de lijsten, de planken. Vind je dat een deal?'

'Een deal? Absoluut.'

Haar glimlach was het aanbod alleen al waard.

Houd je hoofd erbij, Manley. Ze is maar een vrouw. Een mooie, dat wel, maar toch... Laten we Rachel niet vergeten.

God, hij klonk cynisch. Dat had hij zich tot nu toe nooit gerealiseerd. Hij had Cassidy beoordeeld op zijn vooroordelen, en als haar vader haar niet op straat had gezet, zou hij dat nog steeds doen.

Het was geen moment waar Liam trots op was.

Het was ook het moment waarop hij besefte dat hij haar over dezelfde kam schoor als Rachel destijds had gedaan.

'Door deze ruil kan ik mijn schuld bij je sneller afbetalen.'

Dat idee was opeens een stuk minder aantrekkelijk dan voorheen. 'Oké, dan doen we de muren en de lijsten, en daarna kun jij nadenken over wat je met de planken wilt doen, en dan zien we wel weer verder. Lijkt je dat wat?'

Cassidy zorgde ervoor dat ze deze keer niet van de ladder sprong om Liam in de armen te vliegen. Ze waren de kus voorbij en waren op een punt gekomen waarop hij echt luisterde naar wat ze te zeggen had. Dat wilde ze niet in gevaar brengen.

'Dat is een deal.' Ze probeerde de emotie uit haar stem te houden. Hij gaf haar een kans en vertrouwde op haar visie. Voor een ander stelde het misschien niet veel voor, maar dat ze werd gewaardeerd om haar eigen kunnen, haar eigen idee, was enorm. Haar hele leven had ze dingen gekregen om wie ze was. Liam *hoefde* dit niet te doen. Hij had zich er zelfs tegen verzet totdat hij de tijd nam om te luisteren.

Niemand had ooit echt naar *háár* geluisterd.

Het feit dat Liam dat wel had gedaan, dat hij waarde hechtte aan wat zij te zeggen had... Dat maakte een hoop bij haar los.

Want terwijl de huisuitzetting door haar vader haar boos had gemaakt en vastberaden om zijn ongelijk te bewijzen, zorgde Liams respect ervoor dat ze nu bang was om hìjn gelijk niet te kunnen bewijzen.

<h1 style="text-align:center">Hoofdstuk 20</h1>

'Hallo, lieverd.' Mrs. Manley stond de volgende ochtend op de veranda met een oprechte glimlach op haar gezicht en een bord koekjes in haar hand. Liam was de deur uit om aan een probleem met een trap te werken, dus liet Cassidy haar binnen.

'Goedemorgen, Mrs. Manley. Wat fijn om je weer te zien.' Alleen jammer dat Cassidy een afgeknipte korte broek droeg die gemaakt was van een oude joggingbroek van Liam, en een van de saaiste T-shirts die ze ooit had gezien. Ze had het gevonden in de oude ladekast in zijn garage waar hij stofdoeken en afdekzeilen bewaarde. Het was nog altijd beter dan haar overige kledingopties, waarvan de beste bestond uit een belachelijk kort spijkershort met studs en een katoenen shirt dat ze onder haar borsten vastknoopte. Daisy Duke of mannelijke grunge? Dat die laatste de betere keuze was, zei genoeg over haar garderobe. Ze had een paar van haar echte outfits mee moeten nemen, ook al had haar vader dat verboden.

'Ik kom toch niet ongelegen?' Mrs. Manley keek bijna hoopvol bij die vraag.

'Liam is aan het werk, maar je bent natuurlijk van harte welkom.' Cassidy duwde Titania met haar voet opzij. De Maltezer zat pontificaal in het midden van de hal alsof het huis van haar was. Cassidy had haar al meer dan eens verteld dat ze zich niet te veel op haar gemak moest gaan voelen.

'Ik kan maar even blijven.' De vrouw kwam binnen en liep richting de keuken, waar ze de koekjes op de ontbijttafel zette; ze zag er niet uit alsof ze van plan was na een minuutje weer weg te gaan. 'Ik was in de buurt en dacht even te kijken hoe het met mijn tafeltje gaat. Niet om te dringen, hoor. Ik ben gewoon zo enthousiast dat ik nauwelijks kan wachten. Ik heb de onderhouds-mensen van mijn complex mijn stoel al op zijn plek laten zetten en de lamp die Bryan voor me heeft gekocht al gepoetst. 's Ochtends valt de zon daar precies goed op die plek. Het is ideaal om de krant te lezen bij de koffie.'

'O, wil je een kopje?' Cassidy dronk zelf geen koffie, en daarom stond de pot niet aan, maar Liam had zo'n apparaat voor losse kopjes en een assorti-ment koffie in zijn voorraadkast.

'Heel graag. Liam heeft hier een koffiezetapparaat voor me staan. Zo'n attente man. Hij heeft zelfs verschillende smaken gekocht zodat ik wat te kiezen heb.'

'Nou, laat me dan een kopje voor je zetten.' Cassidy haalde een selectie uit de voorraadkast waaruit ze kon kiezen en bad dat ze het apparaat zou begrij-pen, aangezien ze nog nooit echt koffie had *gezet*.

'Je hondje is hartstikke schattig.' Mrs. Manley ging aan Liams keukentafel zitten en klopte op haar schoot zodat Titania erop kon springen.

'Dank je. Titania is een geweldige hond.'

'Toen de kinderen opgroeiden, heb ik nooit een hond gehad. Weer een mond extra om te voeden. Weer iets om achter ze op te ruimen. Vier jonge kinderen op mijn leeftijd, en na het verlies van mijn zoon... Het werd me een beetje te veel.'

'Ik kan me niet voorstellen hoe je dat hebt gedaan. De gedachte aan één kind beangstigt me al.' Maar niet om de redenen die Mrs. Manley zou denken. De voornaamste reden dat ze Titania had gekocht, was om te kijken of ze *über-haupt* voor een ander levend wezen kon zorgen. (De andere reden was misschien om haar vader een hartverzakking te bezorgen.) Maar honden waren anders dan kinderen, en hoewel Titania een succesverhaal was, twijfelde Cassidy er niet aan dat een kind een stuk lastiger zou zijn. Titania had twee maaltijden per dag nodig, een grasveldje en wat liefde — niet het soort psycho-logische, zelfvertrouwen-bouwende zorg dat kinderen nodig hadden. Het soort zorg dat Cassidy zelf zo pijnlijk had gemist.

'O, het is verbazingwekkend wat je voor de liefde doet.' Mrs. Manley tikte op het zakje Hawaiian Kona. 'We hadden het niet breed, maar die kinderen wisten dat er van hen gehouden werd. En zij hielden op hun beurt zielsveel van mij. Ik heb veel geluk gehad dat ik mijn kleinkinderen heb mogen leren kennen zoals ik ze nu ken, en dat ze zo'n deel van mijn leven uitmaken. Er ging niets boven hen al die jaren om me heen hebben.'

Cassidy moest haar keel schrapen terwijl ze naar het koffiezetapparaat liep. Het was dat of ter plekke in huilen uitbarsten bij die vrouw. Zij was het enige kind van *twee* ouders geweest en had nog niet een tiende gekregen van de liefde die de alleenstaande Mrs. Manley met *vier* kinderen had gedeeld. Liam en zijn broers en zus hadden zoveel geluk gehad, en het bewees maar weer wat Franklins leven en dood haar hadden geleerd: dat al die *spullen* die ze had bezeten niet het belangrijkste waren in het leven. Kijk haar nu eens: ze had niet eens *één* persoon tot wie ze zich kon wenden voor hulp, behalve een vreemde met een groot hart — dat hij duidelijk van deze vrouw had geërfd.

'En hoe zit het met jou, Cass? Wat voor familie heb jij? Heb je broers of zussen? Wat doen je ouders? O, en druk even op die knop daar bovenop.'

Het was misschien een beter idee om gewoon een keukenmes te pakken en een ader open te snijden dan dit gesprek te voeren. Ondanks het feit dat ze alles had gehad, had ze niets vergeleken met Liam en zijn familie.

Ze drukte op de knop en het apparaat ging open. 'Uhm. Mijn ouders. Die zijn gescheiden.' Ja, blijf zo dicht mogelijk bij de waarheid als je liegt. Niet dat ze ging liegen, ze liet alleen wat dingen weg. Zoals de naam van haar vader. 'Mijn moeder woont in het buitenland, dus ik zie haar niet veel, en mijn vader is een workaholic. Ik ben enig kind. Onnodig om te zeggen dat mijn opvoeding nogal tam was vergeleken met die van Liam en zijn broers en zus.'

'Dat kan ik me voorstellen.' Mrs. Manley zette Titania op de vloer en nam plaats aan het aanrecht. 'Doe het water maar in dat doorzichtige plastic deel, lieverd. Het deksel kan omhoog, geloof ik. De mok gaat eronder en dan druk je op BREW.' Ze liet haar handen op het aanrecht rusten, haar vingers ineen verstrengeld. 'Mijn man en ik hadden alleen Neil. Liams vader. Ik had er meer gewild, maar het mocht niet zo zijn. Het was even wennen met die vier, maar ik moet zeggen dat het hebben van die kinderen het rouwproces zeker makkelijker heeft gemaakt. Ik had er geen tijd voor. Bovendien hadden zij zoveel verdriet. Mijn arme kleine Mary-Alice Catherine... Ze klampte zich aan me vast alsof *ik* haar ook zou gaan verlaten. Ik ben pas een paar maanden geleden uit het huis getrokken dat zij en ik deelden. Dat meisje wilde me niet laten gaan, zelfs niet toen ze volwassen was, al denk ik dat het uit een misplaatst schuldgevoel was. Ik moest uiteindelijk achter haar rug de papieren voor mijn nieuwe woning tekenen om haar als het ware uit het nest te duwen, ook al was ik degene die vertrok. Het wordt tijd dat ze op eigen benen staat en haar eigen leven leidt. Ze is te jong — en ik ook — om nu al voor mij te gaan zorgen. Ik heb nog heel wat te beleven, weet je, en ik denk niet dat mijn kleinkinderen mij als een echt mens zien. Als iemand anders dan alleen hun grootmoeder.'

Ze knipoogde naar Cassidy en het kostte Cassidy alle moeite om haar mond niet te laten openvallen. Bedoelde Mrs. Manley wat Cassidy dacht dat ze bedoelde? Was er toevallig een *heer* in het spel?

Ze keek met nieuwe ogen naar de vrouw. Als vrouw, niet als iemands grootmoeder. Ze zag eruit alsof ze eind de zestig, begin de zeventig was, en ze was in topvorm. Haar geest was duidelijk nog scherp en ze was een prachtige verschijning. Waarom zou ze niet daten? Iemand vinden om haar oude dag mee door te brengen...

Dat beeld raakte Cassidy als een pijl recht in haar hart. Waarom? Waarom dacht ze hier nu aan? Het was niet alsof ze nooit over de rest van haar leven had nagedacht, maar het was nog nooit zo hard binnengekomen.

En het trieste was dat ze zichzelf alleen zag zitten in een penthouse zoals dat wat ze net had verlaten. O, natuurlijk, ze zou waarschijnlijk de miljoenen van haar vader hebben, maar hoe zat het met kinderen en kleinkinderen om haar heen? Zou een huwelijk met een van haar vaders ondergeschikten haar het gezin geven waar ze zo wanhopig naar verlangde?

Nee. Ze wist het even zeker als dat ze in de keuken van Liam Manley stond te praten met zijn grootmoeder, en het versterkte haar besluit alleen maar om niet te trouwen met de man die haar vader had uitgekozen. Voor hem was het slechts de zoveelste zakendeal, maar voor haar... was het haar kans om te krijgen wat ze wilde. Wat ze nodig had.

Een gezin.

'Cass? Gaat het wel, lieverd?'

Cassidy haalde rillend adem en plakte die vertrouwde showglimlach op haar gezicht. Ze was er niet vreemd aan om te doen alsof er niets aan de hand was, om haar tanden op elkaar te zetten en de charme in de strijd te gooien als dat nodig was, en Mrs. Manley verdiende het niet dat Cassidy al haar bagage bij haar over de schutting gooide.

'Het gaat prima. Ik stelde me gewoon voor hoe het geweest moet zijn om op te groeien met drie broers en zussen. Het moet daar een luidruchtige boel zijn geweest.' Ze pakte de mok onder het apparaat vandaan, pakte een lepel en de suikerpot en zette die voor Mrs. Manley neer. 'Melk en suiker?'

'Alleen suiker.' Ze schepte twee theelepels uit de pot. 'Het was luidruchtig. Ik was maar één jongen gewend, zie je. Die drie dreven me bijna tot waanzin. En dan deed Mary-Alice Catherine alles wat haar kleine beentjes toelieten om hen bij te houden. Er was nooit een saai — of schoon — moment.'

'Liam vertelde dat je hen hebt geleerd om schoon te maken.'

'Het was dat of verdrinken in de rommel. Ze hadden met z'n allen te veel behoeften en ik was er maar alleen. Ze moesten wel meehelpen, anders was mijn huis onbewoonbaar verklaard.' Ze lachte zachtjes en nam een slokje van haar koffie. 'Ik had alleen nooit gedacht dat ze wat ik hen geleerd heb op deze manier zouden gaan gebruiken. Ik zou Bryan weleens een badkamer willen zien schoonmaken. Dit is trouwens heerlijk. Dank je wel.'

'Graag gedaan.' Bryan. Manley. Bryan *Manley*. O, wauw. Cassidy had de link nog niet gelegd. Bryan Manley was een filmster. De lokale held van deze stad. Hij was eigenlijk een grotere beroemdheid dan haar vader — wat haar vader tot in het diepst van zijn ziel irriteerde. De enige troost in de ogen van haar vader was dat Bryan het grootste deel van zijn tijd in Hollywood doorbracht, en als hij hier was, hield hij zich gedeisd. Ze had hem op een paar liefdadigheidsevenementen gezien, maar had niet de kans gekregen hem te ontmoeten vanwege de drommen mensen om hem heen. Haar vader vond het beneden zijn waardigheid om deel uit te maken van een menigte, dus hadden ze gewacht tot Bryan naar hen toe kwam.

Dat had hij niet gedaan.

En zij, in haar pre-Franklin-tijd waarin alles om haar draaide, was beledigd geweest. Ze had besloten dat hij haar tijd of aandacht niet waard was.

Wat een stom gedachte. Hij was waarschijnlijk net zo'n aardige vent als Liam.

Hoewel Liam naar haar mening eigenlijk knapper was. Maar goed, ze was misschien een tikkeltje bevooroordeeld.

'Dus, mag ik mijn tafeltje zien?' vroeg Mrs. Manley nadat ze nog meer verhalen over de jeugd van Liam en zijn broers en zus had gedeeld en haar koffie op had. 'Ik ben zo enthousiast. Ik heb nog nooit iets op maat laten maken.'

'Nou, ik heb het alleen nog maar geschuurd en de lade gerepareerd. Ik ben nog niet begonnen met schilderen.'

'Ik zou het nog steeds graag willen zien, als je het niet erg vindt. De "ervóór"-fase van mijn meesterwerk.'

'Nou, een meesterwerk weet ik zo net nog niet —'

'Onzin.' Mrs. Manley tikte Cassidy op haar arm. 'Als je zelf niet vindt dat je meubels een artistiek meesterwerk zijn, zal niemand anders dat ook vinden. Je moet vertrouwen hebben in je werk. Zekerheid. Dat voelen mensen. Als je doet alsof ze je een plezier doen, doe je al je harde werk en tijd tekort.' Mrs. Manley wipte van haar kruk. 'Laten we mijn ruwe diamant eens gaan bekijken.'

Mrs. Manley was hier de diamant. De enige diamant die echt telde in het leven. Cassidy wilde wat Liam en zijn familie hadden.

Als zij en hij iets zouden beginnen, zou ze dat misschien kunnen krijgen.

Natuurlijk moest dat dan wel betekenen dat hij *ook* iets met haar wilde beginnen, en daar was ze niet zeker van. O, hij voelde zich tot haar aangetrokken, maar één kus maakte nog geen relatie. Ze mocht zichzelf geen hoop geven. Mocht niet dromen. Ze zou de teleurstelling niet aankunnen als het op niets uitliep.

Jammer genoeg luisterde haar hart niet naar het deel over dat het misschien wel eens op niets uit kon lopen.

'Nou, het ziet er zeker anders uit dan laatst.' Mrs. Manley gleed voorzichtig met haar vingertoppen over het tonvormige tafeltje dat eerst een vlekkerige bende van vernis en beits was geweest, maar nu bestond uit vers geschuurd blond eikenhout.

'En over een paar dagen herken je het helemaal niet meer terug.'

'Ik kan niet wachten om het resultaat te zien. De stijl zal prachtig staan bij de blauwe stoel die Mary-Alice Catherine voor me heeft gekocht.' Ze keek rond in de garage. 'Jeetje, je hebt een hoop projecten onder handen.'

'En helaas geen ruimte meer om aan de rest van de stukken te werken. Ik had eerst een opslagruimte, maar, eh, de huur liep bijna af en de prijs past niet langer in mijn budget.'

Welk budget?

'Er is nog de andere helft van de garage.' Mrs. Manley wees naar de pick-up.

'Dat is waar Liam parkeert.'

'Het is zomer. Hij kan best buiten parkeren. Je zou hier je atelier van moeten maken.'

'Ik wil me niet meer opdringen dan ik al doe.' Liam verdiende haar aanwezigheid niet in zijn leven, maar nu ze zijn grootmoeder had ontmoet, begreep ze precies waarom hij had aangeboden haar te helpen.

'Wat ben je toch een schat. Zo attent.' Mrs. Manley depte haar wang. 'Weet je, ik kan jou en mijn kleinzoon helpen. Ik weet een plek die je als atelier zou kunnen gebruiken. De eigenaar heeft iemand nodig die erin trekt, zodat de buren niet bij de gemeente gaan klagen dat het leegstaat. Je zou hem een plezier doen door daar je atelier te vestigen. Ik weet zeker dat hij dolblij zal zijn.'

'O, maar mevrouw Manl—'

'Waag het niet om me af te wijzen, jongedame. Denk je dat ik niet weet dat je me een vriendenprijsje geeft voor die tafel? Ik ben niet van gisteren.' Ze trok beide wenkbrauwen op. 'En vraag me niet wanneer ik *wel* geboren ben. Dat vertel ik je niet. Een vrouw moet een paar geheimen hebben, weet je.'

Zoals dat geheim over haar heer, als Cassidy haar goed begrepen had. Was hij de eigenaar van het pand waar ze het over had?

'Maar Mrs. Manley —'

'Ik zei geen "maar". Ik neem geen nee als antwoord. En mijn, uh, vriend ook niet.'

Vriend. Eén woord zei zoveel. Hoe kon Cassidy weigeren?

'Maar ik heb er het budget niet voor.' Zo kon ze weigeren, en het was waardeloos dat het moest. Dit zou de perfecte kans zijn om uit Liams vaarwater te gaan, zodat hij geen spijt zou krijgen van zijn hulp.

'Daar wil hij niets van horen, lieverd. Vertrouw me maar. Als je je er echt bezwaard over voelt, maak je voor hem een bijpassend tafeltje en dan staan we quitte.'

Cassidy hield zich in om niet naar de hemel te kijken, maar iemand daarboven was aan haar kant. 'Als u zeker weet dat hij het niet erg vindt...'

'Ik weet zeker van niet. Sterker nog —' Mrs. Manley rommelde in haar handtas. 'Ah. Hier is-ie.' Ze hield een glimmende sleutel omhoog. 'Hij heeft me mijn eigen sleutel van het pand gegeven. Ik vind dat we er nu meteen even moeten gaan kijken. Als je een paar kleinere stukken hebt, kunnen we die zelfs meteen meenemen en dan heb je vanavond nog je eigen atelier.'

Het aanbod was verleidelijk. En Mrs. Manley zag eruit alsof haar hart zou breken als Cassidy nee zou zeggen.

'Oké, afgesproken. Laten we gaan kijken. Ik hoop alleen dat je, eh, vriend het niet erg vindt dat ik er intrek.'

'Maak je geen zorgen, lieverd. Hij mag dan wel een koppige oude bok zijn, hij is niet achterlijk.'

Liam stapte op zijn oprit uit de werkbus en genoot een paar minuten van de geluiden van zijn vijver in de voortuin. Hij had al een tijdje niet de kans gehad om ervan te genieten; hij was altijd aan het werk en dook direct de veren in zodra hij thuiskwam — meer om de verleiding te weerstaan dan uit uitputting.

Want met Cassidy in de kamer ernaast verdween zijn vermoeidheid als sneeuw voor de zon.

Het kostte hem alles wat hij in zich had om niet op haar deur te kloppen. Die kus was dan wel begonnen als een *bedankje*, maar had zo een andere kant op kunnen gaan en hij merkte dat hij steeds nieuwsgieriger werd naar waar dat toe zou leiden.

Misschien moest hij er nog eens over nadenken of hij vanavond wel thuis wilde slapen.

Zuchtend wreef Liam over zijn onderrug. Hij was geen twintig meer en een paar nachten op een bed van een stapel afdekzeilen waren zijn limiet.

Hij tikte tegen de zijkant van de wagen en liep naar de deur van de garage. Zou ze daar weer een stapel kleren hebben achtergelaten?

En wat zou hij doen als dat zo was?

Wat hij aantrof was echter niets.

Helemaal niets.

Nou ja, niets van haar.

Liam deed nog een paar stappen naar binnen, waardoor de automatische verlichting aansprong.

Zijn truck stond er, maar er lag geen stapel kleding, en wat nog belangrijker was: haar meubels waren weg.

Betekende dat dat zij ook weg was?

Liam opende de deur van de bijkeuken. Geen kleine pootafdrukken op de vloer en geen stapel kleren vol zaagsel om over te struikelen.

Dit beviel hem niets. Was ze vertrokken? Hoe? Waarmee? Zijn truck stond hier nog —

Haar vader. Hij moest haar zijn komen halen. Misschien was de man van gedachten veranderd na het zien van het stuk in *The Herald* en was hij van plan Cassidy rond te paraderen als een prijswinnende showhond om de wereld te vertellen dat het bericht niet klopte. Het zou typisch iets voor hem zijn om zijn dochter te gebruiken voor schadebeperking.

Liam kon niet zeggen of de gedachte aan Cassidy die op die manier gebruikt werd, of het feit dat ze zonder afscheid vertrokken was, hem het hardst raakte.

Het was voorbij.

Wat is er precies voorbij?

Hij wreef in zijn nek. Er was niets. Er was helemaal niets. Eén kus veranderde daar niets aan. Ze was nog steeds Cassidy Davenport, de ultieme socialite.

Die, naar nu bleek, toevallig ook een echt mens was binnen die mooie verpakking.

Niet aan de verpakking denken, Manley. Dat schip is allang gevaren.

Behalve dan... dat het dat niet was.

Hij duwde haar slaapkamerdeur open en daar, in het maanlicht dat door de gordijnen naar binnen viel, lag Cassidy in haar bed, diep in slaap.

Waar ze hoorde.

In háár bed, Manley. Niet dat van jou. Knoop dat in je oren en maak dat je hier wegkomt. Dit is geen goed plan.

Dat was het ook niet. Dat wist hij. Maar het hield hem niet tegen.

Maar toen de pluizenbol haar slaperige kopje met een strikje ophief en haar kleine roze tongetje naar buiten kwam om over haar neus te likken, dát hield hem tegen. Hij zat niet te wachten op een herhaling van de laatste keer, toen Titania haar wakker maakte.

Eigenlijk zou hij een herhaling van de laatste keer helemaal niet erg vinden. Met een vleugje van die kus erdoorheen gemengd.

En dat was precies waarom hij daar weg moest. Wilde hij echt iets beginnen? Zeker, ze bleek anders te zijn dan hij had gedacht, maar ze was nog steeds een Davenport. Ze was tenslotte opgegroeid in die wereld. Hoe lang zou het duren voordat ze het zou missen? Voordat ze het weer terug wilde? En hij zou haar dat nooit kunnen geven, want er was geen haar op zijn hoofd dat eraan dacht de god van Mitchell Davenport te aanbidden.

Hij deed een stap achteruit.

Maar toen likte de hond over haar blote arm en slaakte Cassidy een lange, uitgerekte, dromerige 'hmmmmmm', en Liams goede voornemen smolt als sneeuw voor de zon. Hij kon zich voorstellen hoe ze zo zou kreunen terwijl hij andere delen van haar zou likken.

Wegwezen, Manley.

Hij bewoog niet.

Nú.

Hij zou moeten gaan, maar hij deed het niet, want haar vingers krulden zich in de vacht van de hond en hij voelde die aanraking alsof ze het bij hém deed.

God, hij wilde haar.

Hij had Rachel ook gewild en dat was ook niet goed afgelopen. Was hij gek geworden? Hij moest wegwezen. Nu.

Cassidy nestelde zich in haar kussen en schoof haar been naar de rand van het bed, waarbij haar tenen tevoorschijn kwamen. De blauwe tenen. Hij kon de kleur niet zien in het maanlicht, maar hij herinnerde het zich nog goed. Hij wist niet waarom hij zo geobsedeerd was door blauwe nagellak, maar bij Cassidy leek het iets te betekenen. Een statement. Alsof ze ze getatoeëerd had als een daad van verzet tegen het imago dat haar vader de wereld wilde voorschotelen.

Hij glimlachte. Het was een kleine daad van verzet, maar hij vermoedde dat ze door de jaren heen niet veel kansen had gekregen om dat te doen. Of als ze die wel had gehad, dat ze nooit moedig genoeg was geweest om ze te grijpen.

Misschien kon hij een kans met haar wagen. Misschien, heel misschien, was ze niet zoals Rachel.

Hij weerstond de neiging om haar tenen onder het laken te stoppen, want op het moment dat hij haar aanraakte, zou hij zichzelf niet meer in de hand hebben. Cassidy was prachtig, maar het was niet alleen haar uiterlijk dat hem in zijn greep hield. En het waren juist die andere dingen die hem zorgen baarden.

Ze was niet wie hij had gedacht dat ze was.

Ze was beter.

En daar had hij geen verweer tegen.

'*Woef.*'

Liam stak zijn hand op, alsof het hondje slim genoeg was om hem te begrijpen. Natuurlijk was ze dat niet, dus ze wurmde zich uit Cassidy's greep, sprong van het bed en liep recht op hem af, terwijl dat kleine staartje razendsnel heen en weer ging.

Hij ving haar op toen ze in zijn armen sprong.

Net zoals haar baasje had gedaan...

Wat zou er gebeurd zijn als hij de kus niet had afgebroken? Die mogelijkheden spookten sindsdien door zijn hoofd.

'Titania?'

Die mogelijkheden werden werkelijkheid door Cassidy's verwarde haar en haar door slaap omfloerste stem. En het perzikkleurige nachtponnetje dat van één schouder afgleed.

Wegwezen! Wegwezen! Wegwezen!

'Liam? Is alles wel goed? Wat doe je met Titania?'

'Ze hoorde me vast thuiskomen en kwam een kijkje nemen.'

Leugenaar!

'Ik bracht haar net terug.'

Je gaat rechtstreeks naar de hel, vriend. Rechtstreeks naar de hel.

Hij was er al.

'Oh. Nou, dank je wel.' Ze klopte op haar matras. 'Kom hier, jij kleine heiden.'

Ze heeft het niet tegen jou, Manley.

Ja, dat begreep hij ook wel.

Titania spartelde in Liams armen en hij twijfelde of hij haar naar Cassidy zou brengen of haar neer zou zetten zodat ze zelf terug kon gaan.

'Zou je haar op het bed kunnen zetten? Ze springt niet graag zo hoog.'

Natuurlijk niet. Waarom ook wel? Waarom zou het universum de boel *niet* zo opzetten...

Niet het universum. Dit heb je helemaal zelf laten gebeuren. Het geeft me de indruk dat je het ook wilde.

Ja, dat wilde hij.

Zo. Hij was tenminste eerlijk tegen zichzelf. Hij had zichzelf al vervloekt vanaf het moment dat hij die kus had afgebroken.

'Liam?'

'Sorry. Alsjeblieft.' Hij zette Titania op de rand van het bed. Hij mocht dan wel naar haar verlangen, maar uiteindelijk kon het nooit een goed idee zijn. Er zou een punt komen waarop het nieuwe van het voor zichzelf werken eraf zou zijn, en dan zou ze die makkelijke weg terug naar het jetsetleven grijpen. Hij wist niet of hij emotioneel in haar kon investeren om uiteindelijk toch weer met lege handen te staan. Alweer.

'Bedankt.' Cassidy streek het haar uit haar voorhoofd. 'En Liam?'

'Hm?' God, ze was beeldschoon met het maanlicht dat op haar huid viel en haar ogen deed fonkelen, haar lippen vol van de slaap.

'Dat gedoe over eigen kanten?'

Hij wilde die lippen proeven. 'Mm-hm?'

'Je overtreedt de regels.' Ze knikte naar haar deur. 'Dit is mijn kant.'

'O. Juist. Maar je hond —'

'Je hoorde me binnenkomen. Dat snap ik. Maar ze weet ook heel goed waar ze slaapt. Ze zou vanzelf wel teruggekomen zijn.' Cassidy ging rechtop zitten en ving het laken *niet* op toen het van haar borst naar haar schoot gleed. 'Je hoefde haar niet binnen te brengen. Dus waarom deed je het wel?'

Mijn hemel. Ze was prachtig en sexy en hij kreeg het al spaansbenauwd als hij dacht aan—

Maak dat je wegkomt, NU, Manley!

Ja, *dat* begreep hij.

Hij draaide zich om. 'Neem me niet kwalijk dat ik zo attent was om je hond terug te brengen. Zal niet weer gebeuren. Welterusten.'

Hij smeet de deur net niet dicht, maar hij trok hem wel met een flinke ruk achter zich dicht.

Toen leunde hij ertegenaan en haalde een half dozijn keer diep adem. Jezus. Dat scheelde maar een haartje. Even was hij zo in de verleiding gekomen om naar haar toe te gaan, een hand in haar nek te leggen en haar naar zich toe te trekken, haar zo te kussen dat ze nooit meer van die zinloze vragen zou stellen. Ze wisten allebei donders goed waarom hij die hond was komen terugbrengen, en wat was in hemelsnaam haar bedoeling om hem daar zo mee uit te dagen? Ze moest wel weten dat hij haar wilde.

Dus wat ging hij eraan doen?

Hij wist donders goed wat hij eraan wilde doen. Hij moest alleen nog beslissen hoeveel hij bereid was te riskeren.

Hoofdstuk 22

'Cassidy, over gisteravond.' Liam liep de volgende ochtend de keuken in, terwijl hij zijn haar droogwreef met een handdoek.

Godzijdank had hij na het douchen kleren aangetrokken in plaats van alleen een handdoek. Niet dat die hielpen om zijn effect op haar te verminderen, maar tenminste hoefde ze niet naar dat wasbordje te kijken.

Maar ze kon het zich wel voorstellen. Zoals ze de rest van de nacht had gedaan.

'Dank je voor het terugbrengen van Titania.' Cassidy wilde het niet over gisteravond hebben. Hij had Titania niet 'teruggebracht'; de hond was van het bed gesprongen omdat hij in haar kamer was geweest. De vraag was: *waarom*?

En waarom had hij zich afgewend? Alweer.

'Graag gedaan, maar ik heb onze regel gebroken. Het punt is dat ik thuiskwam en je meubels weg waren en ik niet wist of jij er ook nog was, dus ik keek even binnen. Titania zag me en sprong van het bed, en tja, zo is het gegaan.'

'Oh.' Het was dus geen brandend verlangen naar haar geweest dat hem naar haar kamer had gebracht? Poeh, wat had *zij* de signalen verkeerd begrepen.

Het hielp haar in elk geval om de knoop door te hakken. Ze kon het idee van wat voor relatie dan ook met Liam van de baan schuiven. Hij mocht haar dan misschien wel willen, maar niet genoeg om er iets mee te doen. En als er één ding was dat ze over zichzelf wist, één ding waar ze zeker van was, dan was het dat ze nooit zou smeken om iemands affectie.

Ze gaf een tikje tegen Titania's voerbak, in de hoop dat het hondje zou ophouden met om Liam heen te drentelen en haar ontbijt zou opeten, zodat ze hier liever vroeger dan later weg konden.

Natuurlijk deed Titania dat niet. De hond voelde zich op een manier tot Liam aangetrokken zoals ze dat bij geen van de mannen met wie Cassidy had gedatet, had gedaan. En Pa had ze simpelweg niet gemogen.

Liam gaf Titania een snelle krab achter de oren en begon toen zijn ontbijt te maken. 'Dus, waar zijn alle meubels?'

Cassidy at haar laatste stukje toast op. 'Weg.'

Liam stak zijn hoofd om de koelkastdeur heen. 'Weg waarheen?'

Ze pakte haar bord en sapglas op en liep naar de gootsteen. 'Ik heb, ehm, een plek gevonden en ze daarheen verhuisd.'

'Heb je *alles* verhuisd? In je eentje? Hoe dan?'

'Met die draagbare laadklep in je garage en het steekwagentje. Ik heb online gekeken hoe het werkte en ik heb op school opgelet toen we leerden over steunpunten en hefbomen. Het was niet moeilijk.'

'Maar hoe zit het met de huur? Hoe kun je dat betalen?'

Ze trok een gezicht. Dit was het deel waar ze liever niet op inging, want ze had geen idee hoe hij erover dacht dat zijn grootmoeder aan het daten was. Ze kon het hem ook niet zomaar vragen als hij geen flauw vermoeden had dat Mrs. Manley dat deed. En het was niet aan haar om uit de school te klappen. Dus maakte ze het verhaal iets mooier dan het was. 'Ik doe aan ruilhandel voor de ruimte.'

Hij trok zijn wenkbrauw op. 'Ruilhandel?'

'Jij bracht me op het idee. Die ruimte heeft wat werk nodig, dus ik dacht: waarom niet? De eigenaar vindt het prima.' Mrs. Manley had gezegd dat het goed was, dat de eigenaar geen gratis decoratiediensten zou afslaan als hij niet eens op huur rekende.

'En wanneer ben je van plan dat allemaal te doen, Cassidy? Je hebt al zoveel aan je hoofd.'

'Door de extra ruimte kan ik efficiënter en aan meerdere stukken tegelijk werken. Het is makkelijker om door te schuren als ik alle onderdelen uitgestald en voorbereid heb staan. Dan kan ik ze schilderen en afwerken als een lopende band. Op die manier ben ik efficiënter, productiever en heb ik sneller meer producten om te verkopen dan wanneer ik tussen elke fase bij elk afzonderlijk meubelstuk moet opruimen. Schaalvoordeel. Wat betekent dat ik, hopelijk, veel kan verkopen en je snel kan terugbetalen.' Ze pakte Titania's halfleeggegeten bakje op en gooide de inhoud in de prullenbak, waarna ze het bakje in de gootsteen afwaste. 'En natuurlijk blijf ik dit huis nog steeds schoonmaken en aan het kantoor werken. Dat zou me niet veel tijd moeten kosten. En dan ben je van me af en kun je je eigen leven weer oppakken.'

Hij wilde helemaal niet van haar af. Hij wilde haar handen in zijn haar voelen terwijl ze hem vasthield terwijl hij bij haar naar binnen—

Cassidy wilde uit zijn leven verdwijnen. En nu was hij er eindelijk klaar voor om haar het voordeel van de twijfel te geven en misschien, heel misschien, te kijken of het ergens toe kon leiden, en zij was juist op zoek naar een manier om verder te gaan.

Dat had hij niet aan zien komen.

Hij zou er dankbaar voor moeten zijn. Het bespaarde hem het liefdesverdriet van erachter komen wanneer hij er al emotioneel in zat.

Te laat.

Houd je mond.

'Dan zul je mijn truck vaker nodig hebben. Maar goed dat ik de bus van Mac heb.'

'Oh. Daar had ik niet aan gedacht. Ik denk dat we het bij mijn schuld kunnen optellen?' Ze bond haar haar in een paardenstaart en draaide het elastiekje eromheen, waarbij ze wat haar lostrok dat aan haar oorbel was blijven haken. 'Of ik kan deze gewoon verpanden. Er zijn online geen biedingen binnengekomen en op dit punt heb ik liever gewoon het geld.'

Ze probeerde echt bij hem weg te komen.

Hij zou haar moeten laten gaan. Ze kon aannemen wat Vito haar gaf en voor zichzelf beginnen, zodat zijn leven weer normaal kon worden.

Normaal was goed. Het was geen emotionele achtbaan en het was niet dit nachtenlange hunkeren.

'Oké, laten we het doen. We gaan naar Vito.'

Helaas had Vito een nare verrassing voor hen.

Hoofdstuk 23

'Deze zijn niet echt, suikerpopje,' zei Vito terwijl hij zijn loep weghaalde. 'Iemand heeft je een loer gedraaid. Ze zijn niet waard wat je vraagt. Ik geef je er twee voor en geen cent meer.'

'Tweeduizend?' Ze had op minstens vijf gehoopt.

Vito snoof en liet de steentjes in zijn handpalm rollen als een paar dobbelstenen. 'Nee, m'n liefje. Twee*honderd*. Dit is zirkonia en voor mij is het zelfs dat nauwelijks waard, maar je ziet eruit alsof je wel een steuntje in de rug kunt gebruiken.'

Cassidy staarde naar de steentjes. Tweehonderd dollar? Zirkonia? Dit waren *niet* de oorbellen die pa had gekocht. Of als ze dat wel waren, had hij op de kleintjes willen letten bij de *Scharrel van de Dag* voor wie ze eigenlijk bedoeld waren.

Het zou grappig zijn geweest als hij ze niet aan *haar* had gegeven. Wat moet hij haar hebben uitgelachen omdat ze zo blij was met een paar waardeloze stukjes glas.

Ze wist niet of ze verbijsterd of verdrietig moest zijn. Beledigd, dat sowieso. Wie *was* haar vader eigenlijk? Ze dacht dat ze hem kende. Dacht dat hij alleen een klootzak was tegen de buitenwereld en dat de controle over haar leven voor haar eigen bestwil was geweest toen ze jonger was, en daarna voor zijn imago toen ze ouder werd. Maar wat had het voor zin om haar oorbellen met nepdiamanten te geven? Het enige wat ze had hoeven doen was ze naar een taxateur brengen en hij zou door de mand zijn gevallen.

Maar dat had ze niet gedaan. Waarom zou ze? Ze had geen enkele reden gehad om aan te nemen dat ze niet echt zouden zijn.

Het was maar goed dat Vito niet wist wie ze was, anders zou de naam van haar lieve vader morgen op de voorpagina besmeurd worden.

Ze zou het eigenlijk moeten doen. Zijn spelletje meespelen en het verhaal lekken. Maar zo zat ze niet in elkaar, en dan zou hij weten dat hij haar geraakt had. Bovendien zou het te veel tijd en energie kosten, dingen die ze nu allebei nodig had om haar eigen toekomst op haar eigen kracht op te bouwen.

Nadat ze nog één keer gebruikmaakte van Liams vrijgevigheid.

'Nou?' Vito tikte met de oorbellen tegen de glazen toonbank. 'Wat denk je ervan? Ik kan ze vast wel slijten aan een tiener voor het eindexamenbal, maar verder is er niet veel vraag naar. Wie het zich kan veroorloven om diamanten van dit formaat te kopen, koopt ze niet hier, en de kids die dat wel doen gaan er geen bakken met geld voor neerleggen. Ik kan ze voor ongeveer tweehonderdvijftig verkopen als ik geluk heb. Tweehonderd is mijn uiterste prijs. Sorry dat het niet meer is, schatje, maar een man moet ook winst maken. Je kunt het misschien beter opnemen met je suikeroompje.'

Ze was zo overstuur dat ze niet de moeite nam om hem te corrigeren over dat suikeroompje. Wat had het voor zin?

'Ik houd ze wel. Met tweehonderd dollar kom ik niet ver en ik heb het gevoel dat ik verder kom als ik deze bewaar. Toch bedankt.' Ze stak de oorbellen in haar zak, knikte naar Liam en beende de winkel uit, terwijl ze de flarden van haar waardigheid probeerde bijeen te rapen. God, ze moest de advertentie online weghalen voordat er echt iemand op ging bieden. Nog een punt voor haar to-do-lijstje.

Liam hield zich goddank stil tot bij zijn truck. En ook toen ze instapten. En ook toen hij de motor startte en het parkeervak uitreed, totdat ze het niet meer uithield.

'Vooruit, zeg het maar gewoon.'

Liam keek haar even aan, maar ze kon zijn blik niet beantwoorden.

'Wat moet ik zeggen?'

'Dat leedvermaak. Dat ik-zei-het-je-toch.'

Hij stuurde de truck snel een parkeerplaats op en zette de motor af.

Daarna draaide hij zich naar haar toe, met zijn rechterknie op de zitting en zijn hand op de hoek van haar stoel. 'Cassidy.'

Ze zuchtte diep en probeerde wanhopig niet te huilen. Ze haatte huilen, en ze haatte het al helemaal om te huilen waar iemand bij was. Huilen was een teken van zwakte. Een teken dat ze het niet alleen afkon. Die les had ze al vroeg geleerd op de kostschool en ze was vastbesloten geweest om nooit meer iemand haar tranen te laten zien. Ze was niet van plan daar bij Liam mee te beginnen. 'Wat is er?'

'Kijk me aan.'

Dat wilde ze eigenlijk echt niet.

Maar ze deed het toch. 'Tevreden?'

'Schatje, ik ga niet triomferen. Het spijt me dat je vader zo'n lul is dat hij tegen je gelogen heeft en je rotzooi als sieraad heeft gegeven.'

Ze deed niet eens een poging om Mitchell te verdedigen. *Lul* dekte de lading wel zo'n beetje.

'Ik ga niet zeggen dat je niet overstuur mag zijn of het je niet persoonlijk moet aantrekken, want ja, het was een rotstreek. Maar het feit is: het is gebeurd. Je bent niet armer dan je een half uur geleden was, maar je hebt je werk, een dak boven je hoofd en eten op tafel. En mijn aanbod blijft staan zolang je het nodig hebt.'

Verdomme. *Hij* zou haar nog aan het huilen maken.

'Waarom ben je zo aardig voor me, Liam?'

Ze kaatste de bal terug naar zijn kant omdat ze tijd nodig had om haar zelf-beheersing te herpakken. Ze had *gehoopt* op verwijten, zodat ze al haar woede en vernedering over haar vader op iemand kon afreageren, en Liam was toevallig in de buurt.

Veel te dichtbij.

Liam wreef over zijn kin. 'Het is geen moeite, Cassidy. Ik heb de ruimte, ik heb de hulp nodig en jij hebt het talent. Het werkt voor ons allebei en eerlijk gezegd kan ik er niet tegen als mensen misbruik maken van anderen. Je vader heeft echt de grond onder je voeten weggeslagen en dat is gewoon zwaar klote. Dus als ik een handje kan helpen, doe ik dat graag.'

En daar ging een traan.

Cassidy probeerde hem terug te snuiven en draaide haar hoofd weg zodat hij hem niet over haar rechterwang zou zien rollen. Ze moest het stoppen voordat links hetzelfde gebeurde. 'Ik zal zo hard werken dat je me nooit zult zien, zodat ik die stukken klaar heb voor de verkoop en ik uit je leven kan verdwijnen. Je bent meer dan vrijgevig geweest.'

Hij raakte haar schouder aan.

Meen je dat nou? Ze was niet sterk genoeg voor al deze vriendelijkheid terwijl haar emoties alle kanten op vlogen.

Kus hem nou gewoon niet nog een keer.

Juist. Dat zou ze laten.

'Het komt wel goed, Cassidy. Blijf zolang als nodig is. Haast je niet met je schilderwerk; je wilt je beste werk afleveren. Onthoud wat je me vertelde: het draait allemaal om je merk. Maak je Cass Marie-meubels zo mooi als je kunt.'

'C. Marie.'

'Wat?'

'C. Marie. Dat is de naam van mijn merk. Zodra ik er Cassidy op plak—' ze zou nooit Cass gebruiken '—weet de hele wereld dat ik Cassidy Davenport ben. Ik ga niet meeliften op de naam van mijn vader, voor geen goud. Hij zal denken dat ik het niet doe omdat hij het me verboden heeft, maar het is eigenlijk omdat ik dit op eigen kracht wil doen. En die kracht heb ik. Die eerste verkoop—verdomme, het aanbod om ze in de galerie te zetten—was het bewijs. Hij krijgt me niet van mijn droom af.'

Liam kneep zachtjes in haar schouder. 'Dat is de juiste instelling. Je kunt dit.'

Ze zette haar breedste glimlach op en keek hem aan, haar tranen volledig onder controle. 'Zonder jou zou het me niet lukken. En ik ben je daar dankbaarder voor dan je ooit zult weten.'

Hij zat niet op haar dankbaarheid te wachten. Hij zat niet op de tranen te wachten die ze nog net wist te bedwingen, en hij zat er al helemaal niet op te wachten dat ze hem zo aankeek.

Handen weg, Manley.

O. Juist.

Hij draaide zich weer om en hield al zijn ledematen stevig aan zijn kant van de bestelwagen. 'Dus, wil je dat ik je bij je nieuwe plek afzet of breng ik je terug naar die van mij?'

'Die van jou. Dat is dichterbij en ik moet de truck ophalen, anders moet je vanavond laat weer voor mij op pad, en ik weet niet hoe laat ik klaar ben. Ik was al gemotiveerd, maar nu heb ik nog een reden extra. Bovendien moet ik Titania ophalen. Ik houd haar bij me, dan hoef je je over haar geen zorgen te maken als je vanavond thuiskomt.'

Twee dingen raakten hem tegelijk terwijl hij de wagen startte. Ten eerste noemde ze zijn huis *thuis*, en ten tweede zou hij dat kleine mormel gaan missen als ze voorgoed weg was.

Wanneer ze weg was. Cassidy *zou* uit zijn leven verdwijnen zodra ze haar eerste fatsoenlijke verkoop deed, en dat was de realiteit die hij onder ogen moest zien. Juist daarom moest hij niets met haar beginnen. Hij had niet nog een gebroken hart nodig.

Hoofdstuk 24

Toen Cassidy zei dat ze zo hard zou gaan werken dat hij haar nooit meer zou zien, had Liam niet gedacht dat ze dat letterlijk bedoelde, maar dat bleek wel het geval. De enige manier waarop hij wist dat ze zich daadwerkelijk aan haar deel van de schoonmaakafspraak hield, was dat hij met opzet dingen rommelig maakte, zodat ze iets te poetsen had. Maar zij was al op en het huis uit voordat hij dat was, en kwam pas thuis nadat hij naar bed was gegaan. Hij vermoedde dat ze overdag even langskwam om op te ruimen en de automatische timer op de oven in te stellen, zodat zijn avondeten warm zou zijn als hij thuiskwam.

Hij had haar gisteravond laat horen binnenkomen, maar was niet opgestaan. Het had geen zin om het noodlot te tarten. Hij moest afstand bewaren.

Dat was gemakkelijker gezegd dan gedaan.

En, irritant genoeg, had hij haar gemist. En dat kleine hondje van haar ook.

Zijn mobieltje ging over en hij nam op terwijl hij de deur van het busje dichttrok en de motor startte. 'Hé, Jared. Wat is er?'

Jared, een oude vriend en professioneel honkbalspeler, logeerde in het huis van zijn grootmoeder — de beste vriendin van Liams oma, Mildred — om te herstellen van een auto-ongeluk. 'Hé, Lee. Ik heb kaartjes voor de wedstrijd vanavond. suiteplaatsen. Heb je zin?'

Perfect. Dat zou voorkomen dat hij naar de muren zat te staren. 'Tof. Ja, reken maar op mij.'

'En je broers?'

'Ik bel ze even en laat het je weten.'

Het zou goed zijn om met de mannen op stap te gaan. Over sport praten, hotdogs eten, bier drinken. Een mannenavond zonder ook maar één gedachte aan iets wat maar in de verste verte vrouwelijk was.

Tja, dat zat er dus niet in. Er was geen ontsnappen aan Cassidy Davenport. Haar vader adverteerde volop in het stadion en haar prachtige gezicht stond op reclameborden door het hele verdomde gebouw.

Bryan gaf hem een por. 'Is zij dat? Ze komt me bekend voor.'

'Afgezien van het feit dat haar foto overal hangt, weet ik zeker dat je op dezelfde feestjes bent geweest.' Liam kon het sarcasme niet onderdrukken. Rachel had hem de kop gek gevraagd om kaartjes te regelen voor dezelfde evenementen waar zijn broer zou zijn. Hij was niet jaloers op Bryan, maar hij had er een groot probleem mee dat zijn vriendin een meeloper was, dus had hij haar verteld dat er geen kaartjes beschikbaar waren, ook al had Bryan er zoveel voor hem kunnen krijgen als hij wilde.

Bryan rolde met zijn ogen. 'Ik heb het je gezegd, Lee, ik moét naar dat soort dingen. Goed voor het imago en voor de PR. En voor de financiering ook. Die rijke gasten zijn altijd op zoek naar investeringen en ze vinden het een mooi idee om deel uit te maken van een film. Snap je wat ik bedoel, Jared?'

Jared draaide zich om in zijn rolstoel. 'Ja, en de catering en de luxe drankjes zijn ook niet mis.'

'Hé, ben jij Bryan Manley niet?' Een jongen kwam naast hen aanrennen, terwijl hij een giechelend tienermeisje met zich mee trok.

Liam gaf Bry een zetje. 'Zo te zien moet je aan de bak, broertje.'

'Noem me niet zo,' mompelde Bryan terwijl hij zijn dienblad met eten overhandigde voordat hij bleef staan om met de jongen te praten. 'Ja, dat ben ik. Wil je een handtekening?'

'Ja. Op de arm van mijn zus. Ze zegt dat ze hem nooit meer zal wassen als je het doet en ik wil die ruzie met mam wel eens zien.'

Liam gaf Brys dienblad aan Jared. 'Hier, maak jezelf nuttig. Die nepblessure zorgt er niet voor dat je onder het werk uitkomt.' Hij begon de stoel te duwen.

'Nep? Als ik uit dit verdomde onding kon komen, zou ik je wel eens laten zien wat nep is.' Jared schikte de drie dienbladen op zijn schoot en probeerde de biertjes rechtop te houden. 'En geloof me, ik werk hard tegenwoordig. Je zus...' Hij schudde zijn hoofd.

Liam glimlachte. Jared en Mac lagen elkaar al sinds mensenheugenis in de haren. 'Vertel me niet dat ze je aan het werk heeft gezet.'

Jared maakte een gebaar naar de stoel. 'Dat probeert ze wel, dat mens. Sorry, Lee, maar ze is een blok aan mijn been, ook al is ze je zus.'

'Hé, dat hoef je mij niet te vertellen.' Misschien kon hij Jared eens polsen om wat speurwerk te doen naar hoe Mac het spel had gewonnen. Mac maakte immers het huis van Jareds grootmoeder schoon, de plek waar Jared aan het revalideren was.

Liam kon een grinnik niet onderdrukken. Hij zou er wat voor over hebben om dat mee te maken. Het huis lag waarschijnlijk in puin door al het stucwerk dat van de muren viel tijdens hun verbale steekspelletjes. Hij wist niet wat het was, maar Jared en Mac werkten elkaar vanaf de eerste dag op de zenuwen.

Bryan haalde hen in. 'Bedankt dat jullie me in de steek lieten, jongens.'

'Ach, kom op. Je vindt het heerlijk. Is dat niet waarom je het vak in bent gegaan? Zodat je alle vrouwen kon krijgen?' Liam gaf hem een por met zijn elleboog.

Bryan schudde zijn hoofd. 'Dat is gewoon fout. Dat kind was vijftien.'

'Een hele tijd om nooit een arm te wassen.'

'Ik heb haar T-shirt gesigneerd — degene die ze net gekocht had, niet degene die ze aanhad. Voor wat voor smeerlap zie je me aan?'

Jared haalde zijn schouders op. 'Gewoon je gemiddelde, alledaagse smeerlap, denk ik. Wat is het verschil?'

Bryan gaf een tik tegen de achterkant van Jareds honkbalpet, zodat die over zijn gezicht viel. 'Pas maar op, jij. Als ik je naam net iets luider roep, hebben we ook zo een zwerm mensen om jou heen staan.'

Jareds hoofd draaide zo snel dat de pet naar de andere kant schoof. 'Dat waag je niet, Bry. Die nachtmerrie kan ik niet gebruiken.'

Bryan hield zijn handen omhoog en deed een stap achteruit. 'Ik trek me al terug, Jare. Je hoeft niet meteen door het lint te gaan.'

Jared zette zijn pet recht. 'Jij draait tegenwoordig helemaal om publiciteit en dat begrijp ik, maar ik? Ik draai helemaal om herstel sinds het ongeluk. Ik heb geen camera's en microfoons voor mijn neus nodig die vragen hoe het gaat of wanneer ik weer terug ben. Als ík het wist, zouden zíj het wel weten, snap je? Ik ben die inbreuk op mijn privacy zo zat. Denken ze dat ik het *leuk* vind om opnieuw te moeten leren lopen? Dat ik *graag* in een rolstoel in een stadion verschijn? Of dat ik wil horen wat mijn ex-vriendin, die me dit heeft aangedaan, tegenwoordig uitspookt? Waarom is dat in vredesnaam nieuws? Kunnen ze een man niet gewoon in vrede zijn werk laten doen?'

Bryan keek naar Liam. Liam zei niets. Hij zat niet in die publiciteitsmolen zoals zij, en als hij hun gebrek aan privacy zag, wilde hij dat ook niet.

Cassidy was net zo'n magneet voor de media als die twee. Alweer een reden om uit de buurt van die vrouw te blijven.

Niet dat dat lukte, want ze staarde hem aan vanaf alweer een *andere* poster terwijl ze naar hun plaatsen liepen. Jezus, had haar vader zijn hele advertentie-budget in het stadion opgesoupeerd? Serieus, hoeveel mannen die hier voor een wedstrijd kwamen, waren op zoek naar luxe appartementen?

Toen zat hij eindelijk op zijn plek en staarde ze hem *alweer* aan. Dit keer vanaf een gigantisch reclamebord naast het scorebord, tot in de puntjes opge-tuigd in een glitterend huidkleurig (godallemachtig, waarom?) pakje. Zelfs als hij *probeerde* bij haar vandaan te komen, lukte het niet.

'Verdomme, dat is een prachtige vrouw.' Jared kwam lang genoeg uit zijn slechte humeur om haar te bewonderen.

Tja, Cassidy kon dat effect hebben op een man.

En verdomme, Liam werd er strontziek van dat Jared het was opgevallen. Jared was niet bepaald de meest monogame man — niet dat hij een harem had, maar hij had altijd wel een nieuwe vrouw. De voordelen van het vak, vermoedde Liam, maar Cassidy zou niet het volgende streepje op Jareds bedstijl worden.

En ook niet op de jouwe, charmeur.

'Blijf uit haar buurt, Jare,' zei Bryan, terwijl hij Jared hielp om uit de rolstoel op een stoel te gaan zitten. 'Zo'n vrouw... ik weet niet of je genoeg op de bank hebt staan om haar tevreden te houden. En als je dat wel hebt, is ze er alleen maar op uit. Geen trouwmateriaal.'

'Wie zegt dat ik van plan ben om te trouwen?' Jared legde zijn been op een andere stoel. 'Maar ze zou wel eens de perfecte stimulans kunnen zijn om weer op de been te komen.'

'Op je benen is niet de plek waar jij van plan bent met haar te eindigen.' Bryan pakte een beker. 'Lee? Hier is je bier. Je ziet eruit alsof je het wel kunt gebruiken. Ik wed dat ze een blok aan je been is om voor te werken, hè?'

Liam nam het bier aan en liet hen in die waan. Hij was niet van plan hen te vertellen dat ze uit haar huis gezet was en hij peinsde er niet over om te laten merken dat ze bij hem inwoonde. En hij zou zeker die kleine kus niet ter sprake brengen.

En de enorme gevolgen daarvan.

'Ik heb medelijden met de kerel die bij haar eindigt.' Bry gaf Jared zijn bier. 'We hebben geleerd om ver uit de buurt te blijven van papakindjes. Toch, Lee?'

Liam dronk de helft van het bier in één teug leeg. Waarom kon Bry het nou niet laten rusten? Hij had echt geen zin in deze discussie, dus liet hij zijn bier voor zich spreken.

'Zie je wat een ellende het is?' vroeg Bry. 'Hij moet er wel een paar achteroverslaan nadat hij de hele dag haar poezelige rotzooi heeft moeten schoonmaken. Ik wed dat alles roze is en vol kant zit, heb ik gelijk?'

Liam veegde zijn mond af met zijn arm. Meestal deed hij vrolijk mee met de mannen, deed hij stoere mannendingen en gedroeg hij zich af en toe bijna als een eikel. Vanavond even niet. Hij wilde niet over Cassidy praten en hij wilde niet over Rachel praten. 'Hoe zit het met de plek waar jij aan het werk bent, Bry? Hoe gaat het daar?'

'Hoe? Nou, laten we beginnen met: Beth is een weduwe. En een moeder. Van vijf kinderen.' Hij zei het alsof het een mantra was.

'*Vijf*?' Jared verslikte zich in zijn bier. 'Wie heeft er tegenwoordig nog vijf kinderen? Wie záu er nou vijf kinderen willen?'

'Hou je niet van kinderen?' vroeg Bryan hem.

Jared haalde zijn schouders op. 'Ik vind kinderen best aardig, denk ik. Maar vijf? Dat is een beetje veel van het goede.'

'Het is een compleet basketbalteam.'

Jared pakte een hotdog en smeerde er een flinke laag ketchup op. 'Het zijn er niet genoeg voor een honkbalteam, dus wat is het nut?'

'Wacht even. Wil jij er *negen*?'

'Nee. Ik zeg alleen maar: als je er toch al vijf hebt, wat maken die andere vier dan nog uit?' Hij werkte de helft van de hotdog naar binnen.

'Nou, een heleboel extra monden om te voeden. Luiers om te kopen. Studiekosten om te betalen. Failliet gaan bij de kraampjes in het stadion. Ik kan me niet voorstellen dat ik er zelfs maar één zou hebben.'

Jared grijnsde en at de rest van de hotdog op. 'Ja, maar als je er eenmaal meer dan twee hebt, zijn het toch maar gewoon getallen.'

Liam keek met andere ogen naar Bryan. Bryan zei dat hij nooit zou trouwen omdat het onmogelijk was om iemand te vinden die met zijn levensstijl kon omgaan. Blijkbaar betekende dat dat hij ook nooit kinderen zou krijgen. Liam had niet het idee dat hun jeugd *zo* erg was geweest, dus hij was verbaasd te horen dat zijn broer niet wilde herhalen wat zij hadden gehad. Niet het gedeelte waar hun ouders omkwamen bij een auto-ongeluk, maar de vier van hen waren hecht geweest. En er was heel veel van hen gehouden door oma. Hij wilde absoluut ooit een gezin. Het was jammer dat Bryan dat niet wilde.

'Maar een weduwe, hè?' vroeg Jared, terwijl hij zijn volgende hotdog pakte. Liam had zich al afgevraagd hoe lang het zou duren voordat hij dat feit zou oppikken. 'Hoe lang is ze al alleen?'

'Serieus?' Bryans wenkbrauwen raakten bijna zijn haarlijn. 'Heb je me niet gehoord? Ik zei *vijf* kinderen. Moet ik nog meer zeggen?'

Zolang hij het maar niet over Cassidy had, vond Liam het prima om de discussie te beëindigen voordat hij zelf iets zou zeggen. 'Dus wat is de prognose, Jared? Wanneer sta je weer op het veld?'

Jared zoog op de binnenkant van zijn wang en trok een gezicht. 'Zware schade. Ik moet deze verdomde brace nog een hele tijd dragen en een hoop revalideren. De dokter zegt negen maanden. Ik ben van plan het sneller te doen.'

Bryan viel in en zei dat hij naar de dokter moest luisteren, wat overging in een verhaal over een blessure die hij had opgelopen tijdens een stunt in Sri Lanka en het gebrek aan medische zorg daar, en al snel was Cassidy vergeten.

Nou ja, door iedereen behalve Liam.

Liam bleef Bryan en zijn 'vijf kinderen' in zijn hoofd horen en hij vroeg zich af of Cassidy kinderen wilde. Ze zou ze wel moeten hebben om de Davenport-dynastie in stand te houden — hij zag haar vader al voor zich terwijl hij zijn schoonzoon betaalde voor elke mannelijke erfgenaam. Het maken van die erfgenaam zou geen straf zijn voor de gelukkige klootzak die met Cassidy mocht trouwen.

Hij vroeg zich af hoe het zou zijn om die man te zijn.

Hoofdstuk 25

Cassidy bevond zich in zijn slaapkamer. In zijn kledingkast, om precies te zijn. Op handen en voeten, als men technisch wilde worden, met haar achterwerk gehuld in een stretchy nylon short die over de rondingen van haar billen omhoog kroop en wiebelde terwijl ze achteruit naar buiten kwam.

Liam schudde zijn hoofd en sloeg zijn ogen ten hemel. Serieus? Hij was een goed mens. Aardig tegen oude dametjes en kleine kinderen. Hij hielp prinsessen in nood. Liet af en toe een schoothondje uit. Waarom werd hij aan deze marteling onderworpen? Wat deed ze in godsnaam in zijn slaapkamer, in zijn kast? Eerlijk gezegd zou hij het stof erbij op de koop toe nemen als dat betekende dat ze hier weg zou gaan.

'Kom op, Titania! Je kunt hier niet blijven. God mag weten waar je hier allemaal in verstrikt raakt.' Cassidy schuifelde op haar knieën achteruit en sleepte de kleine dweil aan haar heupen mee, terwijl het beestje zich vastbeet in... een van zijn laarzen. Dus daar was dat ding gebleven.

De hond probeerde haar poten vrij te trekken terwijl ze haar roze nagels — ja, Cassidy had ze roze gelakt — in het tapijt zette, blijkbaar in een poging grip te krijgen zodat ze haar buit niet hoefde op te geven. Elke schud met haar hoofd maakte een zacht, gesmoord gromgeluidje terwijl de laars heen en weer schokte.

'Titania, nee! Dat is niet van jou. Geef hier.' Cassidy ging op haar hielen zitten en liet een van de poten van de hond los, maar Titania greep haar kans, stoof over het tapijt en wist de afgelopen seconden aan voorwaartse — achterwaartse? — vooruitgang ongedaan te maken.

Cassidy zuchtte geërgerd, steunde weer op handen en voeten en kroop de kast weer in.

Hij zou nu moeten vertrekken. Nu het nog kon.

Maar hij had zijn pick-up nodig, dus hij moest haar wel spreken. 'Cassidy.'

Haar achterwerk verstijfde. 'Liam?'

'Tenzij je een andere man verwachtte?'

Ze kwam een stuk sneller naar buiten, dit keer zonder de hond. 'Ik verwachtte helemaal niemand.'

'Ik woon hier.'

Als haar vader haar nu eens kon zien. Als die wannabe-verloofde haar kon zien—

Liam wilde niet denken aan de man die haar vader voor haar had uitgekozen om mee te trouwen.

Ze stond op. 'Het spijt me dat ik hier ben, maar Titania rende naar binnen toen ik haar uit haar ren liet en ik probeerde haar er alleen maar uit te krijgen. Ik weet dat het een overtreding is van de regel dat we aan onze eigen kant blijven.'

Hij trok een wenkbrauw op. 'Het dragen van mijn T-shirt trouwens ook.'

'Ehm...' Ze wierp haar haar met een sensuele beweging uit haar nek, een gebaar waarvan hij het vermoeden had dat het bedoeld was om zijn aandacht van de vraag af te leiden, maar dat bij hem niet zou werken. En het wrange was dat hij dacht dat ze niet eens doorhad dat ze het deed. Tot nu toe had hij de onoprechte Cassidy die hij had verwacht toen hij haar appartement voor het eerst binnenstapte, nog niet gezien.

Trouwens, hij had *geen enkele* versie van de Cassidy gezien die hij had verwacht. 'Het spijt me. Het lag op de plank in de wasruimte en ik heb nog maar één fatsoenlijk kledingstuk over. Als je het tenminste zo kunt noemen.'

'Je *kunt* de was doen, hè. Ik heb een prima wasmachine en droger.'

Ze trok een pijnlijk gezicht en keek naar Titania, die daar zat te kwispelen met een stukje leer uit haar mondhoek, terwijl ze naar hen beiden opkeek alsof ze een geheim had.

Liam begreep plotseling wat dat geheim was. 'Je weet niet hoe je de was moet doen, hè?'

'Nee.'

Hij hoefde eigenlijk niet verbaasd te zijn. Mensen zoals de Davenports hadden iemand om de was voor hen te doen. 'Vooruit. Pak je spullen, dan zal ik het je laten zien.'

'Dat hoeft niet.'

'Waarom? Omdat je ze aan de butler van je vader gaat geven?'

'Kamerdienaar.'

'Wat zeg je?'

'Zijn kamerdienaar, Hendricks. Hij zorgt voor de kleding en het linnen.'

'Natuurlijk doet hij dat.' Liam deed niet eens moeite om zijn sarcasme te verbergen.

Cassidy zuchtte. 'Dat klonk pretentieus, of niet?'

Liam liep zijn kamer uit — de laatste plek waar hij haar wilde hebben — en bad dat ze hem volgde. 'Pretentieus? Nee. Onrealistisch voor de gemiddelde werkende man — wat ik toevallig ben? Ja. Mensen hebben nu eenmaal geen butlers en kamerdienaars.'

'Het zou je verbazen hoeveel mensen dat wel hebben.'

'Schat, de laatste tijd verbaast niets me meer.'

Hij loog natuurlijk. Ze verbaasde hem wel. Elke keer als hij zich omdraaide.

Zoals nu, bijvoorbeeld. Hij draaide zich om en ze stond vlak achter hem. Zo dichtbij dat zijn snelle draai haar voorwaartse momentum niet had gestopt en voor hij het wist, had hij Cassidy Davenport tegen zich aan.

Haar handen grepen zijn biceps vast, haar haar kriebelde tegen zijn neus, haar geur deed zijn benen slap worden en de rest van haar deed waanzinnige dingen met zijn binnenste.

'Liam—'

Hij duwde haar praktisch haar eigen kamer in. 'Blijf bij me uit de buurt, Cassidy.' Toegegeven, dat was een beetje hard, maar hij kon zijn reactie niet onderdrukken. Hij wilde haar zo graag dat hij haar aanraking niet kon verdragen *en* tegelijkertijd zijn verstand kon bewaren. Het was het een of het ander, en hij was nogal gesteld op zijn verstand.

'Jij bent degene die stopte met lopen. Ik wilde alleen maar mijn was gaan halen. Wat *jij* me opdroeg te doen, als je het je nog herinnert.'

'Ik droeg je niets op.'

'"Vooruit. Pak je spullen. Ik zal het je laten zien." Is dat geen bevel?'

Hij ademde diep uit. 'Oké, ik was misschien een beetje bot. Het punt is, je doet iets met me. En dat wil ik niet. Ik vind het niet prettig.'

'Bullshit.'

'Ik— wat?'

'Bullshit. Is dat niet wat je tegen me zei toen ik je kuste? Je zei dat ik wist waarom ik het had gedaan; nou, ik zeg hetzelfde tegen jou. Je wilt het *wel*. Je vindt het *wel* prettig. Maar om de een of andere reden wil je er niet aan toegeven.'

'Hier beginnen we niet aan.'

'Dat begreep ik al.'

Hij kruiste zijn armen en leunde tegen de deurpost. 'Luister, ik word niet je speeltje. Je stoere vent voor de afwisseling om je vader mee te treiteren.'

'Mijn—?' Ze staarde hem een paar tellen te lang aan en hij gaf bijna toe. 'Mijn *stoere vent*? Heb je dat echt net gezegd?'

'Je kunt het niet ontkennen.'

'Dat kan ik heel zeker wel. Ik ben *niet* in je geïnteresseerd.'

'Ik was erbij toen we kusten.'

'Dus je bent aantrekkelijk.' Ze haalde haar schouders op terwijl ze zich afwendde en Liam wilde die onverschillige blik zo van haar gezicht af kussen. 'Dat is geen nieuws. Ik weet zeker dat je je portie vrouwen wel hebt gehad.'

Op dit moment kon hij er niet één bedenken. Cassidy's Ierse temperament speelde op en het stond haar verdomd goed.

Ze pakte het T-shirt op dat ze gisteren had gedragen en gooide het op haar bed. 'Ik heb het je gezegd, het was een opwelling. En net? De enige reden dat ik je aanraakte, de enige reden dat ik zelfs maar *dichtbij* genoeg was om je aan te raken, was omdat jij stopte met lopen. Ik was onderweg om mijn was te halen voor die kleine spontane huishoudles van je en jij stopte.' Ze pakte de denim short van de stoel die hij zich nog maar al te goed herinnerde. 'Misschien wilde *jij* het wel en had je gewoon een handig excuus nodig, zodat je niet de schuld op je hoefde te nemen voor het feit dat je toegaf.'

'Je bent gek.'

'Dat moet ik wel zijn om hier te blijven.' Ze maakte een prop van de short.

'Dat hoeft niet.'

'Je hebt gelijk.' Ze hief haar arm om de short op het bed te gooien. 'Dat hoef ik niet.'

Hij trok een wenkbrauw op.

Ze gooide de short onderhands op het bed en streek toen haar haar van haar voorhoofd. 'Luister, Liam. Het huis is groot, maar niet zó groot. Zelfs met de regel dat we aan onze eigen kant blijven, gaan we elkaar tegenkomen. Kunnen we dan afspreken dat we er niet automatisch van uitgaan dat de ander een versierpoging doet? Dat het een ongelukje was en niets betekent? Alsjeblieft? Wat je ook denkt, die kus was uit dankbaarheid. Ik probeerde je niet te verleiden. Het gebeurde gewoon.'

Zijn ego was niet blij met de logische verklaring, maar omwille van hun woonsituatie zou hij het accepteren. 'Dat is goed. Klaar voor je les?'

Het hing ervan af welke les hij haar wilde geven...

Cassidy slaakte een zucht. Tot zover de afspraak. 'Zeker.'

Ze zuchtte terwijl ze de wasmand op haar heup tilde en hem naar de wasruimte volgde. Er viel iets te zeggen voor het leven in de wereld van haar vader, maar hé, als ze toiletten schoonmaakte, kon ze zeker niet klagen over het wassen van kleding.

Eigenlijk, nadat Liam klaar was met zijn uitleg over het scheiden van kleding en de verschillende watertemperaturen, voorbehandelingen, bleekmiddel, droogtemperaturen en toerentallen, ja, kon ze er wel over klagen. Ze had haar stomerij een grotere fooi moeten geven tijdens de feestdagen.

'Dus, nog vragen?' vroeg Liam, terwijl hij het deksel van de wasmachine sloot en de machine aansloeg.

'Niet over de was, nee. Bedankt dat je me hebt laten zien hoe het moet. Maar ik vraag me *wel* af wat je hier doet. Ik dacht dat je vandaag in mijn oude huis aan het werk was.'

'Dat ben ik ook. Maar ik kreeg een telefoontje dat de gereedschapskist die ik voor mijn laadbak heb besteld binnen is en ik wil hem laten monteren. Dus ik dacht dat ik je eerst even zou afzetten waar je vandaag moet zijn, aangezien je niet in de bus van Mac mag rijden.'

'Ik weet hoe ik in een busje moet rijden. Alleen omdat ik nog nooit een wasmachine heb bediend, betekent dat niet dat ik andere dingen niet kan. Het verbaast me dat je me je pick-up toevertrouwde als je denkt dat ik niet in een busje—'

Hij legde een vinger op haar lippen. 'Ik bedoelde dat je niet verzekerd bent om in de bus van Mac te rijden, dus je mag niet achter het stuur zitten. Ik weet zeker dat je prima in staat bent om erin te rijden.' Hij haalde zijn vinger weg. 'Dus, waar moet je heen?'

'Eigenlijk nergens heen. Ik was van plan om binnen te blijven en schoon te maken.'

'Oké. Als je iets nodig hebt, bel me dan. Ik ben de hele dag weg, maar ik kan even langskomen als het nodig is. En ik heb vanavond plannen voor het eten, dus ik ben pas laat terug.'

Ze wilde vragen met wie, maar dat ging haar niets aan. 'Dat is prima. Ik ga de tafel van je grootmoeder schilderen. Ik heb hem mee hiernaartoe genomen om eraan te werken in mijn vrije tijd. Je weet wel, tussen de wasjes door?' Ze probeerde hem te plagen en na een paar seconden begreep Liam het.

Zijn ooghoeken rimpelden toen hij glimlachte, zijn ogen fonkelden en zijn glimlach deed haar knieën knikken. Nou ja, als ze sokken aan had gehad, waren die nu van haar voeten geblazen.

Dat 'geen contact'-gedoe zou weleens moeilijker kunnen worden om aan te wennen dan het feit dat ze haar huis was uitgezet.

Hoofdstuk 26

Liam stond boven op een ladder van ruim vier meter het bovenlicht van de openslaande deuren in Cassidy's oude slaapkamer schoon te maken toen hij Mitchell Davenport het appartement hoorde binnenkomen.

Verdomme. Hij kon zich niet herinneren dat hij vandaag niet hier hoefde te zijn. Liam diepte zijn telefoon op en opende zijn agenda. Niets. Hij controleerde zijn berichten. Ook daar stond niets in. Hopelijk was Davenport niet van plan om de woning te bezichtigen, want de eettafel stond vol met schoonmaakspullen.

Liam maakte snel het bovenlicht af waar hij mee bezig was — het laatste zou moeten wachten. Hij klom de ladder af en klapte hem in zodat hij voor de deuren rustte, en liep toen richting de eetkamer om zijn spullen te verzamelen.

'Burton, kalmeer toch eens,' zei Davenport terwijl hij aan het koord trok om de gordijnen te openen voor het miljoenenuitzicht waar de man om bekendstond. Hij stond daar alsof hij de koning was van alles wat hij overzag. 'Cassidy kan haar kleine driftbui zo lang laten duren als ze zelf wil, maar ze komt wel weer terug.'

Liam drukte zich tegen de muur aan. Of Davenport had de schoonmaakspullen niet gezien, of het kon hem niet schelen dat Liam hem kon horen. En aangezien de stofzuiger midden in de woonkamer stond waar Titania's bench had gestaan, gokte Liam op het laatste. Davenport was het type man dat butlers en lakeien en schoonmakers had, en misschien zelfs wel iemand om zijn neus af te vegen, dus hij was er waarschijnlijk aan gewend geraakt om te praten in het bijzijn van 'de hulp'. Hij betaalde ze vast ook goed om gesprekken *niet* af te luisteren.

Maar dit was een gesprek dat Liam juist wél wilde horen.

'Ja, ik weet dat het al meer dan een week geleden is. Ze zal wel een of andere vriend hebben gevonden die bereid was haar in huis te nemen en ze houden zich ergens verscholen. Ik had verwacht dat ik wel iets van haar gehoord zou hebben nadat *The Herald* het verhaal had geplaatst, en dat dit hele kinderachtige avontuur inmiddels wel afgelopen zou zijn. Ze gooit mijn plannen behoorlijk in de war.'

Hij was waarschijnlijk degene geweest die het verhaal had gelekt. Een rotstreek om je eigen dochter zoiets aan te doen; proberen haar ten overstaan van iedereen die ze kende neer te zetten als een verwend, egocentrisch en leeghoofdig nest. En niet alleen lokaal, want Liam had gisteravond een glimp van het bericht opgevangen in een showbizz-programma op tv voordat hij naar bed ging.

'Nee, ze is niet in het buitenland. Ik heb haar paspoort.' Davenport gleed met een vinger over de tafel achter de bank en bekeek die. Het verbaasde Liam dat hij geen witte handschoen droeg. 'Ze zal bij het diner aanwezig zijn, Burton. Ze laat me echt niet in de steek.'

Maar hij kon haar wel in de steek laten? Jezus. Wat een figuur.

'Ik heb al haar passen en haar telefoon al geblokkeerd. Haar sieraden liggen in mijn kluis, en al mijn bankiers weten dat ze contact met me moeten opnemen als ze opduikt. U kent Cassidy; ze kan nog geen week overleven zonder haar creditcards. Ze komt binnenkort wel weer op haar knieën terug. Misschien zelfs vandaag al.' Davenport liep met een boogje om de stofzuiger heen alsof het een bom was. 'Ik ken mijn dochter, Burton. En u kunt maar beter leren hoe haar brein werkt als u met haar gaat trouwen. Ze is niet dom, alleen emotioneel. Dat heeft ze van haar moeder.'

Niemand behalve Liam zou ooit weten dat de blik die op Davenports gezicht verscheen bij de vermelding van zijn ex-vrouw geen woede was, maar... pijn. 'U zult haar in het gareel moeten houden. Ik heb haar medicijnen voorgesteld, maar ze weigert ze in te nemen. Ze zei dat ze er een wattenhoofd van kreeg.' Davenport snoof. 'Ik had haar nanny ze elke ochtend door haar ontbijt moeten laten pletten. Verdorie, dat had ik bij mijn vrouw ook moeten doen.'

Liam wilde de man door elkaar rammelen tot hij weer helder kon denken. Je vrouw en kind drogeren? De man was niet alleen bezeten door hebzucht en een opgeblazen ego. De prijs voor Vader van het Jaar zou hij niet winnen. Geen wonder dat Cassidy niets van hem wilde. Liam wilde zelfs zijn klandizie niet, maar dat was niet aan hem. En aangezien Mac de inkomsten uit dit contract nodig had, zou hij zijn mond houden en de service verlenen die Davenport — en Mac — van hem verwachtten. Maar god, wat had hij die kerel graag een oplawaai verkocht.

'Nee, als ze opduikt, laat haar dan maar even zweten. Geen reden om haar meteen ten huwelijk te vragen. Ze moet eerst maar eens leren waarderen wat mijn geld voor haar kan doen.' Davenport pakte een kristallen snuisterij van een bijzettafeltje en bekeek die. Hij blies erop, wreef het op tegen de revers van zijn jasje en zette die weer terug.

Pretentieuze eikel. Liam had elk facet van dat ding gepoetst, wetende dat die man overal over zou vallen. Er zat geen enkel vlekje op; daar was hij zeker van. Het leek wel of niets goed genoeg was voor Mitchell Davenport.

Arme Cassidy. Liam wist dat die kerel een harde was als het op zaken aankwam, maar hoe moest het geweest zijn om met hem als vader op te groeien? En dan ook nog zonder moeder om de emotionele schade te beperken.

Liam keek even terug naar de slaapkamer. Naar de ombouw van het bed waar hij die armband en die foto had gevonden. Hij moest ze aan haar geven. Misschien betekenden ze toch iets voor haar en gezien de manier waarop Davenport haar gevoelens wegwuifde, begreep Liam wel waarom ze die verborgen had gehouden.

'Ja, ja, Burton. Natuurlijk krijgt u uw bonus, ongeacht wanneer ze opduikt. Ik kan niet hebben dat mijn toekomstige schoonzoon nog veel langer in een middenklasse sedan rondrijdt. U moet de juiste uitstraling hebben. Nu, hebben mijn advocaten al contact met u opgenomen over de naamsverande-ring? We kunnen geen Davenport Properties hebben zonder een Davenport, nietwaar?' Davenport inspecteerde ook de schoorsteenmantel. Liam knar-setandde.

'We maken het officieel op de dag dat u met haar trouwt.' Davenport frut-selde aan de knoop van zijn das. 'Ik weet zeker dat Cassidy dolblij zal zijn dat ze haar achternaam niet hoeft te veranderen. Per slot van rekening opent de naam Davenport deuren.'

Liam ging over zijn nek van de toespeling op de slogan van het bedrijf: 'A Davenport Property Opens Doors.' Het draaide alleen maar om de levensstijl. Alles draaide bij deze man om verschijningsvormen. Alles. Inclusief zijn eigen kind. De klootzak wist niet hoeveel geluk hij had dat hij nog een dochter *had*. Liam en zijn broers en zus hadden er alles voor over gehad om al die jaren met hun ouders te hebben gehad, maar deze schoft speelde met zijn gezin alsof ze deel uitmaakten van een contractonderhandeling.

'Ik zeg u, Burton, ik ken mijn dochter. Ze komt terug. Ze is niet dom, alleen koppig.'

Nee, Davenport was degene die dom was. De man had geen idee wat het betekende om zijn dochter uit zijn leven te verliezen. Hij dacht nog steeds dat het om geld draaide.

Liam begreep het nu. Dat had hij eerder niet gedaan. Ze *was* niet zoals Rachel. Cassidy verlangde naar de liefde en erkenning van haar vader, en al zijn miljoenen konden dat niet voor haar kopen.

'Ze had een driftbui. Dat heeft ze wel vaker. Ze is een beetje lichtgeraakt, net als haar moeder. Maar u kunt uw dochter niet zomaar afkopen zoals u bij een ex-vrouw kunt doen, dus ik moet haar grillen maar verdragen.'

Liam beet op zijn tong. Letterlijk, want figuurlijk zou het hem er niet van weerhouden om te zeggen wat hij wilde zeggen. Het vader-gen ontbrak volledig bij deze man en hij vroeg zich af of hij überhaupt wel menselijk was.

'Ze komt terug, Burton. Dat doet ze altijd. Haar *soort* doet dat altijd.'

Als het niet precies hetzelfde was als wat Liam zelf over haar had gezegd, zou hij zich beledigd hebben gevoeld door de zelfvoldane neerbuigendheid van de man.

Nu vond hij zijn eigen conclusies over Cassidy alleen maar neerbuigend. En fout.

'Cassidy is gewend aan het beste dat deze wereld te bieden heeft.' Davenport verschoof een fotolijstje op de vleugel. 'Het is het enige dat ze kent. Haar vrienden kunnen onmogelijk concurreren met wat ik haar kan geven. Niet veel mensen kunnen dat.'

Die vent hield zijn wauwels maar niet. Mijn god, wat een hoogmoed. Wat zou er nodig zijn om Davenport een flink toontje lager te laten zingen? Waar zou die kerel dan staan?

Liam zou er alles voor over hebben om die kans te krijgen.

Maar... waarom? Waarom was hij zo kwaad uit naam van Cassidy, terwijl hij hetzelfde over haar had gedacht?

Misschien was dat het wel. Misschien was hij boos op zichzelf. Omdat hij er naast zat. Omdat hij haar had veroordeeld. Omdat hij haar niet voor vol had aangezien. Hij gaf mensen altijd een kans, maar hij had het luxe appartement gezien, de verhalen in de pers gehoord, en verdorie, hij had *Rachel* als referentiekader voor dit soort relaties... Het was geen wonder dat hij die conclusies had getrokken, maar dat betekende niet dat hij het leuk vond van zichzelf. Hij was er altijd trots op geweest dat hij mensen een kans gaf. Dat hij ze het voordeel van de twijfel gaf, maar hij had haar veroordeeld. Ten onrechte, naar het scheen.

'O, ze begon ongeveer een jaar geleden met die driftbuien en het is een behoorlijke klus geworden. Deze keer zal ze leren wie de touwtjes in handen heeft. Als ze de dure designerkleding en schoenen waar ze zo van houdt wil blijven dragen, als ze vakantie wil vieren in de mooiste resorts ter wereld en in de beroemdste restaurants wil eten en de beste zitplaatsen wil hebben en beroemdheden wil ontmoeten, dan zal ze zich moeten beheersen en naar huis moeten komen. Of ze zal moeten leren hoe de andere helft leeft.'

Als vertegenwoordiger van die zogenaamde *andere helft* wilde Liam daar naar binnen stappen en die opgeblazen zak vertellen dat die andere helft het zo slecht nog niet had. Zou die vent niet versteld staan als hij wist dat Cassidy op dit eigenste moment leefde als de zogenaamde andere helft en het er verdomd goed vanaf bracht?

Maar het was niet aan Liam om hem uit de droom te helpen, dus sloop hij de eetkamer in en stopte alles weer in de gereedschapstas van Manley Maids. Hij zette een honkbalpet op zijn hoofd, klemde de dweil, de stofmop, de lamellenreiniger en de telescoopsteel onder zijn arm, pakte de gereedschapskist met zijn andere hand en draaide zich om —

En ramde Davenport vol in de maagstreek.

Verdomme.

'Het spijt me. Gaat het met u? Ik had niet gezien dat u daar stond —'

Davenport stak zijn hand op. 'Momentje, Burton.' Hij drukte op de muteknop van zijn telefoon. 'Wat doe je hier?'

'Schoonmaken.'

'Was je er vorige week ook niet al?'

'Jawel, maar stof komt altijd terug. Aangezien u de woning verkoopt, dacht ik dat u hem graag spik en span wilde hebben.'

Davenport trok een wenkbrauw op en nam hem met getuite lippen op. 'Hoeveel van mijn gesprek heb je gehoord?'

'Wat? Ik? Afluisteren? Het spijt me, meneer, maar dat zou onprofessioneel zijn.' Om zich stevig te nestelen in de categorie 'keuterboer' waarin Davenport hem had ingedeeld, voegde Liam dat 'meneer' toe. Grootmoe zei altijd dat je meer vliegen vangt met stroop; Liam wist zeker dat hetzelfde gold voor ratten. Bovendien was het aan Cassidy om de vent te laten weten waar hij zijn neerbuigendheid kon steken.

'Hm.' Davenport klikte met zijn tong, tastte in de binnenzak van zijn jasje en haalde daar iets uit —

Zijn portemonnee.

O, dit was helemaal mooi.

'Burton, ik bel u zo terug.' Hij schoof de telefoon in zijn broekzak, klapte de portemonnee open en haalde er een briefje van honderd dollar uit. 'Ik zou het op prijs stellen als je hiertegenover niemand iets zou zeggen.' Hij maakte een soepele polsbeweging en overhandigde het geld alsof hij het al tientallen keren eerder had gedaan. 'Misschien een leuk etentje, om uw gedachten van mijn probleempje af te leiden?'

Liam had eigenlijk Cassidy's kasten moeten leegplukken. Alles mee moeten nemen. Deze kwal, met zijn vrome neerbuigendheid en zijn drang om zijn dochter een lesje te leren, verdiende het om voor een paar duizend dollar bestolen te worden door haar garderobe te verliezen. Die honderd dollar was niets voor hem.

Maar Liam pakte het toch aan, hoewel niet om de reden die Davenport zou denken. Cassidy kon dit goed gebruiken. Het was niet dat hij de intentie had om mensen te vertellen wat hij net gehoord had; *hij* probeerde zelf juist te vergeten dat hij het gehoord had.

Voor het eerst in zijn leven had hij *medelijden* met een verwend rijk meisje — dat misschien niet eens zo verwend was, en zeker niet in de buurt kwam van de rijkdom die hij en zijn broers en zus bezaten als het ging om wat écht belangrijk was in het leven: iemand hebben die genoeg van je houdt om je in huis te nemen.

In plaats van je eruit te schoppen.

Hoofdstuk 27

Het was een gedachte die de hele avond bij Liam bleef tijdens het eten met Gran en zijn broers. Sean en Bryan vlogen elkaar voortdurend in de haren – figuurlijk dan. De drie waren onafscheidelijk, maar ze konden het niet laten om elkaar over werkelijk alles belachelijk te maken.

Het was echter opvallend dat ze donders goed wisten waar de grens lag zodra de naam Cassidy viel.

'Hoe is het met Cassidy?' vroeg Gran, waarmee ze resoluut het gesprek over de problemen met Seans project beëindigde en de aandacht op hem vestigde. Ze had net zo goed Rachel kunnen zeggen, want de reactie zou hetzelfde zijn geweest. Zijn broers waren zijn steun en toeverlaat geweest toen die relatie op de klippen was gelopen, en hij wist dat ze er voor hem zouden zijn, zelfs als hij een misstap zou begaan en bij Cassidy in bed zou belanden.

Maar het was jammer dat ze de Cassidy die hij kende niet zagen.

Toch was hij er nog niet klaar voor om die kant van Cassidy te delen. Hij wilde er zeker van zijn dat ze echt de persoon was die hij in haar begon te zien, voordat hij haar aan de mannen introduceerde. Ze zouden begrijpelijkerwijs op hun hoede zijn, en hij had al genoeg aan zijn hoofd zonder dat zij over zijn schouder meekeken. 'Ze is gewoon Cassidy.' Hij hoopte alleen dat Gran niet zou beginnen over het feit dat ze bij hem logeerde. Aan de andere kant had

Cassidy haar niet haar echte naam gegeven, dus Gran hoorde officieel niet te weten wie zijn logee werkelijk was.

'Nou Liam, oordeel niet over haar op basis van wat iedereen over haar zegt. Ik bedoel, kijk naar Bryan. Denk je echt dat alles wat ze over hem schrijven waar is? Hij is echt niet met al die vrouwen uitgegaan.'

Het was niet aan hem om zijn grootmoeder uit de droom te helpen over Bryans vermeende gebrek aan veroveringsdrang. Want Bryan kwam niets tekort, en de roddelbladen maakten daar gretig gebruik van.

'Maak je geen zorgen, Gran. Ik geef Cassidy de kans om zichzelf te bewijzen.'

En wat een verrassing bleek ze te zijn.

'Goed zo. Dat doet me deugd.' Gran zwaaide met haar glas voor nog wat wijn, en Liam herkende dat gebaar direct: een verandering van onderwerp. Gran dronk nooit twee glazen wijn.

Haar tactiek werkte en de rest van het diner ging over Sean en de erfgename, Bryan en de weduwe, en Liams nieuwste project. En over squash. Specifiek over Sean die hem voor een wedstrijdje morgenavond uitdaagde.

Even wat stoom afblazen op de baan en tegelijkertijd Sean inmaken klonk als precies het juiste medicijn om de scherpe randjes eraf te halen. Hij zou zich Davenports gezicht op de bal voorstellen. Een win-winsituatie in zijn ogen.

'Weet je, Liam,' zei Gran nadat ze het dessert had geserveerd, haar zelfgebakken appeltaart. Het riep allerlei herinneringen op aan zijn jeugd – Gran was zo iemand die haar taarten op de vensterbank zette om af te koelen. Hij en Jared hadden maar één keer een taart gestolen. De uitbrander die ze hen daarna gaf – verbaal, niet fysiek – was genoeg geweest om het nooit meer in hun hoofd te halen. Nou ja, dat en het dreigement dat ze hem nooit meer een stukje zou geven voor de rest van zijn leven. Het punt was dat Gran het meende, dus hij had geleerd haar bevelen te respecteren.

Zou er ooit iemand een taart voor Cassidy hebben gebakken? Haar stiekem een stukje hebben toegestopt als ze van haar fiets was gevallen of onderuit was gegaan tijdens een belangrijke wedstrijd, of wat de kostschoolversie van een sportblunder ook mocht zijn?

Hij had het vermoeden van niet. Haar vader had, getuige dat telefoentje aan de man die hij voor haar had uitgekozen om mee te trouwen, geen enkel benul van hoe je een kind opvoedde. Geen enkel besef van wat familie betekende.

Geen wonder dat ze het leven had geleid dat ze leidde. Met een man zo oppervlakkig als Davenport die haar opvoeding verzorgde – of aan anderen overliet – welke kans had ze dan gehad?

En het feit dat ze probeerde te veranderen... Voeg dat bij de hele kwestie van hun wederzijdse aantrekkingskracht en de situatie werd er alleen maar ingewikkelder op.

Gran maakte de zaken er niet makkelijker op. 'Ik heb je logee ontmoet, Liam,' zei ze nadat Bry en Sean waren vertrokken.

Hij had op het punt gestaan om er vandoor te gaan. 'Dat vertelde ze al.'

'Ze lijkt me aardig.' Gran was van plan het gesprek nog even te rekken.

'Ja.'

'Ze is een meubelstuk voor me aan het schilderen.'

'Dat vertelde ze me al.'

'Het zou fijn zijn als je haar kunt helpen met het bezorgen. Ik weet zeker dat het te zwaar voor haar is om alleen te doen.'

Boodschap begrepen. Maar toch... 'O, ze is er behoorlijk goed in om dingen alleen op te knappen, Gran. Ze staat er eigenlijk op.'

Gran klopte hem op zijn arm. 'Alleen omdat iemand het kan, betekent nog niet dat ze het ook moet doen, Liam. Het is een aardig meisje en ze verdient het om op haar eigen merites beoordeeld te worden. Onthoud dat.'

Dat was niet iets wat hij snel zou vergeten.

<h1 style="text-align:center">Hoofdstuk 28</h1>

'Heb je Cassidy meegebracht?' fluisterde Sean terwijl Liam zijn racket uit zijn tas haalde voor hun wedstrijd.

'Het is niet alsof ik veel tijd had om iemand anders te bedenken, en ze hoorde het toevallig.'

Liam wierp een blik op de meiden, die aan de andere kant van de baan stonden te doen wat meiden ook maar doen als ze elkaar voor het eerst ontmoeten. En dit moest wel de eerste ontmoeting tussen hen tweeën zijn; Seans zigeunermeisje zou zich nooit in dezelfde kringen begeven als Cassidy.

'Ze is in het roze,' fluisterde Sean luid. 'Strass-steentjes.'

'Zeg dat wel.' Ze hadden snel een paar sportschoenen voor haar moeten kopen van Davenports zwijggeld, maar ze had geweigerd extra geld aan te nemen voor een outfit. Ze wilde niet nog meer bij hem in de schuld staan dan ze al stond, en Liam was bereid geweest haar het geld te *geven* omdat hij dacht dat niets ongepaster kon zijn voor een potje squash dan die strass-steentjes. Maar toen hij een blik wierp op Livvy, de partner van Sean, met haar rokje met kralen en haar naveltruitje, besefte hij dat hij ernaast zat: het zigeunermeisje had gewonnen.

Toch had Sean ondanks dit alles het lef om te vragen: 'Ze weet toch wel dat dit een sport is? Dat je het warm krijgt en gaat zweten en dat de make-up van haar gezicht zal druipen?'

'Als ze het nog niet weet, komt ze er snel genoeg achter. Dat zou dit hele gedoe de moeite waard kunnen maken.' Hij doelde op het warme, zweterige gedeelte. Hij vond het niet erg om Cassidy zo te zien—

Verdomme, die korte broek zat opeens wel erg strak. Hij kruiste zijn armen met het racket naar beneden, in de hoop het bewijs te verbergen. 'Nog vooruitgang geboekt met het zigeunermeisje?'

Sean rolde met zijn ogen. 'We volgen aanwijzingen. Morgen gaan we achter babywiegen aan.'

Een schok schoot recht door Liams buik. Baby's. Het leek de laatste tijd wel een thema. Zijn assistente was met zwangerschapsverlof, zijn huishoudster was met zwangerschapsverlof, Cassidy's vader die haar verkocht als een fokmerrie... 'Je realiseert je dat dat een gevaarlijk gespreksonderwerp is in de buurt van een vrouw, toch?'

'Geloof me,' zei Sean. 'Dat is geen enkel probleem.'

'Beroemde laatste woorden.' Hij had het niet tegen Sean.

Hij stompte zijn broer speels tegen de borst. 'Vooruit. Laten we beginnen.' Hij moest zich op iets anders concentreren dan op Cassidy in dat korte broekje dat haar billen omsloot op een manier waardoor zijn handpalmen begonnen te jeuken.

Hij klemde zijn racket vast. Hij kon tenminste een goede work-out krijgen, zodat de gedachte aan haar, direct aan de overkant van de gang, zijn nachtrust niet zou verpesten.

Vijf minuten na het begin van de wedstrijd was dat een verloren zaak. Allemachtig, al na *twee* minuten, met Cassidy's slanke, atletische lichaam dat over de baan stoof, haar haar dat alle kanten op zwiepte en de vastberaden kreun die ze slaakte telkens wanneer ze de bal terugsloeg... Liam zou allerlei dromen krijgen en waarschijnlijk de hele nacht wakker liggen. In alle opzichten van het woord. God, zelfs met die gekke, met strass bezette veiligheidsbril die ze voor het schilderen gebruikte, maakte die vrouw hem gek.

'Joehoe! Een punt voor mij!' Het zigeunermeisje, eh, Livvy, gaf Sean een high-five, waardoor Liam weer bij de les was. Geen sprake van dat hij deze wedstrijd zou verliezen. De laatste keer dat hij had verloren was met pokeren geweest, en kijk eens waar hem dat had gebracht.

'Word niet te overmoedig met een punt voorsprong. Cass en ik laten jullie in het stof bijten.' Hij keek naar Cassidy terwijl hij Sean de bal toewierp.

Ze gooide haar paardenstaart over haar schouder. 'Cassidy, Liam. Ik houd niet van Cass.'

Hij wel. Het paste bij haar: stoer, to the point, klaar om de wereld aan te kunnen en als winnaar uit de bus te komen.

Dat beviel hem wel in een vrouw.

Houd je hoofd bij het spel, Manley.

'Serveren, Sean.'

Hij hield zijn hoofd er eigenlijk wel even bij. Cassidy was een even goede speler als hij. En Livvy was ook geen groentje. Beide vrouwen hadden wel wat hulp kunnen gebruiken op het gebied van sportkleding, maar ze stonden hun mannetje. De wedstrijd was evenwichtig, alsof het alleen om hem en Sean ging.

'Heb je al een pauze nodig, Cass?'

Ze keek hem fel aan, maar gaf geen antwoord.

Hij onderdrukte een glimlach. Hij vond het leuk om haar te plagen.

Hij begon veel aan haar leuk te vinden.

Hé Manley, rustig aan. Alleen omdat ze anders lijkt *te zijn dan Rachel, betekent dat nog niet dat ze dat ook is. Het is wat, twee weken geleden? Niet bepaald de langste voorgeschiedenis. Kalm aan, kerel.*

Zijn geweten had een punt. Rachel had in het begin ook niet haar ware aard laten zien. Of misschien had hij niet goed genoeg opgelet.

Hij lette nu echter heel goed op Cassidy.

'Sean, ga je nog serveren of blijf je ernaar kijken? Ik heb niet de hele avond, hoor.' Hij maakte uitvallen naar links en rechts, draaide zijn racket rond in zijn handpalm, zijn zenuwen stonden strak gespannen. Tijd om deze wedstrijd af te maken en terug te gaan naar zijn huis, waar zij haar kant had en hij de zijne, en waar hij de dingen kon overdenken voordat hij iets deed waar hij spijt van zou krijgen.

'Kom op, Sean,' zei Livvy, naar hem glimlachend. 'Ik ben er klaar voor.'

Wauw. Als die vrouw glimlachte... Sean zou wel dood moeten zijn om haar niet op te merken.

En aan de manier waarop zijn opslag tekortschoot te zien... had hij haar opgemerkt.

Ha. Zijn broer had een zwakke plek. Goed. Zolang hij er maar niet achter kwam dat Liam er ook een had. *En* dat het geen invloed had op hun investering.

'Nog één keer, Sean,' treiterde hij. 'Als je de opslag verliest, kun je deze wedstrijd wel vergeten.'

'Zoveel geluk heb je niet, Lee.' Sean smoorde de opslag, en hij en Livvy wisten met twee punten voorsprong uit te lopen, verdomme, voordat de opslag wisselde.

'Dames eerst.' Liam liet de bal naar Cassidy stuiten. 'Laten we deze twee eens laten zien hoe het moet, Cass.'

En dan kon hij háár laten zien hoe het moest...

Verdomme, hij miste bijna Seans retourbal. Hij moest zijn hoofd bij het spel houden zodat ze de wedstrijd niet verloren. Sean zou hem dat nooit laten vergeten.

Gelukkig gaf Livvy hun vijfde opeenvolgende punt weg, en daarna konden zij en Sean hem en Cassidy niet meer raken. De opslag ging tussen hen heen en weer, maar Cassidy wist evenveel punten te scoren als Liam. Ze waren aan elkaar gewaagd.

Rustig, Manley. Rustig.

Hij probeerde het, maar haar zo over de baan te zien huppelen... Dat strakke T-shirt en dat korte broekje lieten niets aan zijn verbeelding over en hij moest er hard voor werken, zich volledig op elk punt concentreren, anders zou Sean het fysieke bewijs hebben voor de vragende blik die hij voortdurend Liams kant op wierp. Een blik die Liam niet van plan was te beantwoorden.

Hij knarsetandde en hief zijn hand boven zijn hoofd, zich voorbereidend op de opslag. Sean had een zwakke plek aan de linkerkant en Livvy was te ver weg om die te dekken.

Cassidy wierp hem een blik toe, knikte naar de hoek waar hij van plan was te serveren en wendde zich toen tot de muur. Haar racket ging van hand naar hand terwijl ze van de ene voet op de andere wipte, haar adrenaline hield haar letterlijk op haar tenen.

Hij keek naar Sean, in een poging hem te laten raden waar hij zou serveren. Toen keek hij naar Livvy, maar hield Seans zwakke plek vanuit zijn ooghoek in het vizier, en serveerde.

De bal raakte de vloer, raakte de muur en week precies af zoals hij wilde: ver buiten het bereik van Sean of Livvy.

'Raak!' Liam hief zijn armen in een V. 'Je gaat eraan, Sean,' zei hij, en hij stond zichzelf toe te kraaien nadat hij Cassidy een high-five had gegeven. 'Klaar om te huilen als een baby?'

'Kom maar op, broer.' Sean was bloedserieus, stond opgesteld en wachtte af.

Cassidy leverde hun een punt op met nog een venijnige opslag, en toen was het weer de beurt aan Liam. Hij sloeg keihard, waardoor Sean de hele baan over moest en Livvy een duik moest nemen om de bal te redden.

Het was de afleiding van de doffe klap waarmee haar schouder de vloer raakte waar Liam op wachtte. Hij sloeg de bal zo hard dat hij hem hoorde fluiten.

Helaas hoorde Sean het ook, en hij wist hem goed terug te slaan.

Cassidy ging erachteraan met een krachtig schot dat Livvy bijna te machtig was, maar opnieuw gaf het zigeunermeisje alles voor de bal, waarbij haar handen op de vloer klapten toen ze neerkwam. Die outfit was niet de beste keuze om een duik in te maken.

Liam nam het schot en sloeg de bal langs Sean, zodat hij bij het terug-stuiten tegen hem aan zou komen als hij niet opzij ging—

Verdomme. Sean maakte een halve draai en wist hem nog net te raken, genoeg om hem terug tegen de muur te krijgen voor de beurt van Cassidy.

Cassidy, voorbereid op een harde aanval, moest zich snel aanpassen om de bal vóór de tweede stuit te bereiken, en sloeg een prachtige boogbal. Niet dat een boogbal hun het punt zou opleveren, maar haar techniek was ongelooflijk.

Tjonge, haar vorm was bij *alles* ongelooflijk.

Livvy sloeg de bal terug en Liam volgde de baan, en berekende de tactiek terwijl hij naar de rechterhoek rende. Eén punt verwijderd van de winst en met Sean achter zijn linkerschouder kon hij kiezen voor de makkelijke bal naar het midden voorin om de bal in het spel te houden, of hem via de zijmuur laten terugkomen voor de winst.

Hij ging ervoor, ramde de bal tegen de zijkant en, ja hoor! Sean miste!

'Gewonnen!' Liam gooide zijn racket op de grond, tilde Cassidy op in zijn armen en draaide haar rond.

'We hebben gewonnen!' Ze gooide haar haar naar achteren en lachte terwijl ze haar armen om zijn nek sloeg en—

De viering werd in een oogwenk serieus. Sterker nog, hij kon zijn hartslag *horen*. Of misschien was het de hare.

Hij stopte met draaien.

Zij stopte met lachen.

Hij liet niet los.

Zij ook niet.

Hij zette haar echter wel weer op haar voeten.

Met een lange, trage glijbeweging langs de voorkant van zijn lichaam.

Er was verdomme niets meer aan zijn verbeelding overgebleven. En aan de hare ook niet, als ze tenminste oplette.

De verdonkering in haar ogen verraadde dat ze dat deed.

De snelle lik over haar lippen verraadde dat ze dat deed.

De manier waarop haar borsten zich tegen zijn borstkas drukten, verraadde dat ze dat deed.

'Zo, Lee. Willen jij en Cassidy...'

Ja, hij en Cassidy wilden wel, en Seans afgebroken zin maakte duidelijk dat het voor niemand een geheim was.

Liam schraapte zijn keel en deed een stap achteruit, terwijl Cassidy tegelijkertijd bijna wegstruikelde.

'Willen jullie wat gaan eten?' Sean keek hem fel aan, waarschijnlijk in de hoop dat hij zou zeggen dat er niets aan de hand was. Dat wat Sean zojuist had gezien niet waar was; dat hij en Cassidy elkaar niet bijna hadden gekust hier midden op de squashbaan waar iedereen die langsliep het kon zien.

Niet dat er iets was wat Liam kon zeggen. Een dode zou nog weten wat er een paar seconden geleden in hem omging, en Sean was niet dood. Hij was bovendien een behoorlijk slimme gast en hij was erbij geweest tijdens de hel na Rachel.

'Bedankt, maar ik moet naar huis.' Hij had geen behoefte aan een preek of aan die blikken. 'De administratie stapelt zich op nu mijn assistente met zwangerschapsverlof is, en als de rekeningen de deur niet uit gaan, komt er geen geld binnen.' Hij durfde Cassidy niet aan te kijken. Eén blik en Sean zou weten dat hij glashard loog. Geld was niet wat hem bezighield.

Sean staarde hem net een paar seconden te lang aan. 'Als dat is wat je wilt...' Hij wierp hem zijn racket toe. 'Bel me als je een moment hebt. Ik moet je nog aan een paar dingen herinneren.'

'Ja, natuurlijk. Geen probleem.' Hij wilde Seans *dingen* niet horen. Hij wist wel wat ze waren, maar hij was niet van plan deze situatie met zijn broer te bespreken voordat hij voor zichzelf op een rijtje had wat hij wilde doen.

Hij pakte zijn sporttas en keek naar Cassidy—die er fantastisch uitzag, en niet door het geld van haar vader. Een eerlijke, zweterige work-out deed haar stralen. Geen make-up, zweet dat op haar huid glom, warrig haar waar hij zijn vingers doorheen wilde halen en lippen die zo verdomd vol en kusbaar waren dat hij het gevoel had dat één nacht met haar nooit genoeg zou zijn.

Maar... misschien... Misschien zou het haar uit zijn systeem krijgen.

Hoofdstuk 29

'Geweldige wedstrijd.'

Cassidy hield haar ogen op de weg. 'Ja.'

'Je bent echt goed.'

'Dank je.'

'Heb je je vermaakt?'

'Ja.'

'Krijg ik meer dan een eenwoordig antwoord uit je?'

'Tuurlijk.'

Liam wierp haar een blik toe en Cassidy besefte wat ze had gezegd.

'Oh. Ik bedoel, ja. Dat krijg je. Hoe is dat? Beter?' Ze ratelde. Maar in elk geval klonk ze nog samenhangend. Dat verbaasde haar, want jemig... Wat was daar net gebeurd?

Een moment stond ze nog te juichen, dolblij met hun zwaarbevochten overwinning, en het volgende... Het volgende lag ze in zijn armen, geplet tegen zijn hete, bezwete lijf, zijn geur die aan haar trok als de lokroep van een sirene, en vergat ze waar ze waren. Dat ze in een openbare gym waren waar iedereen hen kon zien, met zijn broer op nog geen anderhalve meter afstand. Maar zodra ze in zijn ogen had gekeken en zijn armen om haar heen had gevoeld, had ze alles uitgeblokt behalve wat er tussen hen gebeurde. Het was anders geweest dan toen zij hém eerder had gekust. Intenser.

Wederzijds.

Dat had ze al geweten vóór hij zijn erectie tegen haar drukte. Of misschien had zij ertegenaan gedrukt, maar hoe dan ook, Liam kon dat niet als lariekoek wegwuiven.

Hij had haar gewild en zij wilde hem.

De vraag was: wat gingen ze ermee doen?

'Wil je iets eten?'

Ze schudde haar hoofd. 'Niet zo. Ik moet douchen.'

O God. De beelden flitsten door haar hoofd en ze kreeg ze niet weg. Zij, naakt en nat onder de straal, en Liam die het gordijn opzij schoof, net zo naakt maar lang niet zo nat... tot hij bij haar in de douche stapte. Haar tegen de koele tegels drukte en haar hals begon te kussen.

Ze greep de deurklink van de truck en kneep. Hard. Ze moest íéts knijpen en ze kon moeilijk haar benen tegen elkaar klemmen terwijl hij naar haar keek.

Wat de pijnlijke hunkering tussen haar dijen alleen maar sterker maakte. En haar er des te meer naar deed verlangen dat die fantasie uitkwam.

'Ik denk niet dat het uitmaakt, Cass. We zijn allebei behoorlijk bezweet.'

'Hé, daar neem ik aanstoot aan. Ik zweet niet. Ik glans.'

Hij trok een wenkbrauw op en, man, dat was sexy. 'Glans? Leuke poging, lieverd, maar dat is zweet. Gezond, zwaarverdiend zweet.'

De woorden op zich waren niet sexy, maar de beelden die ze opriepen...

Dus wat ging ze doen? Haar onderbuik zei haar dat ze ervoor moest gaan; haar hoofd zei *afblijven*. Ze logeerde in zijn huis en had geen andere plek om heen te gaan. Als ze iets begonnen en het werd ongemakkelijk, wat dan? Ze hadden het lot al een keer getart met die kus; was dat niet waar dat hele 'tegenover elkaar staan'-gedoe om draaide? Het was geen goed idee de verleiding nog verder op de proef te stellen.

Die gedachte hield stand tot Liam de garage inreed en de motor uitzette. Ze staarden naar de achterwand tot het interieurlampje doofde.

'Liam.'

'Cass.'

Iemand zette de eerste stap. Het kon zij geweest zijn. Het kon hij geweest zijn. Het maakte eigenlijk niet uit, want voor ze het wist, zat ze op Liams schoot, haar handen verstrikt in zijn haar, zijn handen haar gezicht omvattend, en boog hij haar achterover, kuste hij haar tot ze scheel zag.

Aangezien ze haar ogen dicht had en het donker was in de garage, was dat niet echt verrassend, maar de manier waarop haar hoofd tolde van zijn smaak en zijn gevoel en zijn geur... Achter haar oogleden schoten kleuren en lichten als vuurwerk.

O, wauw. Liam gaf haar vuurwerk.

Toen legde hij zijn handpalm tegen de zijkant van haar gezicht en streek haar haar naar achteren terwijl hij haar hoofd ondersteunde, gaf kleine hapjes langs haar kaak, en het vuurwerk kreeg gezelschap van vlinders. Miljoenen, die zo in haar buik fladderden dat ze zwoer dat ze ze hoorde zoemen.

O, dat was zij.

'We hadden gezegd dat we dit niet gingen doen.' Liam likte een ongelooflijk gevoelig plekje onder haar oor.

'Ik weet het.' Ze hapte naar adem terwijl rillingen vanaf dat plekje uitwaaierden, en ze zette haar nagels in zijn schouder, niet willen dat hij ophield.

'We waren het er allebei over eens.' Hij gaf geen teken dat hij stopte.

Mooi zo. 'Ik weet het.'

Zijn tanden schraapten langs haar oorlel, wat een hele nieuwe golf rillingen uitlokte. 'Dit is geen goed idee.'

Ze greep de achterkant van zijn hoofd, liet haar vingers in zijn haar krullen en trok hem steviger tegen zich aan. 'Ik weet het.'

'We zouden moeten stoppen.' Hij knabbelde langs haar kaak richting haar mond.

Ze kantelde zijn hoofd net genoeg en keek hem aan. 'Ik weet het.'

'Cassidy, ik—'

Ze kuste hem. Zoog aan zijn lippen, gleed met haar tong naar binnen en wilde nooit meer naar adem happen.

Ze kreunde toen hij dat deed.

'Laten we hiermee naar binnen gaan, Cass.'

'Mmmm hmmm,' was het enige wat ze uit kreeg. In elk geval was één van hen nog bij zinnen.

Eigenlijk was Liam meer dan alleen bij zinnen; hij was verrassend bekwaam gezien wat er tussen hen was losgebarsten. Maar het lukte hem de deur open te krijgen, haar in zijn armen te dragen door de bijkeuken en de gang in, en pas te stoppen toen Titania in haar ren compleet uit haar dak ging.

'Zeg me dat de hond niet naar buiten hoeft,' kreunde hij.

O jee. Het vuurwerk sputterde. 'De hond moet naar buiten.'

'En hoe gaat dat gebeuren dan?'

Cassidy hapte speels in zijn kaaklijn. 'Zet me neer. Ik doe de deur open, zij gaat naar buiten en komt zo weer naar binnen. Ze wil bij me in de buurt zijn.'

Hij kuste haar hals terwijl hij haar op haar voeten zette. 'Dat gevoel ken ik.'

Titania blafte en hipte om hen heen, bijna struikelde Cassidy over haar terwijl ze haar naar buiten liet om haar behoefte te doen.

Ze bleef in de deuropening staan, probeerde op adem te komen en dit te overdenken. Was dit een goed idee? Of vroeg het alleen maar om ellende?

Liam sloeg zijn armen van achteren om haar heen en legde zijn kin op haar schouder. 'Ik hoor je denken.'

Ze liet haar hoofd tegen het zijne rusten. 'Dat is niet mogelijk.'

'Niet waar. Je was nogal zwaar aan het zuchten en dat kon ik duidelijk horen.'

'Zuchten doe je om verschillende redenen, niet alleen om te denken.'

'Ik weet het. Je zuchtte in mijn truck om andere redenen. Kreunde ook.' Hij nestelde zijn gezicht in haar hals.

Allebei dingen die ze weer ging doen als hij zo doorging.

Dat deed hij.

'Ik wil je, Cassidy,' fluisterde hij tegen haar keel, en de trillingen van zijn stem golfden door haar heen. 'Het is geen geheim en het is geen verrassing, en ik ben het zat om ertegen te vechten. We kunnen de nasleep later wel aanpakken. Zeg me dat jij dit net zo graag wil als ik.'

'Dat wil ik.'

Gelukkig kwam Titania toen terug. Ze zetten haar weer in de ren en Liam leidde Cassidy naar zijn kamer.

Hij strekte zich naast haar uit op zijn bed. 'Laatste kans om te stoppen als je niet wilt dat dit verder gaat,' zei hij, terwijl hij met kussen langs het midden van haar borst naar beneden ging, zijn gezicht nestelde in haar decolleté, zo laag als het maar kon.

'Niet stoppen.' Ze kronkelde onder hem om haar handen naar de zoom van haar T-shirt te krijgen. Dat ding moest uit. Nu.

De verdomde strass-steentjes bleven aan zijn shirt haken en raakten daarna verstrikt in haar haar. 'Scheur het eraf.' Het was dat of haar haar, en een nieuw shirt kon ze altijd nog kopen.

'Je hebt niet veel kleren, Cassidy.'

'Dan draag ik de jouwe. Of helemaal niets. Doe het gewoon van me af.'

'Helemaal niets, hè?' Liams glimlach wakkerde een langzaam smeulend vuur in haar aan—dat in een laaiende brand veranderde toen hij het shirt *inderdaad* verscheurde.

De steentjes die niet door de kamer vlogen, zaten nog steeds in haar haar vast, maar dat kon haar niets schelen, want hij boog zijn hoofd naar haar tepel en steentjes waren het *laatste* waar ze nog aan dacht.

'Ah, God, ja. Dat voelt zo goed.'

'Je bent prachtig. En je smaakt zo goed,' zei hij, zonder zijn lippen van haar tepel te halen, terwijl zijn tong er rondjes omheen trok tot die net zo strak en hard was als hij tegen haar aan.

Ze schoof haar hand tussen hen in en streelde hem over de hele lengte.

'Ah, Cassidy,' kreunde hij tegen haar huid, de vibratie joeg opnieuw rillingen door haar heen. 'Voorzichtig, vrouw. Als het jou betreft lijk ik niet veel controle te hebben.'

Ze glimlachte en liet haar nagels over zijn lengte gaan door de zijdezachte basketbalshort. 'Mooi zo. Des te beter om je mee te kwellen, liefje.'

Hij keek haar aan, haar tepel nog steeds tussen zijn lippen, en hij trok er zacht aan, met een duivelse glans in zijn ogen. 'En dit is des te beter om jou te proeven, liefste.' Zijn tong maakte een snelle flikker-/strijkbeweging en *ohmygod*... Cassidy plantte haar hielen in het matras en greep het dekbed vast om niet van het bed te vliegen.

Er was geen plek waar ze liever was en ze was niet van plan dit bed af te komen totdat de aarde bewoog.

Zijn vingers gleden over haar buik naar beneden, over haar heupbeenderen, naar precies daar waar ze hem nodig had.

De aarde bewoog.

De hemel zong.

Vogels huilden, leeuwen brulden, en ergens te midden van al haar verstrooide gedachten wist Cassidy dat ze niets anders kon doen dan meegaan op de golf van genot die Liams vingers en lippen haar schonken.

'Liam.' Ze jammerde het. Of misschien ademde ze het. Of misschien kreunde ze het... Mogelijk alle drie; Cassidy wist het niet. Het enige wat ze wist, was dat Liam haar het meest intense genot van haar leven gaf en dat ze niet wilde dat het ooit zou ophouden.

En toen ging het nog een tandje hoger. Hij omvatte haar borst, waardoor ze kloppend, nat en hunkerend tussen haar dijen achterbleef, een staat waar ze enorme moeite mee zou kunnen hebben, ware het niet dat, toen hij haar borst omvatte, zijn duim over haar tepel gleed met zo'n martelend genot dat elk zenuwuiteinde in haar lichaam naar dat ene punt brulde, alle energie, alle begeerte dáárop gericht—om vervolgens te verschuiven toen hij de andere weer met zijn tong beroerde.

Ze greep zijn hoofd, hield hem daar, boog haar lichaam naar hem toe, gedempte smeekbeden dat hij nooit mocht stoppen, dat hij haar dit intense genot de rest van haar leven moest blijven geven...

Hij verschoof, schoof boven op haar, drukte zijn erectie—dank u, God— tegen haar kloppende kern, en ze wilde niets liever dan hem in zich trekken en hem lang genoeg in haar houden om die leegte te vullen die er al zo lang was dat ze eigenlijk niet meer wist hoe het was om die *niet* te hebben. Maar Liam kon die leegte laten verdwijnen. Voor altijd laten verdwijnen.

Ze had zich nog nooit aan iemand vergooid. Had nooit de overweldigende drang gehad om dat te doen. Het had ook niet gehoeven, want mannen waren altijd op háár afgekomen en zij was degene geweest die nee zei. Goddank zei Liam ja, want het was alsof het pure leven ervan afhing dat hij haar aanraakte.

Het joeg haar angst aan, deze diepte van wat ze voor hem voelde. Iemand zóveel macht geven... Het was het tegenovergestelde van wat ze had gezegd dat ze nu met haar leven wilde doen.

Maar het hield haar er niet van af hem te willen. Zijn handen overal op haar. Zijn lippen, zijn tanden, zijn tong over haar huid. Dus daar zou ze nu aan toegeven en de rest later wel onder ogen zien.

Ze schoof haar handen over zijn rug omhoog, genoot van het zweet onder haar handpalmen, hoe het bij hem rook, hoe het hun lichamen glad maakte zodat ze tegen elkaar aan konden glijden met precies de juiste hoeveelheid wrijving—'

'God, Cassidy. Ik wil je.'

Prijs de Heer en geef de popcorn door. Cassidy trok zijn gezicht naar het hare en kuste hem met alles wat ze in zich had.

Zijn tong danste over de hare, zijn tanden nipten aan haar lippen en zijn tong... Lieve God, wat had hij een getalenteerde tong. Hoe zou het zijn als hij lager ging...

Ze greep zijn short vast, omdat ze het wilde weten. Omdat ze wilde weten hoe het was om zó intiem met iemand verbonden te zijn—en dan bedoelde ze niet alleen lichamelijk. Ze had eerder seks gehad, maar dit, wat Liam met haar kon doen... dit had ze nog nooit gehad.

'Doe je short uit,' mompelde ze, terwijl ze probeerde die over zijn heupen omlaag te duwen, en het opgaf, om in plaats daarvan haar handen onder de tailleband te schuiven en ze om zijn kont te krullen.

God, wat had hij een geweldige kont. Zo stevig en strak en gespierd... Perfect om zich aan vast te klampen of hem naar zich toe te trekken terwijl hij in haar stootte...

'Ik wil je, Liam. In mij. Nu.'

'Bazig ding, hè?' Hij klonk niet geïrriteerd. 'Geef me een seconde, schat.'

Hij kroop nog wat verder over haar heen, zijn onderlijf nu ter hoogte van haar borst.

Cassidy knabbelde aan zijn heup.

'Holy—!' Liam viel op het bed neer. 'Cassidy, lieverd. Geef me even de kans. Als je dat doet, krijg ik niet op tijd een van deze om.'

Ze keek naar 'deze'. Ah. Condooms. Goed. 'Pak er een heleboel.'

Hij trok een wenkbrauw op. 'Definieer "een heleboel".'

Ze glimlachte naar hem. 'Zoveel als je denkt aan te kunnen, grote jongen. En dan nog drie erbij.'

Hij lachte en schudde zijn hoofd; het bijna wanhopige randje was eraf. Oh, ze wilde hem nog steeds, maar nu kon ze tenminste weer nadenken.

En toen ging hij aan de rand van het bed staan en liet zijn short zakken.

Weg was het nadenken.

'Mijn God, Liam. Je bent mooi.'

'Die is van mij.' Hij bewoog niet, hij staarde haar alleen maar aan.

Cassidy keek naar zichzelf. Haar tepels stonden als twee verhardde steentjes, er zat wat schaafplek op haar borst, haar short was half over haar heupen geduwd en haar sokken en gympen had ze nog aan. Oh, en haar shirt zat nog steeds verward in haar haar. Ze droeg geen make-up, had gezweet als een otter, en haar lippen waren waarschijnlijk gezwollen van zijn kus. 'Schoonheid zit blijkbaar echt in het oog van de toeschouwer.' Ze wurmde zich uit haar short en schopte haar gympen uit.

'Baby, je bent prachtig. Vanaf het allereerste moment dat ik je zag, ben je alleen maar mooier geworden.'

Als ze nog iets nodig had gehad om haar botten te doen smelten, dan was dit het geweest, maar dat had ze niet. Ze wilde Liam niet om wat hij tegen haar zei, maar om wie hij was. *Hoe* hij was. In de afgelopen twee weken had ze leren kennen wie *hij* was. Hoe *hij* dacht. Zijn gulheid, zijn compassie, zijn talent, zijn verstand en zijn hart. Zijn liefde voor zijn familie en zijn onbaatzuchtig-heid in hoe hij haar hielp. En dan was er nog die chemie, en het was alsof Liam te mooi was om waar te zijn.

'Alsjeblieft, Liam.' Ze stak haar hand uit en nodigde hem uit zich bij haar te voegen. Om zich *met* haar te verbinden. Om in dit moment bij haar te zijn.

'Ik ben hier, Cass.'

Hij schoof naast haar, omvatte haar heup en rolde haar zodat ze hem aankeek, en ze had geen moeite met de bijnaam. Niet van hem. Hem het te horen zeggen... Het was anders dan wanneer Mom haar zo had genoemd. Anders. Een koosnaampje. Iets dat alleen *hij* haar mocht noemen. Het gaf haar een warm, gewenst, gekoesterd gevoel.

'Weet je het zeker?' Liam streek met zijn vingertoppen over haar wang.

Ze ving zijn hand op en bracht die naar haar lippen. Ze kuste zijn vingers. Eén keer. Toen nam ze zijn wijsvinger in haar mond en rolde haar tong erom-heen. 'Beantwoordt dat je vraag?'

Zijn ogen werden donkerder en die sexy glimlach gleed over zijn lippen. 'En of het dat doet.'

En toen rolde hij haar op haar rug en lag boven op haar, geen draadje kleding—nou ja, behalve het condoom—tussen hen in.

Liam omvatte haar gezicht en streek met zijn vingertoppen een pluk haar van haar voorhoofd. 'Je bent zó ongelooflijk mooi, Cassidy. En dan bedoel ik niet alleen het uiterlijk. God heeft je het mooie geraamte gegeven, maar er zit een licht in jou dat naar buiten schijnt. Het zet iedereen om je heen in de scha-duw. En je bent je er niet eens van bewust. Je weet niet eens hoe je anderen raakt.'

God, wat waren die woorden mooi, en ze had er een hekel aan hem uit de droom te helpen, maar de werkelijkheid was... Hij herkende niet waar hij naar keek toen hij dat vermeende licht zag.

'Dat licht is de aantrekkingskracht van de naam Davenport, Liam. Het heeft niets met mij te maken en alles met mijn achternaam.'

Liam schudde zijn hoofd. 'Dat is wat jij denkt, maar het is niet waar. Datzelfde licht straalt niet van je vader, en hij draagt die naam al langer. Jij bent het, Cassidy. Het is wat er in jou zit, de goedheid van wie je bent, die naar buiten schijnt en mensen naar je toe trekt als een mot naar het licht. Laat jezelf niet zo cynisch worden dat je de waarde van wie je bent niet meer ziet. Ik weet dat je vader je beet heeft genomen, maar jij blijft jij. In dat condo, in mijn huis, in je studio... Het is allemaal jij en met háár ben ik nu hier. Niet een Davenport, niet een socialite, niet iemand die mensen heeft ontmoet over wie ik alleen op het nieuws heb gehoord, maar Cassidy Marie Davenport. Meubelopknapster, kunstenares, en een best goede huishoudster na twee weken in dienst.' Hij duwde speels met zijn neus tegen de hare. 'Ik wil *jou*, Cassidy. Jou. Niemand anders.'

Het klonk bijna alsof hij zichzelf probeerde te overtuigen of een soort verklaring wilde afleggen, maar Cassidy zou hem op zijn woord geloven. Liam was een van de weinige mensen die ze had ontmoet die ze *op zijn woord* kon geloven.

Ze legde haar handpalm tegen zijn wang. 'Neem me dan, Liam. Laat de rest van de wereld verdwijnen.'

Liam had geen verdere aansporing nodig. Hij had zichzelf ternauwernood in toom gehouden met haar onder zich, haar zachte huid die zijn harde, strakke lichaam wiegde dat van verlangen op ontploffen stond.

Eén nacht. Meer had hij niet nodig. Eén nacht met haar.

Maar hoe zit het met al die mooie dingen die je net tegen haar zei? Waren die alleen maar om in haar broek te komen?

Hij duwde die deur in zijn hoofd dicht. Hij had het niet gezegd om in haar broek te komen. Verdorie, hij zat al in haar broek. Hij had het gezegd omdat het waar was.

En verder ging hij het niet analyseren. Niet hier. Niet nu.

Hij wiegde met zijn heupen en zij opende zich om hem toe te laten. 'Jezus, Cass, je voelt geweldig.' Hij klemde zijn kaken op elkaar om zichzelf ervan te weerhouden zich meteen in haar te storten. Hij wilde dit moment proeven, elke centimeter voelen terwijl ze hem in zich opnam, nat en heet, haar spieren die zich om hem spanden, hem loslieten om meteen weer aan te trekken, hem aanmoedigden door te gaan.

'O God, ja,' hijgde ze en boog haar hals toen hij in haar gleed.

Liam kon zich niet bedwingen; hij zoog aan dat blootliggende stukje huid. God, wat smaakte ze goed. Wat voelde ze goed.

Hij trok zich terug, glimlachte om haar gesnik, en stootte toen weer in haar, dieper.

'Ja, Liam, zo.'

Haar nagels krasten over zijn rug en ze haakte haar enkels over zijn kont en deed een verbluffend wiebeltrucje waardoor hij bijna als een raket was afgegaan.

Hij trok speels met zijn tanden aan de huid van haar hals. 'Heilige hemel, Cass. Je laat me klaarkomen voordat we überhaupt lol hebben gehad.'

Ze liet haar handen over zijn rug glijden, haar vingertoppen bezorgden hem onderweg overal rillingen, en ze pakte haar enkels vast. 'Er is nog zat plezier in het verschiet.'

Ze boog haar rug en Liam had niet geloofd dat het mogelijk was dieper te gaan. Meer te voelen, maar de manier waarop ze hem in zich opnam...

Hij stootte in haar. Zijn lichaam liet het niet toe om het níét te doen. Hij kon de drang niet weerstaan en deed het nog een keer. En nog een keer. Nog eens. Nog twee keer, en hij voelde het beginnen. Voelde de spanning in zijn ballen en hij kon het niet stoppen. Ze bleef onder hem bewegen, hem naar voren wiegen, zich om hem samenknijpen, en Liam, die altijd zo trots was geweest op zijn fameuze zelfbeheersing, verloor die. Helemaal. Hij wérd een voelend, bewegend, bonkend, stotend, naar liefde hunkerend wezen, dat alles van haar wilde nemen en dan nog meer.

'Jezus, Cass... Ik kan niet... Ik...'

'Kom voor me, Liam,' fluisterde ze tegen zijn kaak. 'Laat me voelen dat je komt.'

'Maar jij...' Hij probeerde adem te halen, maar het lukte niet. Zweet liep over zijn voorhoofd, tussen zijn schouderbladen en in zijn onderrug waar haar hielen hem dieper in haar dreven.

'Kom gewoon. We hebben de hele nacht. Daarna kun je voor mij zorgen.'

Het was volkomen egoïstisch van hem, maar Liam dacht eerlijk gezegd niet —als hij al een paar seconden had om te denken—dat hij kon stoppen. Er was gewoon iets aan Cassidy—

Zijn orgasme wiste die gedachte en elke andere uit zijn hoofd in een verblindende flits van licht. Hij boog zijn rug, heeft misschien een kreet geslaakt, en liet het genot door zich heen golven, bijna te intens om te dragen.

Maar hij droeg het. En nog wat meer. Hij perste er elke laatste druppel uit, verschoof zelfs een beetje om het te rekken.

En toen liet ze haar vingertoppen over zijn borst omhoog lopen, krulde ze die in een plukje haar op zijn borstbeen en trok eraan.

Hij zakte boven op haar in elkaar terwijl hij uit haar gleed, en herinnerde zich op het laatste moment nog net zijn gewicht op zijn ellebogen op te vangen.

'Vond je dat lekker?' fluisterde ze met een glimlach tegen zijn oor.

Hij grinnikte. Nou ja, als een uitgeblazen adem en een flits van een glimlach een grinnik genoemd konden worden. Gezien het feit dat hij die beweging überhaupt *kon* bedenken, was de handeling op zich al een hele prestatie. 'Ja. Zo kun je het wel zeggen.'

En vier woorden. Hij had niet gedacht dat hij die nog in zich had. Niet na dat. Niet na Cassidy.

'Ik ben te zwaar voor je.' Hij probeerde zijn ledematen met zijn wilskracht te verplaatsen, maar loomheid kroop erin.

'Nee hoor. Je voelt geweldig precies waar je bent.' Ze streelde zijn flanken en meer rillingen joegen door hem heen—en zetten daarmee meteen weer een ander deel van hem aan.

'Mmmmm.' Hij was weer onsamenhangend. Ach ja. Onsamenhangendheid had veel te bieden.

Zeker wanneer ze met haar vingertoppen cirkels over zijn schouderbladen trok en ze daarna in zijn haar begroef.

'Kus me, Liam.'

Daarop kwamen zijn spieren in beweging. Daarop nam de loomheid de benen en stroomde de energie brullend terug; hij duwde zich op zijn ellebogen omhoog en kuste haar.

Het was meer dan een kus. Het was een ontmoeting van twee zielen. Een moment waarop de lichamelijkheid van hun aanraking verbleekte bij de betekenis en de gevoelens erachter. Waarop alles in zijn leven leek samen te komen in dat ene punt van contact, en hij er nooit genoeg van kon krijgen. Van haar.

Hij kantelde zijn hoofd en drong met zijn tong haar mond binnen zoals hij enkele momenten geleden in haar was gedrongen. Waren het echt maar enkele momenten? Het leek een eeuwigheid.

Uh, gast? Luister je wel naar jezelf?

Liam duwde die zeurende stem zijn hoofd uit. Ja, hij luisterde naar zichzelf. Zoals hij al die tijd had moeten doen.

Cassidy was Rachel niet. Ze leek niet eens *op* Rachel. En hij was een dwaas geweest om haar in dezelfde mal te willen dwingen, terwijl ze dit al die tijd hadden kunnen hebben als hij maar voorbij zijn verleden had kunnen kijken.

Hij liet zijn lippen van de hare glijden en knabbelde aan haar kaak, vervolgens weer naar dat zoete plekje achter haar oor om te kijken of hij rillingen over haar hele lichaam kon sturen zoals zij bij hem had gedaan.

'Liam—'

'Sst.' Hij trok haar oorlel in zijn mond. 'Vertrouw me, Cass. Ik ga dit heerlijk voor je maken.'

'Mmm, ja,' kreunde ze toen hij met zijn tong langs de schelp van haar oor streek.

Daar waren die rillingen.

Hij kuste een weg omlaag over haar keel en haar borsten, nam er zalige, eindeloze tijd voor, liet haar kreunen en onder hem kronkelen.

'Liam... ik wil...' Haar hoofd sloeg heen en weer op het kussen, haar handen grepen in zijn haar, hielden hem op zijn plek.

Dat kon niet.

'Pak de bedrand, lieverd.'

'Mmmmm... w... wat?' Haar ogen gingen halfopen en haar onderlip, nat en vol, verdween tussen haar tanden.

Hij glimlachte. 'Leg je handen boven je hoofd en pak de bedrand vast.' Hij likte haar tepel. 'Ik beloof je dat je het lekker zal vinden.'

Haar glimlach velde hem bijna, zo zwoel en zelfverzekerd en zéér opgewonden.

'Zo?' Ze streek met haar handen langs haar lichaam omhoog, holde haar rug terwijl ze ze boven haar hoofd bracht en de dwarslat vastgreep.

Oh ja, dat beviel hem.

'God, Cassidy, je bent prachtig.' Hij moest naar adem happen. 'Vanbinnen en vanbuiten.'

Die gedachte zou hem moeten afschrikken; ze had de macht om de stappen die hij sinds Rachel had gezet, weg te vegen—maar het was het risico waard. *Zij* was het risico waard.

'Vrij met me, Liam.'

Maak *liefde...* De woorden, de implicaties, dreigden hem de knieën onder het lijf vandaan te slaan—dus het was maar goed dat hij ze niet nodig had om zich te dragen.

Nog niet.

'Dat ben ik van plan.'

Hij kuste haar hard op de lippen. Sloop met zijn tong tussen haar lippen om die van haar te plagen, zoog er nog geen seconde aan en trok zich toen van haar terug.

'Hé—!' Ze reikte naar hem, maar Liam ving haar hand.

'Ah ah ah. Dit—' hij tikte tegen haar hand '—hoort te blijven waar het was. En dit...' Hij trok één natte vingertop langs haar sleutelbeen en liet die vervolgens zakken over een van die perfecte borsten die hij had gekust. 'Hoort hier te zijn.'

Hij cirkelde om haar tepel en werd harder toen hij voelde hoe die zich aanspande en haar naar adem hoorde happen.

Ze legde haar hand terug op de bedrand.

'Vond je dat lekker?' kaatste hij haar woorden terug.

'Ja.' Ze blies een lange adem uit toen hij dezelfde beweging met haar andere borst herhaalde.

Hij trok zijn nagels over haar huid, uit eerste hand wetend hoe het voelde, hoe die rillingen voelden.

Hij streek lager, liet ze lichtjes over haar ribbenkast glijden, genietend van het feit dat hij dit met haar kon doen. Willend de enige te zijn die het kon.

Hij schoof op zijn knieën naar achteren, trok cirkels met zijn vingertoppen over haar buik, glimlachte toen die trilde en ze een schorretje adem inhield.

Toen bewogen haar heupen onder hem.

Hij beet op zijn lip maar kon de glimlach niet onderdrukken. Haar heupen zouden zich zeker gaan bewegen.

Hij schoof nog verder naar achteren, dit keer rustend op haar dijen.

Ze was klaar voor hem. Ze wilde hem.

Hij trok één vinger omlaag vanaf haar navel, recht naar precies dat deel van haar dat hij intiem wilde leren kennen.

'Ja, Liam,' hijgde ze. 'Alsjeblieft.'

'Alsjeblieft wat?' Hij cirkelde met zijn vinger.

'Dat!' hijgde ze, haar heupen schokkend.

'Weet je het zeker?' Hij tikte met zijn vinger.

'Ja.' Haar stem was hees, haar ademhaling versnelde.

'Of heb je liever dit?' Hij schoof één vinger in haar, toen een tweede, en voelde haar eromheen samentrekken. O nee, zo gemakkelijk zou ze er niet van afkomen.

Hij trok zijn vingers terug, glimlachte om haar kreetje, en gleed toen naar haar voeten.

Daarna op de vloer.

Ze hief haar hoofd op, haar groene ogen half geloken, haar lippen gezwollen en nat.

Hij trok aan haar enkels en haalde haar naar het voeteneind. 'Ben je er klaar voor?'

Ze kreunde en liet haar hoofd weer vallen. Haar handen waren te ver van de bedrand, maar ze liet ze niet langs haar lijf zakken; in plaats daarvan draaide ze ze in de sprei boven haar hoofd.

God, hij kon niet wachten om haar hetzelfde genot te geven als zij hem.

Hij nam de tijd, proefde elke beweging van haar lichaam, leerde wat ze lekker vond, waar haar adem op haperde, waar ze naar adem hapte.

Waar ze van kreunde.

Hij streelde en hij zoog, en hij gleed naar binnen, zijn tong en zijn vingers brachten haar naar dezelfde kronkelende roes waarvan hij buiten zichzelf was geweest. Hij wilde haar daar hebben. Wilde dat ze alles vergat, iedereen, alles behalve hem.

'Ja, Liam, ja!' Haar hoofd sloeg heen en weer, haar handen grepen wat ze maar konden vinden, en haar lichaam stond in vuur en vlam in die zinderende roes terwijl ze schokte en spande, trillend op de rand totdat ze hem smeekte, zodat hij haar uiteindelijk wel moest laten losgaan.

Ze gilde zijn naam. Ze gílde het letterlijk, waardoor hij blij was dat hij ver genoeg van zijn buren woonde dat niemand de politie zou bellen, want hij was niet van plan dit voor wie dan ook te beëindigen.

Ze kwam nog een keer, haar dijen probeerden zich tegen het genot te sluiten, maar dat liet hij niet toe. Hij hield haar benen gespreid en gaf haar elke druppel genot die hij kon, proefde haar tot de laatste rilling wegtrok.

Hij kuste haar dij, toen net onder haar navel, kroop omhoog over haar lichaam terwijl ze natrilde; elke kus bracht een nieuwe siddering.

Hij kuste verder omhoog naar haar borsten en beminde ze opnieuw. Ze waren echt en ze waren perfect.

Ze sloeg haar ogen op toen hij de tweede in zijn mond zoog, zijn tong loom rondjes makend om haar tepel.

'Vindt je dat lekker, hè?' imiteerde ze, een zachte glimlach om haar lippen.

'Word maar niet te ontspannen, liefje. De nacht is nog jong.' Hij reikte naar de condooms die hij bij haar uitdaging op het bed had gegooid en rolde op zijn zij om er een nieuwe om te doen. 'Ronde twee gaat zo van start.'

Hoofdstuk 30

Ze was de tel kwijtgeraakt hoeveel rondes er waren geweest, maar het aantal deed er niet echt toe. Wat hij haar had laten voelen, wat hij haar had gegeven... Hoe was het mogelijk dat een van de ergste momenten van haar leven het begin hiervan was geweest? Van de ontmoeting met Liam en hem goed genoeg leren kennen dat ze niet alleen had overwogen om met hem naar bed te gaan, maar het ook daadwerkelijk had gedaan? En daar wilde blijven?

Het was bijna grappig dat de huisuitzetting van haar vader haar dit had gegeven. Dit moment, deze plek, deze man. Zonder die ene gebeurtenis zouden zij en Liam als schepen in de nacht aan elkaar voorbij zijn gegaan op de gang, met niet meer dan een beleefd 'Hallo, fijne dag nog'.

Ze wilde *deze* relatie. Ze wilde hem.

Jezelf vinden was de reden waarom ze haar vaders huis had willen verlaten; Liam vinden was een geschenk waar ze nooit van had gedroomd.

Ze kroop dichter tegen hem aan en genoot van het gevoel van hem naast zich. Hij had haar niet losgelaten; zijn arm lag onder haar schouders en hij wreef een paar lokken van haar haar tussen zijn duim en wijsvinger. Het lichte trekken aan haar hoofdhuid voelde goed. Zorgde ervoor dat ze zich gewenst voelde. Begeerd.

'Je bent stil', zei hij.

'Ik dacht dat ik dat een paar minuten geleden ruimschoots had goed-gemaakt.'

Ze voelde hem grinniken. 'Dat is waar.'

'Waarom? Is er iets waar je over wilt praten?' Plotseling maakte ze zich zorgen. Hij had gezegd dat ze de nasleep later wel zouden aanpakken. Was dit die nasleep? Voelde hij niet hetzelfde als zij?

'Dat is er.' Liam verlegde zijn gewicht zodat hij op zijn zij lag, maar hield zijn arm nog steeds om haar heen en haar haar in zijn hand.

Ze vond het heerlijk zo. Vond het fijn dat hij ermee wilde spelen. Vond het fijn dat hij niet wilde loslaten.

'Waardoor ben je geworden zoals je bent, Cassidy?'

Dat was geen vraag die ze had verwacht. 'Wat bedoel je? Ik ben gewoon ik.'

Hij ademde in en kietelde haar wang met haar haar. 'Dat is wat ik bedoel. Jij. Hoe ben jij jezelf geworden terwijl je met hem opgroeide?'

'Ah.' Nu begreep ze het. Maar ze wist niet zeker of ze er wel antwoord op wilde geven. Niet eerlijk in ieder geval.

Maar ze wilde geen relatie zonder eerlijkheid tussen hen. Als de waarheid hem niet beviel, kon ze daar maar beter nu achterkomen.

'Ik was niet altijd zo. Vroeger ging ik helemaal op in het jetsetleven. Ik hield van feestjes, kleren kopen en vakanties in exclusieve resorts. Ik bedoel, wie niet, toch?'

'Het klinkt als een oppervlakkig bestaan.'

Als ze nog steeds in die wereld leefde, zouden zijn woorden pijn doen. Of misschien ook niet, aangezien ze te oppervlakkig was geweest om erom te geven.

Het feit dat hij er zo over dacht, was echter bemoedigend. De eerste man die door de onzin heen keek en haar om haarzelf wilde, *niet* om het geld van haar vader.

Weet je dat wel zeker?

Cassidy schudde de gedachte van zich af. Liam was niet zo. Hij was een oprechte kerel. Hij was eerlijk en hardwerkend en ze durfde te wedden dat hij nooit een aalmoes van wie dan ook zou aannemen. Liam was het type man dat het op eigen kracht zou redden.

In tegenstelling tot de vrouw die ze vroeger was.

'Ik ben niet trots op wie ik toen was, Liam. Maar zo ben ik opgevoed en zo werkte mijn wereld. Toen ontmoette ik Franklin.'

Liam verstijfde tegen haar aan. En niet op een goede manier. 'Franklin?'

Ze wreef met een hand over zijn borst. Voelde zijn hart kloppen onder haar handpalm en ze liet haar hand daar liggen. Als hij eens wist hoe symbolisch dat voor haar was.

'Franklin was een jongen van dertien met heel veel medische problemen. Problemen die hem gemeen, verbitterd en onaardig hadden kunnen maken. Ik zat naast hem tijdens een van de liefdadigheidsdiners van het ziekenhuis.'

'Hebben ze hem naar buiten gereden om donaties los te peuteren?' Liams kaken spanden zich aan.

'Nee. Helemaal niet. Het was een van Franklins levenswensen. Zo noemt de stichting die hem sponsorde ze, in plaats van laatste wensen of stervenswensen. Ze richten zich liever op wat er nog over is van iemands leven in plaats van op de naderende eindigheid.' Ze trok haar hand van Liams borst en vouwde hem in de hare. Ze vond het moeilijk om over Franklin te praten zonder vol te schieten.

'Franklin wilde een smoking dragen voordat hij stierf en naar een chique evenement gaan. Het diner viel op het perfecte moment en hij kwam als gast. Zat aan mijn tafel. Ik kende iedereen daar behalve hem, en ik was cynisch geworden. Het was voor mij gewoon het zoveelste evenement waar ik met veel tamtam de donatie van mijn vader overhandigde, lachte en er mooi uitzag voor de camera's. Ik hield praatjes met de handlangers van mijn vader en zijn zogenaamde zakenrelaties.' Weer zo'n standaard gala op dinsdagavond dat te vaak per jaar plaatsvond. En voor elk gala had ze een nieuwe jurk.

'En toen kwam Franklin, voor wie alles nieuw en glanzend en schitterend en vrolijk was. Hij was als Assepoester op het bal, hij zag glamour in dingen waar wij allemaal zo ongevoelig voor waren geworden. Hem in zijn rolstoel zien, met zijn zuurstoftank en zijn kale hoofd dat zo in contrast stond met zijn grote glimlach en grote ogen, met zijn interesse in iedereen en alles... Ik kon *niet* anders dan hem willen leren kennen. Maar de anderen aan onze tafel konden het niets schelen. Hij was een buitenstaander en, erger nog, minderbedeeld en ziek. Ik schaamde me voor hen. Maar het punt was: als hij het al merkte, dan boeide het hem niet. Hij was gewoon blij dat hij er was en genoot van het moment. En dat was wat me raakte. Wat me de ogen deed openen. Voor mij was hij geen bezienswaardigheid vanwege zijn medische toestand, maar vanwege zijn optimisme en acceptatie en pure geluk bij het doen van iets wat ik als vanzelfsprekend was gaan beschouwen en waar ik zelfs een hekel aan begon te krijgen.'

Ze snoof toen ze zich herinnerde hoe zijn ogen groot waren geworden toen het bedienend personeel het dessert bracht. Voor haar was het een stuk chocoladetaart dat direct op haar heupen zou gaan zitten, dus had ze het weggeschoven. Voor Franklin was het ambrozijn. Een traktatie zo zoet en zo kostbaar dat hij zichzelf moest bedwingen om het niet in één hap naar binnen te schrokken, omdat hij de smaak niet wilde missen.

Ze had hem haar stuk gegeven en dat had hun vriendschap bezegeld.

'Franklin had zo'n geweldige kijk op het leven. En op de dood. Hij was er niet bang voor. Hij wilde het uiteraard niet, maar toen het einde eindelijk aanklopte, was hij bereid het te omarmen.'

Zij was daar echter niet klaar voor geweest en ze krijgt nog steeds een brok in haar keel als ze eraan denkt hoe hij op haar hand klopte en zo goed mogelijk glimlachte met de weinige kracht die hij nog over had. 'Hij had heel wat leven in die maanden gepropt dat ik hem kende, en hij leerde me wat belangrijk was in het leven. Niet geld, niet spullen, niet het ontzag en de nijdige acceptatie van andere mensen vanwege wat je hebt of wat je achternaam is of wie je vader is. Zelfs toen zijn familie hem in de steek liet, hem in een groepshuis liet wonen en de maatschappij voor zijn behandeling liet betalen, was Franklin niet verbitterd. Hij koos ervoor zich op het positieve te richten.'

'Lieten ze hem achter? Ziek? Stervend?'

Ze knikte. 'Maar hij veroordeelde hen niet en hij leerde mij dat ook niet te doen.' Ze zuchtte. 'Het was moeilijk om dat niet te doen.'

'Zoals toen je moeder je verliet.'

'Weet je daarvan?'

'Er is in de loop der jaren niet veel over jou dat het nieuws niet heeft gehaald.'

Ze twijfelde of ze het fijn vond dat hij genoeg geïnteresseerd was geweest om op te letten en het te onthouden, of dat ze het naar vond dat hij over haar vuile was had gehoord.

Hij raakte haar wang aan. 'Hé, laat de daden van je ouders niet bepalen wie jij bent. Je bent je eigen persoon. Je staat nu op eigen benen, toch? Je hoeft niet te worden zoals zij.'

Het was precies het juiste om te zeggen. 'Dank je.'

'Graag gedaan.'

Voor haar ook. Een van de dingen die ze zich had voorgenomen toen Franklin stierf, was om zijn boodschap van acceptatie en liefde en het loslaten van een slecht verleden te verspreiden.

'Franklin was rijk aan vrienden, zo niet aan familie. En zij werden zijn familie. Iedereen hield van hem, omdat hij van iedereen hield. Hij accepteerde hen zoals ze waren, zelfs degenen die hem negeerden. Hij had nooit een kwaad woord over iemand te zeggen en had altijd een grapje of een compliment klaar. Want, zoals hij zei, iedereen die hij ontmoette maakte deel uit van zijn reis, en aangezien zijn reis niet lang zou duren, had het geen zin om je op het slechte te concentreren of bij het gemene stil te staan. Dit was zijn enige kans om geluk te ervaren. Voor de maanden die hij nog over had, zou hij van elke minuut, iedereen en alles genieten.'

Franklin draaide volledig om goeddoen voor anderen, om het leven dat hem gegeven was ten volle te leven, en hij was haar inspiratiebron geweest. Haar katalysator voor verandering. Haar nieuwe wereldbeeld over hoe weinig haar leven had betekend totdat ze hem ontmoette.

Ze slikte, haar keel dichtgeknepen door de tranen die ze probeerde niet te laten vloeien. *Glimlachjes, geen tranen.* Dat was hoe hij wilde dat ze hem zou herinneren.

'Hij was dolblij toen mensen hem planten als cadeau begonnen te brengen in plaats van bloemen.' Ze had Franklin nooit verteld dat het haar idee was geweest omdat planten langer meegingen dan bloemen. Ook niet dat *zij* de cadeauwinkel ermee had bevoorraad en de hulp van het personeel had ingeroepen om willekeurige bezoekers ze bij Franklin te laten afleveren. 'We zochten elke plant online op en hij besliste waar hij hem op het terrein wilde planten. Hij wilde weten dat er iets na hem zou voortleven.'

Ze verloor het gevecht met een paar tranen, terwijl ze zich herinnerde hoe plechtig hij was geweest toen hij besefte dat de planten zouden doorgroeien nadat hij er niet meer was.

'Wacht even.' Liam tilde haar kin op. 'Ziekenhuizen hebben hoveniersafdelingen en raden van bestuur. Hij zou hier toestemming voor hebben moeten krijgen, en dat zou tijd hebben gekost. Je kunt niet zomaar alles planten wat je wilt op het terrein van een ziekenhuis.'

Ze ademde uit. 'Dat kan wel als er een Davenport-donatie achter staat.'

'Je hebt de positie en het geld van je vader gebruikt om Franklin te helpen? Je houdt vast wel van de extraatjes die horen bij het zijn van een Davenport.'

Ze verstijfde. Mensen dachten dat altijd. Dachten altijd dat geld problemen deed verdwijnen. Dat deed het niet. Er waren gewoon andere problemen. Goed voorbeeld: haar vader. En Burton. Mensen die wilden wat ze van haar konden krijgen, die haar wilden gebruiken voor hun eigen gewin.

Dat was het mooie van haar relatie met Franklin; die was gebaseerd op het feit dat ze er voor hem was in de geest en in vriendschap, niet om wat haar geld hem kon brengen.

'Het stelde me in staat om de droom van Franklin te verwezenlijken. Hij mocht planten wat hij wilde, waar hij maar wilde. Toen hij stierf, heb ik bordjes laten maken voor elke boom, struik, heester en bloem, zodat iedereen het zou weten. Zodat hij nooit vergeten zou worden.'

Liam probeerde adem te halen door de brok in zijn keel. Hij had gelijk; ze zou nooit zoals Rachel kunnen zijn. Hij durfde te wedden dat Cassidy, zelfs vóór Franklin, een hart en een ziel had die ze niet wilde toegeven. Waarschijnlijk was die ondergedoken zodat ze niet verpletterd zou worden door de oppervlakkige mensen die haar wereld bevolkten. 'Wat zei je vader?'

'Hij... ach...' Ze beet op haar lip en keek weg.

'Hij weet het niet.'

'O, hij weet dat ik bordjes heb laten maken. Hij denkt zelfs dat de flinke donatie die ik aan het ziekenhuis heb gedaan van de liefdadigheidsrekening van het bedrijf kwam.'

'Dat was niet zo?'

Ze schudde haar hoofd. 'Het kwam van mijn eigen bankrekening, niet uit de bedrijfskas. Het was belangrijk voor mij dat *ik* het deed, niet het bedrijf, zodat het helemaal om Franklin kon draaien, niet om de donatie. Daarom staat er op de bordjes nergens Davenport. Pa zal woest zijn als hij eindelijk eens de tijd neemt om er echt naar te *kijken*.'

Haar geld. Dat was waarom ze niets meer had. Niet omdat ze het had uitgegeven aan modeshows of feestjes of exotische locaties.

Was het mogelijk dat Cassidy *de* vrouw voor hem was? Dat ze — afgezien van haar vader — had wat hij zocht?

Maar er waren nog steeds verschillen tussen hen. Grote verschillen. Overduidelijke. Miljoenenkwesties.

Op dit moment was het misschien makkelijk omdat ze maar met zijn tweeën waren, maar zodra die oude Mitch weer in beeld kwam — en dat zou hij; de pers zou een feestdag hebben als deze verwijdering voortduurde — zou het spel veranderen.

Hij tilde haar kin op en de glans van tranen raakte zijn hart. Hij wilde niet dat het veranderde. Hij wilde haar precies zo. 'Dus hoe gaan we dit doen, Cassidy? Jij een Davenport; ik... niet. Ik kom niet uit jouw wereld. Waar gaan we vanaf hier naartoe?'

De verandering die over haar kwam, schokte hem. Het ene moment was ze nog helemaal meegaand en smolt ze weg tegen zijn zijde, haar arm vredig over zijn buik geslagen, haar vingers lichtjes over zijn zijde strelend, en het volgende... Ze krabbelde van hem af en meed zijn blik.

'Ik denk aan een douche en dan wat ontbijt.' Ze stapte aan de andere kant uit het bed. 'Ik zie je over twintig minuten.'

Ze rende zowat zijn kamer uit — in al haar naakte glorie. Maar het enige wat hij kon zien, was dat ze bij hem wegging.

Wat had hij gezegd? Het enige wat hij had gevraagd was wat de volgende stap voor hen was en ze was zijn bed uit geschoten alsof ze niet snel genoeg bij hem vandaan kon komen.

Shit. Was de ongelijkheid in hun levens nu pas tot haar doorgedrongen? Was dat het? Besefte ze dat hij haar nooit zou kunnen geven wat mannen als Burton en haar vader konden, zodat vanavond een eenmalige zaak werd?

Had hij de situatie *alweer* compleet verkeerd ingeschat?

Hoofdstuk 31

Cassidy knipperde haar tranen weg onder de hete straal van de douche. Hij *had* ook de verschillen tussen hun levensstijlen moeten aanstippen, nietwaar? Hij had het moeten zien. Hij had naar haar vader moeten vragen, haar achternaam moeten noemen. Net toen ze dacht dat haar leven anders kon zijn...

Maar ze was nog steeds de dochter van haar vader, wat een lelijke gedachte in haar hoofd plantte: had Liam haar in huis genomen uit de goedheid van zijn hart, of vanwege een mogelijke financiële beloning? Zat er voor hem een winstgevend kantje aan? Was hij net als Burton, maar gooide hij het over een andere boeg? Hoopte hij bij haar vader in een goed blaadje te komen zodat Pa zijn bedrijf zou helpen? En hoe zou ze ooit achter de waarheid komen?

Ze haatte dit. Ze haatte het om aan hem en zijn vrijgevigheid te twijfelen, maar je hoefde geen genie te zijn om te begrijpen dat wie met haar trouwde een kans maakte op de hoofdprijs, en ze was niet achterlijk. Ze mocht dan wel een mooie verschijning zijn, ze had ook hersens in haar hoofd, en zodra mannen het pad van 'en zij leefden nog lang en gelukkig met haar bankrekening' opgingen, kapte ze het meestal af. Ze had zeker nog nooit toegelaten dat een van hen zo onder haar huid kroop dat ze met hem naar bed ging zonder vooraf een paar dingen duidelijk te maken. Nou, dat zou ze nu verdomme wel doen. Als Liam dit echt ergens heen wilde laten gaan, dan zou hij haar moeten bewijzen dat het om de juiste redenen was.

En geen daarvan had iets met haar achternaam te maken.

Liam confronteerde haar aan de ontbijttafel. Ze kreeg niet de kans om zijn wereld op zijn kop te zetten en zich er vervolgens met de zwijgmethode van af te maken. Niet wanneer hij moest weten wat voor vlees hij in de kuip had.

Je weet wat voor vrouw ze is. Het type dat de laatste dagen van een ziek jongetje alles maakt wat hij wenste. En daar niet de eer voor opstrijkt. Een vrouw die liever onderaan begint dan toegeeft aan de eisen van haar vader. Een vrouw die zoveel verloren heeft, maar nog steeds zoveel te geven heeft. Hij zette een bord met roerei voor haar neer en legde een klein portie neer voor Titania nadat hij haar uit haar ren had gehaald.

'Zou je me willen vertellen wat er daarnet gebeurde?' Hij tikte met zijn vork op zijn bord; het ei zag er op dit moment niet erg aanlokkelijk uit.

Ze schoof een vork vol naar binnen en keek hem toen aan. 'Eh, we hadden seks?'

'Ik weet dat we seks hadden. Ik vraag me af waarom je wegvluchtte zodra ik erover begon om hiermee door te gaan.'

'O. Tja, je weet wel. Dat kan ongemakkelijk worden.'

'Ongemakkelijk? Kom op, Cassidy. Ik lag bij je in dat bed. Dat was *niet* ongemakkelijk en je kunt me niet wijsmaken dat het bij deze ene nacht blijft.'

Ze knipperde en bukte zich om Titania te aaien. Hij hoorde haar nogmaals diep ademhalen en toen keek ze hem aan met die gemaakte glimlach die hij nooit meer aan zijn ontbijttafel wilde zien.

'Oké, Liam, stel dat we iets krijgen. Waar zie je het dan precies heen gaan?'

'Waarom moet ik een meesterplan hebben? Waarom kunnen we niet gewoon zien waar het schip strandt?'

'Omdat iedereen een meesterplan heeft als het om mij gaat. Maar mijn vader gaat je niet belonen omdat je bij mij bent. Hij accepteert alleen iemand die op een Ivy League-universiteit heeft gezeten en dezelfde connecties heeft als hij, of een stamboom die die van de Rockefellers overtreft.'

'Maak je een *grapje*?' Liam liet zijn vork met een tandenknarsend gekletter op zijn bord vallen. Misschien had hij haar toch verkeerd ingeschat. 'Denk je dat het gisteravond was vanwege wie je vader is? Van alle ver— eh, gestoorde —' Hij beet op de binnenkant van zijn wang. 'Ik geloof niet dat ik ooit in mijn leven zo beledigd ben geweest.'

Of gekwetst, verdomme.

En die opmerking over Ivy League... Jezus, hij had zich *te pletter* gewerkt om zijn studie te betalen *en* zijn bedrijf op te zetten. Als ze ook maar de helft wist van wat hij had gedaan om te komen waar hij nu was, zou ze wel anders piepen over haar Ivy League.

Hij stond op van de tafel en liep naar de gootsteen, terwijl hij naar buiten staarde zonder iets te zien. Mijn hemel. Had hij het zover laten komen dat hij hoop kreeg, dat hij weer in een vrouw begon te geloven, en dan dacht *zij* dat *hij* haar gebruikte. Ja, ja, het was ironisch. Hij had haar in het begin verkeerd ingeschat en nu deed zij hetzelfde bij hem.

Hij haalde diep adem en draaide zich om. 'Dat heb ik niet, weet je.'

Haar ogen vernauwden zich. 'Wat heb je niet?'

'Ik heb geen bijbedoelingen wat betreft het bedrijf van je vader, zijn geld of jouw bankrekening.'

'Dat is omdat we allebei weten dat ik *geen* bankrekening heb.'

'Je weet wat ik bedoel.'

'Nee, eigenlijk niet.' Ze verzat zich op haar stoel en verschoof wat van haar ei met haar vork.

Titania liet haar achterwerk op de vloer zakken en keek heen en weer tussen hem en Cassidy alsof ze weer aan het racquetballen waren.

Ze vormden een goed team op de baan. En bij het schilderen van zijn kantoor. En zeker in de slaapkamer. Dat kon ze niet allemaal hebben gespeeld.

Door die laatste gedachte liep hij terug naar de tafel. Hij nam de stoel schuin tegenover haar en nam de voortdurend bewegende vork uit haar greep. Daarna tilde hij haar kin op met zijn vinger.

Er glinsterden tranen in haar ogen die nog niet waren gevallen.

Of—terwijl zijn duim over haar wang bewoog—die dat wel waren.

'Ik ben niet zoals de anderen, Cass.'

'Noem me niet zo.'

'Daarnet vond je het niet erg.'

'Daarnet was ik niet bij mijn volle verstand.'

'Van genot.'

'Van waanzin.' Ze stond op van haar stoel en pakte haar bord, met de bedoeling hem te passeren op weg naar de gootsteen.

Hij greep haar arm vast. 'Niet doen, Cassidy.'

Ze keek naar zijn arm. 'Laat los, Liam. Je bezit me niet.' Ze schraapte haar keel en rechtte haar schouders. 'Niemand bezit mij. En dat blijft zo.'

Hij liet haar gaan omdat het zo belangrijk voor haar was. Dat zag hij nu, haar trots om haar eigen persoon te zijn. Ze hield er niet van om de aankleedpop van haar vader te zijn.

Net zoals hij het niet prettig vond om over één kam geschoren te worden met de hielenlikkers van haar vader.

Hij stond op en liep naar haar toe. 'Ik ben niet zoals die andere mannen, Cassidy. Ik ben er niet op uit om te profiteren van jou. Of van je vader.'

'Mooi zo, want op dit moment ben ik niet veel waard voor hem.'

De pijn achter haar woorden raakte hem. Ze duwde hem niet weg omdat ze hem niet wilde; ze duwde hem weg omdat ze hem juist wél wilde. Omdat ze bang was om gekwetst te worden. De enige man op de wereld die haar geen pijn zou mogen doen, de man op wie ze voor alles zou moeten kunnen rekenen, had haar in de steek gelaten. En flink ook. Het was niet verrassend dat ze argwanend was tegenover *zijn* bedoelingen.

Hij plaatste een hand op het aanrecht aan weerszijden van haar. 'Voor mij ben je heel veel waard.'

Er gleed weer een traan over haar wang en ze veegde hem snel weg. 'Houd op met dat soort dingen te zeggen.'

Hij veegde het laatste vocht weg. 'Wat voor dingen? Dat ik om je geef? Dat ik het fijn vind om bij je te zijn?' Hij haalde diep adem en waagde de sprong. 'Dat ik niet wil dat je weggaat nadat je je kunstwerken hebt verkocht?'

'Waarom?' Cassidy veegde de volgende traan weg, sloeg haar armen over elkaar en zette haar hand op haar heup, waardoor ze zijn arm van het aanrecht stootte. 'Goede seks is niet meteen een uitnodiging om in te trekken.'

'Het was geweldige seks, en die uitnodiging had je al.' Hij streek wat haar achter haar oor.

Ze sloeg zijn hand weg. 'Ik meen het, Liam.'

'Denk je dat ik het niet meen? Je begrijpt het niet, Cass. Geloof me, ik vraag niet zomaar iedereen om hier te komen wonen.'

'Dat is niet waar. Je vroeg het aan mij terwijl je me niet eens kende.'

'Dat was om een heel andere reden. En nu kén ik je.'

'Je *denkt* dat je me kent. Dat –' ze knikte naar zijn kamer '– is niet wie ik ben.'

Jezus. Hij wenste bijna dat ze *wel* als Rachel was. Rachel zou hem op zijn woord hebben geloofd en haar spullen al hebben verhuisd voordat hij een ander woord had gezegd.

Maar hij wilde niemand als Rachel. Dat was wat Sean hem gisteravond wilde inpeperen—

Verdomme. Sean. Hij had hem moeten bellen.

'Ik ben meer dan alleen iemand om mee te scharrelen, Liam.'

Hij zou later wel met Sean afrekenen. Op dit moment had de vrouw voor hem hem harder nodig.

Hij greep haar bovenarmen vast en was blij dat ze hem niet van zich afschudde. 'Ik weet het, Cass. Maar dat –' hij herhaalde haar knikje naar zijn slaapkamer '– is een deel van wie je bent. Een deel van wat maakt dat ik je wil. Dat ga ik niet ontkennen. Ik wil je.' God, en óf hij haar wilde. 'Maar niet alleen op seksueel gebied. Ik vind je leuk. Ik wil je beter leren kennen. Ik wil dit tussen ons verkennen en kijken waar het heen kan gaan. Het heeft niets te maken met wie je vader is en alles met wie *jij* bent.'

Zie je wel? Je hoeft niet meteen van het ergste uit te gaan. Geef hem een kans. Geef dit een kans. Maak jouw demonen niet de zijne, in hemelsnaam. Dan kom je nooit ergens met iemand.

Cassidy haalde diep adem en liet de tintelingen die zijn aanraking teweegbracht hun werk doen. Misschien had ze overhaaste conclusies getrokken. Verkeerde conclusies. Liam had een succesvol bedrijf; hij had haar geld of haar naam niet *nodig*.

Niet dat ze een van beide had op dit moment...

Juist. Die had ze niet. Er was geen garantie dat haar vader haar ooit terug zou nemen – en geen garantie dat ze zou gaan. Pa mocht het dan wel verwachten, maar ja, hij kende haar niet.

Liam wel. Of wilde haar tenminste leren kennen.

Ze was paranoïde. Liam had haar geen enkele aanwijzing gegeven dat hij ernaar streefde om de schoonzoon van haar vader te worden. Hij was een goede kerel. Hij werkte hard, hield van zijn familie en zijn grootmoeder. Hielp jonkvrouwen in nood. Liet kleine hondjes uit zonder te vrezen voor zijn mannelijkheid.

Kippenvel trok over haar huid. Liam hoefde zich nergens zorgen over te maken wat betreft zijn mannelijkheid.

'Dus kunnen we alsjeblieft over deze ochtend heen stappen en verdergaan?'

Ze haalde diep adem en waagde de sprong in het diepe. 'Ik wil niet over deze ochtend heen stappen.'

Hij liet haar armen los en liet zijn handen langs zijn zij zakken. 'Niet?'

De verslagen blik op zijn gezicht sprak boekdelen—en die hadden *niets* met dollartekens te maken.

Het was wat ze moest zien. 'Nou ja, over de laatste twintig minuten wel, natuurlijk. Maar de rest van deze ochtend was vrij spectaculair.'

Zijn wenkbrauw schoot omhoog en hij hield zijn hoofd schuin. 'Zeg je nu dat je dit een kans wilt geven?'

Ze knikte, een beetje bang om het uit te spreken. Zoveel mensen hadden haar teleurgesteld in haar leven... Wat als ze zichzelf openstelde voor de volgende val? Wat als Liam haar hart brak?

Omdat hij de macht had om dat te doen.

Hij greep naar haar heupen en trok haar dichterbij. 'God, Cassidy. Ik kan niet geloven dat je dacht—'

Ze legde een vinger op zijn lippen. 'Ik zat ernaast, oké? Heb je je nooit eerder in iemand vergist?'

Hij kuste haar vingertop. 'Dat wil je niet weten.'

'Dus kunnen we dan...' Ze trok de lijn van zijn lippen na. '... hieroverheen stappen?'

'Ja. Dat kunnen we.' Hij hapte speels in haar vinger. 'Zolang het betekent dat je nergens heen gaat.'

Ze legde haar handpalm op zijn wang. 'Niet tenzij je wilt dat ik ga.'

Ze gilde even toen hij haar in zijn armen nam.

'De enige plek waar ik wil dat jij heen gaat, jongedame, is terug naar mijn kamer.'

De arme Titania moest haar ontbijt helemaal in haar eentje opeten.

Hoofdstuk 32

Cassidy en Liam brachten het weekend werkend aan zijn kantoorproject door — althans, overdag. De nachten brachten ze door in zijn huis. In zijn bed. En onder zijn douche. Ze had eindelijk de kans gekregen om die fantasie werkelijkheid te laten worden, en eerlijk gezegd was de fantasie maar een schijntje vergeleken bij de realiteit.

'Dus, wat gaan we vandaag doen?' Ze rekte zich naast hem uit in bed en genoot van het gevoel van het haar op zijn benen en borst tegen haar huid.

Zijn hand omvatte haar borst. 'Wat zeg je ervan om helemaal niets te doen? Gewoon hier blijven en wel zien wat er opkomt.'

Ze rolde op haar zij en liet haar hand onder de dekens glijden. 'Ik heb wel een vrij goed idee van wat er gaat opkomen, Liam.' Ja hoor, het was al zover.

'God, Cassidy. Ik denk niet dat ik ooit genoeg van je zal krijgen.'

De woorden verwarmden haar hart. En een paar andere plekken. Plekken die de afgelopen zesendertig uur flink aan het werk waren gezet.

Ze trok haar hand terug. 'Hoe graag ik ook op dat zeer indrukwekkende aanbod in zou willen gaan, we hebben vandaag allebei veel te doen.'

'Daarover gesproken.' Hij legde met één hand een kussen onder zijn hoofd en pakte met de andere de hare vast, waarbij hij hun vingers in elkaar verstrengelde. 'Ik heb erover nagedacht en, tja, je hebt gelijk.'

Ze trok haar wenkbrauwen op. 'Waarover?'

Hij trok aan haar hand en ze viel naast hem neer, waarbij ze zichzelf op haar elleboog opving. Hij legde hun verstrengelde handen op zijn borst en ze kon zijn hartslag voelen, krachtig en gestaag. 'Het kantoor kan wel wat kleur gebruiken.'

Ze kon haar glimlach niet onderdrukken. En ze kon het ook niet laten om het in te wrijven. 'Ik heb gelijk.'

Hij rolde met zijn ogen. 'Op het risico af dat ik een monster creëer: ja, je hebt gelijk.' Hij liet zijn kussen los en wiegde haar hoofd met die hand. 'Dus, wil jij de muren schilderen?'

Nu was het haar beurt om met haar ogen te rollen. 'Is dit gewoon een list om zelf niet te hoeven schilderen?'

Hij boog naar voren en gaf haar een vluchtige kus. 'Sorry, schat, maar ik bied het alleen aan omdat je suggestie goed was. Maar aangezien ik nog niet klaar ben om je uit mijn greep te laten, geeft dit me de kans om je in de buurt te hebben terwijl de boel toch wordt opgeknapt. Bovendien zie je er ontzettend schattig uit op een ladder.'

'Zat je naar mijn kont te kijken?'

'Nou, tuurlijk. Het is een mooie kont. Klaag me maar aan.'

Ze draaide zich half om en plofte naast hem op haar rug. Ze staarde naar het plafond; het feit dat Liam op haar oordeel vertrouwde, maakte haar duizelig. 'Weet je zeker dat je dit niet alleen zegt omdat we... je weet wel?'

'Denk je dat ik je mijn kantoor in een monsterlijk gedrocht zou laten veranderen vanwege de seks? Cass, dit is geweldig, maar ik moet nog steeds wel mijn rekeningen betalen.'

Ja, ze had hem geplaagd, maar dat was alleen aan de buitenkant. Vanbinnen... Waarom vond ze het zo moeilijk om te accepteren dat iemand echt geloofde dat zij iets bij te dragen had? 'Het spijt me dat ik aan je twijfelde, Liam. Ik ben het gewoon niet gewend dat—'

'Je bent niet gewend dat mensen je willen om wie je bent.' Hij rolde dit keer op zijn zij en streek haar haar uit haar gezicht. 'Nou, wen er maar aan, Cassidy. Je hebt veel potentieel en ik geloof in je. Je kunt alles bereiken waar je je zinnen op zet.'

Hij boog zich voorover en kuste haar, en Cassidy had moeite om op adem te komen. De kus was een deel van de reden, maar de rest... Zijn woorden. Zijn bedoeling. Zijn intentie. Als ze niet uitkeek, zou ze haar onafhankelijkheid gewillig opgeven om de rest van haar leven met Liam Manley door te brengen.

'Cass, kun je me die doek aangeven, alsjeblieft?' Liam stond boven op de ladder en was bezig met de laatste restjes van het afkrabben van de stellingkast die de afgelopen dagen de plaag van zijn bestaan was geweest. Ze had hem gezegd dat hij zich geen zorgen hoefde te maken over de bovenkant — niemand die het zou zien — maar hij had alleen zijn wenkbrauw opgetrokken en 'Branding' gezegd.'

Ze moest er weer om glimlachen. Haar werk bij Davenport Properties was altijd gebaseerd geweest op het feit dat ze de dochter van Mitchell was — ze had kunnen voorstellen om de muren zwart te schilderen — en de ramen ook, wat dat betreft — en niemand zou er iets tegenin hebben gebracht. Het nieuws zou ongetwijfeld via de hiërarchie bij haar vader terecht zijn gekomen, en hij zou er een stokje voor hebben gestoken, maar niemand zou eerlijk tegen haar zijn geweest.

Liam vond het geen enkel probleem om haar te vertellen wanneer hij het niet met haar eens was. Zoals over het eten vanavond. Hij wilde burgers op de barbecue; zij wilde de stoofpot van zijn grootmoeder.

'Ik kan niet al het eten opeten dat zij maakt, Cassidy. Ik eindig er altijd mee dat ik het meeste weggooi omdat het bederft.'

'Liam Neil Manley, waag het *nooit* om weg te gooien wat je oma voor je maakt. De kinderen in het tehuis van Franklin zouden hier *dolblij* mee zijn. Als je het niet opgaat eten, moet je het daarheen brengen en degenen die het minder breed hebben laten meegenieten.' Ze zette de laatste penseelstreek op de laatste muur en gooide de doek naar hem toe.

Hij ving hem net voordat de doek zijn neus raakte en lachte zachtjes. 'Het ziet er goed uit.'

Ze streek met haar bovenarm wat haar weg dat uit haar paardenstaart was ontsnapt en glimlachte. 'Dat zei ik toch.'

'Dat deed je inderdaad. Nou, als je klaar bent, heb ik besloten dat ik je de dressoir en de servieskast laat doen waar je het over had.'

'Dat je me dat *laat* doen?'

Hij trok een pijnlijk gezicht. 'Sorry. Verkeerde woordkeuze. Ik zou vereerd zijn als je het dressoir en de servieskast zou willen schilderen zoals je voorstelde. Maar ze zijn natuurlijk alleen in bruikleen.'

Ze legde haar kwast in haar verfbakje. 'Dat is beter. En ik doe het graag voor je. In bruikleen, natuurlijk.'

'Goed. Bedankt.'

'Graag gedaan.'

'Oh, echt?' Hij gooide zijn doek op de schraagtafel en de plagerige sfeer in de kamer verdween door de blik in zijn ogen, terwijl haar hartslag plotseling versnelde. 'Wil je hier komen?'

'Hier... komen?'

'Ja. Hier.' Hij zette een stap omlaag op de ladder.

'Met welk, eh, doel?'

'Je weet wel met welk doel.' Hij zette nog een stap omlaag.

Mens, als hij dat zei... *Zo* zei...

'Liam, het is midden op de dag en er hangt nog geen greintje raambekleding.'

'Raambekleding kan me niks schelen.' Hij was van zijn ladder af — en hij was ook niet goed wijs als hij dacht dat ze... dat... zou doen voor een raam waar iedereen hen kon zien. Vooral iedereen met een smartphone en een internetverbinding.

Toch vond ze het niet erg om te zien wat hij in gedachten had. Het betekende niet dat ze iets hoefden te doen dat de roddelbladen zou halen, maar ze kon best een voorproefje nemen...

Ze slaakte een zucht en trok haar paardenstaart strakker aan voordat ze van de ladder afklom. Dit was leuk, dit plagen. Jezelf kunnen zijn, of dat nu maf was of sexy of onder de verf of wat dan ook. Liam vond haar leuk, wie ze ook was.

Ze wilde net van de onderste sport stappen toen de voordeur met een klap openvloog.

'Liam!' Een klein propje energie stormde naar binnen. 'Ik heb een probleem. Ik moet je spreken.'

'Mac.' Liam keek Cassidy aan en de plagerige blik in zijn ogen maakte plaats voor spijt. 'Eh, maak kennis met Cassidy. Davenport. Cassidy, mijn zus, Mac.'

Mac bleef onmiddellijk staan. 'Oh. Eh, hoi.' Mac toverde binnen enkele seconden een glimlach op haar gezicht. Een indrukwekkende prestatie, aangezien het geen gemaakte glimlach was, maar een *oprechte*, voor zover Cassidy kon beoordelen. 'Leuk je te ontmoeten. We hebben elkaar aan de telefoon gesproken, geloof ik.'

'Eigenlijk was dat Deborah. De assistente van mijn vader.' Omdat Deborah altijd de zaken met 'het personeel' afhandelde. God, de eerste keer dat Cassidy een vriend dat zo hoorde zeggen nadat ze Franklin had ontmoet, was ze verbijsterd geweest. Mensen waren mensen, wat er ook op hun bankrekening stond, en om dat openlijke dédain te horen...

Ze veegde haar handen af en stak er een uit. 'Hoi. Ja, ik ben Cassidy. Leuk je te ontmoeten.'

'Liam heeft me verteld wat er gebeurd is, maar ik dacht niet dat hij u dwangarbeid zou laten verrichten om hem terug te betalen.'

'Oh, ik ben niet—'

'Mac, dat is het niet.' Hij legde een hand op de rug van zijn zus. 'Kom op. Laten we naar de keuken gaan, dan kun je me vertellen wat er is. Cassidy moet eigenlijk aan haar eigen projecten werken.' Hij keek haar aan terwijl hij naar de andere kamer liep. 'Vind je het erg, Cass?'

'Nee. Je hebt gelijk. Ik heb inderdaad werk te doen.' En ze zou hem zijn tijd met zijn zus niet misgunnen.

Tot ze toevallig hoorde wat Mac zei.

'Ik ben gebeld door Davenport, Lee. Die Deborah waar Cassidy het over had. Davenport is geïnteresseerd in het inhuren van mij voor al zijn gebouwen in de hele regio.'

'Hé, dat is geweldig! Gefeliciteerd!'

Cassidy had het gevoel dat het niet zo geweldig was als Liam dacht. Ze geloofde niet in toeval als het om haar vader ging. Hij was iets van plan.

'Nee, Lee, je snapt het niet. Ik kan dat contract niet tekenen, wetende dat jij Cassidy in huis hebt.'

'Waarom in godsnaam niet? Wat maakt het uit wat je broer met zijn leven doet als het gaat om Davenport die jou inhuurt?'

'Je bent toch niet zo naïef, Lee? Hij houdt me deze worst voor omdat hij weet waar zij is.'

'En dan? Cassidy is een volwassen vrouw; ze kan wonen waar ze wil. Het is niet alsof hij iets over zijn dochter in het contract gaat zetten.'

Oh, dat zou hij heel goed wel kunnen doen. Pa kreeg in zaken altijd wat hij wilde. Hij wist hoe hij een zwakke plek moest uitbuiten, en het binnenhalen van de Davenport-panden zou het bedrijf van Mac naar een heel ander niveau tillen, en dat wist Pa. Een slimme zakenvrouw zou dat niet afslaan.

Mac zuchtte. 'Bij nader inzien ben je misschien *wel* zo naïef. Hij *hoeft* niets over haar in het contract te zetten; als hij haar terug wil, hoeft hij alleen maar te dreigen mijn bedrijf zwart te maken. Die man heeft macht. Ik heb geen zin in slechte pr voor mijn zaak en ik heb er al helemaal geen behoefte aan dat mijn klanten mijn ethiek in twijfel trekken. Ik kan niet alles riskeren voor dit ene contract.'

'En natuurlijk wil je het.'

'Zou jij dat niet willen?'

Liam zuchtte luid. 'Je wilt dat ik haar eruit zet.'

Cassidy's maag kromp ineen. Liam moest kiezen tussen haar en zijn zus, en hoewel ze graag had gewonnen, kon ze het hem niet kwalijk nemen dat hij voor zijn familie koos. Zeker niet wanneer het een confrontatie met haar vader betrof.

'Nou, nee. Natuurlijk wil ik niet dat je dat moet doen, maar hoe lang blijft ze nog bij je wonen? Ik wil niet hoeven blijven doen alsof ik van niets weet. Dit is een enorme kans voor me, Lee. Dit kan mijn bedrijf maken.'

Maar Cassidy stond in de weg.

Haar vader was echt een manipulatieve, controlerende klootzak om haar dit aan te doen. Zijn eigen vlees en bloed. Ze begreep niet hoe of waarom haar ouders haar de rug toe hadden gekeerd. *Beiden.* Ze herinnerde zich vaag dat mama wegging, afgezien van de tranen en het ongelooflijke gevoel van verlating en eenzaamheid. Papa was in die tijd eigenlijk goed voor haar geweest; hij kocht pony's voor haar en nam haar mee naar Disneyworld en op cruises, en hij bracht allerlei tijd met haar door zodat ze mama niet zo erg zou missen. Ze had die verdomde foto zo lang bij zich gedragen. Die van haar en mama op het strand. En de armband die ze samen hadden gemaakt. Ze had altijd gedacht dat mama ze had achtergelaten zodat Cassidy haar niet zou vergeten, maar toen ze zelfs nooit belde — niet één keer — besefte Cassidy dat ze ze had achtergelaten omdat het haar niets kon schelen. En zij, idioot die ze was, had ze bewaard.

Nou, goed ook. Nu was ze blij dat ze ze in het appartement had laten liggen. Alles in één klap beëindigen. Tijd om verder te gaan.

Met Liam?

Blijkbaar niet. Het was één ding voor haar om tegen haar vader in te gaan en weg te lopen, maar ze kon het bedrijf van Mac niet in gevaar brengen.

Ze had nu meteen haar afkoopsom voor haar 'dienstbaarheid' nodig. En er was maar één manier waarop ze dat voor elkaar kon krijgen.

Ze glipte naar buiten en sloot de deur zachtjes achter zich.

Het sprookje was voorbij. Liam mocht dan Prince Charming zijn, maar het was aan *haar* om hem te redden van de boze vader.

Hoofdstuk 33

Dit werd nu echt idioot. Liam legde het briefje neer dat Cassidy *alweer* op het aanrecht had achtergelaten. Vijf dagen op rij inmiddels. Het leek wel alsof ze niet samenwoonden, alsof ze niet net iets samen waren begonnen.

Ze had wel in zijn bed geslapen; dat wist hij omdat haar geur nog aan het kussen hing, en hij dacht zich een kus of twee te herinneren, maar dat was het dan ook. Ze nam zelfs Titania mee als ze wegging.

Ze had het probleem van Mac opgevangen en werkte nu zo hard mogelijk om zichzelf als drukmiddel van haar vaders onderhandelingstafel te verwijderen.

Dat kon hij wel in haar waarderen. Maar de vluchtige gesprekken — 'Aan het werk.' 'De verf moet drogen.' 'Ik moet er vandoor.' — waren voor hem niet langer genoeg.

Hij verkreukelde het briefje en lachte om zichzelf. Hij kon in elk geval niet zeggen dat ze hem gebruikte.

Toch zocht hij haar nummer op in zijn telefoon, puur om haar stem even te horen, en hij stond op het punt om op de beltoets te drukken toen er een ander gesprek binnenkwam. 'Liam Manley.'

'Manley, met Mitchell Davenport. Er komen vanmiddag twee potentiële kopers langs en er ligt een dikke laag stof door dat hele appartement. Zorg dat u hier over tien minuten bent.'

De verbinding werd verbroken voordat Liam de kans kreeg om te reageren.

Wat maar goed ook was, want wat Liam de man had willen toevoegen, zou het contract van Mac in twee weinig vleiende woorden de nek hebben omgedraaid.

Cassidy hoorde de telefoon, maar kon niet opnemen. Ze was net bezig de klimopranken van de ene deur naar de andere te verbinden en had een vaste hand nodig om de streek te voltooien, en praten met Liam maakte haar allesbehalve vastberaden. Het was een marteling om elke nacht naast hem in slaap te moeten vallen zonder hem wakker te maken. Maar twee uur 's nachts was een waardeloos tijdstip om iemand te wekken, vooral omdat ze er drie uur later toch alweer uitging. Ze wist niet hoe lang ze dit tempo nog kon volhouden, maar ze had tenminste al een paar stukken af.

Maar nog niet genoeg.

Ze had eindelijk de moed — of liever gezegd, de wanhoop — verzameld om Jean-Pierre te bellen en gelukkig was hij bereid haar nog een kans te geven — *als* ze de stukken voor dinsdag bij hem kon krijgen.

Aangezien een andere kunstenaar zich had teruggetrokken voor een expositie — die man zou nooit meer aan de bak komen in deze stad — vermoedde ze dat Jean-Pierre wanhopig was. Zij was dat ook, dus ook al was het een krankzinnig krappe deadline, ze was niet van plan deze kans te laten schieten. Liam zou er nog steeds zijn als de show voorbij was.

Ze glimlachte. Ja, dat zou hij. Dat wist ze even zeker als het feit dat ze wilde dat hij er was.

Dus werkte ze dagen van vijftien, achttien, twintig uur om alles af te krijgen. De droogtijd was een blok aan haar been, want dat was het enige waar ze geen controle over had. Ze had een ventilator bij iemands vuilnis gevonden — haar vader zou het eens moeten horen — om het droogproces te versnellen, maar het was een schamele vervanging voor een industrieel exemplaar. Maar goed, in nood eet de duivel vliegen. En een bedelaar was precies wat ze zou worden als dit niet goed afliep.

Het *moest* goed gaan. Niet alleen voor haarzelf, maar ook voor Liam. En

Mac. Cassidy moest op eigen benen staan, zodat ze uit hun leven kon verdwijnen om hun zaken te beschermen tegen haar vader.

Titania gromde toen de achterdeur openging.

'Titania, koest!' Cassidy veegde de vlek weg die haar kwast had gemaakt toen ze opschrok van het geluid, sloeg toen haar handen af en stond op. 'Hallo?'

'*Bonjour, ma chèrie.*' Jean-Pierre liep het atelier binnen en de blik op zijn gezicht sprak boekdelen terwijl hij om zich heen keek.

Het was niet de mooiste plek, maar het was er tenminste geen bende. Ze was georganiseerder geworden nu ze er alleen voor stond. 'Ik weet dat dit niet de chicste omgeving is, maar het licht is goed en de ruimte ook.' Om nog maar te zwijgen van de prijs.

'Is dit het stuk waar u mij over vertelde?' Jean-Pierre hield zijn hoofd schuin en liep om het kabinet heen, terwijl hij met zijn vinger tegen zijn mond tikte. 'De compositie bevalt me. Het ontwerp is eclectisch genoeg om een breed publiek aan te spreken, en de techniek is onberispelijk.' Hij kuste haar op beide wangen. 'U hebt talent, *ma belle*. Jammer dat uw vader zijn hoofd niet lang genoeg uit zijn eigen reet kan trekken om dat in te zien.'

Wat zeg je me nu? Cassidy keek hem stomverbaasd aan. Dacht Jean-Pierre zo over haar vader? Er waren niet veel mensen die hun afkeer van Mitchell Davenport zo hardop uitspraken. Als ze had geweten dat hij er zo over dacht, had ze hem weken geleden al gebeld.

'Dus, waar is de rest? Ik heb die van de vorige keer nog, maar dat is lang niet genoeg voor een tentoonstelling. U hebt er toch meer, *oui*?'

Ze ging hem voor naar de plek achter het Japanse kamerscherm dat iemand bij het grofvuil had gezet. Zoveel mensen gooiden kwaliteitsmeubels weg terwijl ze alleen maar een zwaluwstaartverbinding, wat beslag of scharnieren hadden hoeven vervangen en wat bijwerkwerk hadden moeten doen. Maar Cassidy was niet van plan dat geheim met de wereld te delen; het leverde haar goedkope — gratis — 'doeken' op.

'*Excellent!* Deze spiegel, *c'est merveilleux.*' Jean-Pierre liet zijn vingers een millimeter boven de 'toverspiegel' glijden die ze had gecreëerd. 'Dit gaat verkopen. Ik weet al precies wie ik moet bellen. Ze zocht nog iets speciaals voor de kamer van haar dochter. *C'est parfait.*' Hij maakte het typerende Franse gebaar door een kus van zijn vingertoppen weg te blazen. Cassidy dacht soms dat Jean-Pierre zijn nationaliteit een beetje aandikte voor het drama.

'En deze kast. Die bevalt me wel. Ik heb er al een paar mensen voor in gedachten. Net als voor die buikkast die uw vader per se wilde terugkopen.' Het woord dat volgde was een van de smerigste in de Franse taal.

Maar daarna ademde hij uit, pakte haar bij haar armen en gaf haar een luchtkus op beide wangen. 'De expositie, die zal *magnifique* zijn, Cassidy. Ik zal zorgen dat alles voor dinsdagavond perfect klaarstaat. We zullen elk stuk dat u maakt verkopen, en misschien...' Hij keek het atelier rond en zag een paar stukken waar ze nog aan moest beginnen. '*Oui*. Die neemt u mee zoals ze zijn. Onvoltooid. We houden een stille veiling voor de personalisering door de hoogste bieder. U zult een sensatie zijn.'

En dan zou ze haar eigen geld hebben om een nieuw leven te beginnen.

'Klinkt goed, Jean-Pierre. Ik maak twee stukken klaar voor de veiling.'

'*Magnifique*!' Hij kuste haar opnieuw in de lucht. 'Dan laat ik u verder schilderen. Zoveel mogelijk voor dinsdagochtend. Dat geeft me nauwelijks tijd voor de inrichting, maar we maken er op het laatste moment het beste van. Godzijdank was u beschikbaar. Dit komt heel goed uit.'

'Ja, inderdaad.' Bijna *te* goed, maar misschien had Franklin een goed woordje voor haar gedaan bij Petrus of zo.

Dit moest het worden voor haar. Haar grote doorbraak. Ze zou het haar vader laten zien.

Niet dat hij zou komen opdagen. Hij bezocht dit soort evenementen nooit; dat was haar verantwoordelijkheid. Dinsdagavond, dat zou in haar voordeel werken. Haar kunst zou verkocht worden op basis van kwaliteit, niet op haar naam, en er was niets wat haar vader eraan kon doen zonder dat het — heel publiekelijk — als een boemerang in zijn eigen gezicht zou terugkeren.

Het werd tijd dat hem dat eens overkwam.

Jean-Pierre borstelde wat achtergebleven stof van het verlaten pand van zijn mouw van honderd procent zijde en onderdrukte een huivering terwijl hij terugliep naar zijn Aston Martin. Mitchell Davenport kon naar de roddelpers rennen wat hij wilde over het evenement van dinsdag, maar *niemand* kocht een stuk terug dat Jean-Pierre had verkocht, het maakte niet uit voor *hoeveel* geld. Jean-Pierre had gezwoegd op en offers gebracht om zijn naam en zijn galerie op te bouwen, en een ordinaire patser zoals Davenport ging dat *niet* bezoedelen. Laat hem maar publiekelijk een probleem maken voor zijn dochter, dan zou hij degene zijn die als een dwaas uit de bus kwam. Het meisje had talent, en daar zou de wereld nu achter komen.

Hij glimlachte bij het spinnen van zijn kostbare wagen. Een auto die betaald was door het harde werk van de kunstenaars die hij op de kaart had gezet. Mitchell Davenport had geen idee met wie hij zich had ingelaten, maar daar zou hij snel genoeg achter komen.

Jean-Pierre pakte zijn telefoon en toetste een nummer in dat hij uit zijn hoofd kende. C. Marie zou een grotere naam krijgen in haar kunstwereld dan haar vader in de zijne. Daar zou Jean-Pierre persoonlijk voor zorgen.

Hoofdstuk 34

Iemand likte aan zijn tenen.

Liam spartelde wat tegen in dat moment tussen slaap en waak, terwijl de tong op zijn huid onmiddellijk tot hem doordrong.

Net als de stijve onder zijn dekens.

Toen knabbelden er kleine tandjes aan zijn teen en schoot hij overeind in bed. Hij trok zijn teen weg en was verdomde blij dat zijn erectie als sneeuw voor de zon verdween toen hij zag dat het *Titania* was die aan zijn tenen had zitten likken.

'Wat doe jij hier, mormel?'

'Titania?'

De hond dook onder zijn kussen toen Cassidy's schorre gefluister weergalmde vanuit de gang.

'Ze is hier.' Liam schikte de dekens over zijn schoot en vroeg zich daarna af waarom hij die moeite nam. Cassidy had het toch al gezien. Hoewel dat veel te lang geleden was.

Ze stak haar hoofd om de deurpost, zachte bruine lokken vielen over haar schouder, en hij wilde haar het liefst in zijn armen nemen en haar opnieuw laten kennismaken met wat er onder de dekens zat.

Behalve dat hij naar zijn werk moest.

Voor haar vader.

'Sorry. Het was niet de bedoeling dat ze je wakker zou maken.'

Hij pakte zijn mobieltje en keek hoe laat het was. 'Het is zeven uur en je bent er nog steeds? Neem je een dagje vrij?'

'Ik wou dat het waar was, maar nee. Jean-Pierre rekent op me.'

'Verkoopt hij je werk weer?'

'Beter dan dat.' Ze liet haar achterwerk op de rand van het bed naast hem zakken en o, wat zou hij graag met haar doen als ze de tijd hadden. 'Ik heb morgenavond een expositie.'

'Een expositie! Dat is fantastisch! Ik ben echt blij voor je.'

En voor hemzelf. Cassidy deed het; ze voegde de daad bij het woord – of, specifieker, haar acties stonden in het teken van het geld dat ze zou gaan verdienen.

Cassidy was bezig het op eigen kracht te maken.

Grappig hoe hij, nu hij eindelijk een vrouw had gevonden die dat kon, niet wilde dat ze het alleen moest doen. Hij wilde de lasten met haar delen. En haar overwinningen. En nog veel meer.

'Bedankt. Daarom heb ik aan één stuk door gewerkt. Ik moet nu ook weer terug; ik ben bijna klaar. Maar kleine miss Houdini hier—' ze voelde onder de kussens naar het mormel dat achteruit richting zijn hoofdeinde kroop '—is erin geslaagd haar halsband af te krijgen en is teruggerend om je te zien.'

Goddank voor dat mormel. 'Ik vind het niet erg als het ons een paar minuten geeft om te praten.' Hij liet zijn vingers langs haar arm glijden. 'Ik heb je gemist.'

Ze gooide haar haar over haar schouder, en de blik die ze hem gaf bijna zijn lakens in brand stak. 'Ik mis jou ook.'

De spanning zinderde tussen hen en Liam stond op het punt om naar voren te leunen en te zeggen dat die dagbaan de boom in kon als hij in de plaats daarvan Cassidy kon hebben, toen Titania haar koude neus onder het kussen vandaan stak, precies in de holte van zijn rug.

'Mijn hemel!' Liam spartelde zo snel naar de rand van het bed alsof hij een schok van een hoogspanningskabel had gekregen. 'Jezus. Die hond heeft een *koude* neus!'

Cassidy schepte de kleine tiran op. 'Tja, je weet wat ze zeggen over een koude neus en een warm hart.'

'Dat is koude *handen* en een warm hart.'

Cassidy raakte zijn hand aan. 'Hmm, ik hoop maar dat die uitspraak niet waar is, anders heb ik wat jou betreft pech.'

Hij streelde haar wang. 'Echt niet, schatje. Wat dat betreft zul je bij mij nooit pech hebben.'

'Mooi. Houd die gedachte vast. Als morgenavond voorbij is, zullen we zien hoe het met mijn geluk gesteld is.'

Dat was het ding met geluk; soms kon je het een handje helpen.

Liam zette de emmer met schoonmaakmiddelen neer om de deur van Cassidy's oude appartement te openen. De plek hoefde niet meer schoongemaakt te worden sinds dat dwingende telefoontje van Davenport, maar voor het geval iemand hem hier zag, moest hij er geloofwaardig uitzien.

Terwijl hij nog meer van Cassidy's kleren meenam.

Ze had iets nodig om morgenavond te dragen en hij kon aan haar werkfocus van vanochtend merken dat ze nog niet zover had gedacht. Die eikel van een vader van haar had deze puinhoop veroorzaakt; hij kon verdomme best opdraaien voor een jurk en een paar schoenen voor de grote avond van zijn dochter.

Zolang hij maar niet kwam opdagen om de boel te verpesten.

De deur ging open en Liam pakte de emmer op. Hij zette die eerste lastige stap naar binnen toen zijn dag plotseling volledig in de soep liep.

'Mijn dochter is verboden terrein en ik wil haar voor het einde van de week uit je huis hebben.' Mitchell Davenport stond bij de open haard, met een arm op de schouw alsof hij een of andere grootgrondbezitter was. 'En denk maar geen moment dat je ook maar een cent van mijn geld in handen krijgt.'

'Nou, ook een fijne maandag.' Liam tilde de emmer met spullen op en liep naar rechts. 'Ik denk dat ik maar in de badkamer begin.' Aangezien hij toch al met rotzooi te maken had.

'Ik ben nog niet uitgesproken tegen je.'

Liam trok een wenkbrauw op. 'Ik ben ingehuurd om schoon te maken, niet om te luisteren. En aangezien de klok tikt, kan ik maar beter aan het werk gaan.'

'Loop niet bij me weg. Wat ik wil, dat krijg ik. En ik wil dat je uit Cassidy's leven verdwijnt.'

'Wat kan u dat schelen?'

De klootzak haalde zijn arm van de schouw en liep met toegeknepen ogen op Liam af. 'Mijn dochter is mijn zaak, niet de jouwe, en als je niet wilt dat het bedrijf van je zus ten onder gaat in een storm van slechte publiciteit, raad ik je aan mijn bevelen op te volgen. Ik krijg altijd wat ik wil. Vergeet dat niet.'

Ja, nou, na morgenavond zou hij krijgen wat hij verdiende: Cassidy die het op eigen kracht maakt, zonder enige hulp van deze vent.

Maar hij moest Mac beschermen en Cassidy de tijd geven om alles op zijn pootjes terecht te laten komen.

'Oké. Prima. Ik snap het. Cassidy gaat weg. Zijn we klaar?'

Davenport glimlachte en Liam voelde de neiging om ineen te krimpen. Er zat geen warmte in, geen plezier, niets dan kille berekening in die lach.

'Als ze er vrijdag niet uit is, ben *jij* er geweest. Begrepen? En je zus ook. Ik wil mijn dochter terug waar ze hoort.'

Het lag op het puntje van Liams tong om de vent te vertellen dat hij naar de hel kon lopen – waar *hij* thuishoorde – maar dat zou hem slechts een paar seconden voldoening schenken. Cassidy morgenavond zien slagen en haar genoeg geld zien verdienen om het in het gezicht van haar vader te kunnen wrijven? Die voldoening zou eeuwig duren.

Omdat hij van plan was deel uit te maken van dat 'eeuwig'.

Hoofdstuk 35

'Zie ik er goed uit?' Cassidy friemelde voor de vijfde keer aan de nep-diamanten oorbellen sinds ze in zijn pick-up was gestapt.

'Je ziet er prachtig uit, Cassidy. Die jurk staat je geweldig.' Hij had een half dozijn uit haar kast getrokken met bijpassende schoenen, ze in een vuilniszak gepropt en erom moeten lachen. Vooral toen hij zag dat de auto van Davenport nog steeds op zijn gereserveerde plek stond toen hij vertrok. De koopwaar recht onder de neus van die kerel weghalen. Davenport zou het nooit missen, en als hij dat wel deed, zou hij in het openbaar geen scène schoppen. Maar Cassidy zou eruitzien als een miljoen dollar — hopelijk terwijl ze een miljoen dollar *verdiende*.

Hij wilde haar vertellen dat ze het geld niet nodig had. Dat hij genoeg had voor hen samen om een start te maken en dat ze meer zou verdienen zodra haar werk consistent begon te verkopen. Hij was niet van plan haar te vragen hem terug te betalen voor haar verblijf bij hem — hij wilde haar vragen om voor altijd te blijven. Maar niet vanavond. Vanavond was haar avond. Haar kans om het op eigen kracht te redden, om te bewijzen dat ze het kon. Hij had al zo lang gewacht; hij kon nog wel even wachten.

'Kom op, lieverd. We willen niet te laat komen voor je grote avond.' Hij opende haar portier en trok de mouwen van zijn smokingjasje naar beneden.

Het was een tijdje geleden dat hij zich zo chic had moeten aankleden. Het laatste galadiner waar hij was geweest, was met Rachel.

Het was veel leuker om met Cassidy te gaan.

'Oké, ik ben er klaar voor.' Ze haalde een paar keer diep adem en trok de halslijn van de nachtblauwe japon een stukje omhoog.

Verdomme. Hij zag hem liever lager. Aan de andere kant wilde hij niet dat iemand anders hem lager zag.

'Maar onthoud,' zei ze terwijl ze haar hand in de holte van zijn elleboog liet glijden, 'dit is niet *mijn* grote avond. Het is die van C. Marie en zij is er niet. Ze is blijkbaar nogal introvert. Maar ik hoor dat ze prachtig werk maakt.'

Hij sloot het portier en legde zijn hand op de hare. 'Dat heb ik ook gehoord. Misschien moeten we er een kopen om het proces op gang te helpen.'

Hij had een grapje gemaakt, maar toen ze haar hand op zijn borst legde en hem aankeek, viel er nergens meer over te grappen.

Als ze niet aan de overkant van de straat van de galerie hadden gestaan en ze niet net een uur aan haar haar en make-up had besteed — wat ze niet eens had hoeven doen — zou hij haar helemaal suf kussen.

'Dank je, Liam, maar nee. Je mag niets kopen. Het is nodig dat andere mensen dat doen, zodat ze het in hun huis hebben staan en erover praten als er vrienden op bezoek komen. Mond-tot-mondreclame en het daadwerkelijk zien van mijn werk, dat is wat mensen geïnteresseerd zal maken. Ik hoop alleen dat ik *iets* verkoop.'

'Niet het stuk van oma.'

'Nee. Ik heb Jean-Pierre gevraagd om er VERKOCHT op te zetten.'

'En de buffetkast en het dressoir? Ik weet dat je het geld nodig hebt, dus als ze niet verkopen, huur ik ze van je.'

'Je betaalt me er helemaal niets voor. Je hebt al meer dan genoeg gedaan.'

Hij wilde nog zoveel meer doen.

Hij moest om zichzelf lachen. Hij had haar bijna door zijn vingers laten glippen, maar wanneer was Cassidy Davenport onder zijn huid gekropen en had ze zijn ziel geraakt? Wanneer was deze vrouw van wie hij het ergste dacht, iemand geworden in wie hij het beste kon zien? Wanneer was hij verliefd op haar geworden?

'Liam? Ben je er klaar voor?'

'Dat ben ik.' Voor zoveel meer dan ze wist.

. . .

Cassidy haalde diep adem, klemde zich wat steviger aan Liams arm vast en liep de galerie binnen.

Het was er stampvol. Cassidy had niet beseft dat de andere kunstenaar die hier vanavond had moeten zijn zo'n grote aanhang had. Als al deze mensen waren gekomen om *haar* werk te zien, zou ze het nooit in haar hoofd gehaald hebben om het evenement af te zeggen, artistiek temperament of niet.

'Cass, wat champagne?' Liam wuifde met het glas onder haar neus. 'Misschien helpt het je kalmeren,' fluisterde hij, terwijl zijn adem op haar huid er *totaal niet* voor zorgde dat ze kalmeerde.

Ze nam het glas en dronk er ongeveer een derde van op, want champagneglazen waren te klein en ze was *stijf van de zenuwen*. De hectiek om alles af te krijgen en tegelijkertijd de kwaliteit te bewaken...

Er waren twee stukken geweest die ze had geweigerd mee te nemen. Ze voldeden niet aan haar eisen en, zoals ze tegen Liam had gezegd, bij een merk draait alles om het geven van een bepaalde ervaring aan de mensen. Als haar werk niet door de C. Marie-keuring kwam die ze zelf had ingesteld, gingen ze de verhuiswagen van Jean-Pierre niet in.

'Cassidy? Jij bent het *echt*. Wat doe jij hier? Ik dacht niet dat je nog, nou ja, dat je Davenport Properties nog vertegenwoordigde.'

Carolina Hutchinson was een van haar "vriendenkring"; iemand die naar dezelfde evenementen ging, in dezelfde winkels kocht en op hetzelfde internaat had gezeten. Cassidy zou hen niet bepaald vriendinnen noemen, en met de speculerende blik in Carolina's ogen naar aanleiding van het artikel in *The Herald*, zou Cassidy hun relatie eerder als *frenemies* omschrijven.

Maar ze zette die gemaakte glimlach op, overhandigde haar champagneglas aan een passerende ober en bespeelde het moment zoals ze dat vroeger deed. 'Oh, u kent de geruchtenmolen wel, Carolina.' Ze trok Liam naast zich. Niets kon Carolina's aandacht sneller verleggen dan een aantrekkelijke man. 'Carolina, mag ik u voorstellen aan mijn partner, Liam Manley? Liam, dit is Carolina Hutchinson. We hebben bij elkaar op school gezeten.'

Liams onderlip trilde en ze bad dat hij niet zou lachen. Hij had haar relatie met Carolina onmiddellijk begrepen.

Zoals voorspeld stortte Carolina zich op Liam en werd het onderwerp van Cassidy's leven vergeten, terwijl Cassidy vervolgens haar best moest doen om de vrouw figuurlijk van hem af te slaan. Carolina had in te veel etiquetteklassen gezeten om zich zo openlijk te misdragen, maar Liam was woest aantrekkelijk en Carolina was niet blind. Ze was echter ook een opportunist, en Cassidy moest zich inhouden om niet te vertellen wat Liam voor de kost deed. Hoewel het haar geen zier kon schelen, zou Carolina een rolberoerte krijgen als ze gezien werd terwijl ze met een aannemer praatte. In hun wereld *huurden* ze aannemers in, ze *dateten* er niet mee.

Cassidy keek om zich heen. Er waren veel bekende gezichten. Mensen uit haar vorige leven die geobsedeerd waren door uitgaan en gezien worden. Een typische dinsdagavondbijeenkomst zoals die welke ze was gaan verafschuwen.

Interessant hoe het aan de andere kant ervan niet zo verachtelijk was. Nee, het was eigenlijk opwindend. Leuk. Spannend. Zouden de mensen van haar werk genieten? Zouden ze het mooi genoeg vinden om het te kopen? Zou dit haar enige show blijven, of zou het een naam voor haar maken, of liever voor C. Marie, zodat haar droom om op eigen benen te staan en in haar eigen onderhoud te voorzien daadwerkelijk uitkwam?

Ze glimlachte, ze praatte, ze gaf commentaar op het werk van C. Marie, terwijl ze zich er de hele tijd terdege van bewust was dat ze niet meer de persoon was die hier bij de vorige kunstexpositie was geweest. En haar partner ook niet.

Liam week geen moment van haar zijde. Het kon zijn omdat hij niemand kende, maar Burton was altijd aan het netwerken geweest, contacten leggen om te voldoen aan het beeld dat vader van hem had. Het was fijn om een man naast zich te hebben die op zijn gemak was in zijn eigen vel en niet probeerde te zijn wie iemand anders wilde dat hij was.

Jean-Pierre hield zijn welkomsttoespraak en sprak over de kunstenaar, waarna hij zich charmant door de zaal bewoog zoals hij altijd deed, voordat hij naast haar kwam staan en haar nog een glas champagne in de hand drukte, waarbij hij het voor de buitenwereld deed voorkomen alsof ze gewoon een willekeurige klant was.

Het gefluister in haar oor vertelde een ander verhaal.

'U bent een succes, *ma belle*. De stukken verkopen. De veiling gaat hoger dan ik had durven dromen, en de nacht is nog jong. U bent een sensatie. Er zal nog jaren vraag zijn naar de meubels van C. Marie. Gefeliciteerd.' Hij kuste haar op haar wang. 'En ik mag nu eindelijk zeggen: ik zei het u toch.'

Ze knipperde haar tranen weg. Het was niet nodig om de aandacht te trekken. Cassidy Davenport hoorde geen tranen te hebben op dit evenement. 'Dank u, Jean-Pierre. Ik heb het allemaal aan u te danken.'

'*Non, ma chèrie.* U hebt het te danken aan uw talent en uw harde werk. Ik ben slechts het vat waardoor uw boodschap wordt overgebracht aan uw bewonderaars. Op nog vele exposities samen.'

Hij tikte zijn glas tegen het hare en even stond ze zichzelf toe de vreugde en de voldoening te voelen. Het zou wel goed met haar komen.

Maar toen kwam haar vader binnen.

'Wat doet hij hier?' Ze zocht steun bij Liam, maar hij stond een paar meter verderop, terwijl hij zichzelf weer eens uit de klauwen van Carolina probeerde te bevrijden.

'Wie?' Jean-Pierre hief zijn glas en keek de galerie rond. 'Uw vader? Hij was uitgenodigd, natuurlijk. Zoals altijd.'

'Maar hij komt nooit naar dit soort dingen.' Hij kon niet geweten hebben dat ze hier zou zijn.

Ze probeerde niet te hyperventileren. Het was één ding om tegen pa te zeggen dat hij ongelijk had, om te genieten van het moment dat ze verkoopcijfers in zijn gezicht kon smijten en hem kon vertellen dat ze op eigen poten stond, maar iets heel anders om dat te doen in een overvolle galerie waar iedereen hen kon afluisteren.

Ze deed haar best om die verdomde glimlach op haar gezicht te beitelen, maar voor de eerste keer in haar leven wist ze niet zeker of het zou lukken. Waarom moest hij juist vanavond komen? Waarom besloot hij uitgerekend bij deze expositie van álle exposities van Jean-Pierre op te komen dagen? Was het omdat het de hare was? En zo ja, hoe wist hij dat dan?

'Cassidy.' Haar vader stapte op haar af met de arme Burton in zijn kielzog, en Cassidy kon zweren dat het geluidsniveau in de zaal met een paar duizend decibel daalde.

'Vader. Burton.'

'Cassid—'

'Hoe kon je, Cassidy?' Haar vader viel Burton in de rede. Burton kon er maar beter aan wennen als hij van plan was een toekomst te hebben bij Davenport Properties — en dat zou de enige toekomst zijn die hij zou krijgen met de naam Davenport eraan verbonden. 'Ik heb je uitdrukkelijk gezegd het niet te doen.'

Cassidy haakte haar arm door die van haar vader om de roedel roddelwolken af te leiden en probeerde hem weg te loodsen bij de menigte. Ze was niet van plan dit gesprek te voeren waar iedereen bij was. 'Misschien kunnen we dit ergens anders bespreken?'

Hij gaf geen krimp. 'Waarom? Heb je iets te verbergen?'

Ze wist niet wat ze moest zeggen. Dat was de eerste keer dat ze zich kon herinneren dat hij niet alleen haar, maar *wie dan ook*, publiekelijk ter verantwoording riep. Meestal deed hij dat met zo'n flair dat de persoon die het mikpunt van zijn woede was, het pas besefte als het te laat was.

Was het te laat? Was dit het einde van haar nieuwe begin? Zou vader zo'n scène schoppen dat mensen hun aankopen zouden heroverwegen? Dat ze te bang zouden zijn voor de invloed van Mitchell Davenport en haar werk links zouden laten liggen puur om hem te vriend te houden?

Oh, nee. Deze keer niet. Hij kreeg niet de kans haar dit nu aan te doen. Ze had geen keus gehad toen hij haar uit het ontwerpteam zette omdat het zijn bedrijf was, maar dit nu, vanavond... dit was van *haar*.

'Nee, ik heb niets te verbergen. Inclusief het feit dat C. Marie en ik—'

Haar vader greep haar arm, draaide haar honderdtachtig graden om en beende met haar weg richting het kantoor van Jean-Pierre — met Burton in zijn kielzog. alweer. 'Zeg geen woord.'

'Maar u stelde mij een vraag en ik gaf antwoord.'

Haar vader duwde haar praktisch het kantoor in. 'Burton, sluit de deur.'

Nog geen twee seconden later werd de deur opengetrokken en stapte Liam naar binnen. 'Laat haar met rust, Davenport.'

''O, goede God.' Haar vader rolde met zijn ogen. 'Je hebt weer een nieuw troeteldier gevonden, terwijl je een oneindig veel acceptabelere man bij het grofvuil zet. Wat is er mis met je, Cassidy?'

Hij had het over *haar* die troeteldieren verzamelde? Van alle belachelijke beschuldigingen...

'Luister eens, arrogante klootzak.' Liam stroopte zijn mouwen op. 'U praat niet zo tegen haar. Niet meer. Niet na de streek die u heeft uitgehaald met *The Herald*. Dat is in uw gezicht ontploft, nietwaar?'

'*The Herald*? Waar heeft hij het over, vader?'

Haar vader gaf haar geen antwoord, maar stroopte ook zijn mouwen op. 'U weet niet waar u het over heeft.'

Cassidy moest tussen hen in gaan staan. Haar vader zou aangifte doen als Liam hem alleen maar even zou aanraken, en Liam zou het nooit kunnen winnen van — of de kosten kunnen dragen van — de advocaten van haar vader.

'Weet ik dat niet?' Liam deed een stap naar voren.

'Vader, Liam, stop.' Ze duwde tegen de borst van beide mannen om hen uit elkaar te houden. Liam ademde zwaar, maar vader was de rust zelve. Het had haar altijd mateloos geërgerd dat ze hem niet uit zijn tent kon lokken, zelfs niet als ze expres iets fout had gedaan. Nee, meneer de Analyticus liet haar haar driftbui hebben en sprak pas weer met haar als ze het 'uit haar systeem had gewerkt'. Tegen hem viel niet te winnen als iemand emotioneel werd.

'Liam, ik waardeer het dat je me verdedigt, maar ik kan dit aan. Hij is tenslotte mijn vader.' Ze rechtte haar schouders en keek haar vader recht in de ogen. 'Hoe wist u van vanavond? Ik kan niet geloven dat u plotseling heeft besloten de kunsten te steunen, uitgerekend vanavond.'

'Hij heeft u waarschijnlijk laten schaduwen.' Liam deed een stap dichter naar haar toe en, man, wat was het fijn dat iemand achter haar stond.

Haar vader schikte zijn jasje, het vermeende toppunt van stijl.

Stijl kwam in vele vormen en aan die van hem schortte het behoorlijk.

'Dat zou u wel willen denken, hè? Maar de waarheid is, Cassidy, dat uw maatje Manley hier zichzelf heeft verraden toen hij het appartement verliet met een zak vol van uw jurken.' Hij keek Liam woedend aan. 'Dacht je echt dat het me niet zou opvallen dat je ze gestolen had? Of *wilde* je dat ik achter je aan kwam, zodat ik haar weer van je kon overnemen?' Vader trok dat kleine meesmuilende lachje dat ze altijd zo irritant vond. 'Ongelooflijk. Je had de hoofdprijs in handen en je geeft haar zomaar weg.'

'Hoofdprijs?' Liam vond het overduidelijk ook irritant. 'Hoofdprijs? Bent u helemaal van de pot gerukt? Ze is geen trofee die gewonnen moet worden. Geen prijs om te veilen aan de hoogste bieder. Of in dit geval, de meest kneedbare.'

Burton zag eruit alsof hij iets wilde zeggen, maar bedacht zich gelukkig. Haar vader had Burton om een reden gekozen en een ruggengraat was daar geen onderdeel van.

'Bedoel je zoiets als die goedkope publiciteitsstunt daarbuiten? Haar diensten veilen als een, nou ja, ik hoef het niet hardop te zeggen.' Haar vader keek haar aan alsof ze precies was wat hij insinueerde. 'Op welk moment, Cassidy, ben je van plan te onthullen wie C. Marie is? Ik zou aanraden om het te doen voordat de veiling sluit. De naam Davenport zal het bod aanzienlijk verhogen.'

'Ze is goed genoeg om deze tentoonstelling op eigen kracht te hebben, Davenport.' Cassidy moest Liams arm vastgrijpen voordat hij uithaalde en haar vader een klap verkocht. Niet dat ze niet zou applaudisseren, maar geen van beiden zat te wachten op de nachtmerrie die daarop zou volgen. 'Ze heeft uw naam niet nodig om er zelf een te maken.'

'O, werkelijk?' Pa sloeg zijn armen over elkaar en keek zo verdomd zelfvoldaan dat *Cassidy* degene was die hem een klap wilde verkopen. 'Leg me dan die uitnodiging eens uit die ik vandaag heb ontvangen. Die waarin stond dat u hier uw waren zou aanprijzen als een ordinaire straatventer.'

'Uitnodiging?' Dat ontnam haar alle wind uit de zeilen. Had iemand haar vader opzettelijk verteld wat ze aan het doen was? *Met een uitnodiging?* 'Welke uitnodiging? Ik heb u geen uitnodiging gestuurd.'

'Nou, Deborah heeft er een aan mij overhandigd.'

'Waar heeft zij die vandaan?'

'Dat heb ik niet gevraagd. Ik veronderstel van de manager hier.'

'Maar dat is niet mogelijk. Jean-Pierre heeft geen uitnodigingen verstuurd met mijn naam erop. Dit was een last-minute show.'

'Ik wist wel dat het niet lang zou duren voordat die opportunistische immigrant zou proberen te profiteren van uw naam. Hij verwacht waarschijnlijk dat ik elk stuk dat u vanavond verkoopt terugkoop tegen de exorbitante prijs waarvoor ik het laatste heb gekocht.'

'Waag het niet.' Cassidy ging vlak voor hem staan en week geen duimbreed. Hierom niet. Ze hoefde niet meer voor hem te buigen. 'Ik wil dat u weggaat, pap. U maakt alleen maar een scène en daar zitten we geen van beiden op te wachten.'

'Denkt u dat ze daarbuiten niet al praten? *The Herald* heeft daar weken geleden al voor gezorgd.'

'En u wakkert de roddels alleen maar aan. Waarom, pap? Is dit het allemaal waard, ook de rotzooi die u straks moet opruimen *als* ik zou doen wat u wilt?'

Liam legde zijn hand op haar middel en zij kneep erin. Geen sprake van dat ze deed wat haar vader wilde. En *niet* omdat ze Liam had. Maar hij was wel een extra reden om het niet te doen.

'U moet gaan, pap. Zonder een scène te schoppen. Laat het rusten. Ik ga niet met Burton trouwen.' Ze keek Burton aan. 'Het spijt me, Burton. Je bent een aardige vent, maar ik ben niet verliefd op je.'

Ze was echter wel verliefd op Liam.

De gedachte flitste door haar hoofd en op dat moment wist Cassidy dat het goed zat. Er was geen groot fanfarevertoon, alleen een warm, tintelend gevoel van acceptatie. Ze was verliefd op Liam en haar vader zou haar dat nooit kunnen afnemen.

'Denk heel goed na over wat je doet, Cassidy. Als ik die deur uitloop, geef ik je geen tweede kans meer. Dan is Burton gevlogen.'

O, ze dacht heel goed na. Over een toekomst met Liam. Een toekomst waarin ze kon zijn wie ze was geworden.

'Pap, maak het niet zo moeilijk. Accepteer dat ik niet met Burton trouw en laat het gaan. U moet aan schadebeperkingsmaatregelen doen, want iedereen daarbuiten praat erover dat u me eruit heeft gegooid. Ik kan niet geloven dat u dat niet zag aankomen.'

'Het was niet de bedoeling dat je weg zou gaan. En het was absoluut niet de bedoeling dat je weg zou blijven. Je had terug moeten komen. Elke weldenkende, rationele vrouw zou zijn teruggekomen.'

'Mitchell, wat is hier aan de hand? Wat doet u met mijn dochter?'

Iedereen draaide zich om naar de achterdeur, waar een vrouw in een avondjurk stond.

Een vrouw die sprekend leek op een oudere versie van Cassidy.

'*Mam*?' Cassidy zocht op de tast naar een stoel om op te gaan zitten voordat haar knieën het begaven.

Die was er niet, maar Liam was het beste alternatief. Hij legde beide handen op haar middel en liet haar tegen zich aan leunen. 'Houd je taai, lieverd,' fluisterde hij in haar oor. 'Jij kunt dit.'

Daar was ze niet zo zeker van. Ze had gemengde gevoelens over haar moeder. Toen ze van Deborah hoorde dat haar moeder inderdaad nog leefde — en gezond was — had ze zich afgevraagd waarom er geen contact was geweest. Waarom de vrouw niets met haar te maken wilde hebben.

Om haar nu te zien... Het was te veel. Deze hele avond was te veel. Wat was begonnen als haar triomf, was hard op weg te ontaarden in een nachtmerrie van epische proporties.

'Ik ben gekomen zodra ik kon, Cass.' Haar moeder liep op haar af, met tranen in haar ogen. 'Toen ik hoorde dat je eindelijk zijn huis uit was en op eigen benen stond, ben ik zo snel gekomen als ik kon. Hij kan je niets meer maken, schat. Hij kan ons niet meer uit elkaar houden.'

Haar vader deed een stap dichterbij. 'Elizabeth—'

Liam spande zich achter haar aan, en mam stak haar hand op. 'Nee, Mitchell. Het is voorbij. Mijn dochter heeft haar besluit genomen. Ze is weggegaan. U heeft geen macht meer over mij.'

'Macht?' Cassidy moest echt gaan zitten. Alles gebeurde te snel. Het was alsof al haar werelden tegelijkertijd samenkwamen. 'Waar hebben jullie het over?'

'Hij—'

'Doe dit niet, Elizabeth.' Haar vader klikte zijn hakken tegen elkaar en ging rechterop staan; die gebiedende toon die Cassidy al jaren hoorde, was nu nog scherper. Dodelijk bijna.

Haar moeder hief haar kin op. 'Uw dreigementen werken niet meer, Mitchell. U kunt me nu niets meer maken.'

'Wees daar maar niet zo zeker van.'

'Wil een van jullie me alsjeblieft vertellen waar dit over gaat? Wat is er in vredesnaam gebeurd dat erg genoeg was om mijn moeder naar het andere halfrond te laten vertrekken om bij mij weg te komen?'

Mam schraapte haar keel en keek pa woedend aan. 'Het is klaar, Mitchell. Ik ga het haar vertellen. Ik raad je aan je kleine hielenlikker de kamer uit te sturen als je niet wilt dat de hele wereld het te weten komt.'

Voor het eerst in haar leven gaf haar vader daadwerkelijk toe. 'Burton, als u even zou willen.'

'Geen probleem, meneer.'

Cassidy rolde met haar ogen toen hij vertrok. *Meneer.*

'Jij ook, Manley. Dit gesprek is privé.'

Liam kneep in haar zij. 'Cass?'

Ze dacht erover na. Ze zou ze alleen onder ogen moeten komen. Dit was tenslotte haar leven en Liams plek daarin was nog niet gedefinieerd. Maar ze wilde niet dat hij wegging. Ze wilde dat hij hier was. Zo simpel was het.

'Liam blijft.' Hij kon maar beter het slechte samen met het goede te weten komen.

Mam klapte zowaar in haar handen. 'Bravo, Cass. Bied hem weerstand. Wees je eigen persoon.'

Cassidy keek naar haar moeder. Iets ouder, maar nog precies zoals Cassidy zich haar herinnerde. Cassidy had in de loop der jaren online naar haar gezocht, maar had na de scheiding nooit meer iets over haar gevonden. Het was alsof ze was verdwenen. Cassidy had niet geweten of ze gestorven was, een ander gezin had, of ooit had geprobeerd contact met haar op te nemen.

Nou, blijkbaar niet. Met alle publiciteit die haar vader in de loop der jaren had gekregen en het feit dat zijn bedrijf nog steeds in hetzelfde gebouw zat, was Cassidy makkelijk te vinden geweest. Toch had haar moeder nooit gezocht.

'Mijn naam is Cassidy. U heeft het recht niet om me anders te noemen. Waarom bent u weggegaan? Wat is er gebeurd waardoor u uw vierjarige dochter heeft achtergelaten?'

Haar moeder haalde diep adem en blies die weer uit. 'Ik wilde niet. Ik wilde je met me meenemen. Maar Mitchell dreigde me kapot te maken als ik dat deed.'

Cassidy sloeg haar armen over elkaar en keek naar haar vader. 'Tjonge, wat een verrassing.'

Pa keek nors en voor één keer was hij niet de arrogante, de baas spelende alfaman die ze altijd had gekend. 'Doe dit niet, Elizabeth.' Hij smeekte bijna.

Cassidy kreeg een hol gevoel in haar maag. Misschien wilde ze *toch niet* weten waar ze het over hadden.

God, wat zou ze nu graag haar oude, oppervlakkige, hedonistische leventje terughebben. Misschien was die wereld daarom wel zo, zodat niemand met emoties hoefde te dealen.

'Ik had een affaire en als straf weigerde uw vader me toe te laten u te zien.'

Emoties zoals verraad. Wie hield er een kind bij haar moeder vandaan?

'Verdomme, Elizabeth! Ik heb je gewaarschuwd dat als je ooit terug zou komen, ik—'

'Wat, Mitchell? Mij financieel zou afsnijden? Dat heb je sowieso al gedaan. Van het enige dat ooit iets voor me betekende. Mijn dochter.'

'U was meer dan bereid om weg te lopen met een flink gevulde bankrekening, als ik mij goed herinner.'

'Ik had geen keuze.'

'U had alle keuze. U had de keuze om niet met die, die... die man naar bed te gaan.'

Ze waren aan het ruziën, maar Cassidy kon niet voorbij het feit komen dat haar vader haar bij haar moeder vandaan had gehouden als *straf*. En niet alleen als straf voor haar moeder, maar ook voor haar.

'Ik had een moeder nodig, Mitchell.' Ze kon hem geen pap noemen. Nu niet. Ze wist niet of ze dat ooit weer zou kunnen. Niet na de uitzetting en niet na wat hij haar had aangedaan toen ze vier was. En vijf. En zes. En al die andere keren dat een meisje haar moeder nodig had. Allemaal voor zijn verdomde trots.

'Luister, ik snap dat jullie gescheiden zijn, maar kan iemand me alsjeblieft uitleggen waarom *ik* de prijs moest betalen? Was de scheiding niet genoeg?'

Mitchell wuifde met zijn hand alsof ze een irritante mug was — een gevoel dat ze in de loop der jaren al veel te vaak had gehad. 'Dat zou je niet begrijpen, Cassidy—'

'Zeg me niet dat ik het niet zou begrijpen. Ik was een kind. Een *kind*. En u hebt mijn moeder van me afgepakt. Net zoals u de rest van mijn leven probeert af te pakken door me te dwingen met iemand te trouwen van wie ik niet houd. Wie *bent* u eigenlijk? Wat voor controlfreak doet zoiets iemand aan? Ik was onschuldig. En bang. En alleen. En u hebt me afgescheept met nannies, alleen maar omdat uw ego was gekrenkt omdat zij iemand anders wilde dan u.'

'En u.' Ze keek naar haar moeder. Zij kwam er niet genadiger vanaf. 'U hebt het laten gebeuren. Met die grote afkoopsom had u het zich zeker kunnen veroorloven om me op te komen zoeken. Hij heeft u niet berooid naar een strafkolonie gestuurd. Dus waar bent u al die jaren geweest?'

Ze was dicht bij een instorting. Woede kon haar maar tot een zeker punt overeind houden, maar o mijn god, al die verspilde jaren dat ze om haar moeder had gevraagd en was genegeerd.

Nou, verdomme, ze zou gehoord worden. Voor de eerste keer in zijn leven zou Mitchell Davenport haar horen.

Liam hoorde haar in ieder geval wel, want hij trok haar weer tegen zich aan en sloeg zijn armen om haar middel om haar zijn kracht te geven.

Mam trok de stoel achter Jean-Pierres bureau vandaan en ging zitten. 'Mitchell and ik hadden nooit moeten trouwen. Ik wilde een gezin; hij wilde een imperium. Raad eens wie die strijd heeft gewonnen?'

Mitchell zei niets.

'Hij kreeg zijn imperium en ik werd eenzaam. Ik ben er niet trots op, maar ja, ik heb een affaire gehad.'

'Met mijn hoofd beveiliging.' De neerbuigendheid droop van Mitchells woorden af. 'Hij was een goed man, Mitchell.'

'Geef me die onzin niet, Elizabeth. Ik bouwde aan onze toekomst en jij hebt die weggegooid.'

'Je bouwde aan je imperium, Mitchell, en ik was het mooie vrouwtje dat de gastvrouw moest spelen op je feestjes. Ik werd geacht je huis te runnen en naar tuinfeestjes en liefdadigheidsevenementen te gaan en je de hemel in te prijzen.'

Het klonk allemaal pijnlijk bekend. Cassidy sloeg haar armen om zich heen. Hij had haar omgevormd tot haar moeder — en vervolgens zijn woede op haar moeder op haar afgereageerd.

'Ik haatte je daarvoor, Mitchell. Ik haatte je koelheid, de manier waarop je *mij* het gevoel gaf dat ik tekortschoot. Het gevoel dat jij je potentieel had bereikt en ik nog steeds dat meisje uit een dorpje was met wie je getrouwd was. Je keek op me neer en ik wist het.' Mam schraapte haar keel en haar stem werd zachter. 'Jim... hij keek niet op me neer. Hij vond me leuk. En later hield hij van me.'

'Dat is geen excuus voor wat je gedaan hebt, Elizabeth. Waarom je dit gezin uiteen hebt gereten.'

'Ik—'

'Genoeg.' Cassidy verliet de veilige haven van Liams armen. Ze wilde op haar eigen benen staan en verdomme, dat zou ze doen ook. 'Jullie twee hadden dit gesprek vijfentwintig jaar geleden moeten voeren en mij het gezin moeten geven dat ik verdiende. Dus kan iemand me alsjeblieft vertellen waarom ik in godsnaam zonder moeder heb moeten opgroeien?'

'Ik wilde je zien, Cassidy, maar—'

'Maar als ze dat deed, zou ik haar financieel droogleggen.' Mitchell knikte naar mam en hield zijn ogen op haar gericht. 'Elizabeth is zich er terdege van bewust hoe je bent opgegroeid. Van de dingen en kansen die ik je kon geven en die zij nooit had gekund. Ze was niet van plan je dat te ontnemen.'

'Dát is waarom u me bij hem hebt achtergelaten? Voor *spullen*?' Als Cassidy de openbaring met Franklin niet had gehad, dan zou deze uitspraak alleen al genoeg zijn geweest. Wat voor mensen hadden haar in godsnaam op de wereld gezet?

'Dat is niet waarom ik je niet heb meegenomen, Cass. Als je me even laat uitleggen—'

Mitchell knoopte zijn jasje los en zette zijn handen in zijn zij. 'Laten we de beleefdheden achterwege laten, Elizabeth. Laten we het niet mooier maken dan het is. Je had een affaire en wilde van twee walletjes eten. Maar daar deed ik niet aan mee. Jij nam mijn gezin van me af; ik nam het jouwe van jou af.'

'Hebt u er ooit bij stilgestaan dat u het mijne van mij afnam?' Cassidy voelde zich misselijk worden. Hij sprak over haar alsof ze een bezit was, net als zijn auto of zijn huis. 'Ik verloor niet alleen mijn moeder, maar ik verloor ook mijn vader.'

Haar vader keek zowaar alsof hij geen idee had waar ze het over had. Wat alleen maar onderstreepte dat ze gelijk had.

'Ik heb je een leven gegeven waar anderen alleen maar van dromen, Cassidy. Ik gaf je alles wat met geld te koop is.'

Zijn droom was haar nachtmerrie geweest. 'Precies. Alles wat met geld te koop is. Maar geen liefde. Geen gezin. Niet het gevoel dat ik ooit goed genoeg was. Kijk naar haar. Elke keer als u naar mij keek, zag u haar. Geen wonder dat u me naar kostscholen stuurde zodra ik oud genoeg was. En al die zomerkampen. Het verbaast me dat u me bij het bedrijf hield, maar ja, ik had haar baan, nietwaar? De gastvrouw van de feestjes.'

'En u.' Ze keek naar haar moeder en walgde ervan om die term te gebruiken voor de vrouw die boven alles van haar had moeten houden. 'U hebt me weggegeven voor geld? U hebt me *verkocht*?'

'Nee, lieverd. Zo was het niet. Ik kon je in mijn eentje niet geven wat Mitchell kon. Ik moest ook voor mijn moeder zorgen, en hij eiste dat ik wegbleef, anders zou hij stoppen met het betalen van het verzorgingstehuis voor mijn moeder en mijn alimentatie stopzetten. Ik kon niet voor haar zorgen, een baan zoeken én jou opvoeden. Ik wilde je niet aan zo'n leven blootstellen. Niet als je de kans had om zó te leven.'

Alsof *dit* een geweldige hoofdprijs was. 'Ik moet hier weg.'

'Cass, schat—'

'Nee.' Ze stak haar hand op. 'U bent bij me weggegaan; de redenen maken me niet uit. Misschien waren ze voor u destijds logisch en misschien zijn ze dat ooit voor mij ook, maar nu moet ik bij jullie allebei vandaan. Ik moet nadenken.' Ze greep Liams hand. 'Kunnen we gaan?'

'Natuurlijk, lieverd. Laten we naar huis gaan.'

Hoofdstuk 36

Thuis.

Liam had haar *thuis*gebracht. Niet naar zijn *huis*, niet naar *zijn* thuis, maar naar *hún* thuis.

En dat was het ook. Dit was het dichtste bij een thuis dat ze ooit had gekend. En het was bij iemand die ze nog geen maand kende. Hoe triest was dat?

'Wil je praten?' Liam zei eindelijk wat toen ze in zijn keuken stonden en hij een paar wijnglazen uit de kast pakte.

Ze snoof. 'Wat valt er nog meer te zeggen? Ik heb de meest egoïstische, wereldvreemde ouders op deze planeet en ik ben ook nog eens aan het rouwen om het verlies van hen.'

Hij zette de glazen op de ontbijtbar voor haar neer. 'Dat is begrijpelijk, Cass. Ik ben mijn ouders verloren, dus ik weet hoeveel pijn het doet.'

'Maar die van jou hebben er niet zelf voor gekozen om je te verlaten. En jij had je grootmoeder.'

'Ik weet het. Godzijdank. Ik kan me niet voorstellen hoe het zou zijn geweest om op te groeien zonder haar.'

'Eenzaam. Verdrietig. Koud.' Ze draaide de steel van het wijnglas tussen haar handpalmen. Jammer dat er niets in zat. Ze kon wel een flinke slok of twee gebruiken op dit moment. 'En dat was zelfs wanneer ze er wél waren. Nou ja, als mijn vader er was. Mijn moeder herinner ik me nauwelijks.'

Liam ging tegenover haar zitten. 'Ze probeerden je tenminste een beter leven te geven.'

'Was dat zo?' Cassidy zette het glas neer, een beetje bezorgd dat ze de steel zou breken door dit gesprek. 'Dit waren twee mensen die eerst aan zichzelf dachten. Mam had die affaire omdat ze zich niet geliefd voelde. Meen je dat nou? Heeft ze me ooit vastgehouden? Ooit de vreugde in de ogen van haar kind gezien? Baby's zien geen dollartekens; die zien liefde. Hoe kun je daar je rug naar toekeren? En mijn vader... Het is geen verrassing dat hij eerst aan zijn ego dacht. Dat hij haar wilde straffen door haar weg te houden van datgene waar ze zogenaamd zoveel van hield. God verhoede dat hij eens dacht aan wat ik wilde. Wat ik nodig had.' Ze zette het glas neer. 'Egoïstisch, allebei.'

'Dus wat ga je doen? Het blijven wel je ouders.'

Ze zuchtte. 'Ik weet het niet. Ik heb tijd nodig om dit goed te overdenken.'

'Nou.' Hij haalde iets uit zijn achterzak en legde het op de bar.

Een envelop.

'Het lijkt erop dat je die tijd ook zult hebben.'

'Wat is dat?'

Hij schoof hem naar haar toe. 'Jean-Pierre gaf me dit toen we weggingen.'

Cassidy opende de envelop, haalde er een cheque uit — en begon te huilen. 'O mijn God.'

'Mooi, hè?'

Ze keek naar Liam. 'Weet je hoeveel het is?'

Hij schudde zijn hoofd en haalde een fles champagne uit de wijnkoelkast. 'Jean-Pierre wilde het me niet vertellen. Hij zei dat het mijn zaken niet waren, wat technisch gezien denk ik wel klopt aangezien een deel daarvan voor mij is, maar ik dacht: ik ga niet met hem in discussie toen hij zei dat je ervan zou moeten huilen.' Hij knipoogde naar haar. 'Dus ik denk dat ik je een etentje schuldig ben voor onze weddenschap over de credenza.'

Cassidy haalde trillerig adem, niet wetend wat ze op dit moment moest voelen. Vandaag was een dag geweest van alle mogelijke emoties en ze was nog steeds aan het bijkomen. En nu deze cheque nog...

'Ik betaal het diner wel, Liam. En ik kan je terugbetalen. Met rente.'

'Dat klopt.' Liam liet de kurk knallen en vulde haar glas. 'Maar ik wil je rente niet.' Hij vulde het zijne en hief het naar haar op. 'Niet de geldelijke soort.'

Ze pakte haar glas en proostte tegen het zijne, wachtend tot hij dat laatste deel zou verduidelijken.

Hij nam een slok champagne.

'Over wat voor soort heb je het dan?' Ze had geen geduld voor raadsels. Niet na alles wat ze vanavond had meegemaakt.

Het glas was bij zijn lippen voor nog een slok toen hij stopte. Zijn blauwe ogen staarden haar over de rand aan en ontstaken duizenden vuurtjes over haar hele lichaam.

Hoe deed hij dat met slechts één blik?

'Weet je dat niet, Cass?'

Haar mond werd droog en haar hartslag ging in een versnelling. Ah. Ze begreep het. Maar ze wilde het hem horen zeggen.

Ze nam een snelle slok champagne en ving de achtergebleven druppels op haar lippen met haar tong. 'Vertel het me maar.'

Liam pakte haar glas aan en zette het zijne op het aanrecht ernaast. Daarna liep hij om het kookeiland heen en ging op de barkruk naast haar zitten. Hij draaide hem naar haar toe, en draaide de hare zo ver dat ze tegenover hem zat.

En toen nam hij haar wang in zijn hand en boog naar haar toe voor de lichtste, tederste kus. 'Deze soort,' fluisterde hij. 'Dit is de rente die ik van je wil. Voor altijd.'

Hij wilde haar opnieuw kussen, maar zijn woorden hadden haar adem al weggenomen.

'Voor altijd?' fluisterde ze terwijl zijn lippen de hare ternauwernood raakten.

Hij glimlachte en, God, het was de mooiste glimlach ooit. 'Ja, Cass. Voor altijd. Ik bedacht me dat, nu je vader je onterfd heeft, je me er niet van kunt beschuldigen dat ik je om je geld wil, dus misschien zie je nu in dat je geld nooit de aantrekkingskracht was. Ik wil jóú, meisje. Alleen jou. Cassidy Marie, Cass, C. Marie... het maakt me niet uit wat je voornaam is, maar ik zou mijn achternaam graag aan dat lijstje toevoegen.'

'Ik vind mezelf er niet echt uitzien als een Liam, Liam.' Ze deed haar best om niet te glimlachen. Ze wist waar dit naartoe ging en ze was van plan ervan te genieten.

Hij trok een gezicht en wreef over zijn slapen. 'Ik geloof dat ik dit niet zo best aanpak.'

Ze legde haar hand op de zijne. 'Ik vind dat je het uitstekend doet.'

'Vind je?'

Toen glimlachte ze. 'Is er iets wat je me wilt vragen, Liam?'

Hij glimlachte terug en die glimlach — de blik in zijn ogen — deed elke nachtmerrieachtige gebeurtenis van de avond teniet.

Hij nam haar gezicht in beide handen. 'Ja, Cassidy, er is iets wat ik je graag wil vragen. Wil je mijn achternaam als de jouwe aannemen? Om te hebben en te houden, in ziekte en gezondheid. En in momenten van extreme emotionele opschudding zoals galerie-openingen, het schoonmaken van appartementen en het verbouwen van kantoren?'

'Liam, ben je...'

'Ja, vrouw, ja. Ik vraag je of je met me wilt trouwen.'

'Dat had ik begrepen. Maar ik wil zeker weten dat je het zeker weet. Je kent me nog niet zo lang.'

'Ik kén je, Cass. Ik ken *jou*. Het zit daar allemaal.' Hij raakte haar hart aan. 'Het heeft daar altijd al gezeten. *Jij* zit daar. En ik hou van je.' Zijn vingers gleden in haar haar en hielden haar vast.

Goed. Ze wilde nooit dat hij haar losliet.

'Zeg ja, Cass. Zeg dat je met me trouwt.'

'Natuurlijk wil ik dat, Liam, want ik hou ook van jou.'

Het was een tijdje later toen ze weer even op adem kwamen — op de bank, met een zeer geërgerde kleine Maltezer die hen aanstaarde vanaf de hocker aan de andere kant van de kamer — dat Cassidy Liams wang streelde, met een glimlach die overeenkwam met de zijne.

'Hoe heb ik zoveel geluk kunnen hebben?'

'Geluk heeft er niets mee te maken, Cass. Je krijgt een man die je het gezin zal geven dat je wilt en die de rest van je leven van je zal houden, en dat is precies wat je verdient.'

Epiloog

Het buurthuis was de laatste zaterdag van de volgende maand een toonbeeld van bedrijvigheid. In de grote zaal binnen stond een buffet dat de hele lengte van het podium besloeg, en de zithoek was tot de laatste stoel bezet. Lokale bedrijven hadden drankjes en papierwaren gedoneerd; de rest had allemaal een ovenschotel of een dessert meegebracht — of de ontdooide en opnieuw opgewarmde kant-en-klaarmaaltijden van Gran om te delen. Er was een kinderboerderij — met dank aan Livvy, Seans voormalige-klant-en-nu-vriendin — en ponyritjes op het rechter gazon, terwijl een lokale melkveehouderij zelfgemaakt ijs uitdeelde. Op het linker gazon werden teamsporten gehouden, rond het zwembad aan de achterkant vond een kleinschalige zomerolympiade plaats, en op het gazon voor de deur stond een kermis met attracties, foodtrucks en kramen.

De kraam met dartballonnen was de belangrijkste attractie voor de Manleys en hun vrienden, aangezien de pokeravond van gisteravond was afgezegd. Omdat ze behoefte hadden om hun competitiedrang te voeden — en omdat de nu vacante 'mannelijke' schoonmaakposities van Mac ingevuld moesten worden — hadden Liam, Sean en Jared een paar vrienden weten te strikken voor een paar bloedstollende rondes dartballonnen, inclusief weddenschappen.

Cooper Wexford legde zijn vijf dollar neer en pakte zijn zes dartpijltjes op.

'Laatste ronde. Liam heeft er veertien, Sean twintig, Jared elf, Kellan tien, Kirk negen, en ik sta op tien. De verliezer geeft vanavond rondjes bij O'Grady's.'

Liam hield zijn hand voor Coop voordat de man kon werpen. 'Laten we het een beetje interessanter maken, jongens.'

Sean snoof. 'Daar gaan we weer.' Hij zette zijn nieuwe officiële Manley Maids-honkbalpet recht en salueerde hen. 'Ik zie jullie wel als dit voorbij is, want ik word sowieso niet laatste. Livvy heeft wat hulp nodig. Rhett probeert in de omheining van Scarlett te komen en de lama accepteert niet graag een *nee*. Niet echt iets waar je de kinderen getuige van wilt laten zijn, begrijp je?'

'Geile klootzak,' mompelde Jared, terwijl hij Mac naar zijn zij trok.

'Jij moet nodig wat zeggen.' Sean sloeg Jareds pet af en gaf zijn zus een zetje terwijl hij langsliep.

Liam knipoogde naar Cassidy en vormde met zijn mond de woorden: 'Strakjes.' Ze knipoogde terug. Tussen hen werd het alleen maar beter. Hij had niet gedacht dat het mogelijk was dat het *nog* beter zou gaan, maar het leven was goed.

De trouwplannen voor het weekend voor Kerstmis draaiden op volle toeren, zijn kantoorpand had drie biedingen gekregen boven de vraagprijs, en Cassidy was volop aan het werk in haar nieuwe atelier. Dat laatste kwam hem, dankzij Gran, ook goed uit, want het was *zijn* pand waar zij de sleutel van had gehad. En de vraag naar Cassidy's werk was tot ongekende hoogte gestegen na het incident bij de expositie.

Cassidy probeerde de daden van haar ouders nog steeds een plekje te geven. Liam had haar de foto en de armband gegeven op een avond dat ze samen praatten over wat ze moest doen. De foto was een paar dagen later opgedoken in een lijstje naast hun bed, dus Liam had goede hoop dat zij en haar moeder er wel uit zouden komen. Ze kregen hulp van Deborah, Davenports nu voormalige assistente die, buiten medeweten van Mitchell, er enorme moeite mee had gehad dat hij een moeder uit het leven van haar dochter had geschrapt. Ze had het op zich genomen om Elizabeth al die jaren op de hoogte te houden van het leven van haar dochter, Inclusief een uitnodiging voor de kunstexpositie. Toen hij daarachter was gekomen, tja, Cassidy had hem verteld dat ze verbaasd was over hoe verraden haar vader zich had gevoeld. Voor haar zat daar een stukje gerechtigheid in, maar het zou nog wel even duren voordat ze geheeld was.

Dat was prima; Liam zou haar bij elke stap bijstaan.

Hij was erachter gekomen dat Jean-Pierre de uitnodiging naar Davenport had gestuurd om het succes van Cassidy in zijn gezicht te wrijven. Hoewel de avond niet volgens plan was verlopen, had Liam hem toch een fles champagne gestuurd. Er was veel moed voor nodig om tegen Mitchell Davenport in te gaan, en degenen die dat deden, moesten elkaar steunen.

'Dus wat is dat interessante gedeelte, Lee?' Cooper legde zijn pijltjes neer en kraakte zijn knokkels.

'Nou, het is—'

'Het zit zo.' Mac maakte zich los van Jareds arm. Zaken gingen voor bij Mac. Altijd. Het zou interessant zijn om te zien hoe dat met Jared zou aflopen. 'De verliezer is mij een maand lang schoonmaakdiensten verschuldigd.'

'Ben je helemaal gek geworden?', vroeg Cooper. 'Ik werk fulltime, ukkie.'

Mac keek hem vernietigend aan. Cooper kende haar al haar hele leven en wist dat ze een hekel had aan die bijnaam. Dat was waarschijnlijk ook de reden dat hij haar zo noemde. 'Ik zei niet dat het fulltime moest zijn, Coop, maar één klant voor een maand.'

'Ik zie *jou* niet meespelen,' zei Kellan. 'Waarom zouden wij iets wedden in jouw voordeel?'

'Ik speel voor haar.' Jared ging iets rechter staan op zijn gewonde been.

Liam knikte even. Jared was niet de man die hij voor zijn zus zou hebben gekozen — hij kende hem te goed — maar als de kerel op het rechte pad bleef en Mac goed behandelde — en Mac wilde het zelf graag — kon Liam er niets van zeggen. Toch... interessant. Hij zou dat verhaal nog wel eens willen horen.

'Oké,' zei Kirk. 'En wat krijgen wij als we winnen?'

'Een maand aan schoonmaakdiensten,' antwoordden Liam, Cassidy, Jared en Mac in koor.

Coop overhandigde zijn pijltjes aan Kellan. 'Sorry, jongens, maar een maand schoonmaakdienst is het risico op verlies niet waard.'

Kellan snoof. 'Dat is omdat hij maar om de maand schoonmaakt.'

'Eikel.' Coop stak zijn middelvinger naar hem op.

'Schijterd.' Kellan hield de pijltjes voor.

Cooper schudde zijn hoofd. 'Lul.'

'Verliezer.' Kirk, de tweelingbroer van Kellan, deed ook mee. De jongens steunden elkaar altijd.

Cooper keek hen allemaal aan. 'Oké. Vooruit dan maar.' Hij griste de pijltjes uit Kellans handpalm. 'Ik kan goed mikken, en *als* ik win, wil ik jullie in een serieus dienstmeisjeskostuum zien.'

Liam sloeg hem op zijn schouder. 'Oh, maak je geen zorgen, Coop, die hebben we. En ze zijn echt schattig.'

Iets waar Cooper persoonlijk achter zou gaan komen, aangezien hij als allerlaatste eindigde.

Het einde en bedankt voor het lezen

Het einde. Bedankt voor het lezen! Help andere lezers mijn boeken te vinden door een recensie achter te laten op de plek waar u het heeft gekocht. En als u graag meer van mijn verhalen wilt zien, sla dan de pagina om!

WAT EEN VROUW
JUDI FENNELL

Mannenavond… plus één

Drie hartenbrekers in schorten waren de beste reclame ter wereld voor een schoonmaakservice. Maak er één een Hollywoodfilmster van, en er was geen manier waarop Mary-Alice Catherine Manley niet de publiciteit kon krijgen die haar prille bedrijf nodig had.

Maak ze alle drie haar broers, en het plaatje werd alleen maar beter.

'Heb je echt gewonnen?' Gran klemde haar handen om de met kanten kleedjes bedekte armleuningen en boog voorover toen Mac terugkwam van de beslissende pokeravond met haar broers. 'Oh, Mary-Alice Catherine! Was ik er maar bij geweest.'

'Ik ook, Gran.' Maar het was al een hele coup geweest dat ze van hen drieën een 'je mag meedoen' had gekregen; er was geen reden geweest om óók nog een uitnodiging voor Gran te pushen. Dat zou te veel argwaan hebben gewekt en misschien hun plan verraden. 'Je had hun gezichten moeten zien toen ik zei dat ze allemaal gepast moesten worden voor Manley Maids-uniformen. Had ik maar een camera gehad.'

Ze zou ervoor zorgen dat er meer dan genoeg camera's in de buurt waren wanneer haar broers maandag aan het werk gingen.

'Dus met wie ga je ze koppelen?' vroeg Gran, die helemaal achter het plan stond in de hoop de broers onder de pannen te brengen. Alles wat werkte.

Mac wilde gewoon de publiciteit. 'We moeten het zorgvuldig plannen. Je weet wat voor gekte Bryan achter zich aan krijgt.'

Bryan was de Hollywoodfilmster en Mac dacht niet dat hij gekte erg vond. Hij voelde zich in die levensstijl als een vis in het water. Natuurlijk hoef je een vis niet te leren zwemmen, hoe vreemd dat ook klonk, dus misschien konden zij en Gran Bry nog wel het een en ander over vrouwen bijbrengen, aangezien zijn recente keuzes zo ongeveer net zo hersenloos waren als eenden.

Mac plofte neer op de bank die al zesentwintig jaar op dezelfde plek stond, zolang als ze bij Gran woonde nadat hun ouders bij het auto-ongeluk waren omgekomen; de ingezeten plek wiegde haar kont zoals altijd. 'Ik dacht dat ik het ze zou vertellen wanneer ze hun uniformen komen ophalen. Dan heb jij wat meer tijd om te bedenken waar je ze wilt hebben. Al heeft Sean zijn oog al laten vallen op het landgoed van de Martinsons. Ik zag geen reden om bezwaar te maken.'

Gran tikte tegen haar boogvormige lippen. 'Het landgoed van de Martinsons? Maar het staat leeg. Zo ontmoet hij niemand, Mary-Alice Catherine.'

Mac liet haar volledige naam passeren. Gran was de enige die die nog gebruikte sinds ze zichzelf Mac had gedoopt, in de tijd dat ze alles deed om op haar broers te lijken—met inbegrip van een jongensnaam. Aangezien de poker-avond van vanavond haar poging was haar bedrijf te katapulteren naar hetzelfde soort succes dat haar broers voor zichzelf hadden behaald, had ze die competitiedrang nog bepaald niet van zich afgeschud, of wel?

Maar vanavond was haar overwinning, eerlijk verdiend. Nou ja, misschien niet helemaal eerlijk. Ze *had* heel wat uren online poker geleerd en kaarten geteld om haar kansen te verbeteren, maar haar broers speelden elke maand samen. Ze móést de kansen wat gelijk trekken.

Vanavond had ze hen in hun eigen spel verslagen en ze ging van elke minuut van haar zege en de mogelijkheden die het bood genieten.

En Bry had beweerd dat zij niets had dat opwoog tegen wat hij, Sean en Liam op het spel konden zetten? Duidelijk dat hij geen idee had. Yep, ze ging zeker van deze overwinning genieten.

'Eigenlijk, Gran, het huis van de Martinsons zal niet leeg zijn. Merriweathers kleindochter trekt erin. Bovendien heeft Sean die plek specifiek aange-vraagd. Het zou vreemd hebben geleken als ik had gezegd dat hij die niet kon krijgen. Misschien wordt hij wel verliefd op de kleindochter.' En misschien gingen varkens wel vliegen, maar als het Grans humeur goed hield en genoeg mond-tot-mondreclame opleverde, was dit elke minuut van haar harde werk waard.

'De kleindochter, hè?' Gran tikte haar wijsvingers tegen elkaar. 'Het zou zomaar kunnen werken. Maar wat doen we met Bryan? We kunnen hem niet zomaar ergens heen sturen. Het moet iemand zijn die het niet erg vindt om Mr. Movie Star over de vloer te hebben.'

Gran zei het met meer liefde dan de rest van hen wanneer ze Bryan plaagden om zijn sterrenstatus. Sinds hij een rol had bemachtigd naast een van de grootste vrouwelijke leads in de industrie, hadden ze het niet kunnen laten hem te foppen, en Bryan had zijn glimlach niet van zijn gezicht gekregen. Tot vanavond.

'Ik vind echt dat hij die weduwe moet helpen over wie je net een telefoontje had. Die met al die kinderen.'

'Wil je dat ik Bryan een huis met vijf kinderen instuur? Gran, daar wordt hij stapelgek van.'

'Of het leert hem tolerantie. We willen niet dat hij naast zijn schoenen gaat lopen, toch?'

Gran had een punt. En Mac *wilde* Bryan wel eens een huis zien schoonmaken dat werd overgenomen door vijf kinderen. Geen van haar broers was het type dat opgaf, maar dit zou Bryans ruggengraat testen. Ze was hem nog wel meer verschuldigd dan dat, na alle streken die hij haar door de jaren heen had geleverd.

'Oké, en wat doen we dan met Lee, Gran?'

'Oh, ik weet de perfecte plek voor Liam. Dat leuke meisje Cassidy. Ze zal zich eenzaam voelen wanneer Sharon met zwangerschapsverlof gaat. Liam kan haar gezelschap houden.'

'Wat heb je tegen Liam?' Cassidy Davenport was zo verwend en veeleisend als ze maar kwamen. Eerder Bry's type, maar als Bryan daarheen ging, was het enige wat hij zou schoonmaken Cassidy's lakens. En de douchecabine. En het tafelblad...

'Nu, Mary-Alice Catherine Manley.'

Mac kromp ineen. De eerste keer dat Gran al haar vier namen in die toon had uitgesproken, had ze zeker een uur lang niet gevoeld hoeveel huidlagen het eraf schraapte. Het effect was in de loop der jaren niet afgenomen.

'Dat meisje Cassidy heeft gewoon iemand nodig die aandacht aan haar besteedt. En onze Liam moet zijn hoofd uit zijn—nou ja, uit zichzelf halen en weer de rest van de samenleving in. Is het je opgevallen hoe afwezig hij is sinds hij het met Rachel heeft uitgemaakt? Het is niet goed, en als er iemand is die Liam uit zijn schulp kan halen, is het die Cassidy wel.'

Het probleem was, Cassidy was net als Rachel, maar dan op veel grotere schaal: alles designer-dit en sterrenevent-dat. Rachel had Liam door de mangel gehaald en Mac wist niet zeker of het wel zo vriendelijk was om een kopie-op-steroïden in zijn gezicht te duwen. Aan de andere kant, hij zou zeker niet verliefd worden op Cassidy, dus eigenlijk deed ze Liam een plezier door Grans koppelpogingen te dwarsbomen.

Ze had medelijden met de jongen. Hij was de enige van haar broers die bijna tot aan het altaar was gekomen en de nasleep was moeilijk geweest om te zien.

'Oké, maar als hij mijn kop eraf wil bijten, moet jij hem daarvan afpraten.'

'Geen zorgen, lieverd. Je broer zal het geweldig vinden.'

Mac was daar niet zo zeker van, maar ze was niet van plan om met Gran in discussie te gaan. Haar grootmoeder had vier kleinkinderen opgevoed op schamele spaarcenten, liefde en niet veel meer. De vrouw had ruggengraat.

'Oh. Ik vergat nog iets te zeggen.'

'Wat dan, Gran?' Mac verborg haar bezorgdheid. Gran vergat de laatste tijd veel dingen. Dat was een van de redenen dat ze had ingestemd met Grans maffe plan om haar broers te proberen uit te huwelijken terwijl ze voor Manley Maids werkten, ook al waren de kansen zo klein als... nou ja, zo klein als dat Mac vanavond zou winnen. En de bliksem slaat zelden twee keer op dezelfde plek in. Maar goed, het zou Gran in elk geval iets geven om haar geest mee bezig te houden.

'Mildreds kleinzoon is deze week terug naar huis verhuisd.' Mildred was haar grootmoeders jeugdvriendin, wiens recente verhuizing naar een verzorgingshuis Gran had aangezet hetzelfde te doen. 'Je herinnert je Jared nog? Degene die bij dat auto-ongeluk gewond is geraakt?'

'Ja, Gran. Ik herinner me Jared.' Alsof ze hem kon vergeten. Behalve dat hij een profhonkballer was die door een ernstig auto-ongeluk een seizoensbeëindigende blessure had opgelopen, en dat hij al sinds mensenheugenis de beste vriend van haar oudste broer was, was Jared haar eerste verliefdheid geweest. En haar langste. En haar meest gênante. Ze had hem gevolgd als een sterverliefde tiener. En dat was *voordat* ze tiener was. God, ze was eens uit de boomhut gevallen toen ze hem had bespied, om vervolgens *bovenop* hem en zijn date te landen en, tja, het was niet haar beste moment geweest.

Het was, helaas, ook niet haar slechtste geweest.

'Nou, Mildred en ik zaten te kletsen en het kwam ter sprake dat nu Jared is terugverhuisd, hij wel wat hulp kan gebruiken, met dat oude huis en zijn blessures. Het was voor haar lastig om het allemaal bij te benen en, nou ja, van het een kwam het ander, en ze wil jou inhuren om het schoon te maken. Is dat niet geweldig? Ik heb wat klandizie voor je geregeld en jij kunt Jared ook helpen.'

Dat was typisch haar grootmoeder: het liefste hart aan deze kant van de Make-A-Wish Foundation. Jammer dat het om *haar* grootste nachtmerrie ging.

Mac klemde haar kaken op elkaar. Weigeren zou kinderachtig en kleinzielig zijn—en het zou Gran te veel vragen doen stellen. Bovendien was het niet alsof *zij* zelf hoefde te gaan schoonmaken. Ze hoefde Jared niet eens te zien. 'Ja, Gran, zeker weten. Wanneer wil ze iemand?'

'Niet *iemand*, lieverd. Jij. Ik heb haar gezegd dat jij zou komen. Mildred wil niet zomaar iemand in haar huis.'

Geweldig. Daar ging dat plan.

Dit kon ze niet. Echt niet. Jared zien... Al die vernedering die haar weer recht in het gezicht zou slaan...

Maar ruzie maken met Gran was zinloos; uiteindelijk won ze toch. Mac had dat al vroeg in haar tienerjaren geleerd, wat hen allebei veel ellende had bespaard.

Ze hoopte alleen dat ze genoeg geluk had dat Jared zich die nacht niet zou herinneren die zij nooit zou vergeten.

Aan de andere kant, misschien had ze al haar geluk al opgebruikt in het pokerspel.

Ze zuchtte. 'Wanneer moet ik er zijn, Gran?'

'Dinsdag, lieverd. Aanstaande dinsdag.'

Dat gaf haar drie dagen om zich schrap te zetten om hem weer te zien.

Dat zou niet genoeg zijn.

Maar ze was een grote meid; dit kon ze. Tenslotte was ze niet meer datzelfde meisje dat dacht dat Jared de enige man op aarde was. En aangezien zijn relaties gelijke tred hielden met zijn homeruns, was zij niet de enige die dat dacht. En als er één ding was waar Mac Manley niet tegen kon, was het wel één van de meute zijn. Jared had geen enkele aantrekkingskracht meer voor haar.

'Oké, Gran. Dinsdag dus. Ik ben er met toeters en bellen.'

Ik droom van djinns

Matts geluk keert eindelijk wanneer de geest Eden uit haar fles ontsnapt en in zijn schoot belandt. Letterlijk. En ze zweert er nooit meer in terug te gaan. Helaas voor hen beiden wil de man die haar erin heeft opgesloten haar terug, en hij zal voor niets terugdeinzen om haar te krijgen.

Djinn weet raad

Samantha erft het landgoed van haar vader, compleet met een geest die nog één meester moet dienen voordat zijn dienstbaarheid erop zit. Sam is meer dan bereid om Kal vrij te laten — totdat haar hebzuchtige ex besluit dat als hij Sam niet kan krijgen, niemand haar krijgt.

Mijn lieve djinn

Zane heeft het voorouderlijk herenhuis geërfd waar hij maar wat graag vanaf wil om de geruchten over de krankzinnige geschiedenis van zijn familie de kop in te drukken. Jammer genoeg is de geest die de oorzaak van die geruchten was vrijgelaten om opnieuw chaos te veroorzaken. Alleen speelt ze dit keer met zijn hart.

Jouw wens is zijn bevel

Ontdek hoe Kal in zijn lantaarn gevangen kwam te zitten en waarom hij 1.001 meesters moet dienen. Het is het verhaal vóór het verhaal.

Once-Upon-A-Time Romance

Belle en de Beste

Jolie is overdag privékok en 's nachts schrijfster van liefdesromans. Dus wanneer ze een klus krijgt bij de knappe, teruggetrokken kunstenaar Todd, heeft ze de perfecte held voor haar boek gevonden. Totdat Todd erachter komt en haar uit zijn keuken, zijn huis *en* zijn hart schopt.

Als de schoen past

Er was eens, heel lang geleden, in een land hier ver vandaan, een meisje genaamd Assepoester. Dit is niet haar verhaal. *Dit* is het verhaal van Lucinda Isabella Casteleoni, die net als haar naamgenote een gemene stiefmoeder heeft, twee ordinairstiefzussen en talloze uren hard werk waar ze (niet) naar uitkijkt. Maar in tegenstelling tot die sprookjesprinses is Bella's droomprins nergens te bekennen. Totdat een oud mannetje met fonkelende groene ogen een schoenwinkel opent in de straat. Dan begint de magie...

Achter het glas in lood

Door een onbedoelde reis naar het middeleeuwse Engeland moet reclamevrouw Kate halsoverkop op zoek naar een manier om weer thuis te komen... Maar kan ze de woest aantrekkelijke ridder op het witte paard op wie ze verliefd is geworden met zich mee terugnemen?

BeefCake, Inc.

Ook Spierenbonken Houden van Zoet

Lara wil dat haar cupcakes een succes worden. Exotisch danser Gage zou ze best eens willen proeven, maar door zijn werkschema om de ziekenhuisrekeningen van zijn neefje te betalen heeft hij daar geen tijd voor. Totdat er een feestje is waar spierbundels en cupcakes elkaar ontmoeten en, *oh*, wat is dat heerlijk!

Ook Spierenbonken Maken Fouten

Wanneer Bryan Jenna aanziet voor een prostituee en zij beseft dat hij de vader van haar geadopteerde zoon is, stapelen de fouten en misverstanden zich op. Maar er groeit ook iets anders tussen hen. Soms kan een verkeerde afslag precies de juiste zijn...

Ook Spierenbonken Verdienen een Tweede

Tanner wil zijn ex-vrouw voorgoed uit zijn leven hebben, maar wanneer haar grootmoeder een beroerte krijgt en hij moet doen alsof hij nog steeds verliefd is op Juliet, durft hij het dan aan om die ene vrouw die nooit is opgehouden met van hem te houden een tweede kans te geven?

Ook Spierenbonken Laten Harten Smelten

Gina is al een eeuwigheid verliefd op Darien — tot de dag dat hij haar op school vernederde. Vijftien jaar later laat hij haar koud. Exotisch danser Darien is teruggekomen naar de stad om een paar dingen recht te zetten. Een daarvan is de puinhoop die hij jaren geleden voor Gina heeft veroorzaakt... en *misschien* het vuur weer aanwakkeren dat er ooit was. Maar de enige manier om de sneeuw rond Gina's hart te doen smelten, is door het vuur flink op te stoken, zowel tijdens het werk... als daarna.

Manley Maids

Wat gebeurt er als drie onweerstaanbaar sexy broers een pokerweddenschap verliezen van hun ondernemende zus? Ze worden verhuurd voor haar schoonmaakbedrijf. Nu staan de Manley Maids tot uw dienst. Tevredenheid gegarandeerd.

Wat een vrouw wil

Resorteigenaar Sean is van plan een historisch landgoed te kopen, hiermee naam te maken en miljoenen te verdienen, dus trekt hij erin onder het voorwendsel het pand schoon te maken om een bepaalde voorwaarde van de erfenis te omzeilen. Maar erfgename Olivia en haar beestenboel kruipen onder zijn huid, en hij ontdekt dat de pokerweddenschap die hem in deze nesten heeft gewerkt niet de enige factor is die alles verandert.

Wat een vrouw nodig heeft

Filmster Bryan wil roem en fortuin, niet een herhaling van zijn armoedige 'normale' jeugd. Na de publiciteit rond de dood van haar man heeft Beth behoefte aan een normaal leven voor haarzelf en haar kinderen, en de filmster die een weddenschap heeft verloren om haar huis schoon te maken — met de paparazzi in zijn kielzog — past daar niet bij. Maar als geflirt overgaat in verleiding, moet Bryan Beth ervan overtuigen dat hij meer man is dan een hulpje in de huishouding. Of een acteur. Want hij speelt de hoofdrol in een omgekeerd Assepoesterverhaal, en het zou zomaar eens de rol van zijn leven kunnen zijn.

Wat een vrouw verdient

Liam heeft geen geduld voor vrouwen die het geld van een man uitgeven zonder ook maar een moment aan echt werk te denken. Maar om zijn weddenschap na te komen, moet Liam socialite Cassidy niet alleen tolereren, hij moet ook haar rotzooi opruimen wanneer haar vader de geldkraan dichtdraait. Zonder geld en zonder huis dat Liam kan schoonmaken, heeft Cassidy geen andere keuze dan een baan te accepteren — als Liams nieuwe hulp. Maar wanneer de vonken tussen hen overvliegen, zal het dan echte liefde zijn of gewoon de volgende rommelige affaire?

Wat een vrouw

MaryAlice Catherine staat klaar om het huis van een vriendin van haar grootmoeder schoon te maken, maar ontdekt tot haar grote schaamte dat de verwaande kleinzoon op wie ze vroeger verliefd was — en die dat al die tijd wist — daar woont. Jared herinnert zich het anders; Mac was altijd een bazig ding, maar hij is niet van plan haar nu de lakens te laten uitdelen. Maar nu ze met zijn tweeën in één huis wonen, is het nog maar de vraag wie er uiteindelijk aan het langste eind trekt.

Wat een kerel wil

Beckett is klaar om zijn verloren pokerweddenschap in te lossen. Hij had alleen niet beseft dat hij dat met zijn hart zou moeten doen. Jennifer is de vrouw die hem is ontglipt en nu staat ze weer vlak voor zijn neus. In haar huis. Dat hij moet schoonmaken. Jennifer kan niet geloven dat de 'bad boy' van de middelbare school op wie ze smoorverliefd was in haar huis is, maar als haar ex-man haar één ding heeft geleerd, is het dat ze niet op de bad boy kan rekenen. Totdat Beckett al zijn kaarten op tafel legt en hij iemand blijkt te zijn op wie Jennifer toch durft te wedden.

Hier is Judi!

De bekroonde bestsellerauteur Judi Fennell houdt van lachen en van de liefde, dus het is geen verrassing dat er van beide een beetje in elk boek zit dat ze schrijft. Bekijk haar sprookjes met een knipoog voor een voorproefje van haar luchtige, ironische paranormale en romantische komedies. Van meermannen voor de kust van Jersey Shore tot djinn met vliegende tapijten, en van mannelijke strippers à la Magic Mike tot stoere huishouders wiens motto *Tevredenheid Gegarandeerd* is; er valt altijd wel wat te lachen en er is altijd liefde te vinden.

En in haar overvloedige (?) hoeveelheid vrije tijd helpt ze auteurs bij alle aspecten van het schrijven en uitgeven in eigen beheer met haar bedrijf voor opmaak, omslag- en promotieontwerp, redactie, advies en audioboeken, www.formatting4U.com.

Judi woont in een voorstad van Philadelphia met een menagerie aan viervoeters, en op de dag dat die wezens beginnen met A) zingen, B) kleding naaien of C) het huis schoonmaken, zal ze stoppen met schrijven...!

www.ingramcontent.com/pod-product-compliance
Lightning Source LLC
Chambersburg PA
CBHW071217210726
48293CB00002B/468